황제의 칼데라

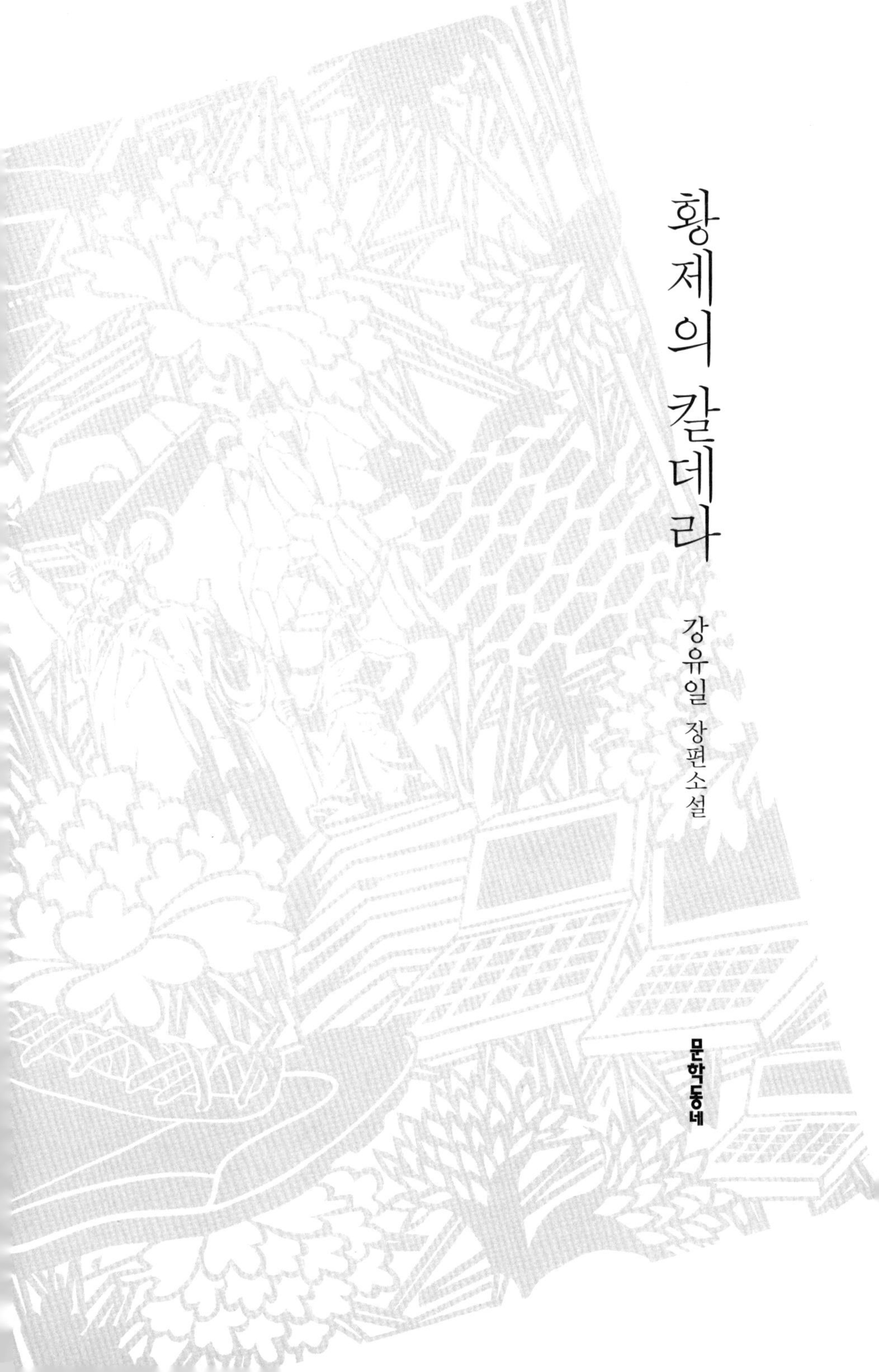

황제의 칼데라

강유일 장편소설

문학동네

그럼에도 불구하고 난 삶에 대고 주저 없이 '예스'라고 말하리라.
—부헨발트 유대인 강제수용소의 옥중 노래

차례

일러두기

1. 이 소설에 나오는 인물, 단체, 사건, 지명 등은 실제와 허구가 혼재해 있음을 미리 밝힙니다.

2. 이 소설의 외래어 표기는 국립국어원의 표기법과 함께 작가의 의도에 따라 현지 발음을 살려 사용했음을 미리 밝힙니다.

프롤로그

런던 템스 강 북쪽, 테이트 브리튼 미술관 2층 복도 한가운데 〈야곱과 천사〉라는 이름의 거대한 조각 한 점이 우뚝 서 있다. 거목처럼. 오후 3시 3분의 빛 속에서 보면 천사의 대리석 날개는 우주의 절벽 같다. 천사의 흩날리는 머리카락은 날개에 척 붙어 있다. 어깨와 다리는 장엄해 우주의 기둥 같다. 천사의 다리는 사선으로 뻗어 있는데 그것은 의심 없이 우주를 척 받쳤다. 천사의 눈은 크고 대담하다. 천사의 어깨는 산맥 같다. 천사의 거대한 두 손은 인간 야곱을 부둥켜안고 있다.

뒷모습을 보이고 있는 야곱은 흩날리는 머리카락이 없다. 그의 머리카락은 일년초 같은 단발이다. 그의 오른발은 당겨져 올라가 있다. 천사와 싸운다기보다 천사의 두 팔이 뿜어내는 완력에 당겨져 올라가 있다. 오후 3시 3분의 빛 속에서 보면 야곱의 눈도 얼굴도 볼 수 없다. 그의 얼굴은 하늘을 향하고 있다. 야곱의 팔은 천사의 옆구리에 걸쳐져 있다.

이 조각을 보고 있으면 천사는 천사의 모습을 한 신(神)임을 단번에 알 수 있다. 야곱은 그때 이미 열한 명의 아들을 둔 족장이었음에도 불구하고 이 조각 속에선 벌거벗은 미성년자 같은 모습을 하고 있다.

구약성서 창세기 32장엔 인간의 황홀한 보고서 한 장이 등장한다. 보고서의 제목은 '야곱, 얍복 강가에서 천사와 싸우다'이다. 야곱이란 사내가 강가에서 천사를 만나 밤새도록 싸우면서 "당신이 날 축복하지 않는 한 난 결코 당신을 놓지 않겠다"고 선언한 것이다. 이 거대한 조각품은 조각가 제이콥 엡스타인이 성서 속의 그 위대한 투쟁을 읽고 만든 것이다. 그가 이 작품을 완성한 것은 1940년이었다.

약간의 상상력만 있다면 오후 3시 3분의 빛 속에서 저 거대한 조각품 아래를 흐르는 것은 미술관의 대리석 복도가 아니라 생(生)이라는 이름의 철썩이는 얍복 강임을 알 수 있다. 강바람이 아니고서는 신의 장엄한 머리카락이 저토록 흩날릴 수 없다. 신의 머리카락은 지금도 저토록 정열적으로 흩날린다. 신의 부릅뜬 눈은 지금도 저토록 젊다. 신은 지금 경전 속에 안주하고 있지 않다.

신은 지금도 당당한 현역이다.

야곱이 천사의 모습을 한 저 위대한 신과 싸운 이후 인간은 신, 즉 불멸과 싸우는 위대한 투쟁의 버릇을 가졌다.

1장

Die Kaisers Caldera

엑소더스, 겨울, 런던

얀 검사장과 나는 런던 타워 브리지 위에서 만난다는 것, 테이트 브리튼 미술관 26호 전시실에서 프랜시스 베이컨의 그림을 본다는 것, 그 두 가지에 동의했다. 그뿐이었다.

내가 그날 런던행 비행기를 탄 것은 그날이 내 생일이었다는 것 외엔 다른 이유가 없다. 생일이므로 내가 20년간 살아온 독일 중부 도시 라비린토스를 단호히 떠나고 싶었다. 생일엔 날 낯선 도시에 내던지고 싶었다. 탄생이란 사건을 통해 내가 경험했던, 이 우주에 내팽개쳐짐, 그 신성한 낯섦이라는 황홀한 저주를 마시고 싶었다. 내 존재에 통절하게 새겨진 이방인의 문신. 어떻든 생일엔 이런 엑소더스가 좋다. 이 탈출이 없다면 난 질식할는지도 모른다. 라비린토스는 20년 된 낡은 외투처럼 내게 너무 낯익어 위험해져버렸다.

런던이 목적지가 된 것은 우연이다. 라비린토스에선 하루 세 번 런던행 비행기가 뜨고 있었으니까. 그뿐이다. 얀 검사장과의 약속—국제판례학회 참석—은 우연이라고 해야 할 것이다. 내게 중요한 것은 엑소더스, 즉 탈출 자체이다. 어디로 탈출하느냐는 중요하지 않다.

솔직히 말해 이 우주란 얼마나 위대한 무대인가. 얼마나 위대한 장(場)인가. 인간으로 태어나 지금 이 위대한 무대를 통과하고 있다는 것, 저주와 영광, 악몽과 환희, 배신과 순애보, 필멸과 불멸로 가득 찬 이 삶이란 장을 통과하고 있다는 것, 그리고 나도 지금 바로 이 장에 참가하고 있다는 기적에 이르면 난 부르르 몸을 떤다. 자기 자신이면서도 동시에 이방인인 배신적 존재인 나, 소망 없는 속물이면서 죽는 날까지 악력을 다해 이상이란 왕홀을 부여잡고 있는 인간이란 이 재앙적 존재. 그래도 우리는 이 속물적 존재 속에 감히 신을 담았다. 이것이 우리의 영광이고 저주이다.

히드로 공항에 도착하자마자 사든 일간지 〈런던의 황혼〉 제3면에서 난 검사장 얀의 사진을 보았다. 런던에 오면 난 거리에서 언제나 〈런던의 황혼〉을 샀다. 얀은 기자들이 자신이 어느 공항으로 도착할지 알지 못할 것이라고 생각했었다. 그러나 기자들이 그의 입국공항을 알아내지 못했을 리 없다.

얀은 이번 런던에서 열리는 국제판례학회의 일곱 발표자 중

한 명이었다. 개최자 측이 얀을 발표자로 초대한 것은 아주 당연한 일이었다. 이번 회의에 참가자가 그토록 많은 것은 검사장 얀이 발표하게 될 사례 보고 때문일 수도 있다.

몇 년 전, 독일 북부 지방에서 참으로 특이한 살인 사건이 있었다. 얀은 바로 그 사건을 담당했던 검찰청 검사장이었다. 얀 검사장의 사진 위에 적힌 기사 제목은 이랬다.

"사람이 사람을 먹다."

내 이름은 우난세(羽鸞世)이다.

나는 독일 중부 도시 라비린토스 지방법원 부장판사이다.

1961년 5월 부친과 함께 서울에서 왔다.

그해 가을 서독으로 망명했다.

타워 브리지

나는 타워 브리지 앞에서 얀을 기다렸다. 아침 해가 동쪽으로부터 떠오르고 있었다. 일출의 해는 구름을 거느렸다. 그때 동쪽에서 갈매기를 배경으로 날 향해 오고 있는 한 남자를 보았다. 기막힌 금발이었다. 신화 속의 바로 그 금모양피(金毛羊皮)를 머리에 이고 있는 남자, 검사장 얀이었다.

"난세, 결국 이렇게 해야 만나는군."

늙은 쇠난간에 아양을 떨며 붙어 있는 황금 장식의 물망초 앞에서 우리는 와락 끌어안았다. 얀 검사는 독일 흑림에 있던 인문 기숙사 고등학교 때 선배였다. 아니, 선배 이상이었다. 그는 내 멘토였다. 정기적인 알프스 등산 때, 망명 이후 몸도 마음도 휘청대던, 겨우 열 살짜리 동양 소년이었던 내 뒤에 있어준 것이 바로 그였다. 등산중 내가 실족할 경우 그는 자신의 몸으로 날 막아줄 생각이었다. 학교 구릉 너머 아름다운 티티 호수에서 목선의 노를 저어준 것도 얀 선배였다. 알프스 백년설을 배경으로 서 있어도 그의 금발은 눈부셨다. 그의 금발은 정말이지 금모양피였다. 그가 말했다.

"사람을 도살해 그 인육을 먹는 인간이 있는 이 세상은, 그럼에도 불구하고 너무 아름답지 않아. 그래, 난 검사야. 국가라는 이름의 고소자야. 그러나 난 매일 나를 포함한 다른 인간을 고소해서 대체 어쩌자는 걸까."

태양 때문에 템스 강을 통과하는 배의 옆구리가 번쩍인다. 갈매기 한 마리가 해 뜨는 곳에서 해 지는 곳으로 마음껏 날았다. 태양은 지금 강변 건물의 한 낡은 굴뚝 옆을 지난다. 세상의 모든 강들이 저토록 위대해 보이는 것은 그 안에 신성이 있기 때문이리라.

나는 얀 검사의 인터뷰가 실린 일간지 〈런던의 황혼〉의 기사 한 구절을 기억해냈다. 법정에 섰을 때 인육을 먹은 그 남자는 "나는 정신감호병동 624호실에서 왔습니다"라고 말했다. 그 세기적 재판의 첫 증인은 그 사건을 수사했던 수사팀장이었다.

수사팀의 이름은 '만찬'이었다.

한 사내가 지하 신문에 광고를 냈다. 그를 사내A라고 해두자.

“난 당신을 도살해 당신의 육체를 먹어줄 수 있다.”

한 사내가 응답했다. 그를 사내B라고 해두자.

“난 일생 동안 나를 도살해 내 살을 먹어줄 사람을 기다려왔다. 당신은 정말로 그럴 수 있는가. 당신의 치아를 찍어 보내라.”

사내A는 자신의 치아를 찍었고 그 사진과 함께 자신의 집에 마련한, 사내B를 살해할 도살실도 찍어 보냈다. 사내B에게서 답장이 왔다.

“나를 먹어치우기에 좋은 너의 큰 입과 강인한 어금니가 맘에 들어.”

마침내 두 사내는 만나기로 합의했다.

사내A의 목적은 단 한 가지였다. 그는 인간을 도살하고 그 인육을 먹고 싶어했다. 인간의 배를 가르고 내장에서 아련하게 오르는 더운 김을 보며 그 시신을 먹는 것이 그의 소원이었다. 그러나 그는 살인하는 것은 원치 않았다. 그는 반드시 상대의 합의를 얻은 후 상대를 도살해 먹고 싶어했다.

사내B는 완전히 소멸해버리고 싶은 열망에 미친 남자였다. 그는 누군가 자기를 죽여 자기 존재의 증명인 성기를 단번에 절단해주고, 자기 살들을 먹어주고, 자신의 뼈를 갈아 없애주길 바랐다. 그렇게 함으로써 그는 자기 육체는 물론 자신이 이 지상에 존재했다는 추억조차 지워버리는 총체적 절멸을 원했다. 컴퓨터 프로그래머인 그는 그것을 '쇄절' 혹은 '파기'라고 명칭했다. 그는 한 장 서류처럼 완전 쇄절되고 완전 파기되길 원했다. 어떻든 그 사내에겐 완전 소멸이 문제였다.

그는 죽어 떡갈나무 목관 속에 혼자 누워 있을 것을 지긋지긋해했다. 혼자라는 상황은 신물 나도록 겪은 후였다. 관 속에 갇혀 다시 철저하게 혼자가 되고 매장이란 이름으로 다시 땅속에서 혼자 격리될 것을 그는 지긋지긋해했다. 그리고 다시 땅속에서 혼자 구더기와 딱정벌레에게 먹힘으로써 벌레들과 상대해야 한다는 것보다 더 큰 분노는 없었다. 그렇다고 관 속에 누워 혼자 외롭게 화장장 불길에 먹히고 싶지도 않았다.

두 사내가 만나기로 한 날, 겨울비가 내렸다. 세우였다. 사내B는 자신이 도살당할 그 디데이를 단 하루도 더 기다릴 수 없었다. 그는 자기 소멸의 순간을 더 기다릴 수 없어 초고속 열차를 탔다. 열차의 최고 시속은 3백 킬로미터였다. 그는 이등칸 흡연차량 창가에 앉았다. 그는 그날을 위대한 날이라고 명명했다.

도살당하러 가기 전 그는 컴퓨터에 있는 자신의 흔적을 모두 파기했고 기차표도 의도적으로 현금으로 구입했다. 신용카드나 현금카드가 이후 자신의 행선지를 폭로하는 것이 지긋지긋했으므로. 출발 때 그는 일부러 단식했다. 그렇게 함으로써 사내A의 먹이가 될 자신의 내장이 텅 비길 원했다. 중요한 것은 그가 그날 편도 차표만을 샀다는 사실이었다. 그는 그날 도살당해 먹혀 버림으로써 다시는 살아 있는 자의 현장으로 돌아오지 않길 소원했다. 그는 그렇게 함으로써 자신이 돌아가야 할 다리를 불질러버렸던 것이다.

사내A는 플랫폼에 서서 사내B를 기다렸다. 초고속 열차는 1분의 오차도 없이 도착했다. 사내B는 코발트블루의 푸른 와이셔츠에 푸른 청바지, 푸른 반코트, 푸른 양말, 푸른 야구모자를 쓰고 나타났다. 그는 약속한 열차가 외진 역에 도착하자 가장 먼저 플랫폼에 내린 남자였다. 자신이 소멸될 시간을 기다릴 수 없어 그렇게 서둘렀던 것이다. 그는 177센티미터의 아주 날씬하고 매력적인 남자였다.

"내가 너의 근사한 만찬이 되면 좋겠군."

그것이 플랫폼에서 사내B가 마중 나온 사내A에게 최초로 한 말이었다.

사내A의 집에 도착하자 그들은 통유리로 된 겨울 테라스에서 오후의 티타임을 가졌다. 오직 도살당하기 위해 초고속 열차를 타고 온 사내B는 조급해 추출 시간이 빠른 에스프레소를 마셨고 사내A는 황금빛 다즐링 홍차를 설탕 없이 마셨다. 아, 티타임 전 두 사내는 잠시 정원의 늙은 식용 마로니에에 매어놓은 2인용 그네를 함께 탔다. 허공에서 보니 겨울 폭풍이 북상하고 있었다. 사내B가 말했다.

"내가 오늘 제물로 바쳐질 너의 도살장을 보여줘."

그날 난방 안 된 도살의 방은 겨우 섭씨 10도였다. 그곳은 옛날, 생선이나 고기를 훈제하던 곳이었다. 사내A는 이미 도살실에 임시 방음벽을 만들어두었다. 도살당할 때 사내B가 이 세상에서의 마지막 비명을 마음껏 지를 수 있도록.

"나를 도살한 다음 어떻게 절멸시킬지 말해줘."

사내B는 도살장 입구 기둥에 이마를 댄 채 그렇게 말했다.

"네 육체 중 피부와 얼굴, 연골, 인대 그리고 몇 개의 뼈만 제외하고 넌 완벽하게 사라져버릴 거야. 네 뼈는 말려서 갈아버릴 거야."

사내A가 대답했다.

사내B는 부활을 원치 않았다. 그는 오직 소멸되길 원했다. 절멸이면 족했다. 그는 자신을 도살할 18센티미터짜리 날이 달린 탁월한 식도를 확인했다. 그 식도는 사건 이후 다른 여섯 개의 식도와 도끼, 그리고 고기 가는 기계와 함께 검사 기소문에 기록된 채 법정 증거물로 등장할 운명이었다. 도살의 방 앞에서 사내B가 말했다.

"내 혀와 성기는 뿌리까지 먹어줘. 난 네가 나를 먹어치우기에 좋은 큰 입, 웃으면 마지막 치아까지 모두 드러나는 그 큰 입과, 강한 어금니를 갖고 있는 것이 맘에 들어. 내 육체는 너의 강력한 이빨 아래서 천천히 확실하게 부서지겠지. 너의 그 치아로 천천히, 깊숙이, 확실하게 내 살에 너의 존재를 찍어줘. 내 살에 명백하게 네 이빨 자국을 남김으로써 날 상대하고 있다는 증거를 남겨달란 말야. 버려지는 것은 지긋지긋해. 분리는 지긋지긋해. 난 삼켜져 네 안에 있게 되는 거야. 내가 죽은 후 내 인육이 혼자 오랫동안 냉동고에 있지 않길 바라. 그러면 난 냉동고 성에 속에서 다시 외롭겠지. 내 인육이 네 맘에 들어서 네가 제발 날 빨리 먹어치우길 바라. 난 먹혀 네 몸속에 들어가 네 피와 네 세포 속에서 너와 함께 있겠지. 내 살이 맛없더라도 결코 토하지 않는다고 약속해줘. 네가 이 방에서 날 도살할 때 내 육체의 온 신경들은 도발하면서 너에게로 쳐들어가겠지."

다시 한번 말하지만 죽고 싶다는 그의 소망은 살고 싶다는 욕망만큼 절실한 것이었다. 그는 직업적 성공에도 불구하고 무서운 허무에 시달렸고 절대 고독에 허덕였으며 죽어 폐기됨으로써 인생이 자신에게 가하는 부당함에 완전히 복수하고 싶다는 공격적인 심정이 되어 있었다.

"난 흔적도 남기지 않고 사라진 사람들이 부러워. 가령 지중해에서 수영중 물속으로 액화돼버린 사람, 담배 사러 갔다 사라진 남자, 사하라 사막의 장밋빛 모래폭풍 속에 먹혀버린 사람들. 그들의 실종이 부러워. 내 해골로는 뭘 할 거야."

"갈아버릴 거야."

사내A가 말했다. 두 흡연자는 그 도살실에서 마지막 담배를 함께 피웠다.

마지막 흡연 후 그들은 다정하게 죽음의 계약서를 작성했고 서명했다.

이튿날 새벽 3시 30분경, 사내B는 직접 황금빛 코냑에 수면제 렌돌민 서른 알을 넣어 마셨다. 텅 빈 위장은 파열됐고 사내는 간성혼수에 빠졌다. 그러자 사내A는 사내B를 도살대 위에 올려놓고 18센티미터의 탁월한 날이 달린 부엌칼로 그의 목을 갈랐다. 견실한 합의 아래 한 사내가 다른 사내를 그렇게 도살하고 있는 것이다. 도살 후 그는 그의 시신에서 인육 30킬로그램을 떠냈다. 인육은 1인분씩 잘라 냉동고에 보관했다. 끼니때마다 팬에 올리브기름을 두른 후 사내의 인육을 구워 스테이크를 만들었다. 인육 위엔 소금, 후추, 마늘, 무스카트 향을 넣어 양념했다. 작은 알감자와 장미배추, 녹색 후추 소스를 곁들였다.

식탁은 축제적으로 장식했다. 은촛대를 세웠고, 유리장을 열고 사내의 푸른 코트와 똑같은 푸른 접시를 꺼냈다. 그리고 눈부신 흰 식탁보를 깔았다. 수정잔과 순은 포크, 순은 나이프가 사용됐다. 스테이크에 곁들여 그는 이태리 토스카나산 적포도주를 마셨다. 스테이크를 떠내고 남은 인육 부분은 고기 가는 기계로 갈아 고명으로 사용했다. 두 달 동안 그가 먹어치운 인육은 20킬로그램 정도였다.

"최초의 정찬이 가장 황홀했어요."

자백 때 사내A는 말했다.

제2대강절의 체포

법의학 연구소에 날아든 팩스엔 급한 전통임을 알리는 글자 'Eilt!(急)'가 쓰여 있었다. 사내A의 부엌 냉동고 속에서 임의로 선택된 다섯 봉지의 육류가 법의학 연구소에 도착했던 것이다. 그 위엔 또 이렇게 쓰여 있었다.

"이 냉동 봉지 위에 쓰인 용의자의 필체가 손상되지 않도록 열어주시기 바랍니다. 만약 이 샘플이 인육으로 드러날 경우 DNA 등 한 단계 더 상세한 검사를 부탁드립니다. 검사중에도 샘플을 차게 보관해 부패되지 않도록 해주십시오."

봉지 위에 쓰인 글자들이란 피고인 사내A가 인육의 각을 떠 한 끼 분량으로 포장해 보관하면서 그 위에 '스테이크용' '가슴살' '허벅지살' 등으로 구분해 적은 것을 가리키는 것이었다. 그 밤 법의학 연구소로부터 검찰청에 날아든 팩스 한 장엔 다섯 봉지 모두 틀림없는 '인육'이라는 감정 결과가 쓰여 있었다.

그리하여 제2대강절 월요일, 이 사건에 대한 최초의 보도가 터져나왔다. 40세 살인 용의자인 사내A는 체포됐다. 그는 사람을 죽여 그 인육의 일부를 먹었다고 자백했다. 용의자는 단번에 '식인귀'가 됐다. 그 최초의 보도 후 하루 동안 온 세계는 사내에 관한 무려 3천 종의 기사를 토해냈다. 수억의 텔레비전 시청자가 그 소식을 접했다. 온 세계가 충격으로 잠시 숨을 멈췄다. 중요한 것은 독일 연방법엔 합의 아래 사람을 도살해 그 인육을 먹은 자에 대한 소위 '식인금지위반'에 대한 처벌 조항이 없다는 것이었다. 아무도 20세기에 타인을 도살해 그 인육을 먹는 자가 나타나리라고는 상상하지 못했기 때문이었다. 사내는 대강절 기간에 체포됐고 구속됐다. 도주의 위험이 있어 구속 수사가 요구된다는 것이 구속 영장의 이유였다.

제3대강절인 화요일 아침 7시, 교도소 인도 차량이 사내를 구치소로 실어날랐다. 체포되던 날, 그는 40세 생일이 지난 지 6일째였다. 우연하게도 살인자와 피살자는 동갑내기였다.

이튿날 냉동실의 인육 외에 시신의 잔해를 찾기 위해 경찰이 탐색견과 함께 용의자의 집에 들이닥쳤다. 수사팀 '만찬'은 사내의 집과 주변 토지를 샅샅이 탐색했다. 시체의 잔여분이 발견됐다. 두개골, 연골, 인대, 피부, 고관절 들이었다. 철저한 수색 후 용의자는 단 한 사람만을 살인한 것으로 밝혀졌다. 사내가 연쇄살인범이 아니라는 것만으로도 수사팀은 안도했다.

호모사피엔스에 대한 재심

국제판례학회는 런던 시어터 구역에 있는 호텔 '랜슬롯'에서 열렸다. 학회 둘째 날 얀 검사는 발표자로 등단했다. 관례대로라면 그의 발표는 내용의 중대성 때문에 오전에 배치되어야 했다. 그러나 식욕이 문제였다. 참석자들은 장미 무늬 창과 튜더풍의 아치가 황홀한 식당에서 웨일즈풍의 오찬을 했다. 웨일즈 전통의 파래빵, 양고기와 부추, 증기로 익힌 새조개가 나왔다. 웨일즈 맥주 곁엔 그 유명한 웨일즈의 순결한 생수도 놓여 있었다.

오찬이 끝나고 회의가 시작됐을 때 나는 단상에 오른 얀 검사를 보았다. 그는 가죽 단추가 달린 정장 차림이었다. 다시 말하지만 얀 검사는 이번 판례학회 7인의 발표자 중 한 명이었다. 참가자들은 몇 년 전 대강절에 일어난 식인 사내에 관한 보고를 들었다. 보고 후 얀 검사장이 말했다.

나는 그 사내가 사람을, 사람의 살을, 인육을 먹고 싶은 것이 아니었다고 생각해봅니다. 그는 피해자를 먹음으로써 그를 자기 안에 간직하고 싶었던 겁니다. 그 사내 자신도 사람을 먹고 싶다는 그 미친 욕망이 대체 무엇을 의미하는지 알지 못했지만 그렇게 함으로써 그의 존재 내부에 아가리를 벌리고 있는 그 캄캄한 고독, 아가리를 벌리고 있는 그 캄캄한 무덤에 저항했던 것입니다. 그의 안에 한없이 배고픈, 열 길 절벽 같은 캄캄한 아가리, 캄캄한 심연이 있었던 겁니다.

여기 사람을 도살해 그 인육을 먹은 주체가 있다면 그것은 그 사내가 아니라 그의 안에 있는 수십 년 된 저 만성적 고독, 만성적 공허였는지도 모릅니다. 아니, 그 사내는 그것을, 자신의 안에서 으르렁대는 그것을 고독이라고 부르지조차 않았습니다. 그 사내는 그것을 그저 '비어 있음(Die Leere)'이라고 명명했습니다. 비어 있음이 독일어로 여성명사였으므로 사내는 그것을 '그 여자'라고 통칭했습니다. 그 사내에게는 타인을 살해해 먹는다는 그 행위가 자신의 살아 있음을 증명할 수 있는 유일한 길이었는지도 모릅니다.

그는 인육을 먹은 자는 사형에 처해진다는 것을 알았다 하더라도 그 일을 했을 것이라고 자백했습니다. "경찰이 범행현장에 나타나 날 죽인다 해도 나는 그 사내를 도살해 먹었을 겁니다"라고 자백했단 말입니다.

"나는 내 안에서 입을 벌리고 있는 그 캄캄한 아가리 때문에 죽을 지경이었습니다. 나는 죽지 않기 위해 그 일을 해야만 했습니다"라고 그는 말했습니다. 어이없지만 그는 살기 위해 그렇게 했습니다. 어이없지만 정당방위였는지도 모릅니다.

130호 재판정에선 열네 번의 재판이 열렸고, 서른여덟 증인들의 증언이 있었고, 유능한 범죄심리학자와 정신감정가들의 의견 청취가 있었습니다. 형법 212조 74항을 거론한 판결문은 무려 219페이지의 긴 이유서를 달고 있었습니다. 그러나 130호 합의 재판정은 알게 됩니다. 놀랍지만 그의 행위는 그토록 엽기적인데도 살인법을 충족하고 있지 않았고 형사처벌법 아래 있지도 않았다는 사실을 말입니다. 그럼에도 불구하고 검찰은 그 사내를 연방법원에 항소했습니다. 그를 처벌하기 위해서가 아니라, 정식 합의서를 작성해 서명한 후 그 합의에 따라 기꺼이 먹고 먹힌 두 사내의 충격적 행위 속에 20세기 인간인 우리의 정체, 즉 현생 인류인 호모사피엔스의 정체가 있다고 생각했기 때문입니다. 인류 문명의 절정인 20세기 한복판에서 벌어진 그 가공할 야만적 사건이 대체 무엇을 의미하는지 우리는 알아야만 했기 때문입니다. 연방법원 제21형사법정에선 다시 열네 번의 재판이 열렸습니다. 그 법정은 결국 그에게 살인과 죽은 자의 휴식 방해를 이유로 법정최고형인 종신형을 선고했습니다. 그러기 위해 형사법 168조가 동원됐습니다.

종신형이 선고되었을 때 피고는 울지 않았습니다. 왜냐하면 돌아가신, 엄격했던 어머니가 그에게 늘 "남자는 절대 울면 안 된다"고 말했으므로. 피고는 늘 복종하는 인간이었습니다. 그는 자기를 죽여달라는 피살자의 명령에 복종했습니다. 그는 피살자와 함께 작성한 죽음의 계약서대로 살해의 순서와 인육 시식의 조항들을 모두 꼼꼼하게 지켰습니다.

다시 말하지만 그것은 요청과 합의에 의한 살인이었습니다. 살해된 사내는 피고에게 자신의 육체를 도살하도록 수락하고 내어주었습니다. 피살자가 그 죽음의 계약서에 서명하도록 강요당한 것도 아닙니다. 피살자는 도리어 '오늘, 당장, 여기서' 죽고 싶다고 피고를 재촉까지 했던 것입니다. 그러니 이 상황에서 과연 어디까지가 자살이고, 어디까지가 살인인지 정의하기 어렵습니다. 그렇다고 시신을 모독했거나 죽은 자의 안식을 훼방한 것도 아닙니다. 그는 시신에 욕설을 퍼붓지도 않았고, 시간(屍姦)하지도 않았으며, 죽음의 계약서에서 합의한 대로 그 내용을 모두 꼼꼼하게 지켜 시행했던 것입니다. 그는 합의 살인의 모든 과정을 자신의 비디오카메라로 상세하게 기록하기까지 했던 것입니다.

살인자인 피고는 자신이 증오스러웠습니다. 인간을 도살해 먹고 싶다는 그 끈질긴 욕구와 환상이 증오스러웠고 마침내 그 일을 저지를 수 있도록 한 사내가 나타났다는 기적이 증오스러웠습니다. 그는 마침내 자신을 죽여 먹어달라고 계약서에 서명까지 해버린 사내가 자기 앞에 있다는 그 사실과 그 사내가 증오스러웠단 말입니다. 그는 잠시 자신에게 분노했습니다. 어린 시절 아버지와 형이 그를 떠나버린 이후 삼십여 년간 그토록 엽기적 환상을 갖고 살았던 자신이 증오스러웠습니다.

그러나 도살을 시작했을 때, 그는 마침내 소원을 이룰 수 있다는 데 걷잡을 수 없는 행복감을 느꼈습니다. 그렇습니다. 사내의 목적은 단 한 가지였습니다. 합의 아래 인간을 도살하고, 그의 배를 가르고, 그 시신을 먹는 것이었습니다. 두 사내가 변태적이었던 건 사실이지만 그들이 정신착란이었던 것은 결코 아니었습니다. 문제는 살인자도 살인당한 자도, 도살자도 도살당한 자도 범행의 시작부터 끝까지 자신들의 행위가 잘못인지 아닌지를 판단할 수 있는 명백한 능력이 있었다는 것입니다. 놀라운 것은 사내를 죽여 그 살을 먹는 순간 피고 안의 끔찍한 공허가 문득 사라져버렸다는 사실입니다. 그의 존재 안에서 으르렁대던 그 깜깜한 아가리가 순식간에 소멸돼버렸다는 사실입니다.

다시 말하지만 시신 모독, 죽은 자의 휴식 훼방도 맞지 않는 말입니다. 인간은 자신이 살아 있을 때, 사망 후 자기 시신을 어떻게 처리해야 할지 결정할 권리가 있는 겁니다. 화장, 수장, 매장, 천장 등. 사내B는 죽음의 계약서에 도살되어 먹히고 싶다고 또렷하게 적었습니다. 너무도 살고 싶었으므로, 그래서 자신을 너무도 완전히 폐기시켜버리고 싶었던 상태를 피살자인 사내B는 '존재의 쇄절' '존재의 파기'라고 명명했습니다. 자기 존재의 철저한 무효 선언 말입니다.

아무도 인류 문명의 절정인 이 20세기에 타인을 도살해 그 인육을 먹는 자가 나타나리라고는 생각지 못했습니다. 아무도 이 20세기에 타인에게 도살되어 철저하게 먹혀 쇄절되기를 원하는 자가 존재하리라고는 생각지 못했습니다. 시민들은 엄청난 대충격에서 돌아와 천천히 그 엽기적 사건이 사실임을 인정해야만 했습니다. 이 사건의 수사팀 '만찬'도, 검사장인 나도 천천히 이 엽기적인 사건이 사실임을 인정해야만 했습니다.

이 사건을 국가의 이름으로 고소하면서 난 두 번 배수구에 토했습니다. 나는 그 식인 사내가 20세기 현생 인류인 호모사피엔스를 고기 가는 기계에 처넣고, 갈아엎고, 가루로 만들고 그리고 텅 비게 만드는 것을 보았습니다.

연방법원 대법정은 결국 그에게 법정최고형인 종신형을 선고했습니다. 그러나 왠지 연방대법원의 판결은 대중의 말 없는 요구에 아부했다는 느낌이 듭니다. 이 세상은 더이상 저런 사내가 존재한다는 것을 인정하고 싶지 않았던 겁니다. 저 사내를 보고 싶지 않은 겁니다. 우리는 그가 우리의 거울이고 우리가 꾸고 있는 악몽이라는 것을 알아버린 겁니다. 그에게 종신형을 내림으로써 그를 우리에게서 떼어내 영원히 감옥이란 창고 속에 폐기처분하고 싶은 겁니다. 생매장하고 싶은 겁니다. 우리의 거울인 그를 잊고 싶은 겁니다. 그의 정신 상태는 범죄분석가로부터 '정상'이란 판정을 받았고 그래서 그는 지금 정신감호병동이 아닌 일반 교도소에 감금돼 있습니다. 그는 지금 모범수로서 교도소 세탁소에서 일하고 있습니다.

사내B의 장례식은 그의 절단된 머리, 손과 발, 몇 개의 뼈를 모아 치러졌습니다. 죽음의 계약서대로 도살자는 피살자의 가능한 모든 것을 먹어버렸으므로 유해는 그토록 간략했던 것입니다. 단출한 유해는 살인자가 정원에 30센티미터 깊이로 파묻었던 것을 수사팀이 발견했던 것입니다. 그 장례식은 아주 작은 공동묘지에서 치러졌습니다. 그것도 아주 어두운 저녁 시간에, 보도팀들이 몰려올까봐 아주 비밀리에 말입니다. 피살자는 떡갈나무 관에 누웠습니다. 그의 신체 대부분은 살인자가 먹어버렸으므로 유해는 정말이지 아주 단출했습니다. 집례 신부는 20분간 설교했습니다.

이 두 사내가 살인자와 피살자로서 20세기 동시대인인 우리에게 계시하고자 했던 것은 과연 무엇입니까. 문명의 절정인 20세기 한복판에서 벌어진 이 가공할 야만적 사건이 우리에게 계시하고 있는 것은 과연 무엇입니까. 20세기 현생 인류인 우리는 이미 우리가 생각해온 그 호모사피엔스가 아닌지도 모릅니다. 우리는 지금 호모사피엔스가 아닌, 그 어떤 다른 끔찍한 종이 되어 있는지 검증해보아야만 합니다. 아니, 이렇게 말해도 됩니까. 우리는 지금 이 지점에서 20세기 최고의 페스트, 무서운 전염병에 관해서 폭로해야 하는 것인지도 모릅니다. 20세기 페스트의 이름은 '고독'입니다. 고독이라는 이름의 그 흑사병이 현생 인류인, 호모사피엔스인, 우리 안에 들어와 변종을 일으키고 있는 것은 아닙니까. 저 사내처럼 우리도 미쳐가고 있는 것은 아닙니까.

인간 정의(定義)에 대한 재심이 필요합니다. 인류의 정체, 호모사피엔스의 정체가 과연 무엇인지 묻는 그 재심이 필요합니다. 우리는 이미 호모사피엔스가 아닌지도 모릅니다. 우리는 지금 우리가 아닌 다른 존재가 되어 있는지도 모릅니다. 확실한 것은 내가 지금, 설명될 수 없는 것을 설명하려고 시도하고 있다는 사실입니다. 이렇게 함으로써 20세기 인류 법정에 호모사피엔스의 정체를 재심해달라고 항소하고 있는 것입니다.

살인자의 정원은 지금 버려져 황폐함이 더 깊고, 그의 녹슨 푸른빛 구형 벤츠 승용차와 녹슨 그네만이 회화적으로 놓여 있습니다. 매복한 겨울 폭풍의 풍력을 안고 두 사내가 함께 창공 높이 올라갔던 저 고독한 그네 말입니다.

사내A와 사내B를 '변종 호모사피엔스'라고 불러야 한다는 얀 검사의 말을 우리는 듣고 있었다. 두 사내의 사건을 통해 인류는 호모사피엔스의 시간을 통과해 다른 새 인류로 넘어가고 있는지도 모른다는 그의 설교를. 호모사피엔스 이후의 이 인류를 대체 무엇이라고 불러야 할까. 사내B는 형법에 의하면 '승낙에 의한 살인 피해자'였고 범죄피해자학에 따르면 '자발적 범죄피해자'였다. 어떻든 적어도 한 나라에서 1년에 2천여 명의 사람들이 살인에 의해 죽어간다. 자연사할 수 있다는 것도 이럴 때엔 축복이다.

그렇다. 인간은 다시 인간을 먹기 시작했다.

테이트 브리튼, 26호 전시실

테이트 브리튼 26호 전시실에 들어섰을 때 거기 얀 검사와 내가 보기로 한 황금 액자의 그림이 있었다. 프랜시스 베이컨의 3부작 〈1972년 8월〉이었다. 1972년 8월은 화가 베이컨에겐 절망의 시간이었다. 그의 연인 조지 다이어가 자살했던 것이다. 그들은 동성애자였다.

그 3부작은 베이컨이 자살한 애인과 자신에게 헌정한 추모곡이었다. 세 편의 그림 중 서쪽에 자살한 조지가 있었다. 동쪽엔 베이컨이 있었다. 그리고 두 연인 사이, 두 개의 우주 한가운데서 두 연인은 하나가 되어 성교중이었다. 놀라운 것은 연인 사이인 동서의 남자는 그 3부작 속에서 서로 바라보고 있지 않다는 사실이었다. 그들은 각각 동쪽을 향해 앉아 있었다. 한 사내는 다른 사내의 등을 보고 있었다. 아니, 두 사내는 그 무엇도 보고 있지 않았다. 두 사내 모두 눈을 감고 있었으니까.

26호 전시실에 들어서는 순간 우리는 이미 알았다. 저 고독한 3부작은 죽어도 해석될 수 없는 그 무엇이라는 것을. 저 그림이 부르는 레퀴엠을 듣는 것은 금지돼 있다. 애가를 듣는 것은 금지돼 있다. 애가 속에 등장하고 있는 저 두 애인의 성교 장면이란 대체 무엇을 의미한단 말인가. 그래도 그 고독한 3부작은 황금 액자를 왕관처럼 썼다. 황금칠 때문에 그림은 치명적으로 더 외롭다.

"두 사내 뒤에서 성교의 순간까지 그들을 미행하고 있는 저 직사각형의 어둠은 대체 뭐야."

얀 검사가 말했다.

"절벽."

"카오스."

"고독."

"고독, 그것은 살인자의 이름이야. 식인의 이름이야."

"서쪽 사내의 심장과 왼팔을 누군가 먹었군."

"창자도."

"동쪽 사내의 심장과 왼팔을 누군가 먹었군."

"창자도."

"서쪽 사내의 발아래 저 핑크빛 출혈, 핑크빛 피 웅덩이를 봐."

"성교하는 연인의 목덜미와 오른팔도 누군가 먹어치웠군."

"어둠이 먹어치웠군."

"고독이란 이름의 저 카오스가 먹어치웠군."

베이컨은 성교를, 두 존재가 하나가 되는 순간인 성교를 서로가 서로를 먹어버리는 것으로 이해했는지도 모르겠다. 얀 검사와 나는 결국 그 3부작 그림 속에서 사라져버린 두 개의 다리, 두 개의 왼팔, 두 개의 심장, 두 개의 창자, 세 개의 핑크빛 피웅덩이를 이해하지 못하고 서 있었다. 얀 검사의 말대로 누군가 먹어버린 것일까. 이곳에서도 도살과 식인이 일어났단 말인가. 그것은 이해될 수 있는 것이 아니다. 얀 검사가 말했다.

“난세, 고백하자면 난 저 그림들 속에 있는, 저 인간 뒤편에 있는, 성교하는 순간에도 버티고 있는 저 직사각형의 어둠, 직사각형의 검은 창, 저 검은 우주를 확인하러 왔어. 저 검은 절벽, 그것이 살인자 사내A가 말한 바로 그 끔찍한 아가리, 소름 끼치는 ‘비어 있음’이 아닐까. 그 살인자가 지금 여기 있지 않은 것이 유감이군. 난 내일 학회 마지막 토론 때 참석자들에게 이 그림을 보여주고 싶어. 외로운 두 남자를. 자살한 남자와 남겨진 남자를. 그들의 성교를 지켜보고 있는 저 검은 직사각형의 심연을.”

26호 전시실을 나서며 나도 얀 검사도 이미 그 검은 절벽에 이름을 붙이고 있었음을 난 장담할 수 있다. 동시에 똑같은 이름을. 그 검은 절벽의 이름은 고독이었다. 살인자가 말한 바로 그 끔찍한 ‘비어 있음’이었다. 그렇다면 얀 검사는 내일 있을 판례학회 토론에서 이렇게 말하겠다는 것인가.

“고독, 그것이 살인자의 이름입니다. 고독, 그것이 20세기 유럽에 다시 등장한 야만적인 식인의 이름입니다.”

얀과 나는 그림 중 실종된 심장과 창자를, 팔과 다리 절반을 두 사내가 서로 먹어치웠다고 간주해버렸다.

우리는 26호 전시실을 나와 25호실을 통과했다. 구체적으로 말한다면 우리는 그 25호실, 루치안 프로이트의 명작 누드 두 점을 통과했다. 천만에, 프로이트의 그림은 그냥 통과해버릴 수 있는 것들이 아니다. 프로이트는 조작 없는, 병들지 않은 건강하고 장엄한 누드를 그린다. 그의 그림 속에서 여자들은 곧 여신이 된다.

테이트 브리튼을 나오자 곧 공사장이었다. 우리는 으르렁대는 시멘트 믹서 트럭을 지나 공사장 옆 남루한 식당으로 들어갔다. 우리는 우리를 구석에 처박고 싶었다. 온몸에 흙을 묻힌 자줏빛 작업복의 공사판 남자 둘이 우리 뒤를 따라 들어왔다. 우리는 벽에 붙어 있는 메릴린 먼로와 프랭크 시나트라의 낡은 포스터 앞에 앉았다. 계란판과 이 빠진 접시 더미 너머로 햄과 베이컨, 계란 튀기는 소리가 건너왔다. 우리는 시커멓게 탄 토스트를 먹었고 구운 토마토를 먹었다. 다시금 쌓인 계란판, 낡고 이가 빠진 접시들의 절벽을 보았고 햄과 베이컨을 구워내는 기름 냄새를 맡았고, 70년대 유행가를 들었다.

식당을 떠날 때 주인 노파는 우리에게 "굿바이, 젠틀멘"이라고 인사했다.

런던의 황혼

"내 이름은 폴이에요. 폴 캠벨. 지하철 중앙선을 타고 런던 시 제2구역 화이트시티에서 내리세요. 역전 남아프리카 로를 건너서 〈런던의 황혼〉, 신문사 제국 중 가장 오래된 건물인 옛 본부로 오세요. 신문사 검색대 앞에서 한 사내가 당신을 맞을 겁니다. 그가 당신을 소위 '노병의 피리' 벙커로 안내할 것입니다. 난 거기서 당신을 기다리겠습니다. 다시 한번 말씀드리지만 나는 노기자 폴입니다."

노인의 음성이었다. 난 전화기 저편에서 자신을 폴이라고 소개한 그 사내가 나이 칠십이 넘었음을 장담할 수 있었다. 법정에서 이미 수만 명 증인들의 음성을 들어온 내 청각은 확실했다. 그런데도 사내는 자신을 노기자라고 말했다. 자신이 현역임을 강조하고 있다는 인상을 난 받았다.

지하철에서 내리자마자 난 사내가 말한 남아프리카 로를 보았다. 〈런던의 황혼〉 옛 본사는 군부대 행정병영 동쪽에 솟아 있었다. 목조 건물은 단풍나무 사원이라는 별칭에 맞게 철학적인 모습을 하고 있었다. 그 우수가 은빛 철제 구조로 된 신관 건물들과 옛 본사를 구별하게 했다.

신문사 통근 버스가 멈춰 섰고 출근자들을 토해냈다. 우편 수레를 밀고 가는 우체부가 내 앞을 통과했다. 노기자가 말한 옛 본사 앞에 섰을 때 난 숨을 멈췄다. 건물 앞엔 너무도 낯익은 꽃이 만개해 있었다. 그 꽃은 부친 현학이 서울 화동 집 정원에 심었던 것과 똑같은 애기동백이었다. 그제야 난 부친이 왜 화동 집 정원에 그 흰 동백을 심었는지 알 것 같았다. 더이상 물어볼 필요도 없었다. 그곳은 부친이 근무했던 곳임이 틀림없었다. 눈 속에서도 피던 애기동백을 보자 난 부친이 거기서 날 맞이하고 있다는 생각이 들었고 울컥하는 심정이 됐다.

신문사 로비 검색대 앞으로 다가갔을 때 한 남자가 내게 다가왔다. 검은 양복에 머리를 뒤로 묶은 발이 아주 큰 사내였다.

"독일에서 오셨죠."

"우난세라고 합니다."

"캠벨 씨가 기다리고 계십니다."

그가 출입증을 건넸다. 우리는 승강기 앞으로 갔다.

"우리는 지금 '노병의 피리' 벙커로 갑니다."

발 큰 사내가 말했다.

벙커에 들어섰을 때 그 노기자를 보았다. 그는 청동으로 된 조각 소파 앞에 서 있었다. 그는 내가 그 방으로 들어서는 순간을 놓치지 않겠다는 자세로 거기 서 있었다. 임전 태세 같았다. 검은 양복에 푸른 와이셔츠 차림이었다. 머리엔 백년설이 내려앉아 있었다. 두 눈썹 위에도. 그의 두 뺨엔 늙은 외피 속으로 아직도 그의 존재 곳곳에 혈액을 실어나르는 실핏줄들이 산호처럼 뻗어 있었다.

"난 폴이요. 독일 전선은 이상 없습니까."

내게 악수하며 노기자는 그렇게 물었다.

"우난세라고 합니다, 캠벨 씨."

"이 벙커는 〈런던의 황혼〉이 세상을 향해 서 있는 최전선을 상징합니다. 제2차 세계대전과 다른 전쟁 속에서 피의 소식들을 전해준 장렬한 종군기자들의 힘으로 오늘의 〈런던의 황혼〉이 됐어요. 국가가 전사한 무명용사들에게 영웅 묘지를 세워 기념하듯, 우리 신문사는 이 최전선 벙커에 종군기자들의 이름을 이 단풍나무로 만든 거대한 피리 위에 새겨넣었어요. 우리는 이것을 노병의 피리라고 부릅니다. 이런 식으로 인간은 악착같이 상징을 남깁니다. 위대한 것의 순간적 향기를 보존하려고 악을 씁니다. 이런 식으로 인간은 저 저주받을 건망증에 저항합니다. 그러다 다시 건망증이 닥치면 그때는 또 전쟁이 터지고 도살이 시작되지요. 종군기자로 파견되는 기자들은 모두 예외 없이 선배 기자들의 이름이 적힌 이 노병의 피리 앞에서 파견식을 가집니다. 그래서 이 방은 〈런던의 황혼〉의 심장이에요. 이 방은 신문사가 마련한 세상을 향한 최전선, 세상으로 출항하는 제1부두입니다. 난 곧 동티모르에 갑니다. 동양 친구여."

그는 나를 노병의 피리 앞에 세웠다.

"여길 보세요. 여기 당신 부친의 이름이 있어요. 피닉스 우(Phoenix Woo)라고 쓰여 있군요. 당시 그의 직함은 〈런던의 황혼〉 소속 동아시아 서울 사무소 특파원이었습니다. 당신 부친은 1950년부터 1953년까지 〈런던의 황혼〉 종군기자로서 한국전쟁을 취재했습니다. 그는 특히 그 길고 끔찍했던 한국전쟁 휴전회담 취재기자로 활약했습니다. 그는 〈런던의 황혼〉 종군기자 자격으로 북한 공산당 측 대표인 남일 인민군 대장과 유엔군 측 수석대표 해리슨의 역사적 순간을 인터뷰하는 데 성공했습니다. 종전되자 그는 폐허가 된 조국에 기꺼이 남기 위해 사표를 제출했고, 이 늙은 건물이 완공되던 1955년, 정식 사임식을 위해 이곳에 초대되어 이 건물을 보았습니다. 여기 그의 글과 서명이 남아 있어요. 이 방명록 속에. 자, 보세요. 내가 당신을 위해 한 장 복사해두었지요.

Scheitern.
Wieder scheitern.
Besser scheitern.
좌초.
또다시 좌초.
더 나은 좌초를.

부친 현학이 방명록에 남겼다는, 독일어로 적힌 그의 육필을 보았을 때 난 충격을 받았다. 올 것이 왔다, 라는 짧은 비명이 내 안에서 스쳤다. 좌초. 그렇다. 그것이 내가 부친에게서 그토록 찾으려고 했던 분실물이었다.

"당신 부친이 방명록에 적은 이 말은 아일랜드 사람들의 잠언이지요. 이후 베케트도 그의 후기 산문에 그 잠언을 사용했죠. 당신 부친은 1936년 독일 베를린에 파견돼 혹독한 수습기자 시절을 치렀고 이후 다시 두 번이나 통신원 자격으로 베를린에 특파됐습니다. 우리 같은 직업적 종군기자들은 당신 부친처럼 숙명적으로 도상(途上)의 인간들입니다. 우리 같은 종족은 65세가 되면 정년퇴직을 하고 연금생활자가 되는 그런 안전한 삶을 상상할 수 없어요. 나도 도상에서 죽을 겁니다. 높은 산 중턱, 도상에서 죽어 풍장되는 짐승들처럼."

나는 그 노기자 뒤에 청동으로 새긴 〈런던의 황혼〉의 마그나 카르타, 대헌장을 보았다.

우리는 절대 독립적이고, 절대 정직하며, 탈정당적이다. 창조성과 인류에 대한 숭고한 감정은 우리의 혈액이다.

"난 올해 일흔셋이에요. 열흘 후 인도네시아의 동티모르 폭동 취재 책임을 맡고 파견됩니다. 한 공동묘지에서 인도네시아 군이 과격한 분리 독립 지지파들에게 발포하는 유혈사태가 있었지요. 준비는 이미 끝났어요. 나 같은 백발의 기자를 다시 전장에 파견하는 〈런던의 황혼〉의 배짱이 참 좋지요."

그리고 그는 말했다.

"당신 부친은 내 선배 기자였어요. 난 50년간 리포터로 일해왔어요. 처음 파견됐을 때 내 나이 겨우 스물넷이었지요. 난 종군기자 50년 경력 동안 무려 스무 건의 전쟁을 취재 보도했어요. 사람들은 나를 영원한 종군기자, 전쟁 리포터라고 부르죠. 그러나 난 궁극적으로 인간과 역사를 보고하는 자입니다. 내가 월남전쟁에 파견됐을 때 당신 부친의 옛 기사를 찾아 읽었던 기억이 있어요. 한국전은 신(新) 이념 전쟁이라는 점에서 현대전 연구가들의 소중한 자료지요. 우리 같은 리포터들은 전쟁과 화약고, 정의와 불의, 적군과 아군, 그 어느 것에도 감정적이 되지 않도록 훈련받았어요. 우리는 그저 보고하는 자, 필경사들이에요. 당신 부친이 살아 있다면 그도 나처럼 이따금 나토 전략회의에 초대될 겁니다. 나토는 이념전에 대한 전쟁 리포터들의 의견을 미친 듯 들으려고 합니다."

노기자가 다시 말했다.

"여기 방명록 77페이지 복사본을 선물로 드리죠. 당신 부친의 육필을 내가 복사해둔 겁니다. 조국에 가면 내 이름으로 당신 부친의 무덤 위에 꽃 한 송이 놓아주세요. 유토피아의 꽃, 선혈빛 해당화 한 송이를."

난 대답하지 않았다. 부친 현학은 무덤이 없다. 종군기자 피닉스 우는 무덤이 없다. 그의 유해는 아직도 묻힐 자리를 찾지 못한 채 망명중이다. 나는 베니스 무라노산 유리병에 담겨 있는 분골된 '아버지의 재(災)'를 생각했다. 현학의 재는 아직도 뿌려질 곳을 찾지 못했다. 난 현학의 육필을 접어 안주머니에 넣었다. 현학의 필명은 왜 하필 불멸의 새 피닉스였을까. 그는 왜 그토록 과격한 상징의 새를 필명으로 사용했을까.

"당신이 동티모르에서 취재해 보낼 리포트를 반드시 읽겠습니다, 캠벨 씨."

작별의 악수 때 내가 노기자에게 말했다.

아, 목동아

런던 옥스퍼드 거리는 내겐 짧은 지옥이다. 거리 양쪽에 아가리를 벌리고 늘어선 끝없는 쇼핑센터들. 끝없이 그 물신의 아가리로 밀려들어가고 밀려나오는 20세기 시민들의 모습에 구토가 난다. 그 거리에만 서면 난 다시 한번 하수구에 토하고 싶어진다. 끝없이 저런 무의미를 장사해대고 있는 이 세상 속에서 현학이 남긴 그 외마디, '더 나은 좌초'란 대체 무슨 의미일까.

지하철역 에스컬레이터는 텅 비어 있었다. 드문 일이었다. 노교수 힐과의 약속 시간이 다가오고 있었다. 그때였다. 난 저 지하로부터 건반 같은 에스컬레이터를 역류해 올라오는 노랫소리를 들었다. 그 노랫소리가 화살처럼 날아와 내 가슴에 처박혔다. 〈아, 목동아〉였다. 그것은 아버지 현학의 노래였다. 숱 많은 머리를 무명 수건으로 묶은 채 외아들인 나를 재우며 부르던 부친의 노래였다.

아, 목동들의 피리 소리들은
산골짝마다 울려나오고
여름은 가고 꽃이 떨어지니
너도 가고 또 나도 가야지.

에스컬레이터가 바닥에 닿았을 때 난 저만치 악보를 세워놓고

〈아, 목동아〉를 부르는 한 여자를 보았다. 이 런던에서, 이 낯선 지하철역에서 바로 저 옛 노래를 들을 수 있다는 이 돌연한 기적, 황홀한 재회에 가슴이 저렸다. 부친을 잃고 삼십여 년간 저 노래를 듣지 못했었다. 난 여자에게 동전을 던졌고 빠르게 그녀 앞을 통과했다. 그러나 미궁 같은 지하철 모퉁이를 돌자 결국 멈춰 섰다. 그러고는 벽에 얼굴을 묻은 채 여자가 부르는 〈아, 목동아〉의 다음 소절을 들었다. 눈을 감고 난 그 노래를 마셨다.

여자의 노래는 추억이라는 에테르와 뒤엉키면서 독주(毒酒)가 됐다. 삼십여 년 만에 듣는 아버지의 노래 속에서 내 혈관의 피들은 노곤해졌다. 난 기꺼이 취했다. 난 처절하게 객사한 현학의 목소리를 런던 지하철역, 중앙선과 빅토리아선이 교차하는 지하 미로에서 만나고 있는 것이다. 아버지의 노래를 만나고 있다는 그 불길한 황홀감.

눈을 떴을 때 지하철 플랫폼은 텅 비어 있었고 난 혼수에서 깨어난 심정이었다. 저만치 선혈 같은 소방 기구들과 출구라고 쓴 사프란빛 글자들만이 지하 공간에 떠 있었다.

역사는 자기 자식을 먹는다

힐 교수의 집을 찾는 일은 쉽지 않았다. 여교수는 전화로 내게 "붉은 사자 광장으로 오세요" 했었다. 온종일 비가 오고 있었다. 비는 모자의 창을 약간 누를 정도의 수량이었다. 겨울의 저녁 7시는 검은 비단 같았다. 어둠 속에 켜진 신호등들만이 초록빛과 붉은빛으로 도시의 리듬을 연주하고 있었다. 거리 전체가 문득 비어 있었으므로 그것은 약간 길게 이어진 추상적인 아코디언 같다는 생각을 난 했다. 홀본 구역 붉은 사자 광장은 아주 작았다. 광장을 막 횡단했을 때 한 남자가 쓰레기를 버리고 있는 것을 보았다. 사내의 움직임에선 왠지 축제의 냄새가 났다.

"킹스게이트 15번지를 찾는데요."

내가 말했다.

"킹스게이트는 거리의 이름이 아니라 건물의 이름일 겁니다. 그러니 킹스게이트 15번지가 아니라 15호일 겁니다. 난 이곳 거리의 이름을 모두 알고 있지만 게이트라는 이름이 붙은 거리는 없어요. 아, 그러면 한번 거리의 이름들을 꼼꼼히 정리해봅시다. 맞아요, 십중팔구 저 집입니다."

난 15호의 벨을 눌렀다. 적당히 낡은, 승강기 없는 목조 건물이었다. 힐 교수는 꼭대기 층에 살고 있었다. 덮개가 열린 피아노, 두 마리 토끼, 그리고 엄청난 분량의 책들로 둘러싸인 거실 한가운데 제단처럼 식탁이 놓여 있었다. 그 식탁 앞에 한 노파가 앉아 있었다. 힐 교수였다.

"난 독일현대사 연구가입니다. 아우슈비츠 연구가이지요. 1961년 5월, 그날 나는 당신 부친과 함께 부헨발트 강제수용소에 초대된 손님 중 하나였어요. 철학자 아담스키 교수가 우리를 초대했지요. 주지사도 동행했습니다. 악명 높은 저 부헨발트 유대인 강제수용소로. 우리는 함께 그 아우슈비츠를 괴로워했어요. 그때 서울에서 군사 쿠데타가 일어났다는 소식이 날아들었지요. 난 사실 그 당시엔 그 소식이 동행중인 당신 부친에게 얼마나 치명적인 것인지 미처 알지 못했지요. 그리고 우리는 헤어졌어요."

그녀는 옛 앨범을 준비해놓고 있었다. 삼십여 년 전 일인데도 나는 단번에 부헨발트 강제수용소의 기념사진을 알아보았다. 거기 흰 양복 차림의 부친이 서 있었다. 부친 곁에 열 살짜리 소년인 내가 서 있었다.

"아, 이 소년이 바로 당신이었군요."

노교수는 사진 위로 내 얼굴을 쓰다듬으며 말했다.

"우리는 그때 부헨발트 수용소의 거대한 점호 광장 앞까지 뻗어 있는 '피의 길' 위에 서 있었습니다. 우리가 서 있던 부헨발트의 그 지점에선 저만치 동쪽에 있는 악마적인 생체 실험실과 화장장을 배경으로 그 유명한 괴테 나무가 바라다보였습니다. 그때 한 사내가 달려왔습니다. 수용소 기록실 남자였어요, 그가 말했지요. '남한의 서울에서 쿠데타가 일어났답니다. 군인들이 쿠데타를 일으켰답니다.' 당신 부친은 그때 서울에 있는 국무총리의 안부를 물었던 것으로 기억합니다. '총리는 실각했고 구금되었답니다.' 기록실 사내가 말했지요. 그때……"

힐 교수는 날 바라다보았다.

"수용소 입구에 독수리처럼 솟아 있는 옛 감시탑 종각 스피커로부터 부헨발트 포로들의 장엄한 노래가 쏟아져나왔지요. 그 노래 가사는……"

"부헨발트, 너는 나의 운명, 그럼에도 불구하고 난 삶에 대고 주저 없이 '예스'라고 말하리라."

"당신은 아직도 그 찬가를 기억하는군요."

"아버지가 번역해주셨지요."

"생각해보세요. 무려 5만여 명이 학살된 그 수용소의 포로들은 매일 아침 그 점호 광장에서 어김없이 그 찬란한 노래를 불렀다는 겁니다. 그것은 '찬가'이고 '엘레지'이죠. 우리는 그때 부헨발트 강제수용소 소장이었던 한 사령관의 부인인 일제라는 여자가, 아름다운 문신을 새긴 포로들을 살해해 그 살갗으로 만들었다는 석 점의 끔찍한 기념물들 중 유일하게 남아 있는 램프 갓을 관람한 후였지요. 사령관 아내가 사람 가죽으로 만들었다는 석 점의 애장품은 귀부인용 장갑과 가족 앨범 표지 그리고……"

"바로 그 램프 갓이었죠."

"램프 갓 위엔 건장한 남자 포로의 가슴에서 도려냈다는 청람빛의, 넉 장의 돛대가 있는 범선 문신이 있었지요. 이후 사령관 아내는 기소돼 법정에 섰는데 검사 측 증인은 그 여자가 사람 피부를 도려내 만든 램프 갓, 가족 앨범 표지, 장갑을 소유하고 있었다고 증언했습니다. 하지만 그 여자가 문신이 있는 피부를 얻기 위해 포로들을 의도적으로 살해했다는 증거는 확보하지 못했어요. 그러나 분명한 것은 그 강제수용소에서 죽은 포로들의 신체로부터 문신된 피부들을 도려내어 무두질한 후 램프 갓을 제작했다는 것, 사람의 뼈로 만든 서양장기판의 말이 존재했었다는 것은 의심할 여지가 없었다는 것이죠. 도살이라는 그 몸서리쳐지는 잔치에도 불구하고 내가 역사학자로서 유독 아우슈비츠 연구가가 된 것은 바로 그 부헨발트 수용소 죄수들의 찬란한 찬가 때문이었지요."

나는 다시 한번 1961년 5월, 부헨발트 유대인 강제수용소에서의 부친 현학과 내 모습이 담긴 사진을 바라다보았다. 힐 교수가 말했다.

"역사는 언제나 이긴 자의 기록입니다. 성공한 쿠데타 앞에서 당신 부친은 패자였고, 패자란 역사 속에선 기회가 없는 겁니다. 패자는 역사의 땔감, 역사의 연료입니다. 유감스럽지만 그렇습니다. 역사란 이긴 자들의 기록이에요. 그렇게 함으로써 역사는 자기 자식인 인간을 먹어치웁니다."

힐 교수는 부헨발트 강제수용소 기념관 고문위원이었다. 그녀가 다시 말했다.

"뱀 같은 세상, 피비린내 나는 도살의 역사조차도 그저 표피에 머물지요. 내년 3월, 건강이 허락한다면 난 다시 부헨발트 기념관 연례총회에 갑니다."

힐 교수와 작별하고 나올 때 난 오른쪽 서가 아래 놓인 토끼 먹이용 알프스산 건초 봉지를 보았다. 밖에는 여전히 겨울비가 내리고 있었다.

"역사란 승자들의 기록이지요. 패자란 역사의 땔감입니다."

힐 교수의 말이 생각나자 난 붉은 사자 광장 앞 가스등 아래 멈춰 섰다.

힐 교수의 독백이 생각났다.

"그렇게 함으로써 역사는 자기 자식인 인간을 먹어치우지요."

2장

Die Kaisers Caldera

위대한 도시, 라비린토스

내가 사는 이 도시가 왜 라비린토스라는 신화적 세례명을 갖게 되었는지는 알 수 없다. 중부 유럽 독일에 위치한 1천 년 된 이 늙은 도시엔 그보다 더 늙은 강이 복판을 흐른다. 사람들은 이 도시를 영웅들의 도시, 혹은 위대한 도시라고 부른다.

지상의 모든 도시들이 그렇듯 이 위대한 도시는 승자와 패자의 배역을 바꿔가며, 영웅과 창녀의 얼굴을 갈아끼우며 1천 년을 버텨왔다. 각각 다른 권력자와 정복자가 도시 언덕 중앙성에 깃발을 갈아끼웠고, 정복자에 따라 광장과 거리, 공원과 로터리는 민첩하게 이름을 바꿨으며, 대학과 음악당 들은 더 부지런히 이름을 갈아끼우며 시대정신이란 광풍 아래 1천 년을 버텨왔다. 궁전과 교회 들은 파괴되고 복원되며, 정복자와 통치자에 따라 운하들은 복개되고 다시 열렸다. 전자가 실각하고 후자가 승리하면 광장과 중앙로는 다시 창녀처럼 시대가 주는 가명을 하사받기 위해 몸을 낮춘다. 그러니 1백 년 후 저 남성적인 영웅 광장과 장대한 중앙로가 다시 누구의 이름으로 바뀌게 될는지는 아무도 모른다.

이 도시의 장관은 장대한 중앙로이다. 장렬한 풍광의 그 중앙로는 도시의 정점인 거대한 언덕까지 상승하며 뻗어 있다. 그 언덕 위에 거대한 연극 무대처럼 영웅 광장이 버티고 있다. 광장에 이르는 중앙로 양쪽엔 1천 년간 이 도시와 함께 대격변을 치러낸 황제, 성인, 독립 영웅, 순교자 들의 동상이 노령의 보리수들과 함께 도열해 있다. 영웅 광장 좌우엔 이 도시의 성소인 박물관과 음악당이 두 개의 왕관처럼 나란히 놓여 있다.

한때 봉건왕국의 수도이기도 했던 이 도시의 영웅들은 바로 이 도시의 수호성인들이다. 그들은 자기 시대의 용(龍)들과 싸운 자들이다. 그들은 도시와 시민을 지키려고 그들의 머리를 기꺼이 칼 아래 바쳤다. 그들은 투쟁했던 인간들의 성스러운 시간을 그렇게 동상 위에서 계시한다. 보리수와 도열한 동상들 사이에 시민들은 피처럼 붉은 장미를 심었다. 장미 아래에선 몰래 쐐기풀이 치솟는다. 그리하여 중앙로에서 영웅 광장에 이르는 장대한 길은 이 도시의 영광과 치욕을 동시에 모아놓은 '만신전(萬神殿)'이다.

물론 영웅 광장 북쪽엔 홍등가가 처박혀 있었고 동쪽엔 자기

둥지, 자기 여물통에 얼굴을 처박은 채 오직 먹고 자고 성교하고 악착같이 계산 장부를 꿰차고 앉아 이익이란 이름의 독을 퍼마시는 대개의 시민들이 살고 있었다. 사실상 성인, 영웅, 창녀, 협잡꾼, 마약 밀매범, 스노커 들이 함께 어깨를 맞대고 살아가고 있다는 사실 속에 이 도시의 위대함이 있는지도 몰랐다. 아니, 저 사내, 지금 막 영웅 광장 모퉁이를 돌아가는 저 하이에나 같은 사내. 아니, 오페라좌 분수대 그늘을 통과하는, 세상 잡사와 결탁한 저 외로운 여자. 그들이 이 도시를 살아가는 영웅들이다. 저 무명의 군중들이 바로 이 시대의 새 오벨리스크, 새 기념비들이다. 위대한 도시라고 불리는 이 도시의 거리 매점엔 오늘도 주말이면 발표될 복권 당첨금 6천만 마르크, 즉 360억 원짜리 복권을 사기 위해 줄 서 있는 시민들이 보인다. 이 위대한 도시 시민들은 그렇게 360억 원짜리 불량배 같은 행운을 기다린다.

이 위대한 도시의 평균적 시민이란 이렇다.

이 위대한 도시 평균적 시민인 남자의 평균 키는 179센티미터이고 여자는 그보다 11센티미터 작다. 남자는 36.2세에 호적 사무소나 교회에서 결혼하고 그의 신부는 평균 33세다. 20년 전만 해도 이 도시 남자들은 5년 일찍 결혼했었다. 결혼하는 자는 줄어가고 이혼하는 자는 늘어간다. 올해도 479쌍의 부부가 결혼했고 5백 쌍의 부부가 이혼했다. 평균적 시민의 나이는 44.8세이고 1.1명의 아이를 갖고 있다. 남자는 71.7세에 죽고 그의 아내는 80.9세에 죽는다. 오늘 이 위대한 도시에 태어난 아이 중 사내아이는 75.6세, 여자아이는 82세까지 살게 될 것이다.

평균적 시민은 40세가 되면 대개 이혼을 생각하고 평균 5,600마르크의 빚을 지고 있다. 그는 두 대의 텔레비전과 1.5대의 자동차를 갖고 있고 5년에 한 번 입원한다. 그가 병원에 가는 일이 있다면 아마도 심장 순환계통의 질병일 것이고 교통법규를 위반한 전과가 있다. 평균적 시민은 퇴근하자마자 귀가하고 저녁엔 영화관, 음악회, 서커스에 가거나 집에서 기차, 선박, 비행기 모형을 만든다. 평균적 시민 중 1할은 5년마다 이사하고 일생 동안 평균 다섯 번 거주지를 바꾼다. 평균적 시민은 1년에 1,497시간 일하고, 45,266리터의 물을 마시며 80킬로그램의 쓰레기를 토해낸다. 남자들 중 56퍼센트는 독신을 고수한다. 그들은 아내와 아이들에 대한 책임 때문에 자신이 누리고 있는 독신 생활의 풍요와 자유를 잃을까 겁내고 있다. 독신 남자들은 대개 수입이 좋은 자들이다.

이 도시의 평균적 남자는 하루 종일 2만5천 개의 단어를 말하고 여자들은 3만 개의 단어를 쏟아낸다. 그중 4분의 1은 단지 걱정거리를 토해놓는 데 사용된다. 이 도시의 평균적 시민은 하루 1시간 53분 텔레비전을 보고 37분간 책을 읽는다. 이 도시에서 가장 많이 일하는 사람은 사업가나 은행가가 아니라 삼림 보호원들이다. 그들은 주당 53.9시간 일한다. 남자들은 옷장 속에 평균 25개의 넥타이를 갖고 있고 그중 사용하는 것은 넉 장 정도이다. 그들은 한 주 평균 88번의 전화를 건다. 이 도시의 평균적 시민들은 아직도 편지 쓰기를 좋아해서 도시엔 모두 338개의 노란 우체통이 있고 휴일에도 우편물을 수거하는 111개의 우체통이 있다.

거대하게 솟아 있는 도시 서쪽 저수탑 곁엔 이 도시에서 가장 큰 홍등가가 자리잡고 있다. 새벽엔 백합처럼 흰 푸들을 데리고 산책하는 러시아와 인도차이나 출신 창녀들도 볼 수 있다. 이 홍등가 객실은 월세로 운영된다. 창녀들은 방을 빌려 개인 점포를 연다. 그들은 하루 종일 세 평짜리 자기 객실에서 육체의 점포를 연다. 휴가 때면 그곳에 객실을 빌려 매춘을 하는 멀쩡한 유부녀들도 있다.

이 도시엔 또 3,481번이나 무작위로 여자들에게 전화를 걸어댄 33세의 정신병자도 살고 있다. 그는 어떤 날은 한숨도 자지 않고 밤새 전화를 걸어 면식도 없는 타인을 모욕하고 협박했다는 것이다. 한 검사장 시보는 그가 적어도 1만 번 이상 전화 스토킹을 했다는 심증을 갖고 있다. 모퉁이 매점에선 동성애자들을 위한 주간지가 팔리고 있다.

이 도시엔 거대한 행정재판소 앞 66개의 가스등을 설계한 여자 건축가 첼란도 살고 있다. 그녀는 재판소 앞을 흐르는 꿈 같은 운하 곁에 물의 영혼 같은 푸른 가스등을 설계했다. 그녀의 가스등이 대토론의 불을 지핀 적이 있다. 다른 도시에서 부임한 신임 연방행정 재판소장이 그 푸른 가스등이 지나치게 멜랑콜리해서 재판소 격조에 맞지 않는다고 철거를 제의한 것이다. 그 비난과 함께 첼란은 단번에 명사가 돼버렸다. 격렬한 찬반논쟁이

유명 일간지에 실렸고 급기야 찬성과 반대로 나뉘어 두 대의 시민 전화가 설치됐다. 전화는 발신자 부담이었다. 그날 무려 20만 명 이상의 시민이 기꺼이 전화 요금을 치르고 설문조사에 응답했다. 신임 재판소장은 항복했다.

나는 이 1천 년 된 도시의 음악가 구역에 살고 있다. 음악가 구역의 모든 길들엔 음악가의 이름들이 세례되어 있다. 바흐, 하이든, 베토벤, 모차르트, 슈만, 리스트, 멘델스존, 바그너, 말러, 클라라 슈만 등이 그렇다. 첼란은 베토벤 가에 살고 있고 난 쇼팽 가에 살고 있다. 화석 연구가인 테오, 이집트 박물관 여자 관장인 야스민은 철학자 구역 쇼펜하우어 가에 살고 있다. 내가 쇼팽 가에 살고 있는 것은 우연이 아닌지도 모른다. 내가 어려서 가장 많이 들은 것은 쇼팽의 곡들이었다. 부친은 쇼팽의 짧은 전주곡들과 연습곡들을 즐겨 들었다. 끝없이 내 청각을 타격해오던 쇼팽의 연습곡 12번 〈혁명〉. 언젠가 첼란이 내게 물었다.

"난세, 당신은 이 위대한 도시에 대체 몇 개의 가스등이 우리의 밤을 지키는지 알아요?"

그녀가 가로등이라고 말하지 않고 가스등이라고 했으므로 난 당황했다. 그날 처음으로 그 도시의 가스등 숫자에 대해 아무 예감도 없는 내 자신이 무정하게 생각됐다. 그녀가 말했다.

"이 도시엔 모두 22만50개의 가스등이 우리의 밤을 지킵니다."

연쇄방화, 혹은 부서지는 지폐

그 겨울, 이 위대한 도시엔 세 가지 사건이 있었다. 연쇄방화 사건, 지폐훼손 사건, 국제사립탐정 회의가 그것이다. 첫 화재는 새해 첫 화요일에 일어났다. 붉은 사암으로 된 옛 인쇄기 제작 공장이 열네 시간 불탔다. 이튿날 옛 목화방직공장 천장에서 불길이 솟았다. 다음날 새벽, 도시 외곽의 대규모 건축자재공장에서 불길이 치솟았다. 그 후 불길은 물레방아 도는 관광식당, 양로원, 대학생 공동주거 건물에서도 치솟았다. 30명의 부상자가 발생했다.

폐기물 컨테이너 열 대가 동시에 불타고 과거 소련 병영 군인 막사가 불타던 밤, 스무 대의 소방차가 출동했다. 해빙기 동안 이미 30건의 방화가 있었다. 그 연쇄방화가 단독 범행인지 집단 범행인지는 아직 밝혀지지 않고 있었다. 연쇄방화 진화로 소방대원들은 모두 지쳤다. 다른 도시에서 자원소방대가 출동했다. 소방대와 자원소방대가 손을 잡고 함께 불의 바다를 건넜다. 스물두 명으로 구성된 화재 사고 수사팀은 이 모든 화재 사건이 연쇄방화라는 데 심증을 굳혔다.

급기야 경찰청장의 담화가 있었다. 모든 시민이 관찰자가 되어주기 바란다고 그는 말했다. 밤이면 도시 창공에 정찰 헬리콥터가 떴다. 거리엔 사복 경찰들이 잠복했다. 이 악마적 방화범은 과연 누구란 말인가. 한 심리학자는 이 연쇄방화가 도무지 방화를 멈출 수 없는 자, 불을 지르지 않고는 도저히 살 수 없는 한 인간에 의해 저질러지고 있는지도 모른다고 말했다. 그것은 모든 시민들이 잠든 밤, 불을 지르지 않고는 살 수 없는 한 인간이 부스스 자리에서 일어나 문을 밀고 나온다는 것을 의미했다. 그 기사를 읽으면서 평균적 시민들은 잠시 자신이 혹 그 몽유병 환자는 아닌지 의심해보는 것이었다.

한 여자가 현금인출기 앞에 서 있었다. 여자는 기계의 명령대로 자신에게 배급된 비밀번호를 입력했다. 그러자 기계는 동굴에서 두레박으로 지폐를 길어올리듯 그르륵대는 소리를 냈다. 지폐가 기계 밖으로 밀려나왔다. 여자는 지갑을 열었고 손을 뻗어 지폐를 끌어올렸다. 손이 닿는 순간 지폐는 돌연 그녀의 손가락 사이로 부서져내렸다. 낙엽처럼.

이 도시의 새해는 그렇게 지폐훼손 사건으로부터 시작됐다. 손이 닿는 순간 낙엽처럼 부서져내리는 지폐. 목숨을 걸고 번 지폐가 눈앞에서 가루가 되는 그 악몽. 낙엽처럼 서걱대며 손안에서 부서지는 지폐는 여기저기서 발견됐다. 온 도시가 경악했다. 원인은 산(酸)으로 밝혀졌다. 누군가 의도적으로 지폐에 아황산을 들이부었다는 것이다. 화폐공사로부터 운반되는 지폐들엔 절도를 막기 위해 몰래 보이지 않는 적색 도료를 침투시킨다. 화폐절도범들이 지폐 속에 숨어 있는 그 특수 도료를 없애기 위해 아황산을 사용했을 것이라는 견해였다. 각각 다른 모양으로 부서져내리는 지폐는 이미 천오백 장이나 발견되었다. 화폐공사는 지폐를 낙엽처럼 부서지게 하는 아황산이 생명을 위협하는 것은 아니라고 거듭 강조했다. 화폐공사는 또 부서져내리는 지폐를 발견할 경우 모든 조각들을 조심스럽게 봉투에 담아 시중은행을 통해 주정부은행에 보고해달라고 말했다. 돈이 만신이 돼버린 세상 속, 누군가 어두운 다락방이나 지하에서 화폐 위에 아황산을 부으며 이 세상의 맘몬인 지폐를 공격하고 있다.

국제사립탐정 회의는 도시 남쪽의 로코코 양식의 성에서 열렸다.

"당신 행복은 누수되고 있습니다."

그것이 사립탐정들의 슬로건이었다. 행복이란 말도, 누수란 말도 평균적 시민들에겐 치사량의 현기증을 일으켰다. 그 말은 시민들에게 그들이 행복하지 않은 것은 행복이 납치된 채 금고 속에서 누수되고 있기 때문이라는 착각을 갖게 했다. 행복은 액화되어 누수되고 있다. 사립탐정들은 그렇게 도무지 행복하지 않은 시민들의 치명적 약점을 공격하고 있었다. 신문 인터뷰에 의하면 사립탐정들은 더이상 셜록 홈스의 모자나 코트를 입고 있지도 않고, 킁킁대며 냄새 맡는 수색견 같은 이미지도 아니라는 것이었다. 어떻든 세계로부터 날아온, 트렌치코트를 입은 수백 명의 사립탐정들로 거리는 넘쳤다. 그들은 대개 전직 첩보기관 전문가, 군수기지 정찰자, 옛 수사관들이었다.

"우리는 정부 수사기관들이 법적 허가 등으로 낭비하는 모든 시간들을 단번에 줄입니다. 20세기의 새로운 적 산업스파이에 맞서, 우리는 기업 보안 경영의 동반자입니다. 당신의 행복은 누수되고 있습니다."

말이 나왔으니 말이지, 행복은 이 위대한 도시의 신호등 앞에서도 서성거린다.

"당신의 행복은 바로 3백 미터 앞에 있습니다."

신호등 앞에서 차를 멈추고 시민들은 광고판에 쓰인 그 황홀한 말을 읽는다. 그 말 속에선 마취약 냄새가 난다. 정말이지 우리는 까맣게 몰랐다. 우리가 그토록 미친 듯 찾던 행복이 겨우 3백 미터 앞에 놓여 있다는 기적을.

"잊지 마십시오. 당신의 행복은 바로 3백 미터 앞에 있습니다."

우리가 어떻게 그 놀라운 사실을 잊을 수 있단 말인가. 우리는 신호등이 바뀔까봐 초조해진다. 우리가 그토록 찾던 행복이 겨우 3백 미터 앞에 있다면 우리는 스스로를 약간 진정시킬 필요가 있다. 그리고 다시 천천히 광고판의 마지막 문장을 읽는다.

"당신의 행복은 바로 3백 미터 앞에 있습니다. 당신의 카지노, 디오니소스."

운명의 두께 4.5센티미터

연쇄방화 사건은 결국 최초의 희생자를 냈다. 누군가 불을 지른 외로운 건물 속에서 한 사내가 사망한 것이다. 사내는 아마도 잠을 자다 불길에 놀라 일어난 것이 분명했다. 소방대원들은 그를 거실 출입구 앞에서 발견했다. 사내는 막 출입구의 손잡이를 잡았을 것으로 추정됐다. 그러나 사내는 출구를 열지는 못했다. 출구를 열어젖히고 살아 있는 자의 공간으로 나올 힘이 없었으므로. 불길과 세상을 막고 있던 그 한 장의 문짝, 그는 미처 한 걸음도 되지 않는 문짝의 두께 4.5센티미터를 넘지 못했던 것이다.

연쇄방화 사건의 첫 희생자인 그 사내가 신원불명으로 밝혀지자 담당검사는 그 시신을 검시 신청서와 함께 법의학 연구소로 보냈다. 첫 희생자와 함께 그 연쇄방화 사건은 돌연 살인 사건이 됐다. 이제 방화는 더 정열적으로 계속될 것이다. 방화범도 이 살인 소식을 읽었을 것이고 어쩌면 살인이 그의 방화 목적이었는지도 몰랐다. 희생자가 나오면서부터 연쇄방화는 더 본격적으로 일어날 수도 있다.

난 야손 교수에게 전화를 걸었다. 그는 라비린토스 대학 법의학 연구소장이었다. 그와의 인연은 깊다. 그는 사색적인 중세풍의 남자였다. 연쇄방화 사건 첫 희생자의 검시 일정을 물었다.

"들러보고 싶어서요." 내가 말했다.

"오전 7시 55분." 그가 말했다.

이튿날 난 검시 일정에 맞춰 법의학 연구소에 갔다. 본관 보수공사에도 불구하고 야손 교수는 1층 옛 검시실을 고수하고 있었다. 그는 그 중앙 검시실을 '진실의 제국'이라고 불렀다. 검시실 입구에서 가운과 덧신을 갖춰 입으면서 난 결국은 체포돼 지방법원 배심재판부 법정에 등장할 연쇄방화범과의 싸움이 시작됐음을 알았다. 타버린 시신의 아련한 숯 냄새가 풍겨왔다. 검시실엔 이미 시신이 도착해 있음이 분명했다.

검시실의 문을 열자 첫 시술대에 그 사내가 누워 있었다. 불길에 타버린 사내가. 야손 교수가 내게로 다가와 라텍스 장갑 한 벌을 건네고 사라졌다. 시체 검안이 시작되고 있었다. 타버린 사내는 숯처럼 단단해져서 어두운 구리로 만든 조각품 같았다. 머리카락은 모두 타버려 둥근 두개골만이 노출돼 있었다. 귀와 입은 가차 없이 타버린 채 오그라들어 있었다.

성기는 절반이 타버려 아주 작은 모습을 하고 있었으며 거대한 불알만이 문득 돌출돼 있었다. 오른쪽 두 개의 발가락은 불길에 먹혔다. 가장 치명적인 손상은 두 손이었다. 손들은 불과의 투쟁을 증명하듯 한껏 오그라들어 있었고, 경악과 분노를 증명하듯 주먹을 쥐고 있었지만 불길에 타버려 소년의 손처럼 슬프게 작아져 있었다. 총상도, 칼자국도, 폭행 흔적도, 목 졸린 외상 흔적도 없다고 검시의가 녹음하는 소리를 나는 들었다.

시신 검안이 끝나자 사내의 아래턱이 가차 없이 절개되어 드러났다. 검시팀은 그의 아래턱 전체를 절개할 때 애를 먹었다. 화상으로 인해 극단적으로 경직된 외피와 조직 때문이었다. 치아의 마모 상태로 보아 사내의 나이는 45세에서 50세 정도로 추정됐다. 심장을 절개하자 그가 심장발작을 앓았음을 증명하는 흔적들이 발견됐다. 그는 조만간 다시 한번 심장발작을 앓게 될 징조를 갖고 있었다. 그러나 심장의 외모는 광택 때문에 건강해 보였다.

간의 윤곽선은 날렵하지 않고 이미 무뎌져 있었다. 간을 절개하자 사내가 지방간을 앓고 있었던 흔적이 발견됐다. 지방간을 증명하는 황색 기운이 간 전체에 퍼져 있었다. 췌장은 그가 당뇨를 앓고 있었음을 밀고했다. 그러나 전립선은 건강했고 그 아래 정자 창고는 건강한 돌기를 갖고 있었다.

사내가 죽기 전 불길에 휩싸였다면 검시의는 그의 기도에서 숯가루 흔적을 발견하게 될 것이다. 기도를 절개하자마자 숯가루 흔적들이 드러났다. 기도 입구 내벽엔 창백한 우윳빛 화상성 물집들이 우르르 몰려 있었다. 식도를 절개하자 숯가루 흔적들은 폭발적으로 더 많아졌다. 두 개의 폐를 절개했을 때 모든 것이 자명해졌다. 사내의 폐는 입구에서부터 깊숙한 말엽까지 시커먼 숯가루를 담고 있었다.

불이 났을 때 사내는 숨을 쉬고 있었던 것이다. 그렇다면 사내의 사망 원인은 순수 화상일 가능성이 많다. 검시의는 숯가루가 가득 들어찬 폐를 촬영시켰다. 위 근육도 수축을 멈춰 위장은 아주 작아져 있었다. 절개 후 위장의 내용물도 검시실로 보내졌다.

사내의 치아 구조와 장기 속에서 발견된 질병의 흔적들은 그의 신원을 신고된 실종자 명단에서 확인하는 데 도움이 될 것이다. 야손 교수는 특히 대형 참사의 신원 확인 작업 전문가였다. 그는 비행기 추락 사고, 열차 전복 사고 같은 대형 참변의 사망자 신원 확인 작업을 여러 번 지휘했다.

난 장갑을 낀 손으로 숯처럼 단단해진 사내의 얼굴과 귀를, 죽어도 펴지지 않는, 분노에 찬 주먹 쥔 두 손을, 폐 속에 가득 들어찬 숯가루들을 가만히 만졌다. 심장발작 증거와 신장발작 증거, 지방간, 당뇨 흔적에도 불구하고 그가 곧 병사했을 것이라는 결정적 증거는 없었다. 사내는 적어도 수년은 더 안심하고 삶을 누릴 수 있었다.

"참, 그에겐 충수돌기가 없었어. 맹장 수술 받은 것이 아마도 그의 생애 첫 수술이었겠지. 그리고 이 검시가 마지막 수술이겠지."

야손 교수가 말했다. 검시실을 나오며 난 장갑을 벗었다. 시신을 인수받기 위해 대기중인 검은 정장 차림의 두 장의사가 장의차에서 나무관을 끌어내리는 것을 난 보았다.

연쇄방화범은 이제 첫 희생자를 저렇게 불길 속에서 죽게 함으로써 이 도시에, 경찰청과 검찰청에, 지방법원에 선전포고를 하고 있다고 난 생각했다. 이 아침, 저 검시대 위에서 두 장의 폐엽에 숯가루를 가득 담고 죽어 누워 있는 저 사내가 내가 되지 않을 것이라는 보장이 대체 이디 있단 말인가.

분명한 것은 소방대원들이 불길에 타 죽은 저 사내를 발견해 차에 실을 때 연쇄방화범도 군중 속에 끼어 그 장면을 보았을 것이라는 사실이었다. 불길에 살해된 그의 첫 전리품인 죽어 타버린 사내를. 승리감 때문에 그는 흥분해 바지에 실금을 했을지도 모를 일이다. 어떻든 연쇄방화 사건은 그렇게 해서 살인 사건이 됐다. 언젠가 내가 부장판사로 있는 제9호 법정에서 그 연쇄방화범과 마주 앉게 될는지도 모르겠다는 생각이 들었다.

"그래도 행운은,"

야손 교수가 말했다.

"저 사내의 육체가 숯이 될 때 사내는 이미 의식을 잃고 사망중이었다는 사실이지. 온몸이 탈 때 그는 이미 의식이 없었고 그래서 삶과 결탁하고 있지 않았고 그래서 고통도 없었다는 것."

어쨌든 사내의 불행은 그가 바로 출입구 앞에서 죽었다는 사실이었다. 많은 화재 희생자들이 바로 그 4.5센티미터의 문을 건너지 못했다. 불길이 산소를 삼켜버린 출입문 이쪽과 산소와 생명이 있는 출입문 저쪽 사이에 놓인 그 4.5센티미터. 지옥과 천국 사이에 놓인 벽의 두께는 겨우 4.5센티미터였던 것이다.

발푸르기스의 밤, 브로켄 산정

"내가 당신의 멋진 구두를 다치게 했군요."

열차 맞은편 좌석의 사내가 내게 말했다. 그는 적포도줏빛 안경에 소방관 제복을 입고 있었다. 자세히 보니 사내는 보청기를 끼고 있었다. 그는 내가 겨우 잡아탄 그 열차가 '마녀들의 무도장'으로 가는 특급열차가 아니라고 누누이 못 박았다. 그는 내게 이 열차의 종착역 직전 역에서 내리라고 말했다.

"당신이 그곳 플랫폼에만 서면 쏜살같이 특급열차가 달려올 겁니다. 브로켄 산정 마녀들의 무도장으로 가는."

열차가 이름 모를 역에 정차하고 있었다. 소방관 사내는 차창을 두드렸고 플랫폼에 서 있는 한 사내와 눈인사했다. 소방관 사내의 감격에 비해 창밖의 사내는 그 재회에 그리 반색하는 표정이 아니었다. 여행가방의 흔들리는 열쇠고리 앞에서 한 금발 여자가 낮 담배를 피우고 있었다.

"특급열차로 갈아타고 반 시간 정도면 종착역에 도착합니다. 거기서 산정으로 오르는 케이블카를 타세요. 케이블카로 정확히 8분이면 당신은 이미 마녀의 무도장 입구에 서 있게 됩니다."

소방관 사내에게선 삶의 기쁨이 넘쳤다. 그의 순결한 명랑함 앞에서 난 잠시 부끄러웠다. 내 존재 가득 입고된 허무와 분노가 발각될까봐. 저 사내의 명랑함은 오래전 내가 분실한 그 무엇이다, 라고 난 생각했다. 그는 소방복 안주머니를 젖혔다.

“이런 것 하나쯤은 준비하셨겠지요. 마녀의 무도장에 가실 분이라면.”

사내는 손전등을 꺼냈고 곧장 스위치를 눌렀다. 형광빛 불이 터졌다.

“마녀의 무도회가 끝나고 캄캄한 밤 귀로에 케이블카를 타고 하강하는 일은 아주 위험합니다. 케이블카 안은 칠흑처럼 어둡고 함께 탄 동행자가 혹시 도망중인 악마인지 알 길 없죠. 그럴 때 이런 손전등이 반드시 필요하죠.”

소방관답게 손전등은 산뜻하고 멋진 신형이었다. 내가 그런 멋진 손전등 같은 것을 준비했을 리 없다. 사내가 손전등을 소방복 속에 끼워넣는 순간 무엇인가 떨어져내렸다. 넓적한 중증 장애자 증명서였다.

지난 2월 카니발 때 여자들은 커다란 가위를 들고 길목에서 사내들을 가로막은 채 거침없이 넥타이들을 잘랐다. 넥타이는 권력과 페니스의 상징이었다. 겨울 내내 도시들은 그렇게 사육제와 바보제라는 축제를 즐겼다. 그것이 긴 겨울의 강을 건너는 유럽인들의 월동법이었다. 주차 시간만 초과해도 관청에 입력돼 벌점이 매겨지는 이 저주받은 위생적인 세상 속에서 축제란 단기휴가 같은 것이었다. 브로켄 산정에서 열리는 발푸르기스의 밤은 전통적으로 겨울의 끝으로 간주되는 4월 마지막 날, 그 겨울의 절벽에 닥쳐왔다.

케이블카 탑승장 앞으로 걸어가면서 난 막 십자로를 지나 직진하고 있는 프러시안블루의 포르쉐 한 대를 목격했다. 첼란의 차였다. 우리는 케이블카 탑승장에서 만나기로 약속했었다. 첼란은 날 보지 못했다. 난 탑승장 진입로에서 첼란을 기다렸다. 파우스트의 말대로 봄은 벌써 산정의 눈부신 백양나무 속에서 꿈틀거린다. 메피스토펠레스의 말대로, 그러나 우리 육체는 아직도 엄동설한이다. 첼란과 내가 함께 발푸르기스의 밤, 마녀의 무도회에 참석하기로 한 것은 즉흥적 약속이었다. 우리는 겨울과 봄의 투쟁이 끝나는 그 마술적 순간을 함께 보내자는 데 동의했던 것이다. 어차피 내일은 노동절이었다. 뒤쪽에서 은방울이 울었다.

첼란은 이미 마녀의 불꽃 망토를 걸치고 있었다. 발목엔 은방울을 달고 있었으므로 내게로 달려올 때 은방울이 울렸다. 브로켄 산정으로 상승하는 케이블카 안에서 첼란은 내내 날 꼭 끌어안고 있었다. 그녀의 향수 냄새는 탁월하고 독했다. 난 그녀에게서 단 한 번도 동일한 향수 냄새를 맡은 기억이 없다. 그녀는 향수든 사람이든 결코 동일한 것에 머물러 있지 않는다. 그녀에게 정착은 재앙이다. 건축가인 그녀의 최고 야심은 멋진 이동주택을 설계하는 것이다. 상대편에 앉은 두 젊은 사내들은 케이블카의 특별 테크닉에 대해 지껄였다. 첼란이 내 귀에 대고 속삭였다.

"너와 당장 이곳에서 성교하고 싶어."

코트 속으로 파고드는 그녀의 몸은 뜨거웠다. 운동으로 단련된 그녀의 예리한 날갯죽지가 손에 잡혀왔다. 그녀는 이른 새벽 어김없이 헬스클럽에 나가 두 시간씩 운동한 뒤 건축사무소로 출근하는 여자였다. 그녀가 다시 귓속말했다.

"얼마나 놀라운 일이야. 너와 나의 이 육체가 탄생부터 애초 백 년을 살도록 건축되어 있다는 것."

그녀는 한 남자 동료와 함께 그 위대한 도시의 도심에 건축설계사무소를 열고 있었다. 그들은 최고의 명성을 누렸다. 난 그녀가 그 늙은 사내와도 동침했음을 장담할 수 있다. 사업과 마찬가지로 그녀의 육체도 조건만 맞는다면 명쾌히 합작할 준비가 되어 있었다. 그녀는 육체와 정신을 능숙하게 분리해 휴대하고 다니는 실용적인 여자였다. 그녀에게 사랑 같은 추상성은 안중에도 없었다. 그녀 건축사무소의 이름인 '순간—Augenblick'이 그것을 잘 폭로하고 있었다. 그녀가 요즘 이동가옥의 꿈을 밀어붙이고 있는 것은 결코 이상한 일이 아니었다.

아니, 이동주택이란 말도 그녀에겐 덜 날렵하다. 그녀는 이동주택이란 말 대신 '휴대용 주택'이란 말을 사용한다. 필요에 따라 필요한 장소로 휴대할 수 있는 집 말이다. 집도 노트북처럼 휴대할 수 있어야만 한다. 태양의 경사를 따라 해변용 의자를 옮기듯. 물론 신속하게 의자를 접듯 다시 퇴장할 수 있어야만 한다. 그녀에게 정착은 유죄다. 정착은 죄악이다. 멋진 집시, 멋진 유목민이 되는 것, 그것이 그녀에겐 곧 신인류이다.

"유랑의 욕망은 우리 존재 안에 뿌리를 내리고 있어. 정착은 변태야. 집을 부동산이라고 부르는 이 저주받은 세상, 집은 부동산이 될 때 재앙이 되는 거야. 집이 부동이 되는 순간 우리 삶도 부동이 되는 거지. 정착한 채 한 국가, 한 도시, 한 직장, 한 가정, 한 남자, 한 여자의 노예가 되는 것. 그 혼수, 그 마비를 생각해봐. 정착하면서 사람들은 집을 궁궐로 만들어가지. 그리고 기꺼이 집의 노예가 되지. 집과 함께 부동이 되어가는 거야. 옛 유목민들은 달리는 말 안장 위에서 전 생애를 해결했어. 그들은 이동하지 않으면 죽는다고 생각했지. 이동하려는 자의 숙명적 조건, 그것은 소유를 줄이는 거야. 소유가 많으면 이동할 수 없지. 30평방미터면 언제든지 집을 네 바퀴에 싣고 이동시킬 수 있어. 그래서 우리 설계팀의 휴대용 주택 프로젝트의 이름은 플라잉 오피스(flying office)—나는 집, 날아다니는 사무실이야. 인간은 날지 않으면 죽어. 네덜란드의 내 동료는 나는 집 대신 '망명의 집'이라고 부르자는 시적 제안을 했지. 난 동의했어. 이 망명의 집을 통해 우리는 종족, 국가, 가족, 이런 소속으로부터 대담하게 망명해버리는 거야."

날지 않으면 죽는다.

그렇게 해서 그녀의 첫 휴대용 주택 프로젝트의 이름은 '망명의 집'이 됐다. 망명의 집은 네 발 위에 서 있는 30평방미터짜리 정방형의 집이다. 사면은 모두 유리로 된 짧은 낮꿈 같은 집이다. 첼란은 그것을, 스스로 자신을 모든 일상의 감옥으로부터 탈

출시키려는 자, 자신을 자신의 모든 감옥으로부터 망명시키려는 자들의 휴대용 주택이라고 불렀다.

"정처(定處)를 고집하는 자는 멸종하게 되어 있어. 종족 보존을 위해 이 대륙에서 저 대륙으로, 이 대양에서 저 대양으로 끝없이 이동하는 생물들처럼 이동하지 않는 자는 멸망하고 말지."

그리고 그녀는 말했다.

"그 정처 없음이 축복이야."

휴대용 집들은 특수차의 바퀴에 실려 탁월한 인프라로 가득 찬 20세기 고속도로를 달린다. 오늘 난 내 휴대용 집과 함께 이 육지를 떠나 저 해안에 있을 수 있다.

"내게 자유란 곧 유랑이야. 20세기엔 유랑이 능력이야. 능력 있는 집시가 되는 것. 지중해와 대서양이 만나 철썩이는 지브롤터 해협 연안까지 휴대해온 망명의 집에 앉아 노트북으로 재판을 끝내는 널 생각해봐. 사고의 전환이 필요해. 그동안 우리가 어떻게 아침 9시까지 출근해 저녁 6시에 퇴근하는 지옥을 견딜 수 있었는지 모르겠어."

그러나 직업 판사인 나는 내가 휴양 해안에서 노트북으로 살인 사건 재판을 끝낼 수 있다는 사실이 상상되지 않는다. 나는 내가 정년퇴직으로 법정을 떠나는 그날까지 법정에서 재판하길 원한다.

"과거란 휘발성이 강한 물질이야. 태워버리면 되는 거지."

그녀는 마치 서랍장의 서랍 한 짝을 발로 걷어차듯 과거를 걷어차며 그렇게 말했다. 3년 전 그녀는 동업자와 함께 그 위대한 도시 최고의 쇼핑센터 계약을 따냈다. 도시 한복판에 있는 2백년 된 백화점의 개축 작업은 역사적 프로젝트였다. 그 도시 최고의 쇼핑센터가 탄생할 것은 의심할 여지가 없는 일이었다. 그 쇼핑센터는 며칠 후 봄날, 역사적 개관을 하게 되어 있었다. 개관일이 임박하자 한 일간지엔 그녀의 인터뷰가 실렸다.

그녀가 내 목에 매달려 있었으므로 케이블카가 정상에 도착했을 때 맞은편 두 사내는 하차에 약간 문제가 있었다. 케이블카 안전요원들은 잠시 늦어진 우리의 이상한 하차 때문에 기다려야만 했다. 케이블카의 기능은 특이해서 단 한 번도 정차하는 법이 없었다. 승객들은 승차도 하차도 흔들리는 케이블카를 부여잡고 현기증 속에서 후닥닥 치러내야만 했다. 그것이 이 케이블카의 매력이긴 했다. 나와 첼란도 흔들림 속에서 하차했다. 하차장으로부터 마녀의 산정에 이르는 우거진 숲은 이미 방문자들로 만조를 이루고 있었다. 갈라진 길들로부터 삽시간에 수많은 방문자들이 행진하듯 산정 입구로 진군하고 있었다. 마녀들은 모두 빗자루를 들고 있었고 마귀들은 지팡이를 들고 있었다. 그들은 노래했다.

"천사에게 날개가 있다면 마녀에겐 빗자루가 있다."

마녀의 산 입구에 섰을 때 우리는 결단해야만 했다. 아니, 마녀의 무도장에 입장하려는 자는 누구든 그 입구에서 결단해야만 했다. 무도장인 산정 입구엔 이렇게 쓰여 있었으니까.

이 발푸르기스의 밤, 당신은 기꺼이 악마일 것인가.
악마의 붉은 인장이 없는 자는 입장할 수 없음.
—악마장(惡魔長) 콜북.

마녀의 무도장에 들어서려는 자는 손을 내밀라. 손목에 악마의 도장이 없는 자는 누구도 입장하지 못한다. 그리하여 우리는 입구에서 기꺼이 팔뚝을 내밀었고 기꺼이 붉은 도장을 받았다. 인장은 팔뚝 깊이, 선명하게 찍혔다. 그렇다. 오늘 이 발푸르기스의 밤, 이 악마의 산정에선 오직 마귀와 마녀만이 절대 선(善)이다. 그래서 결국 두 마리의 악마가 된 우리는 발푸르기스 밤의 시민이 되어 마녀의 무도장인 브로켄 산정으로 입장했다. 우리의 입장을 신고하듯 첼란의 발목에선 다시 은방울이 작열하듯 울렸다. 열차 창가에서 읽었던 문고판 『파우스트』의 발푸르기스의 밤 첫 구절이 생각났다.

"나는 에리히토라는 이름의 음침한 여자올시다. 난 오늘 밤도 몸서리치는 잔치에 나가렵니다."

마녀가 말한 '몸서리치는 잔치'란 대체 무엇일까. 마녀들의 무도회인 발푸르기스의 밤만을 의미하는 것일까. 힐 교수도 '학살이란 몸서리치는 잔치'라는 말을 하지 않았던가. 제9호 법정에서 내가 만나는 살인자들. 야손 교수의 부검실에서 본 불타버린 사내. 몸서리치는 잔치란 사실 삶 자체가 아닐까. 그때 산정에서 악마장 콜북의 발푸르기스의 밤 선언이 터져나왔다. 악마장 콜북은 오늘 특별히 이 산정으로 행차했던 것이다.

"오늘 다시 브로켄 산정은 악마의 손에 넘어갔습니다. 발푸르기스의 이 밤, 세상의 마녀들은 몽땅 이 산정으로 거동했습죠. 이 순간 이 산정은 고귀한 전통에 따라 마녀의 가마솥으로 변신합니다."

마녀와 악마 들의 거창하고 소란한 행렬이 시작됐다. 마녀들은 콧등과 손등을 거미, 전갈, 두꺼비 들로 장식하고 있었다. 챙겨든 빗자루에선 번개처럼 불꽃이 일었다. 고물상의 마녀가 행렬 속에서 외쳤다.

이 고물상에 오시오.
우리 가게는 세상 다른 가게들과 달라.
세상과 사람에게 화를 입히지 않은 물건이란 절대 없지.
사람 피를 흘리지 않은 비수란 없고
독약이 출렁거리지 않았던 잔이란 없고
여자를 호려내지 않은 패물이란 없고
맹세를 어기고 상대의 등을 찌르지 않은 단검이란 없지.

판결이 임박한 전기톱 참수범의 검사 기소문이 생각났다. 1년 전 한 전직 엘리베이터 기사가 자신의 어머니를 식도로 찌른 후 전기톱으로 목을 잘라 확인 살해한 사건이었다. 기소문엔 수사 과정에서 압수 보존된 살인 증거품인 선혈이 흐르는 식도와 오렌지색 손잡이가 달린 신형 전기톱의 명료한 사진들이 첨부되어 있었다. 법원 수사 증거품 보관소는 마녀기 소리친 그 모든 재앙의 도구들로 가득 차 있었다. 타인을 살해한 비수, 독배, 톱, 도끼, 리볼버 타우루스. 몸서리치는 잔치인 삶.

악마의 무도장답게 가설 카페의 이름은 '루시퍼'였다. 첼란과 난 그곳에서 루시퍼 칵테일이란 독주를 마셨다. 잘 구운 스테이크에 악마 메피스토펠레스라는 이름의 소스도 발라 먹었다. 취기가 돌았다. 하늘의 별들은 명랑했다. 우리는 카페 루시퍼 앞 현무암에 기대 키스했다. 산정 위로 떠 있는 하늘은 수천의 별을 출산하고 있었다.

카페 이름 루시퍼가 문득 판사 시보 시절을 생각나게 했다. 내 스승은 그때 한 도시의 고등법원장이었다. 그는 잿빛 정장이 기막히게 어울리는 멋쟁이였다. 그는 이 연방국가에서 최연소 살인범을 재판하면서 명 판결로 명성을 날렸다.

부활절이 임박한 사순절이었다. 스승은 두 명의 젊은 판사 시보인 우리를 데리고 문득 한 고원 지방에 갔다. 그곳에 도착한 후에야 그는 우리가 소위 '참회의 화요일' 의식에 참여할 것임을 알렸다. 한 무리의 젊은이들이 짚으로 만든 '참회의 화요일' 인형을 들고 등장했다. 짚 인형의 이름은 배신자 유다였다. 이 인형은 그해 그 고원 일대에서 일어난 모든 재앙과 재난에 대한 책임을 지고 모의법정에서 죄를 추궁당한다. 이윽고 사형이 선고된다. 짚 인형은 고원 일대 마을을 끌려다니며 구타당한다. 그리고 마지막엔 그 지방의 순결한 한 처녀가 등장해 특수한 성냥을 그어 짚 인형에게 던짐으로써 화형식이 시작된다. 그 순결한 처녀가 사용한 성냥의 이름은 '루시퍼'이다. 짚 인형을 처형하는 그 타오르는 불을 둘러싸고 사람들은 춤을 추었다. 우리가 그 모의법정을 주목해 보았음은 물론이다.

스승은 1년에 한 번 고원에서 열리는 그 '화요일 참회 의식'에 반드시 참석했다. 그것은 단 한 번의 예외도 없이 치러졌다. 불의 의식이 다 끝났을 때 우리는 알았다. 스승은 1년에 한 번씩 그 짚 인형 화형식을 보며 혹시라도 자신이 저질렀을지 모를 재판의 오류를 명상하고 있었다는 것을. 그것은 스승에겐 자기 오류에 대한 화형 의식이었던 것이다. 공판이 끝나고 형량을 선고하는 판결문을 읽을 때마다 판사들은 사실상 한 인간에게 운명을 배급하고 있는 셈이었다. 루시퍼라는 성냥으로 불을 댕겨 유다라는 짚 인형을 처형하는 의식. 스승은 고원에서 매년 그 불꽃이 남긴 재를 바라보며 혼자 그렇게 참회 의식을 치렀던 것이다. 스승은 내게 말했다.

"이보게, 난세, 사형장 교수대는 한 번도 그 먹이를 잃은 적이 없지."

자정이 임박하자 브로켄 산정의 수백의 모닥불들은 그해 마지막 겨울 속에서 정열을 다해 탔다. 북소리가 겨울과 이별하기 위한 첫 음을 타격했다. 하늘로 불길들이 솟아올랐다. 팔 안쪽에 악마의 도장을 받음으로써 시한부 악마가 된 우리는 팔 안쪽에 붉은 도장을 추켜올리며 우리가 악마임을 확인했고 그 겨울의 마지막 샴페인잔을 들어올렸다. 공중무대에서 악마 메피스토펠레스가 소리쳤다.

"지금 이 자정이 지나면 이 산정엔 봄의 시냇물이 닥치리라."

독재자 겨울의 퇴장 선언이다. 이 자정, 겨울은 완전히 항복한다. 계곡의 얼음은 사라지고 시냇물은 내리닥친다. 봄이다. 겨울의 항복 선언과 함께 그 봄 최초의 폭죽이 터졌고 산정은 봄을 맞는 장엄한 불꽃놀이로 대낮처럼 밝았다. 불꽃들은 하늘로 솟아올라 그 봄의 첫 하늘을 만지고는 대지 위로 사금처럼 찬란하게 추락했다. 우리는 대기에 들어찬 에테르 같은 봄의 첫 시간을 마셨다.

하산할 때 팔목에 악마의 인장을 깊이 찍어대던 산정 입구 양쪽엔 거대한 두 개의 횃불이 타오르고 있었다. 모든 무도객들이 두 개의 횃불 사이를 통과했다. 그 불꽃 사이를 통과함으로써 그들은 몸에 새겼던 악마적 신분을 불살랐다. 악마의 인장을 지우고 다시 시민으로 되돌아오는 정화 의식 말이다. 첼란과 나도 두 개의 횃불 사이를 통과했고 악마에서 다시 시민으로 돌아왔다. 그래도 첼란은 여전히 마녀의 망토 차림이었고, 머리에 꽂은 두 개의 뿔은 검은 비단 같은 밤 속에서 계속 야광의 붉은 불을 깜

빡거렸으며, 걸을 때마다 발목에선 은방울이 울렸다. 우리가 케이블카를 타고 산정을 내려왔을 때 이미 새벽 2시가 넘어 있었다. 하산 때 보니 겨울 가뭄으로 건조한 산악 일대엔 산불 경보 제4호가 내려져 있었다.

그날 우리는 라비린토스로 돌아가지 않았다. 첼란은 핸드백 속에 예약한 호텔룸 키를 갖고 있었다. 우리는 호텔 앞에 세워둔 그녀의 프러시안블루의 포르쉐 곁을 지나 로비로 들어섰다. 객실은 3층이었다. 방엔 그녀가 미리 주문해놓은 샴페인 한 병이 얼음 속에 얼굴을 처박고 있었다.

샴페인 대신 우리는 허겁지겁 서로를 마셨다. 그 황급함 속에서 우리는 알았다. 우리가 한동안 금욕중이었다는 것을. 중요한 재판이, 중요한 설계 프로젝트가 우리를 잠시 금욕하게 한다. 침대에서 그녀는 늘 허기진 시늉을 한다.

"난 널 마시고 싶어 목이 말라."

그때마다 난 나 자신이 그녀의 식탁에 놓인 근사한 1리터짜리 '식탁용 생수'라는 생각을 한다. 정결한 생수 한 잔. 인간이 서로에게 그 이상일 필요가 있단 말인가. 그녀와의 성교중 사랑이란 말은 금지돼 있다. 우리는 서로에게 한 잔 생수, 그 이상도 그 이하도 아니다. 우리는 서로에게 철저히 일회용이다. 우리는 욕정의 샘에서 물을 마신다. 우리의 갈증은 무죄다. 이 경솔함, 이 경박함이 우리를 자유롭게 한다. 그렇게 함으로써 우리는 존재 안에서 번쩍이는 빙하수 같은 순간만을 마신다. 사랑, 애정 같은 증명할 수 없는 가상은 무효다. 우리는 서로 배신할 것이라는 분명한 사실 때문에 더 진실하다. 평생을 약속한다는 것은 죄악이다. 순간성이 우리를 집중하게 한다. 그것이 순간성의 마법이다. 이 여자는 얼마 전 다른 남자와 다른 침대에 있었으리라. 그때도 그녀는 사내에게 말했으리라.

"난 널 마시고 싶어 목이 말라."

성교의 순간만이 진실한 순간이다. 욕구하고 욕구당하고 있다는 것, 그것이 살아 있다는 증명이다. 그 경박성이 우리의 성교를 더 절절하게 한다. 그녀와 내가 공유한 시간들은 우리의 육체 속에 저장돼 있다. 우리는 용도에 따라 만나 용도에 따라 성교한다. 그뿐이다. 우리는 함께하는 시간의 대부분을 우리의 육체로 써서 휘갈겼다.

"사랑은 어차피 위조지폐야."

그것이 그녀의 좌우명이었다. 우리의 언어는 성교였고 우리는 서로에게서 원하는 것이 성교 이외엔 아무것도 없다는 저주받은 결론에 단번에 도착했다.

"그것보다 더 근사한 진실이 어디 있겠어."

첼란은 말한다. 그 밤도 우리의 육체는 두 덩이 장작처럼 실컷 탔다. 성교 후 난 창문을 열었고 국자 부분을 아래로 내린 채 북쪽 천공 높이 떠 있는 그 봄 최초의 찬란한 북두칠성을 보았다. 내가 북두칠성이라고 말하자 첼란이 말했다.

"그 별의 이름은 우수(憂愁, Wehmut)야."
그래도 성교 후 우리는 슬프다. 교미의 종말은 슬프다.

나는 과연 삶을 사는 것인가,
아니면 삶을 저지르고 있는 것인가.

성자(聖者) 레닌

내가 첼란을 알게 된 것은 어린 망명자 시절 내 후견인 루카스 신부를 통해서였다. 루카스 신부는 그때 한 교구의 정치 망명자 담당신부였다. 첼란도 망명자였던 것이다. 그녀와 난 같은 기숙학교를 다니지는 않았지만 같은 날 함께 루카스 신부에게서 종교적 성인식이라고 해야 할 견진성사를 받았었다. "난 막스모프 가(家)의 후손이야"라고 그녀는 말했었다. 루카스 신부에 의하면 막스모프 가문은 그럭저럭 이름이 있는 소련의 생화학자 가문이라는 것이었다. 첼란의 조부는 독일계 러시아인인 올렉 막시모프였다. 소련에서 이미 가족과 함께 모국어인 독일어를 사용하고 있었으므로 그녀의 완벽한 독일어는 눈이 부셨다. 첼란의 건축사무소 '순간' 3층의 그녀 작업실엔 릴케의 시 「가을날」의 외로운 한 구절이 걸려 있었다.

Herr, wer jetzt kein Haus hat, baut sich keines mehr.

주여, 이 가을 집이 없는 자는 더이상 자신의 둥지를 짓지 않습니다.

그 아래 그녀의 단출한 영문 번역도 적혀 있었다.

Lord, He who has no house, will not rebuild.

집을 짓는 것이 숙명인 건축가의 방에 걸린 "주여, 이 가을 집이 없는 자는 더이상 자신의 둥지를 짓지 않습니다"는 내게 충격이었다. 그러나 그녀가 어린 망명자였다는 것을 안다면 그 시는 그녀다운 망명의 노래였다. 망명자의 시간은 언제나 가을이고 망명자는 어디에도 둥지를 틀지 않는다.

1924년 정월, 레닌이 죽자 생화학자였던 첼란의 조부 올렉은 레닌의 시신이 썩는 것을 중지시키라는 당의 명령을 받았다고 했다.

"당은 레닌을 성자로 만드는 일이 필요했어. 레닌 시신의 피부색이 점점 회갈색으로 변해가고 몸엔 죽은 자의 반점이 뒤덮이고 눈과 입은 벌어지기 시작하고 콧날은 내려앉기 시작했을 때 할아버지 올렉은 당에 불려나가게 됐지. 무슨 수를 써서라도 악착같이 레닌 시신의 부패를 막아야만 하는 것, 그것이 그와 그의 팀에 내려진 위대한 과업이었어. 할아버지 올렉은 레닌 시체의 모든 내장을 들어내고 흉곽을 증류수로 말끔히 씻어낸 후 그 안을 포르말린으로 채워넣었지. 그러고는 레닌의 몸을 글리세린, 칼륨초산염, 그리고 물로 채워넣었다는 거야. 거기에 살균제로 염소를, 반점을 막기 위해 식초산을, 장밋빛 피부를 위해 수소를 사용했다는 거야. 입술과 눈썹들은 바늘로 꿰매 부릅뜨도록 고정시켰고 안구는 인공 의안으로 대체해 박아넣었다는 거야. 조부는 그런 작업을 하면서 레닌의 시체와 4개월을 씨름했다는 거야. 그 과정에서 레닌의 뇌는 당의 명령으로 적출되었다고 하더군. 공산주의자 레닌의 천재적인 뇌를 연구하기 위해서 말이야. 사실 방부 작업이 끝났을 때 뇌와 내장 등을 떼어낸 그의 시신은 겨우 1할밖에 남아 있지 않았다고 해. 어떻든 그의 시신은 그제야 전시할 만해졌다는 거야. 분장이 끝난 시신엔 상의가 입혀지고 그의 오른손은 아직도 혁명을 부르짖으며 불끈 주먹을 쥐고 있도록 연출되어야만 했지. 그렇게 해서 레닌의 시신은 유리관에 눕혀져 외출한 후 모스크바 붉은 광장에 마련된 그의 영묘에 안치됐지. 그의 시신은 붉은 광장에 그렇게 누운 채 "공산주의여, 영원하라!"를 외쳐야만 했다고. 사실 레닌은 그의 고향 페테르부르크에 있는 그의 어머니 곁에 매장되길 원했다고 해. 그러나 스탈린은 레닌의 죽음이 다가오자 당 간부 회의에서 레닌이 죽으면 그의 시신을 방부해 전시하자고 제의했다는 거야. 공산주의자들은 인민들에게서 가차 없이 빼앗은 교회의 대체물이 필요했다고 할아버지는 말했어. 종교의 대체물로 '죽은 시신에 대한 경배'를 발견한 것이지. 그래서 시체의 1할밖에 남지 않은 채 레닌은 유리관에 담겨 모스크바 붉은 광장으로 끌려나왔어. 겨우 신장 164센티미터의 작은 남자는 매장도 되지 못한 채 종교의 대체물로 경배되기 위해 죽은 후에도 그렇게 박제되어 유리관 속에 누워 근무해야 하는 저주에 처해진 것이지. 매년 봄이면 레닌의 시신은 다시 흉곽 속에 새 포르말린이 부어지고 육질엔 글리세린과 칼륨초산염, 염소 들이 제거되고 다시 새것으로 채워져야만 했지. 일주일에 두 번씩 특수 연고를 시신 위에 발라 그의 피부를 주름 없는 매끈한 모습으로 유지하는 것도 할아버지의 일이었어. 더구나 그 시신 방부 기술은 국가의 일급 비밀에 속하는 것이었어. 할아버지는 결국 자신이 정기적으로 죽은 레닌의 시신에 글리세린을 발라주고 장기를 모두 훑어낸 텅 빈 흉곽에 다시 새 포르말린을 교체해주고 인조 안구에 광택을 내고 염소, 식초산, 소독수 등으로 악착같이 시신이 썩는 것을 막아야만 하는 일을 몇 년이고 반복해야 했을 때 절망했어. 꿈 많은 생화학자가 일생 동안 죽은 혁명가의 시체나 썩지 않게 관리해야 하는 일을, 그것도 인민들이 눈치채지 않게 철저하게 비밀리에 반복해야 했을 때 그는 결국 망명을 생각했지."

망명자인 나와 첼란은 죽어도 조국일 수 없는 이 나라에서 잘 갖춰 입은 정장 아래 숨 막히는 '고독이란 이름의 코르셋'을 입고 살아간다. 어둠 속에서 그녀의 코르셋을 벗길 때 난 내가 그녀가 악착같이 착용하고 있는 고독이란 이름의 그 검은 코르셋도 함께 벗긴다고 장담할 수 있다. 배짱이 맞으면 우리는 함께 연극을 보러 가거나 음악회에 간다. 요절한 안무가의 추모 공연도 보러 간다. 성 마틴의 날, 함께 아름다운 레스토랑 '모기의 성'에서 성 마틴 거위 요리를 먹은 것도 첼란이었다. 첼란은 언제나 팔찌 하나를 차고 있다. 그 팔찌에 커다랗게 새겨진 이니셜 S, 그것은 아마도 그녀를 목마르게 했던 사내의 이니셜이리라. 이상도 하지, 통장 잔고가 늘어갈수록 우리의 성욕은 줄어든다. 지난달 쇼펜하우어 거리에 있는 한 소극장에서 〈파울 씨 이야기〉를 본 것도 첼란과 함께였다.

소극장 무대 천장엔 청람빛 달이 떠 있었다. 노란 티셔츠를 입은 조명기사가 천장 철조 난간을 걸어다녔다. 세 개의 바람개비가 돌고 있었다. 벽지는 갈가리 찢겨 있었고 침대 위엔 가구보다 더 낡은 한 사내가 누워 있었다. 등장인물들은 출구가 아니라 벽을 뚫고 입장했다. 뚫린 천장으로 난 사다리가 그들을 외부세계와 연결시키고 있었다. 열어놓은 냉장고 속에선 수족관처럼 푸른빛이 쏟아져나왔고 등장한 소녀는 냉장고에서 몇 번이고 수정 같은 얼음을 꺼냈다. 냉장고를 젖히자 그곳에 죽은 고양이가 누워 있었다. 책상 서랍에선 면사포가 비누 거품처럼 꾸역꾸역 밀려나왔다. 캐비닛 속에선 팝콘처럼 새의 깃털들이 쏟아져나왔다. 깃털들이 쏟아지는 캐비닛. 등장인물들은 책상 위에서 면사포를 쓰고 탱고를 추었다. 서랍들은 타악기가 됐다. 그 극도의 카오스 한복판에서 주인공 사내 파울은 냄비 속의 식은 스파게티를 먹었다.

주인공은 계속 국수를 입속에 처넣었다. 파울의 입속에 포승처럼 걸려 있는 그 국수들. 꾸역꾸역 그의 입속으로 쳐들어가고, 꾸역꾸역 그의 입속에 물려 있는. 아아, 죽어도 비워지지 않는, 파울의 손에 들린 그 냄비는 대체 무엇을 상징하는 것일까. 꾸역꾸역 밀려 올라오는, 결코 바닥나지 않는 어떤 명료한 재앙이 국수 모양을 한 채 천장에서 쏟아지는 조명을 받고 있었다.

"냄비 속에서 끝없이 솟아오르는 저 국수는 대체 뭐야?"

비 내리는 거리에서 우산을 펴며 첼란이 물었다. 우리는 그것, 국수 모양을 한 그 재앙이 고독일 수도 있다고 생각했지만 발음하지 않았다. 고독을 들키는 것은 질색이니까. 대답 대신 난 거리에서 그녀에게 키스했다.

차의 시동을 걸자 차는 다시 비 오는 도시 위를 뗏목처럼 흐르기 시작했다.

쇼핑한다, 그러므로 존재한다

최고급 쇼핑 갤러리 '오벨리스크' 개관일 축하 야회 때 그 위대한 도시의 명사들이 모두 모였다. 한때 유럽 박람회장으로 명성을 떨쳤던 그 건물이 2백 년간 이 도시에 던졌던 섬광을 자축하기 위해서였다. 로비엔 거대한 수정빛 그랜드피아노 스타인웨이가 놓였고 음악회가 열렸다. 시장 선거가 두 주 앞으로 다가와 있었으므로 도심의 가로수들은 모두 후보의 포스터들을 부둥켜안고 있었다. 언제나 그렇듯 시장 후보들은 갑자기 어린이들을 사랑했고 노인들에게 절친하게 굴었으며 문득 군중 속에 뒤섞여 소시민인 척하고 있었다. 시민들은 후보들이 벌이는 그 얄팍한 연극에 대해 잘 알고 있었지만, 언제나 그렇듯 자신이 이 도시를 위해 가장 적합한 인물이라는 미친 생각에 빠진 건달이 시장으로 뽑힐 것이라는 악순환도 알고 있었다. 후보들은 어떻든 선거 기간 동안 갑자기 양순해지고, 문득 시민을 위해서라면 죽을 수도 있다는 자기 최면에 빠져 순교자 같은 얼굴을 하고 있었다. 그 야회에서 검은 정장 차림의 현임 시장, 오페라좌 감독, 관현악단 지휘자, 도시경기장 주주, 경주용자동차회사 지배인을 볼 수 있는 것은 당연한 일이었다. 현임 시장은 라비린토스 시의 문장이 그려진 넥타이를 매고 있어 화제가 됐다. 그가 엄살떨듯 말했다.

"이 넥타이가 내 처형줄이죠."

첼란이 소개되었다. 그녀는 샴페인빛 야회복 차림으로 등장했다. 건축가로서 백화점 재건축에 대한 그녀의 주석이 있었다. 첼란은 그녀답게 과격한 용어를 썼다.

"이 쇼핑센터를 건축하면서 내 철학은 오직 한 가지였어요. 바로 '에로스'죠." 그녀는 그렇게 입을 열었다.

"건물과 상품과 소비자가 서로 유혹하고, 아양 떨며, 연애에 빠지는 것 말예요. 이 쇼핑센터의 전면을 장밋빛 대리석으로 한 것은 바로 그런 이유죠. 이것은 이 도시 한가운데 서 있는 위대한 여신 비너스입니다. 일상 용품이나 사들이고 내복 따위나 챙기는 그런 멍청한 물품 창고를 지을 생각은 애초 없었어요. 쇼핑이란 따분하고 무서운 일상에 대한 적극적 반란입니다. 쇼핑은 따분한 일상을 박차고 일어나 나를 유혹하게 하고 유혹에 빠지게 하는 흥분되는 연애 같은 겁니다. 이 쇼핑센터에 들어서는 순간 우리는 『이상한 나라의 앨리스』의 주인공이 되는 겁니다. 모든 도시는 그래서 쇼핑센터라는 이 깜찍한 동화, 이 깜찍한 환상의 장치가 필요한 겁니다. 쇼핑이란 평균적 시민에게 일어날 수 있는 가장 흥분되는 스캔들이에요. 일상 속에 끼어드는 '염문' 말입니다. 그런 에로스, 그런 흥분 없이 인간이 어떻게 이 일상이라는 무서운 거인과 싸워 이길 수 있단 말입니까. 유혹받는다는 것, 얼마나 근사한 흥분입니까. 염문을 일으킨다는 것, 얼마나 찬란한 수작입니까. 이 백화점을 재설계할 때 저의 단 한 가지 철학은 이것이었습니다."

그리고 첼란은 말했다.

"쇼핑한다. 그러므로 존재한다(Ich shoppe, also bin ich)."

휘파람과 갈채가 터졌다.

"정말 하고 싶은 말은 한마디도 못 했어, 난세."

첼란이 내 귓가에 입술을 들이대고 속삭였다.

"저 장밋빛 대리석을 봤어? 이 쇼핑센터의 입구에 내가 의도한 저 건축학적 악센트를 눈여겨봤냐고. 입구엔 더 붉고 더 요염한 장밋빛 대리석으로 윤곽을 둘렀지. 그 입구는 바로 비너스의 요염한 장밋빛 바기나(Vagina)야. 요염한 장밋빛 육체의 삼각주. 사람들은 바로 그 여신의 바기나로 출입하는 거지."

난 놀라 첼란을 바라보았다.

"난세, 백화점은 현대의 성전이야. 건축사 속 그 시대 가장 권력 있는 건물들은 언제나 머리에 거대한 종각이나, 이마에 거대한 시계들을 착용하고 도시 복판 혹은 높은 언덕에 장엄하게 군림했지. 왕궁, 성당, 은행, 보험회사, 주식거래소, 그 속에서 쇼핑센터도 도시의 권력이 되어가는 거지. 그것이 도시를 움직이는 강자의 구조야. 사람들은 성장을 하고 돈을 준비해들고 현대의 신전인 쇼핑센터에 가서 '소비의 제사' '소비의 경배'를 드리지. 물건을 산 후 계산대에서 돈을 지불하는 것, 그것이 곧 현대의 봉헌이야. 성당과 다른 것이 있다면 쇼핑센터에선 돈을 봉헌한 후 자기가 원하는 축복인 물건을 당장 쇼핑백에 넣어가지고 올 수 있다는 사실이지. 자기가 가진 돈으로 직접 물건, 즉 행복들을 사들일 수 있다는 것을 알아채기 시작하면서부터 인간은 신을 떠난 것이 아닐까. 돈만 있으면 무엇이든 손에 넣을 수 있다는 것을 알아채자마자 인간은 신을 버린 것은 아닐까. 앙큼하게도 자기 축복을 자기가 챙길 수 있다는 것을 알아버리자마자 인간은 신과 작별한 것은 아닐까. 사람들은 정기적으로 성당을 찾아가 예배를 드리듯, 정기적으로 백화점을 찾아가 쇼핑이란 이름의 제사, 쇼핑이란 이름의 예배를 드리지. 현대인은 그렇게 사원이나 성지를 순례하는 대신 쇼핑센터를 순례하지. 쇼핑센터는 그래서 현대의 '성지'야. 현대인이라면 누구나 반드시 순례해야 할 성지. 그래서 백화점 입구는 성전 문처럼 높고 장엄하지. 쇼핑은 그렇게 해서 무신론적인 이 세대의 신흥종교가 됐어. 그래서 쇼핑이란 행위에선 도취가 강한 음란한 사교(邪教) 냄새가 나. 난세, 그런데 넌 이 쇼핑센터를 뭐라고 부르겠어."

"소비의 게토, 혹은 물신의 배때기……"

"넌 네 판결문처럼 늘 혹독하지. 그러나 넌 몰라. 난세, 건축가란 건축주에게 아부할 줄 알아야 해. 사정없는 업적과 사정없는 이익, 그것만이 20세기의 정언 명령이야."

그녀 말은 옳다. 업적과 성공. 우리 모두 성공해야만 한다는 저주받은 주문에 걸려 있다. 그러나 성공하지 못하는 것은 더 무서운 저주이다. 난 첼란, 그녀의 존재가 풍겨대는 저 카오스가 좋다. 세상도 나도 카오스다. 그래서 우리는 한패다. 그래도 그녀는 이따금 저녁녘 내게 전화해 말한다.

"난 이제 와인 한잔 마시고 통속 드라마나 볼 생각이야. 제발 해피엔딩이었으면 좋겠어. 난 해피엔딩이 필요해. 넌 알고 있니. 난 해피엔딩이 필요해, 난세."

그날 첼란의 도발적 발언은 좋았다.

'쇼핑한다. 그러므로 존재한다.'

백화점 야회의 그 밤, 귀로의 차 안에서 난 모친 살해범 공판 일정을 알리는 여비서 카린의 전화를 받았다. 카린이 말했다.

"한 동양 여자가 전화했어요. 뉴욕이라고 했어요. 이름은 안능라라고 했어요. 판사님의 약혼자라고 하더군요."

능라

능라(綾羅)의 이름은 그렇게 얀 검사의 식인 사내 사건과 내 담당인 모친 전기톱 살해 사건 사이에 끼인 채 닥쳐왔다. 집에 도착해 전화응답기를 눌렀을 때 한 여자의 음성이 쏟아져나왔다. 한국어를 쓰는 동양 여자였다.

"저 능라예요."

약간의 휴지가 흘렀다.

"오빠를 통해 당신 전화번호를 알았어요."

여백 후 다시 전화 속의 여자가 말했다.

"오는 27일 독일 함부르크에 갑니다. 음반 녹음이 있어요. 음반회사 이름은 로렐라이예요. 사흘간 머무르게 됩니다. 내 생애 마지막 음반이 될지도 몰라요. 유방암에 걸렸어요. 4기래요."

그리고 여자는 다시 말했다.

"보고 싶어요, 난세."

내 청력은 능라라는 이름을 분명히 들었다. 능라의 이름이 단검처럼 내 가슴에 처박혔다.

이튿날 난 함부르크의 음반회사 '로렐라이'에 전화했다. 음반회사 남자는 사무적으로 말했다.

"피아니스트 안능라씨의 음반 녹음 일정은 취소됐습니다."

그리고 그는 다시 말했다.

"안능라씨는 반드시 뵈젠도르프 피아노로 연주하겠다고 했었지요."

오버킬, 라비린토스 지방법원, 배심재판부 제9호 법정

33세의 전직 엘리베이터 기사는 부모와 함께 아침 식사를 했다. 월요일이었다. 그는 실직했고 그즈음엔 향유고래란 이름의 공장에서 잠시 중앙난방 설비기사로 일하고 있었다. 그는 약혼했지만 파혼당한 후 잠시 부모 집에 거처하고 있었다. 그는 그날 척추통으로 사흘간 병가를 냈다.

아침 식사를 위해 거처인 다락방에서 1층 부엌으로 내려갔을 때 어머니가 그를 맞았다. 놀랍게도 어머니는 이전의 어머니가 아니었다. 그녀는 식사 준비중이었는데 오른손엔 식칼을, 왼손엔 비닐봉지를 들고 있었다. 그는 그녀가 식칼로 자신을 살해하려 한다고 생각했다. 비닐봉지로 자신의 목을 조를 것이라고 생각했다. 그녀가 가스레인지에 불을 켰을 때 그는 알았다. 그녀가 자신을 태워 죽이려 한다는 것을.

그래서 그는 미친 듯 자신의 다락방으로 달려올라갔다. 어머니는 커피와 진통제를 들고 따라 올라왔다. 계단으로부터 그녀의 발소리를 들었을 때 그는 그녀가 커피로 자신을 독살하려 한다는 것을 알았다. 공황에 빠진 그는 창문을 박차고 빗물 통에 매달려 정원으로 도망쳤다. 아침 식사를 마친 아버지는 이미 외출하고 없었다. 부엌에서 그는 다시 어머니를 만났다. 그녀가 말했다.

"애야, 병원 갈 준비를 하자. 예약 시간이 얼마 남지 않았어."

병원 예약까지는 세 시간밖에 남지 않았다. 곧 쌍둥이 형이 동행을 위해 도착할 것이었다. 외출 단장을 하려고 그녀는 부엌을 나와 욕실로 갔다. 그는 욕실의 열린 문으로 그녀를 관찰했다. 그녀는 욕실 거울 앞에서 머리를 빗고 있었다. 일생 단장해온 길고 아름다운 금발을. 그녀는 거울 앞에서 낮게 〈서 푼짜리 오페라〉를 노래했다.

사랑이란 여기서나 저기서나
길기도 하고 짧기도 한 법.

그러자 그는 알았다. 눈부신 금발을 빗어내리는 저 단장 예식을 끝으로 그녀는 마침내 자신을 살해할 것이라는 것을. 순간 그는 욕실로 달려들어갔다. 그는 어머니의 머리채를 잡아챈 후 발로 걷어찼다. 그러고는 욕실 문틀에 그녀의 머리를 찧어댔다. 그녀는 욕실 바닥에 나가 떨어졌다. 쓰러진 그녀를 끌고 그는 부엌으로 갔다. 그러고는 식칼을 치켜들고 그녀의 가슴과 어깨를 수없이 찔러댔다. 그러나 그녀가 죽었다는 보장은 없었다. 그는 지하실로 달려가 전기톱을 들고 돌아왔다. 그러고는 그 톱으로 쓰러져 있는 어머니의 목을 잘라냈다. 그녀의 목이 육체로부터 완전히 분리될 때까지 그는 전기톱의 모터를 충분히 가동시켰다. 전기톱에 어머니의 금발이 뒤엉켜 들어왔다. 톱을 다루다 그는 손을 베었다.

어머니를 참수한 후 그는 욕실에서 천천히 상처와 손을 철저하게 씻어냈다. 피로가 몰려왔다. 그는 복도 벤치에 누웠고 잠속으로 굴러떨어졌다. 얼마 후 병원에 동행하기로 했던 그의 쌍둥이 형이 도착했다. 그는 복도에서 곯아떨어진 동생과 부엌에서 목이 잘린 어머니를 발견했다. 참수된 목 곁엔 어머니의 아름다운 금발이 뒤엉킨 전기톱 한 자루가 놓여 있었다. 그녀 가슴엔 그때까지도 식칼이 꽂혀 있었다. 그녀 나이 59세였다.

전직 엘리베이터 기사는 순순히 체포됐다. 피살자의 부검 결과 가슴에 열한 군데, 오른쪽 어깨에 일곱 군데의 칼에 찔린 자상이 확인됐다. 사망 원인은 후두부와 심장의 깊은 자상으로 밝혀졌다. 살해 흉기였던 식도의 길이는 18.7센티미터, 전기톱의 길이는 74.3센티미터였다. 언론은 이 사건을 '전기톱 살인 사건'이라고 불렀다. 지난해 3월 20일의 일이었다.

당시 내게 도착한 요헨 검사의 기소문엔 이렇게 적혀 있었다.

현재 33세인 피고는 쌍둥이 형과 부모 슬하에서 성장함. 부모는 정돈, 정확성, 근면성, 명확성을 매우 귀중하게 여김. 피고는 집안의 가치관을 인정하고 적응함. 가족 간의 관계는 사무적이었고 다정하지는 않았음. 33세. 신장 185센티미터, 체중 82킬로그램. 건장한 사내. 평균보다 약간 높은 지능의 소유자. 약혼 후 이유 없이 파혼당함.

범행 사흘 전 그는 라디오와 텔레비전에서 자신과 옛 약혼자가 결혼하게 됐음을 보도했다고 말함. 물론 그런 보도는 없었음. 그 보도에 의해 그는 혼자 부랴부랴 결혼식 준비를 함. 극도의 불면증에 시달림. 상관과 동료가 한패가 되어 자신의 약점을 밀고한다는 의심에 시달림. 범행 이틀 전 누군가가 자신을 도청하고 있다고 친구에게 호소함. 친구가 그의 쌍둥이 형에게 그를 정신병원에 데려가볼 것을 권유함. 가정의를 찾아가 척추 통증을 호소하고 병가증을 받음. 가정의는 정신과에 진찰 의뢰서를 씀. 사흘 후 정신과 병원 진료 예약됨. 살인은 예약 시간으로부터 세 시간 전에 발생했음.

첫 공판 내내 오버킬(overkill)이 문제가 됐다. 살인이 보여준 극도의 엽기성이 문제였던 것이다. 배심재판으로 이루어진 그 중범죄 재판엔 부장판사인 나, 두 명의 배석판사, 그리고 두 명의 배심원이 판사석에 앉아 있었다. 내게도 배석판사에게도 바로 그 지독한 악마성이 문제였다. 정신착란 속에서 어머니를 살해했다고 해도 살인 과정이 노출하고 있는 그 극도의 잔인성, 열여덟 군데의 자상과 전기톱에 의한 극악한 참수, 마지막까지 피살자의 가슴에 죽창처럼 꽂혀 있던 식칼의 모습, 그 엽기성이 수사관들과 검사 측을 아연하게 했다. 검사 요헨은 그 젊은 카인에게 정신발작이 닥친 순간과 범행 시점을 알아내려고 애썼다. 즉 그에게서 억제 능력과 자제 능력이 사라진 시점과 범행 시점의 간격을 알아내려고 애썼던 것이다. 범행 순간 그가 만에 하나 오성과 자제 능력을 갖고 있었다면 그는 엽기적 살인자일 수밖에 없는 것이다. 요헨 검사는 말했다.

"피고는 범행 전 어머니 안에서 악마를 보았을 때 집을 뛰쳐나올 시간이 있었습니다. 쌍둥이 형에게 전화해 구원 요청을 할 시간도 있었습니다. 그런데 왜 피고는 하필 어머니를 직접, 그것도 잔인하게 살해할 결심을 했단 말입니까. 그가 정신착란 증세를 보였다고 해서 그에게 면죄부를 줄 수는 없는 일입니다. 살해 순간 그가 아직 자제 능력과 오성을 갖고 있었는지, 아니, 피고의 내부에서 정상적인 오성과 정신착란이 대체 어느 순간 어떻게 교차했는지, 그 순간의 상황을 명료하게 분석해내는 일이 필요합니다. 말하자면 그가 그 범행의 날, 과연 언제까지 인간이었고 언제부터 광인이었는지를 검사 측은 알아야 할 권리가 있습니다. 그가 식도를 든 그 순간 인간이었는지 광인이었는지, 그가 전기톱을 어머니의 몸에 댄 그 순간 그가 인간이었는지 광인이었는지를 가려내는 일이 필요합니다. 그것이 불가능한 일이라고 해도 시도해야만 합니다. 우리는 이 법정에서 아들의 손에 죽은 한 어머니의 존엄에 관한 일을 논의하려는 것입니다."

변호인도 단호했다.

"그는 어머니가 아니라 어머니 안에 있는 악마를 살해한 겁니다. 그는 그 악마가 자신을 칼로, 불로, 독약으로 죽이려 한다고 확신했습니다. 그는 자신이 악마에게 살해당하지 않기 위해선 어머니를 살해하는 수밖에 없었습니다. 악마는 불행하게도 어머니 안에 있었으므로. 그 악마를 완전히 소멸시키기 위해 그는 전기톱으로 확인 살해하는 일이 필요했던 겁니다. 참수되어 목이 잘린 어머니를 통해 그는 비로소 마귀의 완전 소멸을 확인할 수 있었습니다. 살인 후 그가 철저히 손을 세척한 것도 그런 이유입니다. 마귀의 흔적이 자신에게 남아 있는 것을 두려워했던 겁니다. 이 살인의 엽기성은 바로 그 마귀의 환영 때문이었습니다. 살인의 모습은 엽기적이지만 피고에게는 그 살인 행위가 더도 덜도 아닌 정당방위였음을 기억해야 합니다."

검사 옆엔 제2고소인인 피고의 쌍둥이 형이 원고 자격으로 앉아 있었다. 여자 변호인과 함께. 그는 동생을 고발했다.

"한 어머니가 아들에 의해 가슴에 칼이 꽂힌 채 톱으로 목이 잘려 죽은 사건에 관한 일입니다. 난 아들에 의해 살해된 어머니를 위해 이곳에 섰습니다. 난 왜 우리 둘의 어머니가 그렇게 살해되었어야만 했는지 알아야 합니다. 과연 어머니를 죽인 살인자가 동생인지, 악마인지를 아는 것은 나 개인과 가족의 권리입니다."

두 쌍둥이 아들은 그렇게 법정에서 피고와 원고로서 마주 보고 앉아 있었다. 피고든 원고든 그들은 약간 넋이 나가 있었다. 그들 사이엔 참수당해 죽은 어머니의 존재가 강처럼 가로놓여 있었다. 식도 한 점과 전기톱 한 점이 악몽의 정물처럼 그 사이에 놓여 있었다. 살인과 죽음이란 최고의 카오스 속에서 그들은 위로받을 길 없이 텅 비어 있었다.

"자기 어머니를 그렇게 죽이다니 그는 대체 광인입니까, 광견입니까."

형은 절규했다. 공교롭게도 그들은 일란성 쌍생아였다. 그들은 증인석을 사이에 두고 각각 원고석과 피고석에 마주 보고 앉아 있었다. 한 사람은 어머니의 살해자로, 한 사람은 어머니의 방어자로 그렇게 앉아 있었다. 쌍둥이여서, 그들이 각각 다른 색의 와이셔츠를 입고 있지 않았더라면 아무도 그들을 구분할 수 없을 지경이었다. 어떻든 우리는 약간 혼란스러웠다. 피고가 수갑을 차고 호송관에 이끌려 법정에 등장할 때만 해도 적어도 수갑의 유무만으로도 두 형제를 구분할 수 있었다. 그러나 법정 입장 후 교도소 호송관이 피고의 손에서 수갑을 벗겨냈을 때 우리는 하마터면 그 두 형제를 구분할 수 없을 뻔했다. 그들이 피고석과 원고석으로 분리되어 마주 앉아 있지 않았더라면 우리는 살인자와 고발자를 구별할 수 없을까봐 초조했으리라. 다행히 그들이 각각 다른 색 와이셔츠를 입고 있어 우리는 안도했다. 어떻든 원고와 피고가 쌍둥이라는 사실 때문에 그 살인 사건이 갑자기 철학적 우수를 풍겼음을 부인할 수 없다.

난 재판 진행중 문득 원고석과 피고석으로 분리되어 앉은 저 두 사내는 사실상 한 인간이라는 생각을 했다. 어머니를 살해해 버린 존재와 어머니를 보호하려는 존재가 한 인간 속에서 대립한다. 한 존재 속에서 분해된 두 사내가 선과 악, 가해자와 피해자, 고발자와 방어자의 신분으로 그렇게 앉아 법정 판결을 기다리고 있는 것 말이다.

그렇다. 피고라는 신분의 저 사내, 저 카인은 자의든 타의든 인간과 광인이라는 경계를 넘나든다. 그의 광기 속에서 피살자도 어머니와 악마의 두 배역을 치러낸다. 저 사내가 참수한 것은 어머니의 목숨뿐만이 아니었다. 이 법정에 참가하고 있는 우리 모두가 저 사내의 전기톱 모터 소리를 듣는다. 우리가 이처럼 속수무책으로 멍한 것은 저 사내가 우리의 상상력을 톱질해버렸기 때문인지도 모르겠다. 법정의 우리 모두가 그렇게 간접 악몽에 시달린다. 이 불길한 징조들. 인간은 미쳐가고 있다. 아니, 이 엽기적 살인을 통해 인간은 누구나 자의든 타의든 인간과 광인이란 두 개의 장르를 넘나든다는 사실을 우리는 들켜버렸는지도 모르겠다.

저 카인은 33세의 봄날 왜 갑자기 자기 어머니 속에서 악마를 본 것일까. 그가 존재의 창을 통해 본 어머니는 그날 더이상 어머니가 아니라 악마였다고 수사 기록에서 그는 자백하고 있다. 어머니를 둘러싸고 있던 부엌 풍경들. 커피는 그를 죽일 사약이었고 전기 오븐은 그를 태워 죽일 화장터였다. 그것이 그가 해석했던 어머니의 우주인 부엌이었다. 결국 부엌은 살인 현장이 됐다.

방청석 앞줄엔 낯익은 신문기자들과 보도진들이 앉아 있었다. 한 일간지에 '법정 중계'라는 고정 기사를 쓰는 법원 출입 기자 모니카도 보였다. 그들은 보도석에 앉아 저 카인의 존재 안에서 인간과 광인이 밀물과 썰물처럼 운명의 마지노선을 후려치며 철썩였던 보고서를 경청하고 있었다.

인간은 살인자가 되어가는 것인가, 살인자로 태어나는 것인가. 살인자가 되는 것은 상황의 산물인가, 생물학적 숙명 때문인가. 이 순간에도 연구자들은 연구실에서 살인자들의 뇌를 영상 분석하고 있으리라. 그들에 의하면 처음부터 살인자로 태어나는 자가 있다는 것이다. 탄생 때부터 이미 카인으로 운명 지어진 자가 있다는 것이다. 그런 자들은 뇌 중앙부 전액골 앞에 있는 피질의 활동이 낮고 우측 뇌의 피질 활동도 분명하게 낮다는 것이다. 그런 이유로 정신감정가들은 살인자를 이해하라고 법정을 타이른다. 법정에서 공개심리가 진행중인 지금도 법정 뒤에선 정신감정가들이 제출한 보고서들이 끝없이 올라온다.

법정에서 보면 인간은 수많은 재판 서류와 법정에서 특별 선서를 한 법정전문가들인 법의학자, 독물학자, 범죄학자, 정신감정가들이 보내온 보고서들 속에서 정체를 드러낸다. 재판소 서기들이 카트로 실어나르는 거대한 재판 서류 더미들을 보면 삶은 마치 거대한 맷돌 같다. 그리하여 나는 삶이라는 거대한 맷돌이 삶과 그 삶의 수행자들인 인간을 천천히 집요하게 갈아버리는 것을 본다.

법정에서 범죄는 질문과 진술이라는 장치를 통해 재가공된다. 중죄재판소에서 형사범에 대한 태도는 아직도 냉혹하다. 중죄재판소 부장판사인 나 같은 자에게 중요한 것은 '내적 확신'이다.

공개재판 과정의 모든 것들은 결국 법관인 내가 내적 확신을 얻기 위한 장치들에 불과하다. 그렇다. 나는 세상의 모든 추문들이 재판이라는 옷을 입고 법정에 서 있다는 것을 알고 있다. 그리고 나는 그 추문의 관리자이다.

제2공판의 날, 9호 법정은 네 명의 증인과 네 명의 전문가 소견을 듣기로 돼 있었다. 증인들 중엔 범행 이틀 전 우연히 공원에서 피고를 만났다는 무직의 전과자도 끼어 있었다. 붉은 나일론 점퍼에 머리를 뒤로 넘긴 사내는 오랜 세월 알코올에 망가진 고단한 얼굴을 하고 있었다.

"그날 저 젊은이는 지독하게 정상이었습니다. '탤런트처럼 근사한 얼굴이십니다'라고 내가 그에게 말했죠. 그러자 그가 대답했어요. '난 연극배우야'라고 말입니다. 그것도 두 번이나 강조해서 말이죠. 그리고 이틀 후 자기 어머니를 살해한 겁니다. 살해 후 저 남자는 갑자기 정신병자가 됐습니다.' 난 저 남자가 정신병자가 아니라 지금 정신병자를 연기하고 있다는 확신을 뿌리칠 수 없습니다."

그리고 증인은 문득 고음으로 말했다.

"재판장님, 저 남자는 과연 광인입니까, 아니면 광인을 연기하고 있는 겁니까."

초로의 전과자가 증인석에서 던진 그 질문, "저 남자는 광인입니까, 아니면 광인을 연기하고 있는 겁니까"는 오랫동안 우리의 청각을 울렸다.

"우리의 상견례는 불행했습니다."

살인 사건 후 피고가 옮겨진 정신감호병동에서 그를 최초로 진료한 의사이며 주치의인 정신과 의사의 증언은 그렇게 시작됐다. 범인 체포 후 법원은 용의자 수사 중단 결정을 내렸었다. 그는 광인으로 간주되었으므로. 피고는 형법 1조 제61항에 의해 감호병동으로 보내져 이미 수개월간 치료를 받아왔던 것이다.

"범행의 그날 피고의 오성은 자신에게 정신착란이 몰려오고 있음을 인지할 능력이 없었습니다. 왜냐하면 그날 그 시간 그의 생애 최초의 정신착란이 닥쳤고 그는 그 정신착란이란 끔찍한 카오스에 대해서 어떻게 반응해야 할지 미처 배우지 못했던 겁니다. 그가 병원 진료를 받기로 예약된 시간은 세 시간 후였습니다. 참사는 그 운명의 세 시간 전 그를 덮쳤습니다. 그가 그 최초의 진료만 받을 수 있었더라면, 그 범행의 상황이 적어도 세 시간 후에 닥쳤더라면 그는 최소한 자기 몸 안에서 일어나는 정신착란의 조기경보에 어떻게 반응해야 하는지 배울 수도 있었을 것입니다. 범행 사흘 전 이미 정신착란의 조기경보는 그의 육체 안에서 정확히 울렸습니다. 불면증, 환영, 환청, 도청의 불안들이 이미 그의 존재 안에 상륙해 있었던 겁니다. 그러나 그는 그 광기, 자기 안의 그 타인, 자기 안의 그 압도적인 이물질과 대결해 스스로를 지켜내는 법을 미처 배우지 못했다는 것에 이 사건의 비극이 있습니다."

나는 주치의에게 오버킬에 대한 그의 소견을 물었다. 주치의가 말했다.

"그가 어머니를 살해한 그 순간은 공교롭게도 정상적 정신 상태에서 정신착란으로 이동하는 바로 그 순간이었다고 추측됩니다. 그렇지 않고서는 이 살인의 끔찍한 엽기성, 과잉살해 행위인 오버킬의 정체를 설명할 길이 없습니다. 그 이동의 순간 그는 엄청난 생리적, 정신적 지진을 경험했던 겁니다. 그의 뇌와 정신이 함께 지진을 일으킨 것 말입니다. 정상과 광기, 이성과 광기 사이에 있는 필연적인 거대한 댐이 무너지면서 그의 안에서 생리적, 정서적 참사가 일어났다고 추측할 수 있습니다. 전광석화 같은 습격의 순간 말입니다."

그리고 주치의는 부언했다.

"피고가 아무리 광인을 연기한다고 해도 육체 깊숙이 구체적인 자국을 남기는 생리적 발작증세 같은 병리적 증상은 연기할 수 있는 것이 아닙니다. 그의 몸 안에선 뚜렷한 그 정신발작 증세가 목격되었습니다."

그러나 주치의는 증언 말미에 문득 섬뜩한 발언을 하는 것이었다.

"그럼에도 불구하고 나는 이따금 저 피고의 일상을 이루고 있는 설명할 수 없는 아주 작은 현상들을 보면서, 이 살인이 광기에 의한 사고가 아닌, 계획된 범죄일 수도 있다는 느낌을 지울 수 없습니다."

법의학 연구소에서 파견된 여자 검시의가 피살자 해부에 대한 검시 소견서를 읽기 시작했을 때 법정의 문을 누군가 거칠게 노크했다. 문이 열리자 무직의 전과자인, 증언을 끝냈던 그 붉은 점퍼의 남자가 서 있었다.

"거마비 수령서에 재판장의 서명을 받아오랍니다."

그렇게 해서 재판은 잠시 중단됐다. 나는 그 사내가 내게 오도록 허락했다. 검시의가 소견서 낭독을 멈췄으니까. 상황과 관계없이 쾌활하고 당당한 그 붉은 점퍼의 큰 목소리가 법정에 잠시 활기를 주었다. 그에겐 법정의 엄숙함을 방해하지 말아야 한다는 예의, 한 사내가 살인자인지 광인인지 묻는 심각함 같은 것은 이제 안중에도 없었다. 그에겐 법정의 엄숙함과 심각성이 우습게 느껴졌을 수도 있다. 어머니를 죽인 사내에겐 주저 없이 종신형을 내려주면 그만인 것이다. 평균적 인간이란 대열에서 탈선해버리면 삶은 저렇게 더이상 거리낄 것이 없어진다. 저 사내의 게임의 법칙은 어차피 우리와 다르다. 사내는 내 서명이 든 거마비 수령서를 받아들고 법정을 다시 떠났다. 검시의가 다시 소견서를 읽어내려갔다.

증인 청취 마지막엔 범죄심리학자가 증인석에 앉았다. 그는 이미 공판 시작의 날부터 법정에 나와 있었다. 그는 검사석 뒤에 앉아 재판 상황과 증인들의 증언을 직접 경청했다. 그는 야성적인 남자였다. 법복 차림의 사람들 사이에서 그의 사복은 유정해 보였다. 정장 차림이었지만 옷의 색깔들은 뒤죽박죽이었다. 그는 검사석 뒤에 비스듬히 앉아 있었다. 그는 자세만큼 비스듬한 인간이었다. 난 그 비스듬한 경사가 그의 비범성이라고 생각한 적이 있다. 그가 증인석에 앉았을 때—그는 다시 비스듬히 앉았다—오후 햇빛은 증인석에 몸을 비볐다.

"피고는 광인입니까, 아니면 광인을 연기하고 있는 겁니까."

내가 물었다.

"극단적으로 어려운 문제입니다."

33세의 카인에 대한 그의 전문가적 소견은 이랬다.

1. 범행 직후 부근에 있었던 모든 증인들이 당시 그에게서 그 어떤 명료한 정신착란 증세도 감지했다는 보고가 없습니다.

2. 범행 직후 그는 최초의 목격자인 가족 일원에게 확신에 차서 "난 어머니를 살해했어. 그 여자는 살해되어 마땅했어"라고 말했습니다.

3. 그가 범행 후 수감된 첫 구치소에서 다른 죄수에게 "난 연극배우야"라는 발언을 했음이 확인됐습니다.

4. 중산층 가정에서 잘 보호받고 자란 저 사내는 지병도, 심각하게 앓아본 적도 없으며 특히 정신과 치료를 받아본 적이라곤 단 한 번도 없었습니다.

5. 생리적으로도 그에게선 성격장애나 뇌손상 같은 것이 전혀 발견되지 않았습니다.

6. 그의 혈액과 소변을 면밀하게 육성, 조사했지만 그곳에선

독물반응이 전혀 발견되지 않았습니다. 그러니 그가 알코올이나 마약의 환각 아래 저지른 살인도 아닌 것입니다. 독극물 연구소는 그가 간헐적으로 대마초를 흡입했다는 검사 결과를 제시했지만 말입니다.

7. 그가 음주운전, 난폭운전, 폭행죄의 전과 기록을 갖고 있다는 사실입니다. 이 부분은 의외로 중요합니다. 범행 전 이미 공격성과 폭력성에 대한 전과가 있었다는 겁니다. 이 살인 사건이 보여주는 엽기성은 정신착란이 아니라 그의 안에 이미 잠복돼 있던 악성의 그 무엇일 수도 있습니다.

"거두절미하고 가장 중요한 것은 범행 당시 그에게 급성 정신장애가 있었느냐는 것입니다. 범행의 순서를 다시 생각해봅시다. 그는 우선 어머니를 발로 걷어찹니다. 욕실 문짝에 찧어댑니다. 식도를 들고 열여덟 번을 찌릅니다. 그것도 성이 차지 않아 전기톱으로 목을 완전 절단해 참수합니다. 확인 사살 같은 것이죠. 범행 전 어머니와 범인 사이에 그 어떤 작은 언쟁도 없었습니다. 범행 순간 반드시 존재하기 마련인 범행 동기 같은 것이 전무하다는 데 이 사건의 괴기함이 있습니다. 그는 어머니 속에서 악마를 보았다고 합니다. 그 악마가 자신을 죽이고, 독약을 먹이려고 했다고 주장합니다. 그래서 살해했다는 겁니다. 그러나 유감스럽게도 갑자기 등장한 이 악마의 존재는 범행 후 감호병동에 수감돼 치료를 받는 과정에서, 정확히 말해 범행 2개월

후 등장하는 생경한 등장인물의 이름입니다. 그는 우리가 볼 수 없는 제삼자인 악마를 등장시킴으로써 아들에 의해 톱으로 목이 잘린 한 여자의 끔찍한 죽음을 삽시간에 어이없는 사고로 만들어버립니다. 과연 그에게 환영이 닥친 순간은 언제입니까. 그의 안에서 정신병이 진행중이었다면 그 정신병의 첫 발작이 어머니를 그토록 참혹하고 완벽하게 살해할 수 있느냐는 것입니다. 그가 정말 광인이었다면 저 사내 안에 있었다는 그 광인, 밀물이나 썰물처럼 저 사내를 덮친 그 정신적 간조는 대체 어떻게 기능한단 말입니까. 범행 순간 그는 정말이지 자신을 자제할 능력이라곤 전혀 없었다는 것입니까. 우리는 어차피 진실과 가상 사이에 서 있습니다."

난 그 범죄심리학자의 어깨 위에 훈장처럼 내려앉아 있는 오후 햇빛을 보았다. 잠시 후 햇빛은 그 사내의 목 사이에 목걸이처럼 내려앉았다. 그러더니 속수무책으로 그의 얼굴에 광채를 쏟았다. 이 검박한 배심재판 법정에서 우리는 아들 손에 죽은 한 여자와, 부엌 바닥에 굴러떨어져 뒹굴었던 여자의 참수된 목에 관한 얘기를 하고 있었다. 그가 다시 말했다.

"그를 광인이라고 정의할 수 있는가는 극도로 어려운 문제입니다. 그의 연기는 너무도 완벽하고, 우리가 가상으로 물러서기엔 한 여자는 너무도 비참한 죽음을 맞았습니다. 생각해보십시오. 3월의 아침, 한 여자는 가족과 자식을 길러낸 작업장이며 성소인 자신의 부엌에 서 있습니다. 커피를 끓이고 음식 준비를 위해 가스레인지의 스위치를 돌립니다. 이 두 가지 일의 반복을 통해 그녀는 두 아들과 남편의 생존을 책임졌던 것입니다. 얼마 후 여자는 가슴에 칼이 꽂힌 채 톱으로 목이 베입니다. 그것도 그녀가 애지중지했던 아들의 손에 의해. 그녀의 목은 그녀의 성소인 부엌 바닥에 떨어져 나뒹굽니다. 성소인 부엌은 지옥이 됩니다. 광인은 자신의 환영에 따라 존재 밖의 현상들을 해석합니다. 확실한 것은 그가 자기 안의 악마를 어머니라는 거울 속에서 본 겁니다. 그가 그날 톱으로 참수해야 할 것은 바로 자기 안의 그 악마, 그 광인, 그 폭력성이었습니다."

거듭되는 증언에도 불구하고 피고가 어머니 안에서 보았다는 악마의 정체는 여전히 밝혀지지 않은 채 남아 있었다. 그렇다. 그 여자가 어머니에서 악마로 변하는 그 이행의 순간에 대해선 오직 저 카인만이 알고 있었다. 나는 자작나무로 만든 증인용 의자를 바라보았다. 그 의자에서 토해진 증언들은 수많은 살인자들의 운명을 결정했었다. 범죄심리학자가 다시 말했다.

"존속살해의 절반은 정신질환자에 의해 저질러집니다. 그렇다면 저 살인자가 왜 정신병자가 되었는지 알아내야만 합니다. 어머니의 절대 권력 속에서 독립된 존재로 성장할 모든 가능성을 잃어버린 자, 아직도 자신을 강아지처럼 부르는 어머니의 부드러운 음성 속에서 어머니를 죽이는 일만이 소년에서 남자가 될 수 있는 유일한 길이었다면 이 살인은 내용상 정당방위가 되는 겁니다. 성년이 된 자녀를 아직도 젖먹이처럼 다루고 소유하는 미친 어머니들이 이 세상 도처에서 자녀들을 미쳐가게 하고 살인자로 만들어가고 있는 것도 사실입니다. 피고가 어머니를 참수한 전기톱은 계획되고 준비된 살인 도구는 아니었습니다. 그러나 언제부터인가 그 전기톱은 무의식 속에서 어른이 되어야 할 자신을 여전히 젖먹이와 강아지로 다루고 있는 어머니에 대해 분노할 때마다 그의 머릿속에 예외 없이 등장했으며, 무의식 속에서 언제고 자신의 손에 닿을 수 있는 바로 그 장소에 살인의 도구로서 오랫동안 안치되어 있었는지도 모릅니다. 자신을 소년에서 성인이 되지 못하게 하는 어머니를 극복하는 일이 살인밖에 없었던 것은 아닙니까. 살인이 어머니란 이름의 맹독을 이기는 유일한 길이었다면 이 법정은 저 피고를 대체 어쩔 것입니까."

피고는 이미 사망신고서가 쓰인 것 같은 얼굴을 하고 있었다. 그가 아무리 광인이었다고 해도 어머니의 목을 톱으로 잘라내고 나면 그에게서 살아 있는 자의 마스크는 나가떨어진다. 어머니의 목을 톱으로 베어낼 때 그는 이미 자신 속의 인간도 베어낸 것이다.

휴정 때 다시 수갑을 찬 채 복도로 나가는 범인이 보였다. 살인자는 수갑을 찬 채 그렇게 잠시 짧은 자유 시간을 누렸다. 재판이 끝나면 그는 다시 감옥인 정신감호병동으로 돌아가야만 한다. 피고가 공판 내내 지독하게 무표정한 얼굴을 하고 있었던 것이 생각났다. 그는 공판에 참여하고 있었고, 어떻든 그 공판의 주인공이었다. 그럼에도 불구하고 난 그의 존재가 그 법정에 출석하고 있지 않다고 장담할 수 있다. 왜 그럴까. 그는 이미 죽은 얼굴을 하고 있었다. 광대뼈 아랫부분은 그의 존재가 뿜어내는 그림자로 한껏 파였다. 그는 비어 있었다. 그 끔찍한 무표정은 그의 비어 있음이 주는 그림자였다.

휴정 후 법정은 다시 열렸고 증인들에게 던지는 검사와 두 변호사의 질문들이 허공에서 열렬하게 다시 엉켰다. 나는 한 달 후로 임박한 마지막 공판에서 재판장으로서 직접 낭독해야 할 판결문을 떠올렸다. 그리고 대체 어떻게 악마란 용어에 각주를 달아야 할까를 생각했다. 정말이지 저 카인은 광인인가, 아니면 광인을 연기하고 있는 것인가.

번번이 느끼는 일이지만 법정은 늘 연극 무대 같다. 심문이란 우수적 의식이 거행된다. 원고와 피고가, 검사와 변호사 그리고 판사가, 배석판사와 배심원들이 배역에 맞는 의상들을 차려입고 약속된 자리에 앉아 자신들의 배역을 연기한다. 대개는 희랍비극 같다.

그날 전문가들은 한 결론에 도달했다. 어떻든 피고는 극도로 위험한 존재라는 것이었다. 저 카인은 이삼 년 후 다시 정신의 정상 궤도를 벗어날 수 있고 다시 타인을 향해 전기톱을 들 것이라는 것이었다. 가장 두려운 것은 피고의 예측할 수 없는 파괴적 공격성이었다. 전문가들은 그의 존재를 '시한폭탄'이라고 표현하는 데 동의했다.

"피고는 아주 위험한 존재입니다. 그는 계속 감금된 채 감시되어야 하고, 철저한 치료를 받아야만 합니다. 그를 이 사회로부터 격리시키는 일이 아주 시급합니다."

범죄심리학자의 말이었다.

"어머니 머리에 뿔이 있다고 하던가요."

요헨 검사가 문득 주치의에게 물었다. 검사의 질문 속에서 이 사건이 주는 속수무책의 우수가 풍겼다. 공판은 내일 아침 9시에 다시 계속된다. 부장판사인 나와 두 사람의 배석판사, 두 사람의 배심원은 이 일로 다시 한 달을 투쟁할 것이다. 판결은 한 달 후 내려진다.

폐정 후 공판 기록을 들고 2층 내 방으로 돌아가면서 문득 야손 교수가 생각났다. 지난해 저 카인에게 전기톱으로 목이 잘려 살해된 어머니를 검시했던 법의학 연구소장 야손 교수는 검시 직후 내게 전화로 말했었다.

"난세, 아들에게 살해된 그 여자는 자신이 가진 거의 모든 피를 잃었어. 엄청난 출혈이었어. 그래서 여자는 새처럼 가벼웠어. 얇은 포장지 같았어. 난세, 그런데 말이야, 이해할 수 없는 일이 있었어. 아들의 칼로 열여덟 번이나 찔리면서도, 가슴에 식도가 꽂힌 채 출혈중이면서도, 급기야 전기톱으로 목이 잘려나가면서도, 놀랍지만 그 여자 시신에선 아들의 폭력에 저항한 흔적 같은 건 도무지 발견할 수 없었어. 그녀는 산 채로 묵묵히 그 참변을 치러냈어. 이 설명할 수 없는 절대 체념, 절대 수락이 과연 모성이란 것일까."

야손 교수는 이후 내게 보낸 검시 보고서 아래 연필로 브레히트의 시 한 편을 낙서해 보냈었다.

그녀가 죽었을 때 사람들은 그녀를 땅속에 묻었다.

(……)

체중이 가벼운 그녀는 거의 땅을 누르지도 못했다.

그토록 가벼워지기까지, 그녀는 얼마나 깊은 애통을 겪었을까.

서울에서 온 편지

능라의 전화를 받고 사흘 후 라비린토스 지방법원으로 내게 두 통의 편지가 나란히 배달됐다. 첫번째 편지 오른쪽엔 서울발 소인이 찍혀 있었다. 발신자는 국립황실박물관이었다. 편지는 이렇게 시작됐다.

저는 국립황실박물관 김종서 학예연구관입니다. 지난해 가을 황실박물관은 경복궁 경회루 연못인 누지 청소 작업중 누지 가장 동쪽 깊은 심연에서 옥새함 한 점을 발견했습니다. 그곳엔 고종 황제 재위 시절 실종됐던 왕조 최고의 보인인 '국왕의 대보'가 보관돼 있었습니다. 여러 자료를 검토한 끝에 본 박물관은 고종 황제 재위 기간 동안의 옥새 장인들의 연감을 조사했고 몇몇 장인들의 자손에게 편지를 보내 황제의 옥새가 왜 보인 보관처인 제왕 보물처나 상서원에 있지 않고 경회루 누지의 가장 깊은 심연에 놓여 있어야만 했는지 그 섬뜩한 비의를 밝히려 하고 있습니다.

안번 장군님으로부터 우난세님의 주소를 받았습니다. 기록에 의해 본 박물관은 전혀 명백하진 않지만 선생님의 조부 우승린님이 당대의 탁월한 옥새 장인이었던 동파(東波)의 수제자로서 중병으로 와병중인 동파를 대신해 1876년 경복궁 대화재 때 국왕 고종의 전교를 받아 손상된 열한 점의 옥새 복원 작업에 참여한 37인의 장인 중 한 사람일 수도 있다는 사실에 도달했습니다. 선생님의 조부나 부친께서 구술했던 아주 사소한 이야기 중이 국왕의 대보가 경복궁 연못 누지 동쪽 가장 깊은 곳에 있어야 했던 그 섬뜩한 밀의를 풀 수 있는 작은 단서라도 있다면 서면으로 답해주시길 간곡히 부탁드립니다. 왕국의 상징인 옥새를, 그것도 국왕 최고의 금보를 왕궁의 연못 속에 넣어두는 것은 왕국사상 처음 있는 혁명적 사건이기 때문입니다. 이 일은 분명 황제의 명령 없이는 있을 수 없는 일이므로 우리는 이 놀라운 파격 뒤에 숨어 있는 그 필연, 그 진실을 알아내려고 합니다.

부디 작은 에피소드나 소문, 아주 사소한 것이라도 그것이 역사의 진실을 품고 있는 모자이크의 빛나는 한 조각일 수 있으니 서면이나 직통 전화로 결정적 도움을 주시기 간청드립니다. 아래 제 연락처를 적습니다.

그 편지 후 황실박물관 학예관이 내게 적어 보낸 내용을 정리해보면 이런 것이었다.

1995년 가을, 서울

1995년 10월, 경복궁 경회루 연못인 누지의 물을 빼고 바닥 청소 작업을 하던 한 용역회사 잡역부는 정동쪽 바닥에서 수초로 뒤덮인 돌 상자 한 점을 발견했다. 수초를 대충 벗겨내자 사방이 봉인된 정방형 돌함의 외형이 드러났다. 함은 좌우에 견고한 은입사 장식 고리를 차고 있었던 것이 분명한 파편 흔적을 지니고 있었다.

잡역부는 곧 그 사실을 알렸다. 황실박물관의 젊은 학예사가 달려왔다. 함은 흑운모 화강암으로 만들어져 단순한 외형에도 불구하고 남성적 기상이 넘쳤다. 정방형 육면벽엔 명료한 수(水)자가 새겨져 있었다. 함 좌우에서 떨어져나간 것이 분명한 순은제 옆 장식은 그 함이 그곳에 긴 끈을 달고 있었음을 추측케 하고 있었다. 그날 호수 북쪽에서 건져올린 여러 마리 까치와 금소화나 은백사 같은 비단잉어 사체 가운데 섞여 함 옆 고리에 걸렸던 것으로 추정되는 다 삭아빠진 가죽 끈 토막도 발견됐다. 학예사는 발견 지점의 위치 보존을 위해 당장 청소 작업을 중지시켰다. 일몰 직전 수석 학예연구관이 황급히 도착했다. 왕조의 정궁 연못에서 발굴된 석함이라면 예삿일이 아닐 수도 있었다.

돌함 개봉 작업은 쉽지 않았다. 강력한 동물 아교가 정방형 돌함 돌쩌귀들을 악착같이 틀어막고 있었으니까. 동물 아교도, 어류로 만든 부레풀도 사실상 오랜 시간 상극인 물과 수압을 견

딘다는 것은 절대 불가능했다. 그러나 그 황갈색 고체의 동물 아교는 함의 사방 돌쩌귀들을 철석같이 방어하고 있었다. 그뿐 아니라 흑운모 화강암은 물에 젖어 찬란한 광채까지 던지고 있는 것이었다.

학예관은 결국 특수 진공 공간 속에서 밀폐된 함을 열었다. 함이 열리자 그 속에서 조금도 손상되지 않은 붉은 외함 한 점이 옥동자처럼 모습을 드러냈다. 첫눈에 그것은 왕의 보인을 담는 옥새 외함인 주록이 틀림없었다. 외함 표면에 자색 가죽을 편 방식, 주홍 진칠의 마감 방식, 양고리 주석 장식 문양이 조선 왕조 후기 작품임을 증명하고 있었다. 특히 외함의 주홍 진칠은 그때까지도 절절해 요염하기까지 했다.

붉은 외함이 초음파를 통과하자 거대한 한 마리 거북의 형상이 모니터 위로 드러났다. 거북의 몸은 황금빛으로 추정됐다. 초음파실 어둠 속에서 학예관들은 숨을 멈췄다. 결국 민어풀로 밀폐된 붉은 외함을 개봉했을 때 그들은 침묵했다. 그곳엔 세월에 조금도 훼손당하지 않은 눈부신 황금 거북 한 마리가 안치돼 있었다. 도저한 용머리와 하늘로 비상하듯 치켜올라간 꼬리, 네 다리 사이로 철썩이는 파도 자락은 압권이었다. 용머리를 한 그 황금 거북은 옥새 인면에 새겨진 여덟 개 문자를 단단히 수호하고 있었다. 옥새 인면 문자는 이러했다.

대조선국만세지보(大朝鮮國萬歲之宝)

학예관들은 그것이 경복궁 대화재 후 돌연 실종된 '국왕의 대보'일 수도 있다는 데 충격을 받았다.

새해가 되고 맹춘 무렵 문화재보호국 대변인의 발표가 있었다. 대변인은 그것이 1876년 경복궁 대화재 이후 옥새 보수 작업중 홀연히 사라진 '국왕의 대보'로 추측된다고 말했다. 그러나 해괴하게도 누군가 국왕 고종의 대보인 엄중한 옥새 인문 중 임금을 가리키는 '대조선국주상지보(大朝鮮國主上之宝)'를 '대조선국만세지보(大朝鮮國萬歲之宝)'로 바꾸어버렸다는 것이다. 그 황금 옥새는 조선왕국 정궁의 연못인 경회루 누지, 그것도 정동쪽 태양이 떠오르는 부상목 아래 긴 노루 가죽 끈으로 내리워져 있었다는 것이다.

경회루의 웅장한 48개 석조 주랑들은 건축 당시부터 시간의 이름을 달고 있었다는 것이다. 입춘, 우수, 경칩으로부터 입하, 망종, 입추, 백로, 입동, 동지 같은 이름들과 자축인묘 같은 12지의 이름들 말이다. 왕궁엔 이미 5백 년 전 검은 대리석에 1,467개의 별과 적도(赤道)까지 새겨진 별자리 지도가 있었다는 것이다. 그러니 국왕의 호수이며 우주인 누지에도 지도가 있었음은 말할 필요도 없다는 것이었다. 양곡, 부상, 약목, 함지, 우연 같은 태양의 정거장들이 그 지도 위에 그려져 있었으리라는 것이었다. 태양이란 곧 시간이다. 바로 그 태양 지도에 따라 옥새는 흑운모 화강암 돌함에 보관된 채 제왕의 연못 가장 깊은 곳, 정확히 말해 태양이 떠오르는 일출의 궁전, 즉 부상목이란 명당 아래

고요히 안치돼 있었다는 것이었다.

그것은 왕조실록에도 적히지 않은 밀의에 찬 일이라고 대변인은 말했다. 오직 왕과 왕을 독대해 직접 보수의 명을 받은 장인만이 알고 있는 왕조의 대기밀로 추측된다는 것이었다. 대조선국만세지보의 '만세(萬歲)'는 곧 '영원과 불멸'을 의미한다고 대변인은 말했다. 만세란 만 년이란 숫자 이상의 그 무엇이라는 것이다. 아니, 만 년이란 이미 숫자가 아니며 더도 덜도 아닌 영원이라는 것이었다. 시간의 바리케이드를 걷어차고 초월해버린 불멸이라는 것이었다.

옥새 전각 크기는 3촌 9푼, 높이는 1촌 1푼이었고, 용거북의 길이는 4촌 9푼, 높이는 1촌 8푼으로 측량되었다. 그리고 거북의 배 아래로 난 용혈엔 색 바랜 인끈이 있었고 색 바랜 봉술은 무려 열 자가 넘었다는 것이었다. 옥새를 안치한 이중함 중 내함은 도금했고 외함은 피나무에 상어 피를 입혀 주칠했다고 했다. 열 자가 넘는 외함 양고리의 끈은 장년 수컷의 노루 피로 확인되었다.

거북은 용머리를 하고 있었는데 용맹한 두 개의 뿔과 사색적인 수염, 그리고 기상 넘치는 뒷갈기를 갖고 있다는 것이었다. 꼬리는 하늘을 향해 청청하게 솟아 있다고 했다. 더구나 거북은 양 겨드랑이에 두 자락의 불길 같은 갈기를 차고 다시금 왕궁에 덮칠지 모르는 대화재를 막는 수신의 모습을 하고 있다는 것이었다. 중요한 것은 그 옥새 위에 새겨진 용거북은 고구려 광개

토대왕승전비를 받치고 있는 대거북 이후 가장 장대한 기상을 나타낸 명작이라는 사실이었다.

1876년 겨울, 경복궁 대화재 이후 보수 과정에서 실종된 그 옥새 '국왕의 대보'는 그로부터 120년 후 그렇게 다시 자신의 정체를 세상에 알리고 있었다. 궁궐 대화재의 그 겨울 이후 실종된 그 옥새가 바로 경회루 누지 아래서 한 왕조와 민족의 불멸을 그렇게 계시하고 있었는지도 모른다는 충격 때문에 학예관들은 식은땀을 흘렸다. 그러나 엄중한 국왕의 옥새가 감히 인면문자를 바꾼 채 의도적으로 대궐 제왕보물처도 아닌 국왕의 호수 최심부 동쪽에 백 년 이상 안치돼 있었다는 그 충격적 예외가 과연 무엇을 의미하는지 아는 사람은 아무도 없었다.

확실한 것은 이 국왕의 대보를 둘러싼 모종의 담합이 있었을 것이라는 추측이었다. 그 담합은 왕조의 영원이라는 장엄한 이념과 관계가 있다고 추측되었다. 그것도 국왕과 한 옥새 장인 사이에 이루어진 그 어떤 신성하고도 엄숙한 담합이.

황실박물관 학예관이 보낸 그 편지가 내게 준 충격은 엄청난 것이었다. 그제야 나는 왕국 때부터 보관되었던 나의 조부 숭린의 금등비서의 전문과 내용을 이제 공화국 앞에서 열어야 할 시간이 되었음을 알았다.

이튿날 퇴근 후 나는 급히 열쇠를 들고 이 도시의 한 은행 지하 금고로 갔다. 난 그곳에 부친 현학이 준 열쇠와 현학이 직접 번역한 조부의 서찰 사본을 보관해두고 있었다. 고객용 지하 금고의 철문 두 개를 지나 가장 깊은 곳까지 갔다. 금고 번호는 0838이었다. 다시 두 개의 문을 지나 두 개의 각각 다른 비밀번호를 입력한 후 나는 내 금고 앞에 섰다. 열쇠로 열자 금고 안에 부친이 준 열쇠와 서찰이 보관된 가죽 서류가방이 놓여 있었다. 나는 금고에서 가방을 꺼냈다. 집으로 돌아와 나는 서재 창가에서 부친이 서정적으로 풀어 쓴 조부의 서찰 사본을 펼쳤다. 서찰 진본은 서울 모처의 금고에 보관돼 있었다. 부친은 독일로 오기 전 안번 장군에게 그 두 개의 금고 열쇠 중 한 개를 맡겼던 것이다.

부친과 나를 망명이란 절벽으로 몰아넣었던 조국은 그렇게 조부와 부친의 기억을 일깨우며 내게 말을 걸고 있었다.

조부의 서찰 앞에서 나는 부친이 내게 말해준 조부 숭린의 숙명을 회상하기 시작했다.

3장

Die Kaisers Caldera

경복궁 대화재, 고종 13년, 한양

대화재가 경복궁을 덮쳤다. 내전중 왕의 침전인 강녕전에서부터 가장 깊은 궁궐인 왕비의 침전 교태전에 이르는 830여 칸이 불길에 싸였다. 화재는 번개처럼 왕조의 정궁을 습격했다. 꽃처럼 눈부신 전각들이 차례로 재가 됐다. 자경전, 연생전, 함원전, 자미당, 인지당, 협경당, 흠경각 같은 왕궁의 꽃들이 불 속에서 소멸했다. 왕조의 정전인 경복궁 외전과 내전 곳곳에 새겨진 신령한 왕조의 영혼들, 광화문 중앙 천장 벽화인 남방 수호신 주작, 서쪽 천장 벽화인 북방 수호신 현무, 영추문 천장 벽화 백호, 건춘문 천장 벽화 청룡 들은 저만치 관악산이 품고 있다는 화기(火氣)를 막아내지 못했다. 관악산 화기를 막기 위해 불꽃 모양의 문자들을 머리에 이고 있던 남쪽의 숭례문, 동쪽의 흥인문, 서쪽의 돈의문도 속수무책이었다. 고종 재위 13년인 1876년 11월 4일의 일이다. 대원군이 운현궁을 떠나 직곡산장으로 은퇴하고 고종이 직접 친정을 시작한 것이 1873년 11월의 일이니 친정 3년 만의 일이었다.

왕궁의 화재는 드문 일이 아니었다. 애절한 것은 선대 임금들의 친필과 유품들을 거의 건지지 못했다는 사실이었다. 왕권의 상징인 옥새와 부신도 불탔다. 대화재로부터 살아남은 것은 오직 임금의 옥새 여섯 점과 세자의 옥인장 다섯 점이 전부였다. 대화재 나흘 후 국왕 고종의 전교가 내려졌다.

"왕조의 옥새와 인장이 화마에 크게 훼손되었다. 이것을 개주, 개조, 수보하는 일을 호조에서 거행하라."

이 복원 작업을 위해 왕이 내린 시간은 겨우 49일이었다. 사실상 옥새 제작 같은 장엄한 작업은 한두 달 만에 완성되는 것이 아니다. 한 점 옥새 제작을 위해 장인들은 거침없이 꼬박 1년을 바친다. 어떻든 왕권의 상징인 옥새의 훼손은 왕조를 경악하게 했다.

왕의 특명으로 왕의 보인인 옥새 여섯 점, 왕세자인 다섯 점, 모두 열한 점의 수리 보수가 시작되었다. 옥새와 왕세자인은 '대조선국주상지보' '소신지보이독보' '과거지보' '선사지기' '무위소' 같은 황홀한 문자들을 담고 있었다. 왕의 특명에 의한 이 비상 작업은 자세한 기록을 남겼다. 이 작업엔 모두 서른일곱 명의 수석 장인들이 투입됐다. 옥새 제작에서부터 옥새함, 내

함인 인통과 새통 제작에 이르는 무려 스물한 개 부문에 총 서른일곱 명의 비범한 장인들이 투입된 것이다. 보인 수리 보수에 걸린 시간은 꼭 49일간이었다.

중요한 것은 그 대화재의 겨울, 왕의 특명으로 보수된 왕의 옥새인 여섯 점의 보인에 관한 일이었다. 장인들이 밤을 새워 보수한 소중한 여섯 점의 보인 중 한 점 옥새, 즉 '대조선국주상지보'가 언제부터인가 돌연 실종되어버렸다는 사실이다. 실종된 옥새는 '국왕의 대보'로 불리는 왕조 최고의 보물이었다. 실종 이후 사람들은 더욱 경외감에 차 그 옥새를 '국왕의 금보'라고 불렀다. 한 왕조에서 옥새의 위조나 도난, 특히 국왕의 대보의 실종은 충격적 사건이다.

'국왕의 대보' 실종 사건

소문에 의하면 문제의 옥새, 국왕의 대보는 화재로 인한 파손 정도가 아주 심했다고 했다. 그리하여 왕의 특명에 의해 새로 제작되다시피 했다는 것이다. 중요한 것은 왕이 그 보인을 위해 아홉 냥의 정결한 황금을 결재했다는 소문이었다. 그 정도 중량이라면 그 옥새는 다른 옥새들과는 달리 거의 황금으로만 특별 제작되었음이 분명했다.

사실 옥새 제작엔 대개 합금이 사용되었다. 통치자의 승운에 맞게 계금, 경금, 은, 동, 아연, 주석 들에 연화제 같은 안로금을 넣어 섬세하게 재료를 탕약 만들듯 탕제한다는 것이었다. 이 금속 비율이 옥새 소유자의 품성과 맞아야만 한다고 했다. 어떻든 옥새 제작엔 금은동의 합금이 가장 많이 사용되었다. 그러니 완전 정금으로 옥새를 제작한다는 것은 놀라운 예외였다.

옥새에 합금이 사용되는 이유는 옥새의 용도 때문이었다. 옥새는 왕국과 왕권의 상징이기도 했지만 행정 서류 결재 양식의 도구였다. 왕의 모든 칙령엔 왕의 수결 후 옥새를 찍게 되어 있었다. 국서나 조약의 비준, 외국에 파견하는 관리의 위임장, 각국 외교관의 신임장 같은 외교 문서에 왕은 친히 수표한 후 옥새를 찍었던 것이다. 그리하여 왕의 신표인 옥새는 연질이 아닌 강한 재질이 필요했던 것이다.

그런데 그 옥새가 합금이 아닌 황금만으로 제작되었다는 것은 주목할 만한 일이었다. 그렇다면 애초 그 옥새는 칙령이나 조약, 임명장이나 신임장에 사용될 용도가 아니었다. 그렇다고 왕의 보인인 그 옥새가 종묘의 신실 동쪽에 모셔질 의식용 어보는 더욱 아니었던 것이다. 옥새의 크기도 전각 테두리도 일반 옥새보다 몇 푼이나 더 컸다. 그 옥새 제작을 위해 극비로 직접 어명을 받은 그 누군가가 있다는 것이었다. 직접 왕의 하교를 받은 것으로 보아 그 장인의 신분이 낮은 품계가 아닐 것이라는 소문도 나돌았다. 더구나 그 옥새 장인은 왕의 명령에 의해 보조 장인조차 청하지 않은 채 전 과정을 혼자 극비로 수행했다. 옥새 인본, 옥새 전각, 옥새 인뉴 조각, 주물 마무리 같은 옥새 제작의 전 과정이 비밀에 가려져 있었다. 그렇다. 왕은 황금을 내릴 때 그 옥새의 특별한 용도를 생각하고 있었음이 틀림없었다. 왕이 생각한 그 옥새, 국왕의 대보의 용도는 대체 무엇이었을까.

보수가 끝난 국왕의 옥새 다섯 점과 왕세자인 다섯 점은 옥새 보관소인 인부에 정확히 도착했다. 그러나 보수가 끝난 것이 분명한 국왕의 그 옥새 한 점은 끝내 보관처에 나타나지 않았다. 옥새 관리 기관인 인부에서도, 인부의 관리 담당인 동반 정3품인 장새관도 그 옥새에 관해선 아는 것이 없었다. 더구나 완전 황금으로 새로 제작되다시피 했다는 '대조선국주상지보'라는 이 옥새는 보수 과정에서 인면 문자의 내용이 바뀌었다는 충격적인 소문도 나돌았다. 대체 그것은 무슨 해괴한 풍문일까. 국왕의 옥새에 준엄하게 적힌 '대조선국주상지보'라는 이 장엄한 문자 중 대체 바꿀 수 있는 그 어떤 문자가 있단 말인가. 그리고 대체 누가 감히 왕의 옥새, 그것도 국왕의 대보의 문자를 바꿔버릴 수 있단 말인가.

옥새는 곧 국왕 자신이 아니었던가. 제왕들은 왕의 옥새에 왕조의 운명이 들어 있다고 믿었었다. 그런 이유로 국왕 즉위식은 어김없이 국왕의 상징인 왕의 대보를 왕세자에게 전달하는 것으로부터 시작됐다. 옥새가 들어 있는 인장함은 항상 어좌 앞에 놓인 채 국왕의 현존과 권위를 상징했다. 왕의 행차 때도 옥새는 여덟 사람이 멘 가마에 놓여 예외 없이 왕의 어가 앞에서 행차했다. 그런 이유로 옥새 작업은 국가 최고의 기밀 작업 중 하나였다. 화폐 제조법과 함께 옥새 제조법은 왕조 최고의 극비사항이었다. 조선왕조 기본 법전인 경국대전 위조 편에는 옥새를 위조하거나 복제한 자는 설사 인장의 글자를 모두 새기지 않았다 하더라도 참형에 처한다고 적혀 있었다. 가차 없는 교수형이었다. 처자식은 당장 노비가 되었다. 조선 중기, 옥새 위조 사건이 있었다. 그 사건으로 옥새 장인들이 가혹하게 잘려나갔다. 그 후 왕조는 도화원 화원들을 옥새 전각 장인으로 길러냈다. 화원 가운데 탁월한 재능을 가진 자들만이 선택됐고 혹독한 도제 과정을 거쳐 전수자들이 탄생했다.

또 하나의 끈질긴 소문이 왕궁에 나돌았다. 국왕의 그 대보를 위해 물이 들어오지 못하도록 특별한 옥새 외함, 즉 인록을 만들었다는 것이었다. 외함 옆구리 고리엔 노루 가죽으로 만든 아주 긴 끈이 매달려 있다는 것이었다. 피나무로 짠 이 외함은 주석과 가죽에 민어풀과 신비한 다른 풀을 사용해 물이 들어오지 못하도록 했다는 것이다. 그리고 왕궁 최고의 향(香) 한 봉지를 인록 속에 넣었다는 것이었다.

놀라운 것은 국왕 고종도 이 실종된 옥새에 대해 단 한 번도 추궁하지 않았다는 사실이었다. 물론 실종된 옥새 때문에 책임을 추궁받고 감옥에 던져진 동반 정3품 관리 장새관도 없었다. 옥새를 위조한 죄인도, 옥새의 실종 책임을 물어 파직된 포도대장도 없었다. 국왕의 대보가 실종된 엄청난 사건이었는데도 말이다.

이 옥새 실종 사건 속엔 무엇인가 있다. 그 어떤 모종의 담합이 있다. 어쩌면 국왕 고종이 직접 관련된 그 어떤 신성한 담합이.

왕은 왜 아홉 냥의 정결한 황금을 결재했을까. 왕은 왜 물이 들어오지 않는 옥새 외함을 만들도록 명령했을까. 황금빛 노루 가죽으로 만들었다는 그 긴 옆구리 끈의 용도는 대체 무엇일까.

국왕 대보 실종 소문의 진실은 알 길이 없다.

푸른 복면에 관하여

국왕 옥새 실종 사건의 미스터리로부터 19년 후 을미사변이 닥쳤다. 일본 보병 18대대 병력이 조선왕국 법궁인 경복궁을 습격해 명성황후를 살해한 것이다. 바로 그 명성황후 시해 사건 때 푸른 복면을 쓴 한 명의 조선인 자객이 끼어 있었다는 소문이 돌연 나돌았다.

광화문에서 최초의 총성이 들린 것은 그 살해의 날, 1895년 10월 8일 새벽 5시였다. 광화문을 통한 정면 공격이 있기 전인 새벽 4시경, 일본 보병은 이미 경복궁 침입을 위해 광화문, 춘생문, 추성문, 세 장소로 나뉘어 소집돼 있었다. 최초의 일본인 공격조가 광화문을 공격할 때 발생한 첫 총성과 동시에 후방 부대는 궁궐 북서쪽 추성문 담장을 넘고 있었다.

그날 새벽 2시경 두 명의 별군관은 궁궐 담장을 순찰했다. 그들은 시위대장에게 약 2백 명의 일본군이 궐문 앞 심군부로 방금 들어갔음을 목격했다고 보고했다. 어떻든 최초의 총성은 경복궁 남쪽 정문 광화문에서 터졌다. 그 밤 내내 달은 그 마지막 왕조의 영산인 백악 위로 순결한 푸른빛을 토해내고 있었다.

일본군 침입 때 경복궁엔 모두 5백 명의 왕궁시위대가 있었다고 전해진다. 그러나 그들은 비무장 상태였다. 탄약도, 대검도 없었다. 황후 시해라는 끔찍한 궁정 살인이 이루어진 것은 그 최초의 총성 후 약 40분간에 해당하는 시간이었다.

황후 시해 현장은 건청궁 곤녕합 옥호루였다. 건청궁은 고종이 아내 명성황후를 위해 경복궁과 별도로 만든 별궁이었다. 집경당 일곽 뒤 북쪽 샛담 정중문을 나서면 연못 향원지가 있고 연못 섬 안에 2층 정자 향원정이 있었다. 향원지는 고종이 아내에게 선물한 황후의 호수였다. 향원정 북쪽으로 난 구름다리 이름은 취향교였다. 이 취향교를 건너 황후는 건청궁 침전인 장안당에 이르곤 했다. 그 새벽 옥호루 앞 세 개의 출입문은 정규 복장을 한 일본군에 의해 봉쇄됐다. 사복 차림의 일본인이 현장에서 시해를 지휘했다. 시해 임무를 맡은 살인자들은 지휘자 앞에 도열해 있었다.

그 새벽 황후에게 한 궁중 대신이 보낸 급보가 날아들었다. 황후와 궁녀들이 잠자리에서 뛰쳐 일어나 도피처를 찾으려는 순간 시해범들이 들이닥쳤다. 시해범 중 한 자는 황후 식별을 위해 황후의 사진 한 장을 손에 들고 있었다. 그때 급보를 보냈던 궁중 대신이 달려와 황후 앞을 가로막았다. 그것은 순식간에 본능적으로 일어났다. 그 행위가 살해범들에게 황후 식별의 단서를 제공했다. 살해범들은 궁중 대신의 목을 잘랐다.

황후는 뜰 아래로 뛰어내렸으나 곧 붙잡혔다. 살해범은 수차례 황후의 흉부를 짓밟았다. 그러고는 칼을 빼 황후를 찔렀다. 황후와 비슷한 외모의 세 궁녀에 대한 확인 살해가 있었다. 그때 늙은 여시의가 손수건으로 황후의 어안을 가렸다. 황후의 시신은 비단 홑이불에 싸였다. 살해자들은 시신 위에 석유를 끼얹고 불을 질렀다. 불 속에서 기진하게 탄 시신의 잔해는 황후의 개인 호수인 향원지에 내던져졌다. 황후가 살해된 아름다운 남쪽 누각 옥호루에 걸린 현판조차도 새파랗게 질려 있었다. 황후가 죽어 그녀의 호수 향원지에 던져지던 그 새벽도 호수 서편 물길인 어정(御井)은 정결한 성수를 황후의 호수로 끝없이 토해 놓고 있었다. 그렇다. 푸른 달 아래 조선의 황후가 살인 청부업자인 낭인의 일본도에 베어지고 있었다.

황후 시해설은 서로 교차하며 또다른 설을 낳았다.

황후 시해 직후 문득 푸른 복면의 자객이 다가와 왕비의 심장을 향해 깊게 단도를 꽂았다는 것이다. 확인 살해였다. 그 단도엔 아름다운 잉어가 그려져 있었고, 단도를 뽑았을 때 황후의 심장은 비로소 우물처럼 피를 쏟았다는 것이다. 사내는 피 묻은 비수를 자기 옷섶에 끼워넣었다고 했다. 푸른 복면의 사내가 어쩌면 조선인일 수도 있다고 늙은 여시의는 증언했다는 것이다.

당시 조선 주재 외교관들의 보고서에도 푸른 복면을 한 살인자의 기록이 등장한다. 그는 차이나 블루의 복면을 쓰고 있었다고 한다. 황후 시해범 법정인 히로시마 재판 기록에도 이 푸른 복면의 자객 이야기가 출몰한다. 그러나 황후의 심장에 마지막 단검을 꽂은 자가 누구인지 아는 사람은 없었다. 여시의의 말에 의하면 사내는 확인 살해 후 푸른 복면을 쓴 채 푸른 새벽빛 속으로 사라져갔다는 것이다. 피 묻은 단도와 함께.

그 자객이 친일파인 훈련대장의 부관이라는 속설도 있다. 아니, 그 자객은 일본군이 끌고 온 고수의 사형 집행인이었다는 설도 있다. 그 푸른 복면은 망나니의 예복이라는 것이다. 그리하여 소문 속에서 푸른 복면은 황후 살인을 마감한 뒤 유유히 사라진 '살인의 유령'으로 이해될 지경이었다. 왕궁 습격과 황후 살해라는 그 참혹한 사건은 두 달 내내 감추어졌다. 곧 새 친일 내각에 저항하는 고종 친위 쿠데타가 일어났고 실패했다. 황후 사망이 공식 발표된 것은 황후가 살해된 그 무정한 새벽으로부터 무려 55일이 지난 후의 일이었다. 어떻든 황후 살해와 왕조의 멸망이라는 장엄한 사건 사이에 그 자객은 푸른 복면을 쓴 채 서 있었다.

그 시해의 밤, 황후는 흰옷을 입고 있었다. 그래서 황후의 피는 절절하도록 더 붉었다는 것이다. 어떻든 역사는, 개항이란 시대 정신은, 황후인 그녀를 밟고, 그녀를 통과해 지나가도록 예정돼 있었다. 그녀가 그 시대 역사의 문이었다. 47세의 그녀는 그 새벽 아름다운 옥호루에 서 있었다. 그녀는 흰옷을 입고 있었는데도 마치 장려한 적의(翟衣)를 입고 있다는 생각이 들 지경이었다. 살해돼 누운 그녀의 관자놀이 위로 5백 년 왕조의 시간의 강이 흐르고 있었다. 어차피 퇴장하기로 예정된 왕조였는지도 몰랐다. 그 왕조만이 그것을 몰랐는지도 몰랐다. 어떻든 한 왕조의 몰락이란 진땀 나는 추락이다. 황후의 시신 속에서 왕조는 그렇게 절명해갔다.

황후가 죽자 사람들은 비로소 그녀가 거인임을 알았다. 그녀는 마치 왕조의 동산에 날아와 추락한 거대한 봉황 같았으니까. 그 아주 작은 여자는 왕국의 멸망을 스스로의 어깨로 떠받치고 있던 거인이었다. 왕조가 멸망해야 한다면 그 멸망의 주역을 치러내야 하는 것은 그녀였던 것이다. 왕조의 건국도 어렵지만 왕조의 멸망은 더 어려운 법이다. 멸망은 무려 5백 명의 정규 복장의 군인들, 대포, 탄약, 대검, 궁중 대신들이 함께했음에도 불구하고 여전히 고독한 것이었다. 황후의 죽음은 어떻든 그 왕조가 울린 마지막 만종(晩種)이었다.

조선의 명성황후와 청조의 서태후. 두 왕조는 멸망하면서 동아시아에서 엄청난 굉음을 내도록 예정돼 있었는지도 모르겠다. 왕조의 멸망이란 그 엄청난 무게를, 멸망이라는 비극을, 혼자의 어깨로 견뎌낼 수 있는 그런 여걸들이 필요한 법이었는지도 모르겠다. 명성황후는 애초 멸망의 역을 연기하기 위해 황후가 되었는지도 모르겠다. 황후 참살 후 왕조는 영혼을 잃었다. 왕조의 유효 기간은 끝났다. 황후 시해 이후 20년간 더 계속된 왕조의 이야기는 그저 길게 늘려진 지루하고 모욕적인 멸망의 에필로그에 불과했다. 5백 년 왕조는 그렇게 휘장을 내리도록 예정돼 있었다.

연못에서 건져올린 황후 시신의 정결 예식은 한 여관(女官)에 의해 치러졌다. 황후의 머리는 좁쌀 씻은 물인 절량미변, 몸은 자단 향수에 담겼다. 백초로 된 수의가 입혀졌고 황후의 입엔 순결한 마지막 쌀과 진주 세 알이 넣어졌다. 소렴과 대렴을 거친 후 시신을 그녀의 관인 재궁에 넣자 입관식은 끝났다. 조선, 일본, 러시아라는 세 나라의 각축 속에서 비수에 맞아 추락한 거대한 봉황, 그것이 황후였다. 어떻든 황후는 그렇게 죽어 조선 왕조 마지막 성녀, 마지막 기념비가 되었다.

차이나 블루의 복면에 잉어가 새겨진 비수를 들고 있었다는 그 자객은 진실로 존재하기는 했던 것일까. 아니, 그 푸른 복면은 그 시해의 밤, 옥호루를 가득 채웠던 새벽 푸른 달빛이 만들어낸 환각의 영정은 아니었을까.

왕국은 지고 있었다.

황후 시해의 그 밤, 자객이 쓰고 있었다는 푸른 복면은 결국 문제가 됐다. 달빛처럼 푸른 무명옷이 옥새 제작을 하는 수석 장인들의 예복일 수도 있다는 것이었다. 그러자 19년 전 왕궁 대화재 때 있었던 국왕 옥새 실종 사건이 다시 맹렬히 고개를 치켜들었다. 당시 그 옥새의 보수를 맡은 자가 왕권의 상징인 옥새를 빼돌려 수신사로 일본에 간 친일파에게 넘겨주었다는 것이었다. 결국 왕권에 반란해 쿠데타 세력이 된 친일파들은 자신들이 왕국의 새 주인이라는 증명을 위해 그 옥새가 필요했다는 것이었다.

다른 소문은 더 과격했다. 황후 시해 전 그 옥새를 이미 일본 황궁에 갖다 바친 자가 있다는 것이었다. 왕국의 대보인 옥새를 손에 넣지 않고서야 일본이 감히 타국의 왕궁을 습격하여 국모를 시해할 수는 없다는 것이었다. 일본 황가에 소중한 옥새를 갖다 바친 그 누군가가 있다는 것이었다. 왕권의 영혼인 옥새가 실종되는 순간 황후 시해와 왕국의 위기는 이미 예정돼 있었다는 것이다. 시해 직전 왕국에 몰아친 콜레라 역시 옥새의 부재가 가져온 재앙이라는 설도 퍼져나갔다.

이 소문은 푸른 복면의 사내의 삽화와 뒤엉키면서 불꽃을 일으켰다. 반일파는 푸른 복면의 살인자가 친일파의 하수인인 조선인 옥새 장인이 틀림없다고 몰아붙였다. 반일파들은 국모 시해 사건의 희생양이 필요했다. 국모 시해 복수라는 구호 아래 돌연 푸른 복면의 옥새 장인에 대한 반일파의 추적이 시작됐다. 새해가 되자 황제의 아관파천이 있었고 친일 내각은 무너졌다. 그리고 문득 하나의 소문이 꼬리를 물었다. 실종된 그 옥새를 보수한 중년의 옥새 장인이 친일파들과 함께 일본으로 야반도주했다는 것이었다.

소문은 그 지점에서 두 갈래로 갈렸다.

그 중년의 옥새 장인은 황후 시해가 있던 그해 왕국에 들이닥쳤던 콜레라에 걸렸다가 구사일생으로 살아난 어린 아내를 들쳐 업고 중국 상해로 도주했다는 것이었다. 역병을 이길 처용 부적 한 장만이 그녀 젖가슴 섶에 찰싹 붙어 있었다고 했다. 그 장인은 국왕 고종에 대한 충성에 목숨을 건 자로서 정말이지 친일파도 아니고 푸른 복면의 자객 같은 것은 더욱 아니라는 것이었다.

어떻든 사내는 자신에게 씌워진 그 엄청난 누명을 묵묵히 수락하고 조국을 떠났다는 데 그 소문의 엄숙함이 있었다. 그의 아내를 국경까지 실어나를 가마를 대어준 한 세도가가 있다고도 했다. 그 세도가는 철저한 반일파로 당시 상해의 회풍은행에 돈을 예치해놓을 정도로 재력가였다는 것이었다. 장인의 젊은 아내는 변복 차림도 검은 장옷도 아닌 혼인의 옷인 연두색 장옷을 두르고 그때까지도 콜레라 시절 대문 앞에 쳤던 금줄들이 아직도 걸려 있는 겸이포를 거쳐 홍송과 낙엽송이 우거진 압록강을 건넜다고 했다. 압록강 부근의 순결한 자작나무숲, 굴참나무 지붕들과 너와 지붕 곁을 그는 지났다는 것이었다. 마을 입구에 서 있는 명예로운 기념비 홍살문도 보았다는 것이었다. 사내는 그렇게 생애 마지막 조선 풍경을 눈에 담았다는 것이었다.

아니, 다른 소문에 의하면 그 옥새 장인은 제물포항으로 가 거기서 두 폭짜리 황포 돛대가 달린 조선 범선을 타고 떠났다고 했다. 그날도 제물포엔 서양 군함 '다알링호'가 정박해 있었다는 것이다. 왕조가 멸망의 징조로 새파랗게 질려 있는 동안에도 사내들은 여전히 일산을 받쳐 들고 장가를 갔고 처녀들은 큰 머리를 틀고 큰 비녀를 꽂은 다음 원삼을 받쳐 입고 시집을 갔다고 했다. 국경에서 입항자 검역을 간신히 치러낸 부부는 월경해 뤼순을 거쳐 상해로 망명했다는 것이었다. 사내는 어디서 구했는지 당시 아주 드물었던, 서양인이 느린 조리개로 찍은 고종의 거처인 북궐과 육조 거리 사진 한 장을 간직하고 있었다는 것이었다. 멸망해가는 왕조의 황혼이 그 사진 속에 정지해 있었다는 것이었다. 이듬해 사내는 고종이 황제로 등극했다는 소식을 상해에서 들었다고 했다.

1907년 8월 말일, 그 옥새 장인은 상해에서 희망봉을 거쳐 런던으로 가는 화객선 칼멘호 제2갑판에서 육혈포로 자결했다. 총성은 당시 신식 증기 터빈 기관을 달고 있던 그 화객선이 막 남지나해를 통과할 때 터져나왔다. 총알은 사내의 관자놀이를 관통해 두개골을 단번에 함몰시켰다. 칼멘호의 영국인 선장은 배를 돌려 시신을 가까운 홍콩 항 임시 안치소에 인도한 후 다시 떠났다.

장인은 상해에서 조직된 조선의 '을사오적 암살 지원단' 무기 운반책으로 밝혀졌다. 망명 초기 그는 황톳빛 상해 거리 영국 조계 구역에서 비로드 휘장이 펄럭이는 인력거를 몰았다는 것이었다. 을사조약 이전 그는 조선 반일 의병들을 위해 총기와 화약을 압록강 깊숙이 운반하는 자로 활약했다. 1905년 경의선 철도가 완공되자 그는 상해에서 청천강 심부까지 무기를 숨겨 날랐다. 거기서 다른 운반조들이 백의종군한 의병들의 거점들로 총과 화약을 날랐다. 의병들은 무기가 없었다. 있다고 해도 총은 슬프도록 낡았고 화약도 늘 동이 났다. 그래서 의병은 일본군과의 접전에서 번번이 참패했다. 전국엔 일본이 내린 무기와 폭탄류 휴대 금지령이 발효중이었고 그것은 무기 운반책들에겐 극형이 예정돼 있음을 의미했다. 그해 을사오적 중 한 명인 내무대신 이지용의 강변 저택과 서울의 일본인 거주 지역인 황금장에 배달된 소포 폭탄의 제조자가 바로 그 장인 사내였다는 설도 있다.

사내의 암호명은 '금강송'이었다. 금강송은 조선왕조 건국 때부터 궁궐에 심긴 채 북궐을 지키는, 1천 년을 산다는 잠들지 않는 나무의 이름이었다. 왕의 현존을 상징해 왕의 용상 뒤쪽에 펼쳐져 있는 일월오병도 좌우에 등장하는 찬란한 네 그루 나무가 바로 금강송이었다. 금강송은 송진이 넉넉해 속살이 황금빛을 띠는 제왕의 나무였다. 신성한 숲에서 베어 온 그 고귀한 금강송을 잘라 만든 궁전이 바로 북궐이었다. 사내의 암호명은 북궐을 지키는 금강송처럼 자신도 국왕을 지킨다는 단심의 표현이었다. 아니, 사내의 암호명은 경복궁 화재에도 타지 않고 살아남은 경회루 누지 복판의 인공섬인 만세산의 아홉 그루 금강송을 상징한다는 것이었다. 그러나 일개 옥새 장인인 그 사내가 경회루 누지 만세산의 금강송을 대체 어떻게 목격했단 말인가. 그것도 대화재 속에서도 타지 않고 살아남았다는 그 만세산 금강송을.

경회루 호수인 누지는 궁궐 최고의 금단의 땅이었다. 국왕의 초대를 받지 않고는 그 누구도 경회루 권역에 발을 들이밀 수 없었다. 그렇다면 국왕의 동정호인 신성한 경회루 누지를 그 사내가 본 적이 있단 말인가. 국왕 고종이 사내를 금단의 권역인 경회루 누지로 초대한 적이 있었단 말인가. 그 일개 옥새 장인과 국왕 고종 사이에 그 어떤 내밀한 것이 흐르고 있단 말인가.

사내의 리볼버인 육혈포, 연뿌리 모양의 회전 탄창엔 탄약포 다섯 발이 고요히 장전돼 있었다. 사내의 가슴에선 1907년 1월 16일자 대한매일신보에 게재된 고종의 국서 부분 한 장과 한 달 전에 있었던 '고종 황제 강제 퇴위' 신문기사의 등사본 한 장이 발견됐다. 대한매일신보는 영국인이 공동 운영하던 신문이었다. '고종의 국서'는 1906년 12월 6일 영국 트리뷴 지에도 게재되었던 것이었다. 고종이 트리뷴 지 기자에게 옥새가 찍힌 국서를 주어 영국에 전하게 한 문서였다. 국서의 내용은 이러했다.

1. 황제 자신은 을사조약을 절대 승인하지 않았다.

2. 주권의 일부조차도 일본에게 결코 양도하지 않았다.

1905년 고종의 서명 날인도 없이 '을사조약'이 강제 조인됐을 때 대한제국은 사실상 멸망한 것이었다. 그때는 이미 황제의 궁궐 깊은 곳까지 일본의 밀사들이 배치돼 있었다고 했다.

1907년 6월 고종은 자신의 밀사들을 헤이그로 파견했다. 헤이그에선 제2차 만국평화회의가 열리고 있었다. 밀사들은 고종의 위임장을 소지하고 있었다. 그들은 그곳에서 을사조약의 불법성과 무효성을 폭로할 사명을 맡고 있었다. 고종의 밀사들이 헤이그에 등장했을 때 일본의 경악은 엄청난 것이었다. 일본은 고종이 헤이그에 밀사를 보낸 데 격분했다. 결국 이 밀사 사건이 고종의 퇴위를 재촉했다. 고종의 황제 퇴위식은 경운궁 중화전에서 있었다. 양위하는 고종도 양위받는 순종도 참석하지 않은 섬뜩한 양위식이었다. 고종은 그렇게 일본에 의해 철저히 무력화됐다.

고종 최고의 악몽이었던, 자신의 통치 기간에 5백 년 왕조가 멸망할 수도 있다는 예감은 그렇게 현실화되고 있었다. 그 이전부터 이미 고종의 해외 망명설이 나돌았었다. 고종이 세울 망명정부는 상해나 블라디보스토크에 위치할 것이라고 했다. 상해 영국 조계 내 독립운동 조직이 국내에 잠입해 고종을 만났다는 풍문이 나돌았다. 북경에도 고종이 거처할 '북경행궁'을 물색중이라는 소문이 나돌았다. 고종이 망명정부를 세운다면 그 망명

정부는 국제적으로 정통성을 인정받을 수 있었다. 황제가 망명해 일본과 맞선다면 백성들은 봉기할 준비가 돼 있었던 것이다. 백성도 비밀결사들도 그렇게 결전의 날을 기다리고 있었다. 황실 소유의 금괴 85만 냥이 망명 자금으로 비밀 장소에 매장되어 있다고도 했다. 육혈포로 자결한 암호명 금강송도 고종이 상해나 북경으로 망명해 망명정부를 수립한 후 일본에 선전포고를 하기를 기다렸던 준비된 투사 중 하나였다. 사내는 황제 고종의 절대적 신봉자였다는 것이다. 그러나 고종은 결국 북경행궁에 도착하지 못했다.

사내는 이미 그 화객선에 17개국의 외국 승객들이 타고 있다는 정보를 갖고 있었다. 사내는 그 국제여객선 칼멘호 선상에서 자결함으로써 을사조약의 무효성과 고종 황제 강제 폐위의 범죄성을 그렇게 세계 승객에게 웅변하고 있었다는 것이었다. 나중에 안 일이지만 사내는 선표조차 없는 밀항자였다. 어떻든 사내는 명성황후 시해, 을사조약, 고종 황제 강제 퇴위 등을 통해 몰아치던 왕조의 멸망에 저항해 자결한 국내외 수백 명 순국자 중 한 사람이었다. 사내의 자결 후 조선에선 고종 강제 퇴위에 반대하는 정미의병이 일어났다.

사내가 자결했을 때 그와 함께 상해로 망명한, 콜레라를 앓았던 어린 아내는 임신중이었다. 암호명 금강송의 유서엔 이렇게 쓰여 있었다.

"아들아. 내가 좌초한 지점에서 시작하라."

누란(累卵)

사내의 아내 누란이 홍콩 항에 도착했을 때는 이미 10월이 닥친 후였다. 상해에서 홍콩으로 올 때 그녀는 만삭이었다. 홍콩 항 부두에서 찾아낸 암호명 금강송의 시신은 썩기 시작하자 빙고에 내던져져 있었다. 누란은 묵묵히 그 시신을 인계받았다.

누란은 상해로부터 남편의 시신을 수습하기 위해 곽을 싣고 왔다. 비밀결사 동지들의 시신을 담았던 목곽 중 한쪽 판만 상징적으로 싣고 왔다. 그 판을 동쪽에 대고 목관을 완성해 사내의 시신을 안치했다. 총상이 있는 뇌와 귀는 떨어져나가고 없었으므로 시신 수습은 비장할 수밖에 없었다. 관 위엔 명정도 관의도 덮지 않았다. 어차피 가매장이었다. 조국을 되찾기 전엔 땅에 묻힐 수조차 없다는 비밀결사들의 상징적 매장 의식이었다.

시신 수습 때는 세골(洗骨)도 하지 않았다. 그들에겐 생전에 고종의 현존을 알현했던 신체와 오관을 씻지 않는다는 불문율이 있었다. 그래도 유골을 수습할 때 시신의 머리부터 창호지로 덮었다. 취토도 봉분도 혼백을 모실 자리 같은 것도 아예 없었다. 그래서 가매장인 초분은 더 비감한 것이었다.

짚으로 만든 이엉으로 목관을 싼 후 용마름을 올려놓고 바람에 날리지 않도록 새끼줄로 묶었다. 초분을 두르는 줄 수는 홀수로 했다. 짐승들이 접근하지 못하도록 항구에 버려진 그물로 초분을 다시 감쌌다. 사방엔 돌을 매달았다. 누란과 함께 상해로부터 온 비밀결사 두 사람은 추모의 표시로 초분 위에 꽃 대신 시퍼런 솔가지를 꺾어 꽂았다. 그러고는 사내를 인적 드문 외진 숲, 완향나무 높은 가지에 얹어두었다. 그것이 소위 초분, 즉 풍장이었다. 풍장이 아니라 차라리 연무(煙霧)의 장례였다. 홍콩은 안개가 많은 곳이었다. 안개가 사내의 목곽의 빈틈을 미친 듯 파고들었다. 초분의 방향은 대개 동향이거나 서향이었다. 그러나 사내의 초분은 악착같이 조국인 대조선과 왕조의 주인인 고종 황제가 있는 북쪽을 향하고 있었다. 그러나 초분 어디에도 그가 고종의 비밀결사라는 만장 한 자락조차 없었다.

사내의 시신을 가매장한 데는 이유가 있었다. 우선 사내의 자결이 문제였다. 그의 아내가 임신중이라는 것도 문제였다. 가족 중 임신한 자가 있으면 초분을 했다. 그러나 무엇보다 을사오적 암살 지원단인 사내에겐 치욕의 을사조약이 무효화되고 폐위된 고종 황제가 다시 등극하지 않는 한 시신조차 땅에 묻힐 수 없다는 것은 자명한 일이었다. 아니, 사내의 시신은 진송장으로 매장되기엔 잠시 안식이 필요했는지도 몰랐다. 누란은 묵묵히 그 일을 수행했다.

어떻든 그 빽빽한 완향나무 깊은 숲 높은 가지에 사내의 목관이 얹혔다. 풍장 때 완향나무를 사용하는 것은 향나무의 맹렬한 향기 때문에 여우들은 시신을 먹기 위해 나무에 기어오르지 못했고 독수리는 시신을 뜯기 위해 나무에 접근하지 못했기 때문이었다. 풍장이 끝나자 상해에서 내려온 비밀결사 동지들은 다시 상해 비밀 가옥으로 돌아갔다. 홍콩을 떠날 때 동지들이 누란에게 말했다.

"금강송은 죽기 전에 간절하게 중국 장안에 가고 싶어했소."

그러자 누란도 사내가 언젠가 '장안에 가고 싶다'고 했던 독백을 들은 적이 있다는 생각을 하는 것이었다. 남편은 왜 장안에 가고 싶어했을까. 만삭의 누란은 혼자 남편의 초분이 있는 홍콩에 남았다. 당시 혁명가와 의병의 아내들은 자신들을 기꺼이 조선왕조 부활을 위한 소모품으로 이해했다. 사실상 그들은 자신들이 생각하는 것보다 훨씬 더 위대한 소모품들이었다.

"아들아, 내가 좌초한 그 지점에서 시작하라."

그것이 사내의 유서였다.

이듬해 정월, 누란은 홍콩의 무료 진료소인 동화의원에서 몸을 풀었다. 33세의 노산이었다. 혈행장애가 있어 많은 실혈을 했다. 그래서 유복자는 창백한 얼굴로 세상과 상견례했다. 남편의 예언대로 사내아이였다. 동화의원은 홍콩의 포목상, 미곡상, 아편상 들의 기부금으로 세운 무료 병원이었다. 누란은 너무도 탈진해 있어서 자신이 출산중 사망할 수도 있겠다는 생각을 했다. 병원 측은 무의탁 난민 신분으로 병원을 찾아온 조선인 과부에게 사망할 경우 목관도 제공해줄 수 있다고 사무적으로 말했다. 누란은 사망하지 않았고 득남했으며 무료 병원의 도움을 묵묵히 받았다. 유복자는 부친의 작명대로 현학이라는 이름을 얻었다.

출산 후 누란은 동화의원을 나와 부녀자 보호소인 보량공국에서 잠시 기거했다. 당시 홍콩은 부녀자 유괴가 성행했다. 매자라고 불리는 젊은 여자들은 유괴돼 하녀로 매매됐다. 부녀자 보호소에서 기거하던 초기 시절 누란은 남장을 하고 부두에 나가 쿠리 일을 했다. 홍콩 부두에선 누구도 실직자가 될 수 없었다. 부두와 간척지 주변은 막노동자인 쿠리들의 천국이었다. 쿠리들은 그야말로 부두의 꽃이었다. 그들은 부두나 창고에서, 석탄 운반소에서, 화물선에서, 모든 것을 닥치는 대로 운반해대는 짐꾼, 가마꾼, 인력거꾼 노릇을 했다. 노동이 익숙해지자 누란은 남장을 벗어던졌다. 당시 쿠리 여관에서 열렸던 노동자들의 비밀결사인 '삼합회'에도 참석했던 여자가 누란이었다. 선창에 물이 차고 만조가 되면 쿠리 일은 끝났다.

쿠리들이 개미처럼 부두와 창고와 화물선을 오가는 포구 저편 백학산 산정엔, 백인들만이 사는 동양인 금지구역이 있었다. 그곳엔 백인들만을 위한 아름다운 위생병원이 있었고 총독과 관료들의 관저와 사택들이 꿈처럼 들어서 있었다.

이듬해 동짓날 누란은 사내 초분의 이엉을 교체해야 했지만 포기했다. 이엉 석 장과 용마루 한 장을 만드는 데는 적어도 짚단 열 뭇이 들었기 때문이었다. 1910년 경술국치가 닥치고 조선 왕조가 멸망했다. 519년간 존속했던 왕조가 결국 막을 내린 것이다.

홍콩에서 조선왕조의 멸망에 관해 들었을 때 누란은 완항나무 위에서 승린의 초분을 주저 없이 내렸다. 그러나 초분을 벗겨내고 목곽을 해체하는 파빈은 하지 않았다. 항구에 어둠이 내리자 누란은 나룻배 한 척에 뱃삯을 치르고 목곽을 실은 채 홍콩 섬 앞 남지나해 자락에 있는 라마 섬으로 갔다. 지나는 배가 드물어 적막 속에서 다 삭아버린 옛 도선장 교각 앞을 지나 초승달 만 쪽에 이르렀을 때 누란은 초분에 돌을 매달아 목곽째로 남지나해에 수장시켰다. 결국 남지나해에 영장할 때까지 이엉은 교체되지 못했던 것이다. 그 영장 예식은 그렇게 밤의 한복판에서 숨죽인 듯 수행됐다. 수장되는 사내의 목곽은 마치 난파된 작은 목선 같았다. 어떻든 그 조선인 사내는 남지나해에 영장됐다. 경술국치 후 첫 가을, 고독한 남지나해 위엔 도마뱀 성좌가 떠 있었다.

이듬해 1911년, 중국 대륙에선 신해혁명이 있었다. 청 왕조가 멸망하고 새 공화국이 수립됐다. 그녀는 신해혁명과 중화민국 정부 수립을 겨우 세 돌이 지난 유복자와 함께 홍콩에서 치러냈다. 문맹자였던 그녀는 상해에서와 마찬가지로 남편 금강송이 가르쳐준 겨우 1백 개의 한자로 망명지 홍콩을 살아냈다.

사내 금강송이 아내 곁에 남긴 것은 유복자 말고 또 있었다. 쇠줄로 단단히 봉해 비서(秘書)를 넣어둔 먹감나무 상자였다. 상자엔 쇠줄 아래 초라한 백동 빗장이 달려 있었다. 사내는 그것을 '금등비서(金燈秘書)'라고 명칭했다. 금등이란 쇠줄로 단단히 봉해 비서를 넣어두는 상자의 명칭이었다. 그 안에 비서 한 통이 담겨 있다는 것이었다. 사내의 말에 의하면 그 비서엔 황제의 육성이 보관돼 있다는 것이었다. 사내가 그 상자를 감히 금등비서라는 거창한 이름으로 부른 것도 바로 그 육성 때문이라는 것이었다. 상해에서 홍콩으로 올 때 사내는 만약 자신이 죽으면 그 비서를 자신의 사후 50년에 열어보라는 청을 젊은 아내에게 남겼었다. 그 청을 할 때 사내 음성엔 강개함이 맺혀 있었다는 것이었다.

고종 황제가 강제 퇴위된 그해 칼멘호 선상 제2갑판에서 육혈포로 자결한 금강송이란 암호명을 가진 조선의 옥새 장인, 그가 바로 나의 조부 '우숭린(羽崇麟)'이다.

푸른 금등비서, 1957년 만추, 서울

칼멘호 총성으로부터 만 50년 후인 1957년 만추, 쇠줄로 단단히 봉한 금등비서는 유복자 현학에 의해 열렸다. 50년간 비서를 끌어안고 있던 쇠줄은 완강했다. 쇠줄을 풀어내자 그 아래 먹감나무 함의 백동 빗장이 드러났다. 빗장을 열자 함 속엔 비서 한 점이 담겨 있었다. 장성읍산 푸른 장지에 적은 숭린의 일지였다. 그 곁에 국왕 고종의 하사품으로 보이는 '조선 건양(建陽) 원년(元年)'이라고 적힌 왕국 최초의 태양력 한 벌이 겹으로 된 수보(繡褓)에 소중하게 싸인 채 누워 있었다.

유복자 현학이 내용과 시제를 모두 한글로 풀어 적어 보관한 푸른 금등비서의 첫 페이지는 이렇게 시작되었다.

고종3년 11월

제1야(夜)

깊은 밤, 자시(子時), 경회루 누지 앞. 왕께서 옥새 보수를 직접 명하시다. 왕이 말씀하시다.

"이 옥새에 왕국의 영원(永遠)을 담아내라."

왕이 다시 말씀하시다.

"이 옥새에 종족의 불멸(不滅)을 담아내라."

'영원'이라는 왕의 전교 앞에서 철렁 가슴이 내려앉다. 왕은 왜 불타버린 왕궁 앞에서 천력(天力)을 담아내라고 하지 않고 영원을 담아내라고 하셨을까. 옥새는 하늘이 내리는 왕권의 신표가 아닌가. 그래서 와병중인 스승은 늘 옥새에 천력을 담아내라고 하지 않았던가. 그 밤, 왕은 다시 말씀하시다.

"이 옥새에 불멸을 담아내라."

왕이 천력이라고 하지 않고 영원이라고 말씀하신 데엔 분명 그 이유가 있다. 왕이 불멸이라고 말씀한 데엔 분명 깊은 곡절이 있다. 전교의 막중함에 옷깃을 여미다.

왕이 말씀하시다.

"네 팔뚝에 손을 얹어보거라."

어둠 속에서 나는 내 왼쪽 팔목에 손을 얹다.

"무엇이 느껴지는가."

"맥박입니다."

"맥박, 그것이 인간 안에 심겨 있는 시계이다. 그리고 맥박이 한 번 뛰는 그 찬란한 약동, 그것이 곧 순간이다. 순간이란 시간의 씨앗이고 배아이다. 모든 순간은 영원을 임신하고 있다. 왕도 백성도 영원과 불멸을 임신하고 있는 맥박을 갖고 있다. 왕인 나는 백성의 첫 맥박에 불과하다."

그리고 왕은 다시 엄숙하게 명령하시다.

"이 옥새에 왕국의 영원을 담아내라."

왕이 다시 명령하시다.

"이 옥새에 종족의 불멸을 담아내라."

왕의 명령의 무서운 추상성에 맥박이 멎는 듯한 충격에 빠지다.

대화재 때 불을 끄기 위해 경회루 누지의 물을 퍼 쓴 탓에 누지의 수면은 허리춤까지 낮아져 있었다. 찬란한 왕의 연못이 수고(水庫)가 된 것이다. 누지는 궁궐 최고의 신성한 연못인 영지(靈池)가 아닌가. 선왕들은 그 연못 안에 만세산이란 인공 섬을 세웠다. 그 산 위엔 일궁과 월궁이 있었다. 그러나 만세산의 절정은 아홉 마리 용 같은 아홉 그루 금강송이다. 그 금강송은 이미 수백 년 동안 그 만세산 위에서 왕조 최고의 영지인 누지와 그 인공 섬을 딛고 선 찬란한 누각 경회루를 수호하고 있었다. 선왕들은 그곳에 황금용두가 있는 배 황룡주를 띄웠다. 백악의 명단수를 끌어들여 만든 인공 호수였지만 용선을 띄울 정도로 호수의 수심이 깊었던 것이다. 그곳은 제왕들의 우주인 동정호였다. 그래서 왕의 영지가 있는 경회루 권역은 신하에게도 금지된 왕의 구역이었다. 경회루 누지는 왕조 내내 제왕들의 우주였다.

누지 안에 세운 성산인 만세산의 아홉 그루 금강송은 불 속에서도 타지 않고 살아남았다. 밤은 누지 주변에 도열한 장대한 붉은 소나무, 홍송 위를 날고 있다. 잿더미 위를 맴도는 맹금의 울음소리를 난 듣는다. 타버린 회화나무 아래에선 장끼가 울었다. 불길하지만 봉황이 깃든다는 궁궐의 벽오동도 타버렸다.

그러나 정작 불길한 것은 북궐 대화재 한 해 전에 있었던 운양호 사건이었다. 왜군은 돌연 군함 운양호를 끌고 강화해협에 나타나 우리 조선군 수십 명을 살해했다. 관공서와 민가에 불을 지른 후 유유히 사라졌다. 조선과 일본 사이에 불평등조약이 체결됐다. 조약 체결 반년 후 항구가 열렸다. 개항장에서 일본은 항세도 내지 않았고 항구에선 일본 화폐까지 유통됐다. 어떻든 운양호 사건은 청국의 아편전쟁을 생각나게 하는 아주 불길한 것이었다.

때는 맹동(孟冬)으로 곤두박질치고 있다. 그래서 밤은 우수적이었다. 하마터면 누지의 바닥이 드러날 뻔했다는 생각이 들자 왕궁에 들이닥친 대화재의 재앙에 몸이 떨리다. 저 누지의 쇠약해져버린 수량이 이 왕조의 화상(火傷)이다. 그러자 내 앞에 현존해 있는 왕의 전 존재가 왕조의 대화상을 자신의 대례복 안에 숨기고 있음을 난 알았다. 왕은 지금 대화재가 남긴 저 고독한 재를 혼자 마시고 있는 것이다. 왕국의 절망은 누지 위에 정좌해 있다.

그렇다. 불타버린 왕궁 한복판에서 왕은 내게 '불멸'을 주문하고 있다. 하찮은 옥새 장인인 내게. 왕에겐 불타버린 옥새가 곧 불타버린 왕조와 같았으리라. 왕의 전교 내내 왕궁 터에선 대화재의 재앙의 냄새가 치솟는다. 그런데 왕은 왜 그 전교를 임시 거처인 창경궁에서 내리지 않는 것일까. 그는 왜 그 전교를 유독 대화재의 한복판, 재앙의 증명인 바로 그 현장, 철저한 왕의 권역인 금단의 장인 이곳에서 내리고 있는 것일까. 왜 하필 경회루 연못, 누지 앞에서인가. 젊은 왕은 말씀을 아꼈다.

"저 누지를 보게. 왕조의 우주인 저 누지를."

누지의 수면은 자정 무렵 하현달 앞에서 찬란한 검은 비단 같았다.

중병을 앓는 스승 동파는 나를 왕에게 보내고 밤새 스스로 숙직하다. 스승은 왕이 그 밤을 불면으로 보내고 있다는 것을 알고 숙직하는 것이리라. 스승이 젊은 장인인 나를 왕에게 보낸 이유는 무엇일까. 왕은 나와 동갑이었다.

그때 어가 입구인 차여가 열렸고 어가에 오르시면서 왕은 혼자 말씀하시다.

"아아, 장안에 가고 싶다."

내 청각은 왕의 음성을 분명하게 받았다.

"장안에 가고 싶다."

장안은 중국의 고도가 아닌가. 왕의 저 절절한 독백은 대체 무엇을 의미하는 것일까. 잊지 말아야 할 것은 단 한 가지이다.

왕은 내게 영원을 주문했다.

왕은 내게 불멸을 주문했다.

옥새의 크기는 원보보다 키워 장대한 느낌으로 제작하라는 명을 받다.

옥새 보수를 위해 일관(日官)이 택한 날을 기다리라는 명을 받다.

무위소 직방 대청에서 훼손된 옥새를 수납하다.

제2야

왕이 손수 두 권의 책, 『회남자』와 『담천』을 내리다.

푸른 무명옷을 정하게 여며 입고 푸른 무명 포수건을 이마에 두르고 왕의 책 『회남자』와 『담천』을 받들다. 왕이 이 두 권의 책을 하사한 이유는 무엇일까.

밤새 『담천』을 읽다.

"공공은 하늘을 받치고 있는 기둥을 잘라버리고 짐승의 발로 대신하려 했지만 뼈는 썩게 마련이니 어찌 오래 지탱할 수 있겠는가. 거북의 발로 하늘을 받칠 수 있다면 그 몸체는 틀림없이 장대하여 천지에 들어가지 못할 것이다."

『회남자』를 읽다.

"옛날 옛적, 네 개의 우주의 기둥이 썩고 구주가 분열되자 하늘은 우주를 두루 덮지 못하고 대지는 지상을 다 덮지 못했다. 그리하여 여왜는 거북의 발을 잘라 네 기둥을 세웠다."

왕은 이 두 권의 책을 통해 젊은 옥새 장인인 내게 대체 무엇을 계시하려는 것일까. 그렇다. 거북의 등은 하늘이며 거북의 배는 대지이다. 거북의 네 발은 하늘과 대지 사이에 놓인 우주의 네 기둥이다. 거북은 그 한몸에 우주를 담고 있다. 다시 말하지만 그의 등은 하늘이고 그의 배는 땅이다. 장엄한 네 다리는 하늘과 땅을 받치는 우주의 네 기둥이고 우주의 사방이다. 네 기둥 중 동쪽 기둥 아래 일출의 궁전인 부상이 있고 서쪽 기둥 아래 일몰의 궁전인 약목이 있다. 그의 배 아래 태양이 통과하는 거대한 터널이며 뜨거운 운하인 함지가 있다.

일출의 궁전인 부상엔 떠오르는 태양을 끌어안아도 타지 않는 태양의 용상인 부상나무가 있고, 일몰의 궁전인 약목엔 지는 태양을 받아안아도 타지 않는 태양의 침상인 약목나무가 있다. 어두운 밤 태양은 천천히 양곡과 부상 사이에 놓인 운하인 함지를 통과하면서 그의 전 존재를 씻는다. 그리고 다음날 태양은 다시 순결한 얼굴로 동쪽에 떠오른다.

거북은 언제나 혼자 존재하면서도 완전하다. 그는 다른 동물과 함께 그려지지 않는다. 거북의 몸 안에서 신성한 하늘과 신성한 땅이 만나며 흙과 물, 불과 나무가 교합한다. 그들은 대립하지 않고 포옹하며 넘나든다. 일어남과 스러짐, 정화와 부활이 거기 있다. 대화해, 대합일이 거기 있다. 그것이 영원이다. 왕은 『회남자』와 『담천』을 통해 내게 바로 그 '영원'을, 그 '불멸'을 가르치고 있는 것이다.

아니, 왕은 거북을 시간의 신 '열명'이라고 믿고 있는지도 모르겠다. 왕은 그 거북이 시간의 시작과 끝인 순간과 영원을, 필멸과 불멸을 계량한다고 믿고 있음이 분명하다.

왕궁의 대화재 앞에서 젊은 국왕이 본 것은 대체 무엇일까.

갓 지은 왕궁 830칸을 단번에 삼켜버린 대화재. 그 대화재 앞에서 왕은 분명히 무엇인가를 보았다. 왕은 대화재라는 재앙 앞에서 왕조와 왕권의 미친 순간성을 본 것이다. 순간이란 이름의 그 천적을. 지혜로운 왕은 대화재 속에서 드러난 왕국과 권력의 순간성 앞에 아연한 것이다. 그러나 왕은 왕궁을 삼킨 미친 불길 속에서 문득 순간과 찰나 너머에 있는 영원을 본다. 왕은 대화재라는 참사가 삼켜버린 830칸 왕궁의 소멸 너머에 있는 불멸을 본다. 우주적 두 힘인 순간과 영원, 소멸과 불멸을. 그리고 그중 더 우월한 힘인 영원과 불멸에 왕은 반해버린다. 왕은 왕조의 멸망을 예언하는 듯한 대화재라는 참변 속에서 돌연 '영원한 왕국' '불멸의 종족'이라는 신성한 병에 걸려버렸다. 그것만이 그 잿더미에서 왕이 선택할 수 있는 유일한 상승의 길이다. 왕의 상승에 몸이 저리다.

순간 다섯 개의 발톱을 가진 거대한 청룡이 시간을 입에 물고 있는 조선 제왕들의 시계 '일성정시의(日星正時儀)'를 생각하다. 그 청룡은 거대하고 둥근 시간의 바퀴, 즉 영원과 지상의 시간을 가리키는 바늘 같은 계형(界衡), 즉 순간을 동시에 입에 물고 있었다. 하늘로 비상할 듯 직립한 용, 그 용이 순간과 영원을 입에 물고 있었다.

그 용은 곧 왕이다. 일성정시의라는 조선왕조의 시계 속에서 왕은 용이 되어 두 발로 대지를, 두 손으로 우주를 치켜올린 채 전 존재로 낮과 밤을, 순간과 영원을 맹렬하게 입으로 물고 있었다. 일성정시의 이전에 제왕들은 낮에는 해시계로 밤에는 물시계로 시간을 관측했었다. 그러나 한 제왕은 낮과 밤에 모두 사용할 수 있는 왕조의 시계를 원했다. 그리하여 4백 년 전 왕조의 시계 일성정시의, 즉 낮에는 태양으로 밤에는 별로부터 정교한 시간의 눈금을 고지해 받는 기적의 시계가 탄생했던 것이다. 그리고 그 기적의 시계 속에서 왕은 용이 되어 직접 그 입으로 시간을 물고 있었던 것이다. 시간은 왕의 여의주였다.

하늘로 막 비상할 것 같은 거대한 청룡은 그 입안에 천문 시계인 일성정시의를 물고 있다. 일성정시의를 입안에 물고 있는 저 거대한 청동의 푸른 용, 그것이 곧 왕이다. 조선의 제왕들은 시간의 신은 아니었다. 그러나 일성정시의 같은 천문 시계를 여의주처럼 입에 물고 있는 한 제왕들은 적어도 시간의 관리자들이었다. 왕들은 시간의 관리자라는 그 찬란한 노역을 결코 포기하지 않았다.

잊지 말아야 할 것은 단 한 가지이다.

왕은 내게 영원을 주문했다.

왕은 내게 불멸을 주문했다.

제3야

왕이 내리는 옥새 제작용 자인 예기척 한 벌을 하사받다. 왕은 예기척을 하사함으로써 이 옥새 보수의 준엄함을 계시하고 있다.

옥새의 용혈에 넣는 인끈은 가장 찬란한 붉은 계창사로 하라는 하교를 받다.

봉술의 길이는 열 자가 넘되 반드시 풍성하게 하라는 하교를 받다.

옥새 제작 때 식도의 자세를 각별히 정하게 하라는 준엄한 명을 받다.

왕이 하사한 옥새 제작에 쓰일 정결한 금 아홉 냥을 접수하다.

아홉의 상징성을 생각하다.

제○야

이 옥새는 왕궁의 대화재 속에서 불타버리기 직전 간신히 건져졌다. 옥새 인판 인장면에 새겨진 '대조선국주상지보(大朝鮮國主上之宝)' 라는 여덟 개 문자는 불길에 먹혀 절반이 훼손되었다. 특히 '대조선국' 네 글자는 심히 훼손돼 있었다. 이 여덟 개 문자 속에 왕의 명령대로 왕조의 영원을, 종족의 불멸을 담아내야만 한다.

대조선국 네 문자를 다시 선별하고 서체를 구성하다. 다음 문자인 비교적 명료한 '주상지보' 네 문자에 이르자 난 죽음을 무릅쓴다. 난 왕의 갈망과 신념을 믿고 옥새 인면의 문자 중 감히 왕의 존재 자체인 '주상'을 지워버린다. 그리고 그 자리에 왕이 명령한 왕조의 영원, 즉 '만세(萬歲)'를 서체로 배치하고 구성해 넣는다. 그렇게 함으로써 필멸의 인간인 왕, 즉 주상은 불멸의 초월적 시간인 영원, 즉 '만세'로 변신한다.

북궐의 대화재 속에서 왕은 적어도 자기 존재의 필멸과 왕조의 필멸을 동시에 예감했음이 분명했다. 아니, 왕은 어쩌면 저 대화재 속에서 왕조의 멸망을 예감한 것인지도 모르겠다. 저 영민하고 해박한 젊은 국왕은 대화재 속에서 그 무엇인가를 보았음이 틀림없었다. 신하나 백성의 안력으로는 도저히 볼 수 없는, 오직 제왕으로 태어나고 길러진 자의 안력으로만 번역해낼 수 있는 그 무엇을. 한 왕국이 존재하고 존속하기 위해 얼마나 많은 행운과 재앙이 필요하단 말인가. 왕은 왕조의 운명을, 종말을, 존재 속에서 깊이 느꼈는지도 모르겠다.

아아, 그러나 누가 감히 옥새 위에 새겨진 주상, 즉 왕의 존재를 지울 수 있단 말인가. 옥새는 왕조의 영혼이고 왕권의 뇌실(腦室)이 아닌가. 그러나 난 왕의 전교 속에서 왕이 가차 없이 자신을 지우고 단호히 영원을, 불멸을 새겨넣으라는 울림을 받았다. 대화재는 왕궁 830칸만 태운 것이 아니다. 왕의 영혼 속 830가지 세속적 부가물도 태워버렸다. 왕은 다른 차원의 존재가 된 것이다. 대화재가 왕을 다른 차원의 통치자로 만들어버린 것이다. 대화재가 일어난 곳은 왕궁이 아니라 사실상 국왕 자신의 영혼 속이었는지도 모르겠다.

이제 '주상지보'는 '만세지보'가 된다. 천세(千歲)도 부족하다. 만세(萬歲)다. 그리하여 옥새는 '대조선국주상지보'에서 '대조선국만세지보'로 태어난다. 다시 말하지만 나는 그렇게 죽음을 무릅쓴다.

왕이 나에게 왜 자신의 존재인 '주상'을 지우고 그 자리에 대신 '만세'를 새겨넣었는지 그 이유를 묻는 그 순간이 내가 사약을 받는 순간이다. 이 왕조에선 그 누구도 주상이란 절대적 통치자의 이름을 지울 수 없다. 왕 자신도 자신이 이 왕국의 주상이고 통치자임을 부인할 길이 없다. 자신이 이 왕조의 제왕임은 죽어도 무효화할 수 없는 그 무엇이다.

다시 말하지만 왕은 나에게 결코 왜냐고 묻지 말아야 한다. 왕은 내게 이 옥새 속에 자신을 새겨넣으라고 주문하지 않고 영원을, 불멸을 주문했다. 그러나 영원이란 것이, 불멸이란 것이 과연 주문하고 주문될 수 있는 것인가. 난 왕의 주문을 명심하며 감히 순간이고 필멸인 '주상', 즉 왕을 통과해 영원이며 불멸인 '만세'로 간다.

영새부에 따라 인본에 서체와 획수를 집상하고 치장전으로 옥새 인본을 전각하다. 서체는 상방대전으로 전각하다.

옥새 문자를 새기기 위해 옥새 인면에 문자를 쓸 때 온몸과 내장이 후들거리다.

제○야

그 전각 작업 전 이미 옥새의 인뉴 거북의 제작을 시작하다. 나는 왕이 해석하는 우주를, 영원 불멸을, 거북의 존재 안에서 해석하려고 애쓰다. 왕실의 경전인 『회남자』 속에서 거북은 우주와 완전한 시간, 즉 영원을 담고 있는 담지자(擔持者)이다. 거북의 등은 천개이고 거북의 배는 대지이다. 거북의 네 발은 우주의 기둥이고 그 네 발 아래 우주의 바다가 물결을 일으키며 철썩인다. 거북의 머리는 도도히 완전한 시간, 영원을 직시하고 거북의 꼬리는 도저하게 순간을 초월한다.

아아, 왕의 독백은 대체 무슨 의미일까. 왕은 왜 대화재로 폐허가 된 왕궁 복판 누지 앞에서 "장안에 가고 싶다"고 했던 것일까.

왕조의 법궁인 근정전 중앙 천장 천개에 그려진 왕권의 상징인 쌍룡각보개를 생각하다. 그중 좌청룡의 머리를 가져와 용거북의 머리에 새기다. 수염과 귀 뒤의 갈기를 따오다. 어좌 뒤에 있는 일월오봉도 중 우주의 나무인 동쪽의 부상과 서쪽의 약목 사이에 솟아오른 곤륜산 자락에서 끝없이 출렁대는 우주의 파도를 옥새 위에 잘라 심다. 옥새에 파도를 새길 때 북궐 태원전에 모신 건국왕 태조의 어진 속 곤룡포를 생각하다. 건국왕 태조의 초상화는 눈부셨다. 건국왕은 산홋빛 용상에 청람빛 곤룡포를 입고 있었다. 그 탁월한 남빛, 그것이 이 왕조의 바닷빛이다. 왕비들의 어여머리에 꽂는 봉황 선봉잠과 후봉잠에도 바로 그 남빛 보석이 출몰한다. 왕비들은 우주의 바다를 머리에 이고 있었던 것이다.

용의 형상을 한 거북 머리에 수염과 뒷갈기 그리고 청청한 기상의 뿔을 첨가하다. 불 같은 갈기들이 우주의 바람에 흩날린다. 도저한 용머리와 하늘로 치켜올라간 꼬리, 네 다리 사이로 철썩이는 우주의 파도 자락이 탄생한다.

밀랍으로 용거북의 기본형을 잡다.

용거북을 완성해 출본하다. 활석으로 납본을 만든 후 밀랍을 부어 용거북 조각을 만들다.

불에 견디는 활석 가루에 간수와 종이, 식물 섬유질을 섞어 거푸집을 만들다.

푸른 무명옷을 갖춰 입은 후 아궁이 불 앞에 앉다.

왕명에 의해 일관(日官)이 택일해 보낸 성스러운 그 시간에 최초의 황금을 녹이다.

용거북을 옥새 전각에 접합하다. 흠이 없었음에도 마미사로 다시 면밀히 닦아내다. 기름으로 닦아 마감하다.

연장을 숫돌에 갈아 용거북을 다시 수정하다. 소돌이 망치와 줄로 손보다.

전각 작업 후 비로소 옥새가 완성되다.

전 과정을 소로장, 야장, 보조 장인 없이 홀로 작업하다.

옥새의 인끈을 넣기 위해 옥새 손잡이인 거북의 배 밑에 가로

구멍인 용혈을 뚫다.

다회장이 붉은 계창사로 만든, 옥새 용혈에 넣는 인끈을 수납하다.

옥새를 잡을 때 손등을 감쌀 수 있도록 일차로 십자형으로 묶고 끝에서 매듭짓는 방식을 택하다. 생명력의 상징인 붉은색으로 인끈하다.

옥새의 인뉴 용거북을 제작한 평칼, 창칼, 기와칼, 둥근 칼과 끌, 받침대와 밀인두 중 평두, 저두, 을두를 장예원경이 아니라 스승 동파에게 반납하다. 이 연장들은 다시는 다른 옥새들을 제작할 때 사용되지 않으리라. 이 연장들은 영원을 새긴 도구들이 아닌가. 의식을 치른 후 매장되리라. 와병중인 스승은 잠시 고열에서 해방되는 새벽이면 홀로 일어나 탁월하게 무두질된 노루가죽으로 서른석 자짜리 정교한 가죽 끈 한 점을 완성시켜놓고 있었다. 동파는 그 서른석 자짜리 정교한 가죽 끈을 대체 무엇에 사용하려는 것일까.

제○야

옥새는 ○월 ○일 자시, 왕에게 올려지다.

다시 불타버린 왕궁 경회루 누지 앞에서. 이번엔 만당한 월령 15일의 보름달이다. 왕은 그 밤 좌등 아홉 촉을 켜게 하시다. 만월과 아홉 촉 좌등 아래서 왕의 바다인 누지 수면의 눈부심에 잠시 반하다. 누지는 원래 수덕(水德)이 넘치는 기적의 호수가 아닌가. 모든 정결한 물줄기들은 누지를 향해 흐르지 않았던가. 저 누지는 어차피 우주를 끌어들여 지은 호수였다. 호수의 섬 만세산 동쪽엔 물속으로 화강암 돌층계가 나 있다. 그 위로 저 만치 삼도로 짜인 왕의 길, 어교가 보인다. 왕이 이따금 선왕들처럼 그 호수를 용궁 삼아 제왕의 배인 황룡주를 띄운다는 소문을 들은 적이 있다. 옥새를 받드는 예조 정랑 한 사람만이 동행하다.

왕은 붉은 용포를 갖춰 입으시다.

만월 아래서 국새를 받는 상징 의전을 시행하시다.

왕은 만월과 좌등 아래서 '대조선국주상지보'에서 '대조선국만세지보'가 된 옥새를 바라보시다.

무서운 침묵 후 이윽고 왕이 내게 말씀하시다.

"너는 옥새에 거북이 아니라 너도 모르게 수신(水神)을 새겼구나."

왕은 왕조의 영원과 불멸을 위해 스스로 수신이 되려는 것일까. 동해의 신 우호, 서해의 신 엄자, 남해의 신 부정호여, 북해의 신 우경처럼 말이다. 순간 난 왕과 거북이 하나가 되는 장엄한 착각에 빠지다.

왕이 다시 말씀하시다.

"네가 이 옥새에서 내 이름을 지우지 않았더라면 네 목을 베려고 했다!"

나는 왕의 입술에서 나온 그 무서운 말을 믿을 수 없었다. 왕은 옥새에서 자신이 가차 없이 지워지고 그 지워진 자리에 왕국의 영원이, 종족의 불멸이 새겨지길 절절히 소원했음을 나는 그제야 분명히 알았다.

왕은 대담한 눈으로 누지를 응시하며 무서운 말씀을 하시다.

"나는 이 옥새와 함께 저 조선의 우주의 바다에 있으리라."

소견 좁은 나로서는 왕의 그 말씀의 밀의를 알 길 없다.

그리고 왕은 다시 말씀하시다.

"나는 다시는 저 누지에 용선(龍船)을 띄우지 않으리라."

경회루 연못 누지에 띄웠던 왕의 나룻배, 용선의 이름은 황룡주였다. 순간 가슴이 철렁 내려앉다. 청청한 목청으로 토해낸 왕의 두 말씀을 집중력을 다해 다시 생각하다.

"나는 이 옥새와 함께 저 조선의 우주의 바다에 있으리라."

"나는 다시는 저 누지에 용선을 띄우지 않으리라."

순간 눈앞에 와병중인 스승 동파가 새벽이면 홀로 일어나 아무도 모르게 완성시킨 서른석 자짜리 노루 가죽 끈이 번개처럼 떠오르다. 그러자 갑자기 모든 것이 자명해지다. 왕의 명을 받아 내가 왕실의 황금으로 만든 저 국왕의 황금대보는 의전용이 아니었던 것이다. 저 황금대보는 바로 왕의 분신이었던 것이다. 왕은 황금대보를 스승 동파가 완성한 서른석 자짜리 노루 가죽 끈에 매달아 왕조의 우주인 저 경회루 누지 속에 수장하려는 것이다. 스승 동파도 비밀리에 왕의 명령을 받았음이 분명했다. 그제야 나는 왕이 왕조의 우주인 그 누지 아래에서 왕국의 영원과 종족의 불멸을 위한 제물, 즉 왕국과 종족을 떠받치는 희생 제물이 되기를 절절히 원하고 있다는 것을 알았다.

"네가 이 옥새에서 내 이름을 지우지 않았더라면 네 목을 베려고 했다!"

아아, 이 무서운 말, 그것이 왕의 경지였다. 그 한마디가 저 젊은 국왕이 왕조와 종족에게 바치는 마지막 찬가였다. 난 이를 악물고 옷깃을 여미다. 저 젊은 왕의 최고의 악몽은 자신의 통치 기간 동안 5백 년 왕조가 멸망할 수도 있다는 사실이었다. 그리하여 왕은 그 무서운 예감 앞에서 자신을 왕국의 영원과 종족의 불멸을 위해 제물로 내어놓고 있는 것이다. 왕은 그렇게 자신을 제물로 내놓음으로써 왕조 멸망의 무서운 예감을 걷어차고 우월한 힘, 불멸로 간다.

무례를 무릅쓰고 나는 왕의 모습을 올려다보다. 이것이 저 젊은 국왕이 왕조와 종족에 바치는 거룩한 제사, 즉 작전명 '불멸'이었다. 용 장식 팔걸이 위에 놓인 왕의 붉은 용포와 두 손 위로 영웅적 정적이 흐르다.

빽빽이 들어찬 내 내장을 뚫고 각혈처럼 통곡이 밀려나오다. 가래처럼 두 손을 입에 처박고 통곡을 막다. 왕은 나를 위로하지 않으시다.

내년이면 거대한 연잎이 누지를 온통 덮으리라.

국왕의 황금대보는 그렇게 해서 '대조선국주상지보'에서 불멸의 '대조선국만세지보'가 되다. 왕은 내게 왜 대조선국주상지보가 대조선국만세지보가 되어야만 했는지 묻지 않으시다.

왕은 왜냐고 묻지 않으시다.

왕은 왜냐고 묻지 않으시다.

4장

Die Kaisers Caldera

메시아 콤플렉스

한 통의 다른 편지는 뉴욕으로부터 왔다. 발신자 영역엔 '안번(安番)'이라고 적혀 있었다. 능라의 오빠 안장군이었다. 편지는 이렇게 시작됐다.

난세,

나는 지금 뉴욕 맨해튼 렉싱턴 가에 있는 메모리얼 슬론 케터링 암센터에서 이 편지를 쓰네. 고백한다면 자네의 독일 주소는 정보기관을 통해 입수했네. 난세, 내 동생 능라는 함부르크에 가지 못하네. 그녀의 매니저가 독일에 탁월한 음반 녹음 팀이 있다고 한 그날부터 능라는 오직 자네에게 가기 위해 녹음 작업 계획을 세운 것일세. 능라는 독일로 가서 마지막으로 자네를 만나고 싶었던 것일세. 난세, 그러나 능라는 이미 녹음을 할 수 없는 상태라네.

능라가 서울에서 유방암 4기로 진단받은 후 나는 그녀와 함께 뉴욕으로 왔네. 나의 지인인 코넬 대학 교수를 통해 그 대학 부속병원인 메모리얼 슬론 케터링 암센터에 능라를 입원시키기 위해서였네. 이곳에서도 말기암이라는 진단이 나왔고 곧 수술했네. 그녀가 피아니스트라는 사실 때문에 집도의는 그녀의 연주음반을 틀어놓고 수술을 시작했네. 한국에서 능라의 출세 음반으로 간주된 베토벤 피아노협주곡 제5번 〈황제〉였네. 집도의는 수술 때 그녀가 다시는 피아노를 칠 수 없을까봐 모든 힘줄을 명주실 다루듯 섬세하게 다뤄주었네. 수술 후 중환자실에서 일반 병실로 옮기자마자 병원 라운지에 올라가 피아노를 치며 오른팔 기능을 점검했던 여자가 능라였네. 고백한다면 독일 함부르크에서의 녹음 계획은 애초 이루어질 수 없는 것이었네. 그녀의 오른손은 수술 후 기능무력으로 피아노를 치기엔 치명적으로 쇠약해져버렸네.

1961년 가을, 자네 부친이 샌프란시스코에서 사망한 이후 자네 가문과 우리 가문은 그것으로 끝이었지. 바로 그해 5월, 자네 부친이 서독을 방문중일 때 서울에선 군사 쿠데타가 있었지. 런던 일간지 종군기자로 특파되어 한국전쟁을 취재하면서 써낸 탁월한 기사로 자네 부친은 세계적 명성을 얻었지. 휴전되자 자네 부친은 런던으로 돌아가지 않고 단호히 폐허가 된 조국 서울에 남았네. 수년 후 자네 부친이 총리실 대변인으로 발탁된 것은 신선한 충격이었네. 자네 부친은 이미 젊지 않았고 기자로서의 세계적 명성 때문에 외무부 장관으로 입각할 것이라는 풍문이 참 무성했었지.

자네 부친이 서독을 방문중일 때 일어난 군사 쿠데타로 부친의 상관인 국무총리는 실각했고 그 정권은 막을 내렸지. 국무총리는 쿠데타 군사정권 아래서 연금생활을 해야 했고 이후 반 쿠데타 음모 사건에 연루돼 징역형에 처해져 감옥에 갔지. 그 군사 쿠데타 직후 서독에 있던 자네 부친에게 황급히 텔렉스를 보낸 사람은 바로 당시 육군 중령이던 나였네. 나는 그 텔렉스를 영사관으로 보내지 않고 자네 부친의 지인인 하콘 박사가 있는 서베를린 방송국 라디오블루로 보냈지. 그것은 텔렉스라기보다는 혁명군인 내가 자네 부친에게 보내는 한 통의 황급한 밀서였네. 그렇게 함으로써 나는 자네 부친이 귀국하지 못하도록 막았지. 자네 부친은 그 시대의 경계인이었고 그의 파격적인 자유혼은 순결했지만 혁명이란 정치적 광풍 앞에선 끔찍하도록 위험한 것이었네. 당시 혁명 주체 세력은 세상을 바꾸고 구원하겠다는 절절 끓는 메시아 콤플렉스에 빠져 있었지. 그래서 규격에 맞지 않는 것은 가차 없이 베어져야만 하는 위험천만한 시기였네.

1961년 그 5월, 나는 육군 중령으로 한 대학의 ROTC 교관이었지. 난 혁명군 완장을 차고 혁명의 편에 섰고 자네 부친은 목숨을 건 그 혁명의 성공을 위해 반드시 제거돼야만 하는 진영에서 있었네. 혁명이 아니었다면 세상 풍문대로 자네 부친은 입각했을 것이고 어쩌면 외무부 장관이 되었을 수 있었겠지. 내가 혁명의 그 새벽, 혁명군의 완장을 오른쪽 팔뚝에 차던 그 순간부터 자네 부친과 나는 서로 다른 진영에 서도록 운명 지어진 것일세. 그래도 난 자네 부친이 속죄양이 되는 것을 막기 위해 독일로 황급히 텔렉스를 보내 그의 귀국을 막았네. 혁명군이 자네 부친을 회유할 수도 있었겠지만 난 자네 집안에 타협의 피 같은 것은 흐르지 않는다는 것을 잘 알고 있었지.

무엇보다 자네 부친이 서독 방문중 정부 허락 없이 강행한 동독 방문과 동베를린 대학 119호 강의실에서 동독 대학생들과 교수들에게 했던 공개 강연은 돌이킬 수 없는 것이었네. 그 서슬퍼런 냉전 시기에 자네 부친이 정부의 동의도 없이 서독에서 동독으로 갔고 동베를린 대학의 그 전설적인 강의실에서 대학생들을 상대로 그런 내용의 강연을 했다는 것은 거의 정치적 지진과 같았네. 더구나 그 대학은 '붉은 사원'이라고 불리는, 엘리트 공산주의자들을 키워내는 전당이고 메카가 아니었던가. 자네 부친은 이념전이란 냉전시대, 그 패싸움 속에 엄연히 존재하던 서슬퍼런 게임의 법칙, 즉 '사정없이 적을 증오하라!'는 강령을 가차없이 어긴 것일세.

더구나 그해 5월, 서울의 쿠데타 주체는 사상적으로 아킬레스건이 있어 자신의 반공을 더 명백하게 강조해야 하는 패러독스에 처해 있었네. 그럴 때 자네 부친만큼 좋은 속죄양의 조건을 갖춘 사람은 없었다는 것이 내 생각이었지. 내가 부친에게 절대 귀국하지 말라는 밀서를 보낸 것은 그런 이유였네. 그러니 자네 부친과 자네의 서독 망명엔 분명 내 책임이 있네.

자네 부친은 왜 돌연 절대 금기인 공산국가 동독을 방문했을까. 왜 주저 없이 엘리트 공산주의자들을 키워내는 메카인 동베를린의 그 대학, 그것도 그 유명한 119호 강의실에서 거침없이 금기를 깨는 그런 공개 강연을 했을까. 그는 넘지 말아야 할 선을 넘었네. 자네 부친은 서울로 귀국하자마자 공항에서 체포돼 혁명재판에 넘겨질 것이 자명한 일이었네.

난 혁명군 완장을 차고 쿠데타 세력에 가입한 이후 출세가도를 달렸네. 쿠데타는 성공하자 혁명이라는 합법적이고 명예스런 이름으로 바뀌었고 쿠데타 주역들은 내란 음모 수괴가 아니라 구국 영웅이 되었네. 쿠데타 세력은 아주 빠르게 신흥 귀족이 되어갔지.

난세, 자네 아직도 기억하는가. 나의 부친 유절은 늘 이렇게 말씀하셨지.

"우리 조상은 왕궁의 모든 광채 나는 것에 참여했단다."

왕궁에서 금박장을 하던 우리 가문은 늘 찬란한 것에 중독되어 있었지. 내가 혁명군이 된 것도, 육사 출신의 엘리트 장교들과 함께 혁명군 완장을 차고 혁명 지지 시가행진을 했던 것도 바로 그 찬란함, 그 광채의 재건을 꿈꾸었기 때문일세. 난 정말이지 혁명에 참여함으로써 끔찍한 박봉에 매달려 사는 비참한 삶을 종료하고 광채가 나는 미래를 쟁취하고 싶었네.

나는 혁명 주체 세력의 신임을 받아 혁명위원회 비서관을 했고 쿠데타 세력의 공약인 '민정이양'을 굳게 믿었네. 그러나 민정이양 공약은 빠르게 사라져버렸고 혁명 동지들은 하나둘 군복을 벗고 선거에 출마해 후다닥 국회의원이 됐지. 난 다시 야전으로 돌아갔네. 난 혁명을 이용해 정치를 할 정도로 배짱 크고 약삭빠른 놈은 아니었네. 어떻든 내가 혁명에 참가한 후 우리 집안은 천천히 신흥귀족이 되어갔고 난 연대장 자격으로 월남에도 갔고 무공훈장이 늘어가면서 그 특권 속에서 능라는 뉴욕으로 건너가 음악 공부를 할 수 있었지. 자네를 잊게 하기 위해 내가 그 아이를 화동에서 떠나보낸 것일세. 그러나 능라는 공화국이 아니라 왕조에 속한 여자였네. 나의 부친 유절처럼.

난세, 그러나 혁명도 늙어갔네. 혁명 초기의 시퍼런 순정은 사라지고 18년 장기 집권을 하면서 혁명은 어김없이 저 '테르미도르—반동(反動)'이라는 예정된 저주, 장기 집권과 독재라는 정치적 포르노가 되어갔네. 18년 장기 집권 속에 혁명은 청청한 청춘과 정당성을 잃었고 혁명은 타락하면서 천천히 자기 자식을 잡아먹을 준비를 했지. 혁명 주역들도 혁명 주변업자들인 우리도 혁명이 언젠가 자기 자식을 잡아먹을 날이 있을 것이라는 것을 예감하고 있었지. 결국 혁명 주체는 한밤의 향연중 자신의 최고 심복에게 처참하게 살해당했네. 말하자면 혁명 주체는 고전적인 혁명의 총 마우저 C96을 차고 쿠데타를 일으켰고 18년 후 서독제 웰타 32구경 7연발 권총으로 처참하게 살해당했단 말일세. 그 암살은 침착하게 두개골에 대고 확인사살까지 하는 아주 끔찍한 것이었네. 누가 죽고 누가 죽였느냐의 문제가 아니었네. 혁명이 혁명을 죽인 것일세.

오늘 나는 슬론 케터링에서 능라를 위한 모든 시술을 중단하겠다는 선고를 받았네. 이곳에서 면담 요청이 오면 그것은 대개 죽음의 선고를 의미하지. 다시 말하지만 이곳 뉴욕 맨해튼 렉싱턴 가에 있는 슬론 케터링 암센터 7층 자문실에 예약이 되면 이제 환자에게 남은 것은 병원을 떠나 위엄 있는 죽음을 준비하라는 조언밖엔 없네. 주치의의 말에 의하면 잔인하지만 능라는 앞으로 한 계절 정도밖에 못 살 것이라고 하네. 죽음의 질을 중요하게 생각하는 병원 측은 이제 독약 같은 화학 치료를 중단하는 것이 자신들의 윤리라고 선언했네. 항암제 투여 중지 결정 이후 능라는 항 구토제만 맞고 있네. 의사들은 올바른 정신으로 한 계절만이라도 사람답게 살기를 권하네.

그 운명의 수술 전날 능라는 자신이 죽을지도 모른다고 생각했는지 자네와 약혼 때 입었다던 금박이 가득한 청남빛 대란치마에 홍색 비단 활옷을 차려입고 잤다네. 나는 능라에게 남아 있는 그 지독한 그리움을 외면할 수 없네. 알고 있나. 자네는 그녀 안에서 그리움이 아니라 운명이 됐다는 것을.

난세, 능라는 당신과 결혼식을 올리길 원하네. 그녀는 1961년 5월, 자네와 약혼한 후 언니 직녀로부터 그 옷을 받아 지금까지

보관하고 있다네. 그녀는 내가 강요해서 결혼했지만 곧 파경이 왔네. 그녀 안에 자리잡은 자네가 너무 거대해서 그녀는 일생 숨 막혀했네. 그 이후 지금까지 독신일세. 그녀는 지금 자네와 결혼함으로써 그 약혼을 완성시키기를 원하네. 약혼 때 그녀는 자네와 동갑인 열 살이었지. 난세, 알고 있나. 그때 종친부에서 있었던 약혼은 능라 언니 직녀의 즉흥적 유희가 아니라 능라가 직녀에게 간청해서 이루어졌다는 것을. 난세, 자네는 이미 아내도 자식도 있겠지. 이런 생경한 편지를 쓰고 있는 나를 비웃어도 좋네. 자네의 불쾌한 심정도 이해하네. 일생 지상에서 자네만을 기다린 한 여자가 있다는 이 악몽을 글로 적어 자네에게 보내는 나를 용서하게. 난 사흘 후 능라를 데리고 서울로 돌아가네. 능라는 옛집인 서울 화동으로 돌아가고 싶어하네. 자네 부친의 화동 집은 손봐두었네. 내가 자네 부친을 위해 할 수 있었던 유일한 것은 혁명 세력의 몰수 결정으로부터 자네 부친의 화동 집을 지켜낸 것이었네. 자네와 약혼하던 그 봄에 시간을 정지시켜놓고 자네만을 사랑하는 한 여자가 있다는 것을 잊지 말게. 자네에 대한 그리움이 너무 절박해서 그리움은 그 아이 몸 안에서 길을 잃고 결국 암이 돼버렸는지도 모르지.

35년 전 자네들의 약혼이 있었던 종친당은 소격동에서 한 사립학교 교정으로 자리를 옮겼네. 혁명 세력들의 실용적 결정이었지. 혁명 세력들은 솔직히 왕조의 잔재 같은 것엔 관심이 없었네. 귀국할 때마다 능라는 어김없이 종친당을 찾았네. 그곳은 그녀의 사당이 됐지. 난 자네에 대한 그녀의 그 질긴 그리움이 증오스러웠네.

어떻든 우리는 슬론 케터링 암센터에서 이 싸움을 끝내고 퇴각하네. 능라도 나도 결국 혁명, 월남전, 혁명 주체의 암살과 같은 먼 길을 돌아 우리의 자궁인 화동으로 돌아갈 줄은 꿈에도 몰랐네. 난 화동이 싫었네. 그곳은 몰락한 왕조의 유령과 살던 내 부친의 미궁이었지. 난 정말이지 다시 국가의 광채 나는 역사에 참여하고 싶었네. 그래서 혁명군 완장을 차고 쿠데타에 참여했지. 우리 혁명군에겐 구국 혁명이었지만 다른 진영에겐 군부 쿠데타였네. 우리는 쿠데타를 전광석화처럼 해냈네. 난 그 광채가 좋았네. 난 애초 부친의 영광이고 몰락인 그 화동에 죽어도 남지 않기 위해, 차라리 임지가 자주 바뀌는 군인이 되기 위해 육군사관학교에 지원했었지. 그러나 결국 난 다시 능라와 함께 슬론 케터링을 떠나 서울 북촌 화동으로 가네. 부친 유절은 외아들인 내게 늘 말씀하셨지.

"우리 가문은 왕조의 모든 광채 나는 것에 참여했단다."

능라의 언니 직녀는 죽었네. 그 애는 잦은 간질 발작을 잘도 이겨냈지만 어느 날 결국 간질 발작이 그 애를 이겼네. 이제 고백하지만 직녀는 자네 부친을 연모했지. 지금 생각하면 내가 자네 부친에게 귀국하지 말라고 밀서를 보낸 것은 잘못이었던 것 같네. 그러나 혁명 초기엔 계엄령, 군법재판 같은 비상조치들이 선포되고 자네 부친이 속죄양이 되어 혁명재판소에서 총살형을 받지 않는다는 보장이 없었네.

난세, 우리는 내일 서울로 가네. 내 부친과 당신 조부가 섬기던 눈부신 궁궐, 아직도 경복궁의 신성이 백년설처럼 덮여 있는 서울 북촌으로. 자네는 혹시 화동을 잊지는 않았는가. 자네 집은 잘 보존되고 있네. 능라는 주인 없는 자네의 화동 집을 늘 손봐두곤 했지.

전화가 싫으면 팩스라도 보내주게. 겨우 한 계절의 시한부를 사는 능라에게 한 번만 자네와 재회할 기적을 주게. 혁명 주체세력이 암살당한 후 자네 부친은 사후 복권되었고 지금은 쿠데타의 계절도 아니니 오랜 망명 생활을 한 자네가 서울로 귀국하는 데엔 아무 법적 장애가 없지 않은가. 능라는 자네를 너무 오래 기다려왔어. 솔직히 말한다면 종친부엔 혼례를 위한 모든 것이 준비돼 있네. 만약 자네가 능라와의 상징적 혼인 예식만이라도 수락할 수 있다면 35년 전 5월, 그 애의 언니 직녀가 했던 일을 내가 직접 할 생각이네. 내 아내에게도 시키지 않고 말일세. 나의 이 미친 발언을 제발 용서하게.

난세, 35년 전 난 자네 부친의 귀국을 만류했고 35년 후인 지금 난 자네에게 귀국을 간청하고 있네. 이 미친 모순 앞에서도 삶은 빼저리게 찬란하고 자네와 재회할 수만 있다면 탈영이라도 하고 싶은 심정으로 턱이 떨리네. 삼성장군으로 전역한 내가 말일세.

편지 속엔 음반 한 장이 동봉돼 있었다.

능라의 출세 음반이라는 베토벤 피아노협주곡 제5번 〈황제〉였다.

유절(惟節)

"우리 가문은 왕조의 모든 광채 나는 것에 참여했단다."

능라의 부친 유절은 자주 그렇게 말했었다. 유절은 금박장이었다. 그의 가문은 4대째 그 일을 해오고 있었다. 그의 조부도 증조부도 왕궁 도화서 관청의 소속 화원들이었다고 했다. 금박장이었던 그의 선친은 숭린의 친구였다.

왕조가 멸망하고 공화국이 되었어도 유절은 밤이면 멸망한 왕조의 궁궐인 북궐로 들어가 숙직 당번을 섰다. 유절은 그때까지도 궁궐 출입증인 '문안패'를 가슴에 품고 있었다. 왕조가 멸망하고 제왕들은 더이상 북궐에 있지 않았음에도 유절은 그 문안패가 늘 유효하다고 생각하는 것이었다. 물론 문안패가 있었음에도 궁궐을 출입하는 자는 반드시 통적부에 서명해야만 했다. 유절은 그의 조상들이 제왕들을 섬겼던 왕조의 법궁 경복궁을 조상들의 어법대로 '북궐'이라고 불렀다.

"선친께선 오조룡을 그려넣을 때 정결한 황금을 아교에 개어 사용했지."

유절이 말했었다. 제왕들의 용상에 주칠을 하고 다섯 개의 발톱을 가진 금빛 오조룡을 그려넣은 것은 능라의 조상이었다. 용상에 그려진 여섯 개의 황금 용두는 장엄했다. 용을 그린 거대한 항아리인 화룡준에 꽂힌 황금 꽃, 황금 공작, 황금 나비, 황금 잠자리를 만든 것도 능라의 조상이었다. 화룡준에 꽂힌 황금

꽃과 황금 공작들은 왕의 용상 곁에서 왕의 장엄을 지켰다.

영친왕비의 대봉잠, 용잠, 산호잠의 모든 금장식을 완성한 것도 능라의 조상이었다. 영친왕비의 황금 떨잠도 모두 능라의 조상이 해냈다. 왕비의 의전용 치마 밑단에 황홀한 금박과 금실 장식을 채워넣은 것도 모두 능라의 조상들이 했다. 왕비의 스란단에 용무늬 금박을, 세자빈의 스란단에 봉황무늬 금박을 해낸 것도 능라의 조상이었다. 왕의 행차 때 사용했던 연(輦)의 대가, 소가, 법가의 옥개에 붉은 칠을 하고 황금으로 장식한 것도 능라의 조상이었다. 궁궐 서십자각 마구간인 긴 마랑에서 말 우는 소리를 들으며 능라의 조상들은 왕의 가마를 보관하는 연고(輦庫)로 들어가 연의 벗겨진 금박들과 금장식을 수리했다는 것이다.

능라의 집엔 수많은 길상무늬의 도판들이 놓여 있었다. 용, 기린, 봉황, 연꽃, 모란, 매화, 파초, 나비, 잉어, 사슴, 학, 귀면무늬 같은 것이 그것이었다. 능라의 집엔 그때까지도 청나라에서 수입했다는 궁궐용 채색 안료인 당채 물감이 남아 있었다. 그것은 능라의 부친 유절이 했던 그 말, "우리 가문은 왕조의 모든 광채 나는 것에 참여했지"라는 말의 알리바이로서 거기 있었다.

운이 좋은 날엔 나와 능라도 유절을 따라 북궐로 들어갔다. 능라는 나와 동갑이었다. 북궐로 들어갈 때 우리는 언제나 건춘문을 통과했다. 건춘문은 경복궁 동쪽 궁문이었다. 유절은 그것을 '입춘문'이라고 불렀다.

건춘문을 지나 우리는 궁궐로 들어섰고 백악에서 쏟아져내린 금천이 흐르고 있는 영제교를 건넜다. 우리는 장엄한 박석들이 깔려 있는 근정전 앞마당에서 문신과 무신의 품계석을 만졌다. 능라의 부친은 노래하듯 우리 앞에서 근정전 행각의 청람빛 주련들을 읽어내려갔다. 회화나무 아래서 장끼들이 울었고 백모란과 작약이 만개했었다는 왕의 정원은 폐허가 되어 있었다. 봉황이 깃들었다는 적송, 육송, 금강송은 사라지고 없었다. 텃새와 제비들은 영화로운 궁전 추녀에 주저 없이 둥지를 쳤고 일월오악 병풍을 두른 국왕의 옥좌엔 거미들이 기어다녔다.

그 건춘문 앞에 종친부가 있었다. 학교가 끝나면 나와 능라는 화동길이나 소격길을 걸어내려와 종친부에 갔다. 멸망해버린 왕조의 종친부엔 아무도 드나들지 않았다. 공화국 속에서 멸망한 왕조의 흔적인 종친부를 관리하던 능라 부친의 모습은 고독해 보였다.

종친부는 건물 본채인 경근당과 곁채인 옥첩당으로 이루어져 있었다. 이 두 개의 장은 고요한 복도로 연결돼 있었다. 복도가 본채의 뒤쪽과 곁채 앞쪽의 공간을 연결해주고 있었다. 옥첩당 복도는 아예 잠들어 있었다. 복도 창문 아래 외로운 연꽃이 두 점 그려져 있었다. 본채 앞에는 월대라는 넓은 단이 있었다. 월대의 널찍한 화강암은 아름다웠다. 지붕의 어수는 간략해서 두 개의 용두만이 천공에 떠 있었다. 옥첩당은 늘 문이 잠겨 있었다.

종친부의 심장인 경근당 정면엔 멸망한 왕조의 두 제왕의 어진이 걸려 있었다. 건국왕 태조 이성계와 마지막 황제 고종의 어진이. 그것은 걸려 있다기보다 공화국 속에서 차라리 유배돼 있다는 느낌이 들었다.

건국왕은 산홋빛 용상 위에 청람빛 곤룡포를 입고 앉아 있었다. 가슴과 어깨엔 황금 용문이 수놓아져 있었고 검고 단호한 익선관을 쓰고 있었다. 건국왕의 청람빛 곤룡포는 압권이었다. 조선의 모든 바다가 그의 곤룡포 속으로 물결쳐 들어와 철썩이고 있는 듯한 장엄함에 숨이 막혔다. 건국왕의 어깨 뒤로 드러난 용상의 두 마리 황금 용두는 아름다웠다.

마지막 황제 고종은 붉은 강사포에 검은 통천관을 쓰고 있었다. 그의 등뒤로 황금 주작과 구름이 그려진 은빛 휘장이 일출처럼 떠 있었다. 여섯 개의 황금 용두가 그의 용상을 받치고 있었다. 건국왕과 마지막 황제는 그렇게 푸른 곤룡포와 붉은 강사포 차림으로 각각 그들 시대의 용상에 앉아 있었다. 두 제왕 사이엔 5백여 년이란 엄청난 시간이 흐르고 있었다. 그즈음 왕조는 멸망 후 이미 50년이 지난 후였고 건국된 공화국은 겨우 열두 살짜리 미성년이었다.

찬란하도록 푸르고 현란하도록 붉은 두 제왕의 용포의 펄럭임 속에서 이미 멸망한 지 50년이나 지난 왕조의 애통한 시간이 흐르고 있었다. 종친부를 나서면 세상 속엔 건국 후 겨우 십여 년 된 젊은 공화국의 시간이 흐르고 있었다.

나와 능라는 대개 옥첩당 뒤뜰에서 놀았다. 새들은 저공비행 연습을 하고 있었고 개미들은 공화국이 된 땅을 날렵하게 기어

다녔으며 그 곁에서 질경이와 메꽃들이 치밀어올랐다. 거대한 회화나무 아래선 강아지풀이 자라고 있었고 습지에선 버섯들이 솟아올랐다. 왕조 때 심어진 풀들은 공화국에서도 잘 자랐다. 경근당 뒤뜰엔 까치와 박새 들이 살았다. 능라의 부친은 낮엔 종친부를 지켰고 밤이면 북궐로 들어가 숙직 당번을 섰다. 그렇게 함으로써 그는 젊은 공화국의 시민이 아니라 아직도 멸망한 왕조의 백성으로 살고 있었다.

누가 그곳을 북촌이라고 부르기 시작했는지 모르겠다. 북촌은 조선의 아름다운 정궁 경복궁과 이궁인 창덕궁 사이에 놓인 귀족들의 체류지였다. 북촌엔 3품 이상의 고위직 당상관들이 살았다고 했다. 가마나 말이 출입해야 했으니 출입문들은 솟을대문이었다. 집 규모는 30칸 이상이었고 열 척이 넘는 기둥들이 즐비한 곳이었다. 안채와 사랑채가 별동으로 분리되어 있는 소위 한양 한옥들이 그곳에 들어차 있었다. 북촌의 집들은 원칙적으로 남향일 수 없었다. 임금의 궁궐만이 남향일 자격이 있었다. 그러나 언제부터인가 귀족들은 겁도 없이 압록강 흑송을 베어다 뻔뻔하게 남향집을 지었다는 것이었다.

그 북촌, 종친부와 성삼문 집터 아래 놓여 있는 고요한 분지가 화동이었다. 우리 집과 능라의 집은 왕조 시절 궁중 정원을 관리했던 장원서 터와 궁중 전용 우물터인 복정터를 지나 놓여 있었다. 두 채의 한옥이 약간 기운 경사지 위에 서로 마주 보듯 놓여 있었다.

능라의 집은 삼각형 대지 위에 간신히 터를 잡고 있었다. 대문을 열면 안채가 북향으로 놓여 있었고 곧장 대청이었다. 안마당에 면한 좁은 툇마루가 있어 다른 방들을 연결해주고 있었다. 골목에 면한 곳에 부속채가 있었는데 금박장인 능라 부친의 작업장이었다. 능라의 오빠 안번의 방엔 신식 군복에 조총으로 무장한 조선 별기군의 사진 한 점이 걸려 있었다. 별기군 뒤로 북궐 경복궁이 솟아 있었다. 종친부에서 왕과 왕비의 의복을 만들기도 했으므로 능라의 가문이 대대로 복정터 끝자락에 거처한 것은 필연적이었다. 어떻든 나의 조부와 능라의 조부가 화동 복정 우물터 근처에 자리잡을 수 있었던 데엔 궁궐과 왕가 종실의 사무를 집행했던 종친부가 결정적 역할을 했음이 틀림없었다. 복정 우물터 자락에 놓여 있는 두 집은 권문귀족의 집들과는 달랐다. 두 집은 모두 북향집이었고 담벼락엔 귀족들이 새겨넣은 사치스런 꽃장식 같은 것은 아예 없었다. 그 이유로 내 가문과 능라의 가문은 제왕들의 체류지인 북궐과 귀족들의 체류지인 북촌 사이의 분지에서 왕들을 시중하며 왕조를 살았다.

능라의 집 작은 정원엔 상수리나무와 팽나무가 솟아 있었다. 상수리나무 상처에선 단내 나는 수액이 흘렀다. 수액은 발효돼 술과 같았고 거품이 일었다. 6월이면 그 수액을 향해 나비들이 닥쳤다. 태양이 있는 대낮 내내 나비들은 수액을 실컷 마셨다. 저녁엔 말벌이, 밤에는 투구벌레가 그 수액을 차지했다. 나비 애벌레는 팽나무 수액을, 장성한 나비는 상수리나무 수액을 먹었다.

그러면서 화동 일대는 나비의 시장이 됐다. 난 능라의 집에서 거미줄 위에 나비들이 도망치며 남긴 찬란한 금분들을 보았었다. 만개한 무궁화 뒤에 숨어 있는 사마귀와 무궁화를 향해 급강하해 내려오는 제비나비들도 보았다. 금박 우비를 입고 있었음에도 비 오는 날이면 나비들은 날지 않았다. 상수리나무 잎 뒤편에 붙어 비를 피하고 있었다. 나비는 태양에 자신의 몸을 덥힐 수 있어야만 비행할 수 있다고 했다. 그래서 비 오는 날 능라의 정원에서 활발하게 움직이는 것은 달팽이들뿐이었다. 그러나 장마가 지나면 나비들은 다시 태양을 향해 거침없이 날았다. 부전나비는 비행 때마다 광채가 났다. 밤이 오면 화동엔 나방들이 기습했다. 아름다운 습격이었다.

7월이 되면 능라의 정원엔 잠자리들이 닥쳤다. 에메랄드빛 겹눈을 하고 있는 장수잠자리들이 정원을 덮쳤다. 당당하게 펼친 앞날개의 연문과 결절이 태양 아래서 반짝였고 흐느끼듯 뒷다리 결절을 얼굴에 대고 있었다. 그리하여 화동의 대낮 속에서 호랑나비나 흰나비들이 고인 물에서 물을 마시며 영역 싸움을 했다. 능라의 정원에서 우리는 날개 사이에 촉수를 접어넣고 자는 황톳빛 굴뚝나비도 보았다. 아름다운 청띠제비나비가 무당거미에게 잡아먹히는 것을 본 것도 바로 능라의 정원이었다.

"나비는 태양의 영혼이야."

능라의 언니 직녀가 말했었다.

능라의 부친 유절은 당시 성혼 예식에 따라 혼사가 있는 집안들의 청혼서와 허혼서를 만들어주면서 공화국을 살았다. 그래서 나와 능라는 유절의 작고 서늘한 공방에서 작성하다 폐기한 청혼서들과 허혼서들을 발견하곤 했다. 청혼서들은 이렇게 시작됐다.

"난초가 한껏 푸르러오는 봄철에 존당의 만복을 빕니다. 두루 살피건대 귀당의 규수를 아의 장자의 배필로 맞아들이고 싶습니다."

청혼서를 싼 붉은 보와 허혼서를 싼 황금보도 볼 수 있었다. 사주를 싸는 사각 사주보 끝엔 오색술이 달려 있었다. 사주 의식에 쓰는 병풍, 화문석, 교자상인 예탁, 그 위에 덮는 청홍보들도 볼 수 있었다.

"사주함에 분홍 간지에 싼 분홍 저고리 한 감을 넣어라"라는 유절의 말을 우리는 들었다. 능라의 집에선 예복에 채색을 하는 침염에 사용된 식물 재료들도 볼 수 있었다. 울금, 쪽풀, 황련, 치자 들을 태운 재 같은 것들이었다. 사주 봉투는 싸리나무 가지에 끼워 청홍실로 동심결을 맺었다. 사주함 물목 중엔 황금 쌍가락지와 분홍 간지에 싼 분홍 저고리 한 감 같은 것이 들어 있었다.

사주를 받은 신부 집에서 혼례의 날을 정해 연길서를 보낼 때도 능라의 부친이 썼다. 혼례식 전 신부의 집에서 보내는 혼서도 그가 썼다. 그는 혼서를 아주 소중하게 생각했는데 혼서를 적은 혼서지는 신부가 늙어 죽은 후에도 관 속에 넣는다는 것이었다. 칠흑처럼 검은 혼서 주머니에 찬란한 금박을 내리는 것도 물론 능라 부친의 일이었다.

능라의 부친은 장녀인 직녀에게 혼례 음식도 만들게 했다. 남몰래 간질을 앓고 있던 그녀는 그때 이미 서른을 바라보고 있었다. 폐백, 이바지, 신행 음식도 모두 그 집에서 만들어져 나왔다. 직녀는 이른 봄이면 어린 쑥을 뜯어 달걀을 씌워 애탕국을 끓였다. 봄쑥에 고추를 얹어 지져낸 매콤한 쑥전도 그 집의 마법이었다. 초파일에 느티나무 어린잎을 따 느티떡을 만드는 것도, 흰 생선으로 만두 어만두와 노란 알쌈을 만드는 것도 그 집이었다. 능라의 집에선 봄이 오면 끓는 물에 목련꽃을 띄운 목련차를 내왔다. 진달래 꽃잎을 얹어 꿀을 발라 먹는 진달래 화전도 그 집의 마법이었다.

여름엔 호박꽃탕을 먹었다. 호박 꽃잎이 찢어지지 않도록 조심스럽게 수술을 잘라냈고 호박 안쪽에 밀가루를 발라 탕을 끓여냈다. 능라의 집 담장엔 호박꽃이 많았다. 여름의 절정이면 능라의 집으로부터 부친 현학에게 잉어와 닭으로 끓인 용봉탕이 어김없이 배달됐다. 조약돌만하게 튀긴 떡 주악에 오미자즙에 삶은 보리를 넣어 만든 보리수단도 따라왔다. 부친에게 배를 통째로 삶아 만든 배숙을 보낸 것도 직녀였다. 배숙은 궁중 음료라고 들었다. 연근, 생강, 인삼으로 만든 황금빛 정과들도 능라의 집에서 왔다.

그러나 왕조의 가례 때 왕비의 혼례복인 장엄하고 황홀한 적의에 금박을 올렸던 금박장의 후손인 유절이, 왕조가 멸망하고 건국된 젊은 공화국 속에서 살아남기 위해 시정 남녀들의 약혼과 혼례를 위한 소박한 금박 작업을 하거나 혼례복들을 빌려주고 혼례 음식을 만드는 일로 연명하는 것은 아무래도 애달픈 데가 있었다.

약혼

1961년 5월 첫날의 일이었다. 이튿날 나는 부친 현학과 서독에 가기로 돼 있었다. 부친은 그때 국무총리실 대변인이었다. 부친이 그 여행에 나를 데리고 가기로 한 것은 기적이었다. 운명은 그때 이미 날렵하게 그의 일을 시작하고 있었던 것일까.

그날 나와 능라는 함께 화동 골목에 있는 동방삭 이발관에 갔다. 현학은 짧은 머리를 질색했으므로 나는 또래 사내아이들 중 가장 긴 머리를 하고 있었다. 여자아이 같은 생머리가 턱선까지 내려와 찰랑거렸으니까. 그래서 동방삭 이발사는 단 한 번도 내 머리에 바리캉을 대본 적이 없었다. 내게 구식 고데기를 가리키며 고데기 한번 대볼까, 농담한 적은 있었지만 말이다. 동방삭 아저씨는 언젠가 현학에게 이렇게 말한 적이 있었다.

"긴 머리를 가진 소년들 머리카락 속엔 석영(石英)이 사무쳐 있습죠. 이발 가위가 순결한 소년의 머리 속에 사무쳐 있는 석영에 닿으면 두 줄짜리 앵금처럼 노래합지요."

우리는 들을 수 없지만 이발사 동방삭 아저씨는 그 소리를 듣는다는 것이었다. 이발 후 나는 직녀에게 작별 인사를 하러 갔다. 그때 직녀가 나와 능라에게 무심코 이렇게 말하는 것이었다.

"종친부로 가자."

5월의 종친부는 아름다웠다. 그날도 옥첩당은 잠겨 있었다.

그래서 우리는 경근당으로 갔다. 나는 그곳에서 다시 건국왕과 마지막 황제의 어진을 보았고 직녀를 따라 선 채로 두 제왕에게 깊은 절을 올렸다. 그것이 그 두 제왕에게 드리는 마지막 절이 될 줄은 까맣게 모른 채 말이다.

절을 끝냈을 때였다. 직녀는 능라와 나를 두 제왕의 어진 앞에 세웠다. 그리고는 문득 가슴에 품고 온 보자기를 펼치고 내게 예복을 입히는 것이었다. 시정 남녀들에게 대여해주던 혼례복이었다. 나는 그것이 사모관대라는 것을 나중에 알았다. 성인이 된 신랑들이 혼례를 위해 사모관대를 입는다는 것도 나중에 알았다. 나는 사모를 쓰고 붉은 단령을 입고 각대를 매고 목화를 신었다. 흉배엔 단학이 붙어 있었고 흑각대를 둘렀다. 각대가 넓어 직녀는 띠들을 줄여주어야 했다. 목화 솔기엔 아름다운 황색 선이 둘러져 있었다.

직녀는 능라에게도 혼례복을 입혔다. 신부인 능라는 그날 눈부신 홍색 비단 활옷에 소매 끝에는 색동을 대고 흰색 한삼을 붙인 혼례복을 입었다. 붉은 활옷과 청람빛 대란치마 위엔 눈부신 금박들이 찍혀 있었다. 능라는 커다란 활옷에 대대를 두르고 찬란한 용비녀와 도투락댕기와 앞 댕기를 내리고 칠보화관을 썼다. 황금빛 용잠은 능라에게 너무 거창해 보였다. 칠보화관은 여덟 마리 황금 주작으로 장식되어 있었다. 활옷의 허리 대대엔 삼작노리개가 걸렸다.

나는 어진 동쪽에 능라는 어진 서쪽에 섰다. 직녀는 나와 능라

사이에 백포를 깔았다. 순결한 5월의 그늘 아래서 백포는 눈이 시리도록 정결했다. 능라가 화관을 쓴 채 내게 두 번 절을 했다. 신랑인 나도 한 번 절을 했다. 능라에게 절을 할 때 나는 착용한 사모가 떨어지지 않게 하기 위해 무진 애를 써야만 했다. 사모는 너무 커서 내 머리 위에서 덜컹거렸다. 목화는 너무 커서 발을 옮길 때마다 힘을 주어야만 했다. 이윽고 그 눈부신 백포를 밟고 능라가 내게로 왔다. 능라의 붉은 활옷과 쪽빛 대란치마가 화관 아래서 꿈처럼 아름다웠다. 그때 직녀가 말했다.

"약혼식은 끝났어."

예복들을 벗고 종친부를 나설 때 나는 옥첩당 월대 구멍 아래 수년간 피신한 낙엽들이 쌓여 있는 것을 보았다. 주인 없는 고양이 한 마리가 왕조나 공화국에 대한 아무 예감도 없이 그 구멍을 넘나들고 있었다. 옥첩당 지붕 아래 쳐진 그물망만이 위엄을 지닌 채 잡새들의 접근을 막고 있었다. 공화국 안에서 내팽개쳐진 왕조의 건물, 그 늙은 틈 사이에서 싱아풀과 강아풀 들이 악착같이 자라고 있었다. 그것이 공화국 속의 왕조였다. 귀로에 우리는 복정 우물에 들러 두레박으로 길어올린 정결한 물을 마신 후 작별했다.

이틀날 난 부친 현학과 함께 김포공항에서 동경으로 갔다. 동경에서 팬암을 타고 런던을 경유해 프랑크푸르트로 갔다. 그리고 그곳에서 북상하는 장거리 열차를 타고 함부르크로 갔다.

그 5월, 함부르크 중앙역으로 현학을 마중 나온 한 남자가 부친의 운명을 바꿨다. 철학자 사무엘 아담스키 교수였다.

5장

Die Kaisers Caldera

현학

현학(玄鶴)은 홍콩에서 정주하지 않는 법을 배웠다. 그것이 홍콩의 생리였다. 그는 나직한 성량에 조용한 품성을 가진 남자였다. 조선인 유복자라는 불행 속에서 어떻게 그가 조용하지 않을 수 있었을까.

현학은 홍콩에서 발행되는 영자신문 〈덕신서보〉의 젊은 기자로 일하다 영국 런던에서 발행되는 석간신문 〈런던의 황혼〉의 홍콩지국 기자로 발탁됐다. 그 이전에도 현학은 홍콩에서 발행되는 〈천후성모〉 〈해양쾌보〉 같은 해양신문의 기자로 일했다. 그는 취재를 위해 소문난 배들의 항해에 동승했고 르포를 쓰기 위해 잠수법을 배웠다.

홍콩이라는 안개 섬에서 성장하는 소년들이 그렇듯 현학은 남지나해의 에메랄드빛 바닷속으로 입수하는 잠수부가 되고 싶어했다. 아니, 무엇보다도 현학은 부친 숭린이 영장된 그 바다에 잠수하고 싶어했다.

"바다는 어차피 거대한 납골당이다."

모친 누란은 현학이 숭린을 그리워하지 못하도록 그렇게 못박았다. 그럼에도 불구하고 현학은 바닷고기에게 몸을 다 먹힌 채 심해의 부드러운 진흙 위에 누워 있을 숭린의 해저 무덤에 가고 싶어했다. 죽음이란 의관을 입고 심해의 진흙을 베개 삼아 누워 있는 부친 숭린을 상견례하고 싶어했다. 숭린의 눈은 중국 창조신 반고의 눈처럼 심해 속에서 진주가 되었을까.

1933년 현학은 홍콩 남약이민부에 주민등록을 파약하고 런던으로 떠났다. 그는 〈런던의 황혼〉 홍콩지국 주필인 왕세걸의 추천서를 간직하고 있었다. 왕주필은 "런던으로 가라"고 말했었다.

현학은 숭린이 갑판에서 육혈포로 자결했던 임종의 배인 칼멘호를 타고 런던으로 가고 싶었다. 그러나 소문에 의하면 모든 폐선들이 그렇듯 칼멘호도 자신을 해체해줄 곳을 찾아 세상의 바다를 유랑하다 폐선 해체로 유명한 인도 봄베이 부근 어느 부두에 정박해 있다는 것이었다. 그래서 결국 올라탄 배가 '플랑크톤'이었다. 플랑크톤이란 그리스어로 '방랑자'라는 뜻이었다. 누란은 남편의 시신을 받아 수습했던 바로 그 항구에서 현학과 이별했다. 누란은 자신이 죽으면 홍콩의 부녀 보호소인 보량공국이

제공해주는 무료 목관에 누워 무료 공동묘지에 묻히겠다고 했다. "화장해라, 흔적을 남기지 말고 연연해하지 마라." 누란은 사무적으로 말했다. 그리고 누란은 곧 이렇게 정정하는 것이었다.

"아니, 다시는 홍콩으로 돌아오지 마라. 이곳은 네 조국이 아니다. 네가 이곳에 날 만나러 돌아온다면 내가 널 쫓아버릴 테다. 반드시 한양의 화동으로 돌아가라. 거기 금강송의 집이 있다. 난 한양으로 돌아가기엔 너무 늙었다."

한양으로 돌아가라는 누란의 명령을 현학은 뜨겁게 받았다. 누란은 남편을 비밀결사 시절 암호명대로 금강송이라고 불렀다. 현학은 알았다. 누란은 죽어도 숭린이 수장된 홍콩 앞바다 남지나해를 떠나지 않으리라는 것을. 누란에겐 숭린의 해저 무덤이 있는 그곳이 한양이었다. 현학이 탄 런던행 영국선 플랑크톤은 이미 선령 17년 된 194톤짜리 늙은 배였다. 뱃삯을 아끼기 위해 현학은 짐을 싣는 제2열 현창 앞자리에 앉아 있었다. 누란이 돌아설 때 저 멀리 잠수부들이 입수를 끝낸 해면에서 잠시 물거품이 일어나는 것이 보였다. 누란은 울지 않았다. 겨우 1백 개의 한자로 홍콩을 버틴 그녀는 이미 울 수 있는 여자가 아니었다.

왕세걸의 추천서를 들고 런던에 도착했지만 그의 추천서는 런던에서 전혀 맥을 추지 못했다. 〈런던의 황혼〉은 현학을 신문사 인쇄국에서 납 활자들을 채자하고 그 활자들을 다시 책 판형에 심는 식자공 일로 내몰았다. 조판이 끝나면 납 활자들은 인쇄기에 걸려 신문이 되어 도시 구석구석으로 배급됐다. 은빛 납 활자들을 조판하고 해판하면서 그는 런던을 살기 시작했다. 당시 노련한 문선공들 중엔 여자들이 많았다. 인쇄 잉크 비린내 때문에 미친 듯 구토를 해야 했지만 문선공은 그래도 수입이 좋은 직업이었다. 그런 자리나마 구할 수 있었던 것은 왕세걸의 추천서 덕일 수도 있었다.

〈런던의 황혼〉이 그를 기억해 독일 베를린에 파견시켜 수습기자 훈련 기회를 제공하는 데는 다시 3년이 걸렸다. 수습 시절 가장 혹독한 기억은 독일어 수업료를 자비로 지불해야만 했다는 것이었다. 그래도 그 독일 체류 덕분에 현학은 곧장 베를린 통신원으로 파견돼 다시 3년을 일했다. 그 시절 그는 영국 동쪽 도버 항에서 배를 잡아타고 고독한 석회암 절벽이 늘어선 도버 해협을 건너 프랑스 칼레 항에 내려 육로를 통해 베를린에 도착하곤 했다.

수습기자 시절 누란이 사망했다. 누란의 죽음은 너무 급해 아들과 이별하자마자 곧장 죽음 준비를 했던 사람처럼 생각될 지경이었다. 현학은 〈런던의 황혼〉으로 배달된 전보로 누란의 죽음을 알았다. 그녀의 사망을 알리는 사무적인 전갈은 홍콩의 보량공국 업무과로부터 왔다. 누란은 소원대로 보량공국이 제공해주는 무료 목관에 단정하게 봉해진 채 예식 없이 무료 공동묘지에 묻혔다는 보고였다. 누란은 평화롭게 죽었다고 했다. 그녀는 시신을 홍콩 앞바다에 던져달라고 유언했지만 위생국 규정상 엄격히 금지돼 있다는 이유로 거절됐다는 추신이 붙어 있었다. 남편 숭린이 있는 바다에 수장되려고 했던 누란의 유언은 절절해 보였지만 그것은 사랑이 아니라 비극 공동체로써 숭린에 대한 마지막 의리 같은 것이라고 현학은 해석했다.

히로시마와 나가사키에 핵폭탄 리틀보이와 팻맨이 낙하됐을 때 일본은 조건 없는 항복 문서에 서명했다. 그러자 현학은 자신이 독립된 조국으로 가야 한다는 것을 알았다. 그것은 누란의 유언이기도 했다. "한양의 화동으로 가라. 금강송의 집이 거기 있다"고 그녀는 단호히 말했던 것이다.

대한민국 정부가 수립됐을 때 현학은 〈런던의 황혼〉에 사표를 냈고 홍콩에 들러 누란의 시신을 화장한 후 유골을 들고 고국선이라는 이름의 소금배를 얻어 타고 서울로 귀국했다. 〈런던의 황혼〉은 그를 패전 후의 동경지국 동아시아 특파원으로 파견할 생각이었지만 현학은 거절했다. 귀국하자 그는 곧장 서울의 한 외국 통신사에 입사했다. 서울에선 작은 기적이 기다리고 있었다. 금강송의 화동 집을 숭린의 친구였던 금박장의 후손 안유절이 보존하고 있었던 것이다.

한국전쟁이 발발했을 때 현학은 주저 없이 다시 〈런던의 황혼〉 종군기자 자격으로 전쟁의 복판으로 뛰어들었다. 유엔 안보리가 남한에 대한 군사원조를 전격 결정한 직후의 일이었다. 그는 〈런던의 황혼〉의 기자 완장을 차고 있었다.

전쟁 속에서 그는 탁월한 기사로 유럽 독자들에게 동족 사이에 일어난 이념 전쟁을 알렸다. 특히 전쟁 일기인 '유럽인에게 보내는 서울 리포트'로 그는 유럽에서 '치열한 시대의 기록자' 라는 명성을 얻었다. 서울 리포트의 원래 제목은 '서울 페스트' 였다. 이념 전쟁인 한국전쟁을 그는 20세기의 페스트로 간주했던 것이다. 특히 독일 언론인 마르셀 하콘 박사가 서베를린에 설립한 라디오블루는 현학의 기사를 가장 많이 인용 보도한 유럽 언론사 중 하나였다.

현학에게 명성을 가져다준 그 '서울 리포트'를 영문으로 정서해준 타이피스트가 바로 내 어머니 장령이었다. 장령은 유엔군 연락장교단에 소속돼 통역장교들과 일해온 영문 타이피스트였다. 현학의 기사를 정서할 때 장령은 메르세데츠 엘렉트라라는 타자기에 비단 리본을 걸어 사용했다.

전쟁이 터지던 그해 성탄절 무렵, 현학과 장령은 연합군 H-5헬리콥터, 비행 번호 9-999 기내에서 결혼식을 올렸다. 그리하여 두 남녀의 결혼사진은 전봇대와 철도, 바람개비 모양의 철도 건널목, 파괴된 열차 그리고 외로운 분지를 배경으로 착륙해 있는 연합군 헬리콥터와 정지된 두 장의 프로펠러를 배경으로 구성돼 있었다. 현학도 장령도 군복 차림이었다. 장령은 그 겨울 대체 어디서 구했는지 보랏빛 도라지꽃 한 다발을 들고 있었다. 그것이 결혼의 꽃이었다. 천공엔 그물처럼 겨울 안개 한 줌이 걸려 있었고 공습으로 대파된 거대한 철교가 헬리콥터 뒤로 솟은 채 그 시절이 전쟁이란 재앙의 시간이었음을 폭로하고 있었다. 결혼식 순간만이라도 적의 공군기 폭격으로부터 헬기를 보호하기 위해 양쪽엔 잠시 핑크빛 고무풍선 두 개가 둥실 떠올라 있었다. 한 명의 공군 통역장교와 한 명의 그리스 종군기자가 그들 결혼의 증인이 돼주었다. 그때 종군기자 현학은 42세였고 통역관실 타이피스트 장령은 30세였다.

종군기자와 통역국 타이피스트는 엄연한 전쟁 현역들이었고 죽음은 어디든 잠복해 있었다. 강력한 화력을 가진 한 포병여단에서만도 하루 1백 명씩 죽어가는 재앙의 시간이었다. 종군기자들도 전쟁의 시작부터 쓰러져갔다. 그래서 H-5헬기보다는 다른 수송기가 더 안전하다고 충고했지만 두 남녀는 주저 없이 그 헬기 안에서 예식을 치를 정도로 사랑에 빠져 있었다. 두 남녀의 꿈 같은 결혼식 순간은 당시로서는 아주 드문 컬러 슬라이드 필름으로 남았다.

이듬해 겨울, 장령은 만삭이 되자 혼자 임지를 떠나 부산으로 피난했다. 진통이 시작되자 그녀는 작은 보따리를 싸 당시 부산진구 부전동에 있던 스웨덴 적십자 야전병원으로 갔다. 끔찍한 난산이었다. 적십자 완장을 찬 중령의 군의관이 산모의 생명인가, 아기의 생명인가를 질문해야 할 정도로 저주받은 난산이었다. "한 사람밖에 살 수 없다면 그것은 아기입니다." 장령은 단호하게 '아기'라고 대답했다고 했다. 그 단말마적 대답이 내 어머니 장령이 죽음 앞에서 치른 운명과의 홍정이었다. 그것은 결국 장령의 유언이 됐다. 장령은 돌연 아이를 출산할 체력을 잃었음에도 불구하고 노련한 의사의 도움을 받아 결국 분만하는 데 성공했다. 그러나 거기까지였다. 분만 후 걷잡을 수 없는 출혈이 시작됐다. 태반이 떨어진 곳에서 혈관이 파열됐고 분수처럼 피가 솟았다. 미처 응급 수혈도 할 수 없을 정도의 순간적 재앙이었다. 장령은 결국 과다출혈로 사망했다.

현학은 그때 개성 휴전회담을 취재하는 기자단에 끼어 연합군 측 연락장교단을 따라 개성 봉래장으로 이동한 후였으므로 부재중이었다. 그 후 휴전회담은 지긋지긋한 결렬 상태가 계속됐고 몇 번의 예비회담이 열리고 좌초됐으며 휴전선 확정, 비무장지대 설정, 포로 교환 문제 같은 화약고를 안은 채 그 겨울까지 변경된 회담장들을 오가며 혈투중이었다. 무엇보다 공산 측의 의도적 회담 지연 작전과 조작된 포로 명단은 회담 당사자들과 취재단을 녹초로 만들었다. 회담 전후엔 어김없이 야간폭격이나 융단폭격 같은 양측의 히스테리가 계속됐음에도 불구하고 현학은 집요하게 그 회담 현장들을 지켰다.

장령은 결국 그렇게 유엔군 헬리콥터를 타고 황급히 등장했고 결혼했고 나를 출산한 후 가차 없이 퇴장해버렸다. 그 일이 현학의 비극을 완벽하게 했다. 비극에 익숙한 현학에게도 장령의 죽음은 내장이 파열될 정도로 치명적인 것이었다. 그래서 현학은 장령과의 결혼을 '핑크빛 리본으로 포장된 폭탄'이었다고 썼다. 엄청난 비극이 핑크빛 리본으로 포장된 채 그에게 배달됐었다는 것이었다.

어떻든 현학은 이후 판문점 휴전 협정식에서 유엔 측 수석대표인 해리슨 장군과 공산 측 수석대표인 남일 장군을 직접 인터뷰한 몇 안 되는 종군기자 중 하나가 됐다. 특히 그가 촬영해 런던으로 보낸 두 장의 보도사진—유엔기와 공산기가 꽂혀 있는 판문점 천막 회담실 휴전협정회담 탁자의 악마적이도록 공허한 풍경과 한국어, 영어, 중국어로 완성된 협정 문서 정본 아홉 통의 서명 장면—은 유럽 언론들에 의해 반복적으로 인용되면서 한국전쟁의 명장면이 됐다.

전쟁이 끝나자 현학은 장령을 경기도 홍릉 부근의 누란 곁에 매장함으로써 비극의 계보를 완성시켰다. 이장 때 건너편 홍릉 숲에선 들꿩이 길게 울었다고 했다.

현학은 내 이름을 '난세(亂世)'라고 작명했다. 애초 그가 내게 주려던 이름은 '평세(平世)'였다. 그는 나를 평화로운 시절이라고 부를 생각이었다. 그러나 나의 탄생은 한 여자의 죽음을 값으로 치러야 했던 유혈에 찬 등장이었다. 그래서 나는 평세 대신 난세라고 불렸다. 나는 그렇게 탄생부터 이름으로 벌을 받고 있었다. 그것은 조부 승린이 상해 망명 시절 이름이 없던 아내에게 위태로운 시절이라는 의미의 '누란(累卵)'이란 이름을 작명해주었던 것과 똑같은 것이었다. 그래도 난세라는 이름이 너무도 가혹했던지 현학은 나를 호적에 올릴 때 '난세(亂世)' 대신

'난세(鸞世)'라는 황홀한 문자의 왕관을 씌워 입적해주었다.

결국 나는 출생부터 장령이란 한 아름다운 타이피스트의 죽음을 값으로 치르고 세상에 등장해 삶이라는 배의 닻을 올린 저주받은 자였다. 전쟁중 나를 기른 것은 능라의 가족이었다. 휴전이 되고 다시 화동으로 돌아간 뒤 나를 돌본 것은 능라의 언니 직녀였다. 직녀는 현학을 짝사랑했다.

장령의 죽음 후 현학에겐 두 번인가 짧은 로맨스가 있었지만 행복이라는 지긋지긋한 신파보다는 단호히 독신이라는 고독을 선택한 채 국무총리실 대변인으로 발탁됐다.

시시포스 클럽

현학은 하나의 혁명과 하나의 쿠데타, 4·19와 5·16 사이에 있었던 단명한 정권의 국무총리실 대변인이었다. 현학을 정계로 발탁해 자신의 곁에 둔 것은 국무총리 자신이었다. 영국에서 유학 시절을 보낸 그는 현학에 대한 신임이 깊었다. 내각제였으므로 총리의 권력은 컸다. 현학이 새 내각의 외무부 장관이 되어 입각할 것이라는 풍문도 나돌았다.

1961년 그 5월, 현학이 함부르크에 간 것은 서독에서 서울로 날아온 한 장의 초청장 때문이었다. 그곳엔 철학자 아담스키 교수와 언론인 하콘 박사의 이름이 나란히 서명돼 있었다. 아담스키와 하콘은 현학의 런던 시절 '시시포스 클럽'의 망명 동지들이었다.

1933년 봄, 히틀러가 나치 비판 서적들을 금서로 선언하고 도시의 광장들에서 공개적으로 금서들을 불태웠을 때도 아담스키와 하콘은 망명을 생각하지 않았다고 했다. 전 독일 서적상 조합이 스스로 금서 판매 중지를 선언했던 비겁한 밤들이 닥쳐왔어도 그들은 망명을 생각하지 않았다는 것이었다. 그러나 5년 후 초겨울 '크리스탈의 밤'이라고 불리게 될 재앙의 밤을 시작으로 노골적인 유대인 박해와 학살 작전이 시작됐을 때, 그들은 가방 한 개만을 챙겨들고 황급히 도버 해협을 건너 런던으로 망명했다. 그들은 빅토리아 중앙역에서 기차를 탔고 런던 홀본 지역 붉은 사자 광장 근처로 갔다. 그러고는 사자의 길 8번가와 9번가가 교차하는 그늘진 구역에 한 그루 노송처럼 서 있는 낡은 호텔 '시시포스'에 짐을 풀었다.

그 시절 호텔 시시포스는 정상적 투숙객들이 사는 체류지가 아니었다. 그곳은 정상적인 방값을 치를 수 없는 홀본 구역의 연극인들, 무대 장치가들, 리포터들, 자유기고가들, 망명 지식인들의 거처로 소문나 있었다. 그리하여 그곳은 자연스럽게 유럽 각국에서 피신해온 지식인들의 임시 망명처가 됐다. 현학은 그때 리포터로서 그 호텔 55호에 체류하고 있었다. 후원을 향해 창이 달린 11평방제곱미터짜리 방이었다. 천정엔 갓 없는 백열등 한 구가 달랑 매달려 있었다. 침대 한 개, 책상과 걸상 한 개, 세면대와 라디오 한 개가 망명을 위한 소도구의 전부였다. 〈런던의 황혼〉까지는 제법 먼 거리였다.

현학이 하콘과 아담스키를 만난 곳이 바로 그곳이었다. 그들은 싸구려 잎담배를 말아 피우며 호텔 방값으로 주당 겨우 5파운드를 지불했다. 그 호텔 곁에 부속 카페 '시시포스'가 있었다. 망명자들은 거의 매일 그곳에서 만났다. 그래서 망명객들의 모임은 자연스럽게 '시시포스 클럽'이라고 불렸다. 그들은 그 불행한 시절 내내 자신들의 혈관엔 저항의 신 시시포스의 피가 흐르고 있다고 믿는 확신범들이었다.

미국으로 가지 않고 그렇게 조국과의 최근 거리인 런던에서 망명 생활을 치러낸 두 독일인 아담스키와 하콘은 히틀러가 총통 벙커에서 정부와 자살하고 그 시체가 벙커 후원에서 불타 절멸된 후에도, 독일군 총사령관 빌헬름 카이텔이 연합군의 조건 없는 항복 문서에 서명함으로써 2차 대전이 완전 종료된 후에도 조국으로 돌아가지 못했다. 그러나 그해 1945년 7월 포츠담 회담으로 패전국 독일에 분단이 선언되고 독일 문제가 종료되자 귀국을 결심했다. 그해 11월, 그들은 함께 런던 시시포스 호텔을 떠났다. 그러고는 도버 항에서 배를 타고 해협을 건너 칼레 항에 내린 후 육로로 4대 점령국이 분할통치하고 있는 고향 베를린으로 돌아갔다. 아담스키는 소련의 통치 지역인 동독의 동베를린으로, 하콘은 서방 3국이 통치하고 있는 서독의 서베를린으로 갔다. 그들은 그렇게 분열된 조국 중 자신들의 이념에 맞는 조국을 선택했던 것이다. 아담스키 교수는 그때 런던 망명 생활중 집필한 『희망의 해부』 완고본을 들고 있었다. 런던 망명 생활 동안 지하 저항방송인 라디오블루를 지휘했던 하콘은 서베를린에 라디오블루를 개국할 마스터플랜을 소지하고 있었다.

1961년 4월 말, 서독 함부르크에선 작은 역사적 사건이 있었다. 함부르크에 있는 한 저명한 시사주간지가 동서독 지성들을 초대해 함부르크 대학에서 토론회를 열었던 것이다. 그 논쟁엔 서독의 하콘 박사, 동독의 아담스키 교수도 초대됐다. 그 토론회는 한 해 전 함부르크에서 열리기로 했던 제12차 동서독 펜클럽총회가 경찰의 저지로 개최되지 못했던 것에 대한 상징적 복원이었다. 그들은 동서독 지식인들이 한자리에 모여 앉는 그 몸부림이 지리적 분단이 곧 정신적 분단은 아니라는 상징적 메시지가 되길 원했다.

하콘 박사는 동독의 아담스키 교수가 모처럼 서독에 초대돼 함부르크에서 체류하게 되는 그 드문 기회에 그곳에서 시시포스 클럽 동지들과 만나기를 원했다. 아담스키 교수도 적극 동의했으므로 현학에게도 다른 동지들에게도 초청장이 도착했던 것이다. 그즈음 종전 후 그들이 망명 생활을 끝내고 뜨거운 심정으로 선택한 조국은 그들이 생각했던 이상향이 아니었다. 어떻든 하콘은 그 4월 예루살렘 특별 법정에서 열린 나치 친위대 장교 아돌프 아이히만의 세기적인 전범재판의 시작을 취재하고 막 돌아온 후였다.

시시포스 클럽 망명 동지들의 재회는 수평선 서쪽으로 대서양의 웅장한 자락이 바라다보이는 함부르크 항구의 전설적인 호텔 '아틀란틱'에서 열렸다. 그 재회의 날, 아틀란틱 호텔의 장려한 로비에선 호텔 전속 살롱 오케스트라가 재회의 축하곡으로 쇼스타코비치의 재즈 오케스트라를 위한 모음곡 2번 중 〈찬란한 왈츠〉를 연주했다.

그 5월, 아담스키는 현학을 위해 두 가지 일정을 준비했다. 첫 번째 일정은 그가 현학을 자신이 강의하고 있는 동베를린 대학에 즉흥 강연자로 초대한 것이었다. 그것도 전설적인 119호 강의실에서의 강연에. 그 대학 119호 강의실은 저명한 사상가들이 그들 저작의 초고를 최초로 낭독하고 토론했던 학문의 처녀지 같은 곳이었다. 니체도 카를 마르크스도 바로 그 강의실에서 그들의 주요 저작을 낭독했으니까. 두번째 일정은 독일의 아우슈비츠라고 불리는 부헨발트 강제수용소를 방문하는 것이었다. 부헨발트는 3년 전 동독 정부가 나치의 집단 학살을 폭로하는 반파시즘의 기념 성역으로 단장한 후 국가적 성지로 지정되어 있었다. 현학이 아담스키의 그 두 가지 초청에 흔쾌히 응한 것은 물론이다.

동베를린 대학, 119호 강의실

시시포스 동지들과의 재회 일정이 끝나자 현학은 곧장 아담스키의 차로 호텔 아틀란틱을 출발해 서독 국경을 넘어 동독으로 갔다. 현학은 그 치열한 냉전시대에 국경을 넘어 동독으로 간다는 것이 얼마나 많은 대가를 치러야 하는 일인지 예감하고 있었을까. 어떻든 그들은 시시포스 클럽 동지들이었다. 그들은 국경을 넘는 그 행위가 세계 도처에 장치된 냉전이라는 장애물을 뛰어넘는 시시포스적 반항이라고 생각했는지도 모르겠다. 그 운명의 여행에 나도 동행했다.

그렇게 해서 현학은 그 전설적인 119호 강의실에서 즉흥 강연을 하는 영광을 누렸다. 119호 강의실에서 현학은 한국전쟁 때 '유럽인에게 보내는 서울 리포트'를 쓴 명기자로 소개됐다. 아담스키 교수는 현학이 남한 국무총리실 대변인이며 그가 곧 외무부 장관이 되어 입각할 것이라는 풍문이 있다고 말했다. 즉흥강연의 청중들은 대학생이었다. 5백 년 전 한 독일 황제에 의해 설립된 그 대학은 종전 후 동독 공산주의 엘리트 이념가들을 키워내는 메카로서 '붉은 사원'이라고 불리고 있었다.

그날 현학의 즉흥 강연 제목은 '고독한 날엔 라벤더 향을 뿌려라'였다. 현학은 왜 그런 바람난 남자 같은 제목의 강연을 했을까. 유창한 독일어로 진행된 그의 강연 내용은 대충 이런 것이었다.

1933년 춘절(春節), 〈런던의 황혼〉 홍콩지국장인 왕세걸 주필은 내게 말했습니다.

"현학, 너는 우리 마구간이 갖고 있는 최고의 종마다. 런던으로 가라."

런던에서 최초로 받은 그의 편지엔 이렇게 쓰여 있었습니다.

"현학, 너는 아직도 번민의 빵을 먹고 있는가. 고독한 날엔 라벤더 향을 뿌려라."

신문사 인쇄국 문선공이 되어 인쇄용 윤활유 비린내 속에서 매일 구토중이던 내게 편지 속의 그 구절, "고독한 날엔 라벤더 향을 뿌려라"는 하나의 기습이었습니다. 나중에 안 일이지만 그것은 스코틀랜드 고지대 사람들의 격언이었습니다. 나는 홍콩 부두에서 쿠리 일을 하는 한 조선 망명자 미망인의 유복자였습니다. 어머니는 홍콩 부두의 쿠리 일로 나를 키웠습니다.

"네 아버지 금강송은 교량과도 같은 거대한 두 손을 가진 남자였다"고 어머니는 말했습니다. 그리고 "숱 많은 머리 위에 망명지 상해의 찬란한 별들을 이고 있던 남자"였다고 덧붙였습니다. 아버지는 멸망하는 왕국을 구하기 위한 조선 황제의 왕국 불멸 작전에 참여했고 그 비밀을 지키기 위해 상해로 망명했으며 그곳에서 조선 황제를 위한 비밀결사대에 가입해 무기 운반책으로 활동했습니다. 조선 황제가 일본 제국에 의해 강제 폐위되자 그는 만삭인 아내를 남겨둔 채 상해에서 런던으로 가는 화객선을 탔고 항해중 배의 갑판에서 육혈포로 자결했습니다. 단지 그 배에 17개국의 외국 승객들이 타고 있다는 이유만으로 말입니다. 그는 조선 황제 강제 폐위라는 일본 제국의 정치 범죄를 그렇게 세계에 알리고 싶었던 것입니다.

지금은 유럽에서 있었던 그 끔찍한 세계대전이 끝난 지 16년, 베를린 중앙역에선 다시 매일 438개의 기차가 행선지를 따라 떠나고, 157개국의 사람들이 어깨를 맞대고 살고 있으며, 1만5천개의 영웅 동상들은 다시 보수되어 도시 곳곳에 기립해 있고, 밤 속에선 3백만 개의 가스등이 빛나며, 크리스마스트리엔 다시 매년 3천6백 개의 전구가 빛나고, 4천5백 개의 파이프를 가진 이 대학의 파이프오르간은 다시 바흐의 찬란한 환상곡과 푸가를 연주합니다.

11년 전, 나는 종군기자로서 한국전쟁이란 이름의 지옥을 누비며 세상이 거대한 납골당으로 변해가는 것을 목격했습니다. 전쟁은 마치 컨베이어 벨트처럼 중단 없이 죽음을 토해냈습니다. 전쟁 한가운데 서면 살아 숨 쉬고 있다는 것조차 배반이라고 느껴질 정도였습니다. 하나의 전쟁이 터질 때마다 이 지구는 갑자기 삼류 은하계로 전락합니다. 카빈소총 소리, 기관단총 소리, 곡사포와 박격포 소리, 야포와 수류탄 소리, 전투기와 폭격기가 쏟아내는 융단폭격 소리, 셔먼 장갑차가 구르는 소리 들. 전쟁 속에서 들려오는 것이라곤 그런 살상 무기들이 토해내는 카인의 언어뿐입니다. 증오와 살인이 인간의 생업이 된 지점, 그것이 바로 전쟁입니다. 그래서 전쟁을 통과한 자는 누구나 이마에 카인의 표적을 달고 있었습니다. 3년 후 나는 결국 한국전쟁이란 이름의 긴 칼이 어떻게 한국을 남과 북으로 갈랐는지를 보았고 보도했습니다. 전쟁이 어떻게 인간의 운명을 천천히 그리고 확실하게 토막 내는지를 보았습니다.

나는 내일 부헨발트에 갑니다. 한때 인간 5만 명을 학살했던 그 죽음 주식회사에 갑니다. 인간 도살장이었던 그 죽음 공장에 갑니다. 그곳에서 매일 인간 시신을 지겹게도 먹어치웠던 전용 화장터의 악마적인 아궁이들을, 그 무서운 아가리들을 바라볼 것입니다. 그 비극 때문에 창백하게 식어버렸다던, 공개 처형장 위에 떠 있는 태양을 확인하고 학살된 사람들의 비명과 학살자들의 음란한 웃음소리를 경청할 것입니다.

부헨발트에서 나치들은 인간의 살갗을 도려내 만든 램프 갓 아래서 그들의 경전을 읽었고 연애편지를 썼다는 겁니다. 인간 가죽을 떠서 만든, 은은한 빛이 감도는, 채색하지 않은 인간 가죽 램프 갓은 나치들이 장교용 사택까지 운반해온 그라모폰 축음기, 비더마이어 가구들, 청년과 양식 순은 촛대들과 기막히게 잘 어울렸다는 것입니다. 밀실의 문을 닫아걸고 인간 살갗으로 만든 램프 갓 아래서 나치들은 인간 생명을 거래했습니다. 그렇습니다. 나는 내일, 어제의 도살장이 오늘의 성소가 된 부헨발트에 갑니다. 도살장은 성소가 됐지만 저 성소가 언제 다시 도살장이 될는지는 아무도 모릅니다. 부헨발트에서 외쳐진 명령어들, 그것은 살인자의 언어, 즉 카인의 언어였습니다. 여러분, 전쟁과 아우슈비츠가 우리에게 계시하는 알리바이는 대체 무엇입니까. 그렇습니다. 역사도 혁명도 그렇게 자기 자식을 먹어치우며 앞으로 나아간다는 것입니다. 자기 자식을 먹어치웠던 새턴처럼. 여러분, 그럴 때 인간은 역사 속에서 얼마나 진땀 나는 존재입니까?

세계대전이 종료된 지 16년이 지난 지금, 우리는 다시 이념 대립이라는 '불량 종교'의 신봉자, 이념 대결이라는 저주받은 '패싸움'의 공범자가 되어 살아갑니다. 이데올로기를 신으로, 진리로 만들어버리려는 앙큼한 발상들을 우리는 속수무책으로 바라보고 있을 뿐입니다. 긴 칼이 독일을 동서로, 한국을 남북으로 잘라내고 이데올로기가 다른 자들은 체포돼 가차 없이 강제수용소에 내던져지는, 맹렬한 증오가 다시 시대정신이 되고 있는 '신(新) 아우슈비츠 시대'를 우리는 삽니다. 그렇습니다. 지상의 강제수용소들은 단 한 번도 그 먹이를 잃은 적이 없습니다. 지금은 전쟁 대신 계엄령이 선포되고 비밀경찰들이 시민들의 사상과 이념을 감시합니다. 아니, 계엄령과 비밀경찰은 인간의 환상과 희망까지도 검색합니다. 세력 팽창이라는 피비린내 나는 목표 앞에서 대중들이란 그저 단순한 재료에 불과합니다.

그럼에도 불구하고 인간이란 그저 지구라는 행성으로 떠내려온 무의미한 표류자가 아닙니다. 인간은 오늘도 더 나아지기 위해 오류를 범하고, 더 나아지기 위해 단 한 번밖에 살 수 없는 삶을 실험합니다. 우리는 안전하기 위해 안전하지 않은 길을 가고 목숨이 그토록 소중하므로 차라리 목숨을 겁니다.

오늘 나도 여러분께 삼십여 년 전 왕주필이 내게 적어 보낸 그 편지를 보냅니다.

"당신은 오늘도 번민의 빵을 먹고 있습니까. 이념 대립이라는 패싸움 속에서 고독한 날이면 스코틀랜드 고지인의 격언처럼 '라벤더 향'을 뿌리십시오."

119호 강의실을 떠날 때 청중들은 라벤더 향수를 뿌렸다. 아담스키 교수가 라벤더 향 향수 한 병을 준비해놓았던 것이다. 그리하여 119호 강의실은 돌연 라벤더 향기로 넘쳤다.

부헨발트 강제수용소, 피의 길

이튿날 일행은 동베를린을 출발해 부헨발트로 갔다. 런던에서 온 역사학자 힐 여사도 합류했다. 그녀도 시시포스 클럽 회원 중 하나였다. 독일 출신인 그녀는 런던 망명 후 영국인 고생물학자와 결혼했고 시시포스 호텔이 있던 런던 홀본 구역 붉은 사자 광장 근처를 고집하며 그곳에 정착해 살고 있었다.

부헨발트에 도착했을 때 우리 일행을 맞은 것은 주지사였다. 그때 부헨발트라는 이름의 아우슈비츠는 동독 정권에 의해 국립 추모 기념지로 헌정된 지 3년이 지난 때였다. 동독 인민회의는 반파시즘 저항 세력의 기념지를 세우기로 의결했고 그곳을 나치가 감행한 학살을 경고하는 기념 성역으로 단장했던 것이다. 그렇게 해서 부헨발트라는 인간 도살장은 국가적 성소가 돼 있었다. 안내를 맡은 기념관장이 설명을 시작했다.

"부헨발트는 아우슈비츠에서 오는 유대인 강제 소개 운반 열차의 종착역이었습니다. 8년 동안 25만 명이 감금됐고 그중 5만여 명이 교수형과 인체 실험 등으로 살해됐습니다. 부헨발트 기차역은 또 폐인 판정을 받고 인간 폐기물이 된 포로들을 또다른 인간 폐차장으로 실어나르는 출발역이기도 했습니다. 아우슈비츠에서 소개되어 화물처럼 실려온 25만 명의 포로들은 우선 바이마르 중앙역을 통과했습니다. 그러고는 죽음의 학살지인 부헨발트 수용소로 가는 전용 철도 위를 달렸습니다. 역설적이지만 그 전용 철도는 포로들의 손으로 건설됐습니다. 포로들은 그들을 죽음으로 실어나를 철도를 스스로 건설하도록 강요받았던 것입니다. 열차는 히틀러 친위부대 관사와 무기 생산공장을 지나 그 수용소에 도착했습니다. 중앙역에서 학살 광장까지 이르는 그 길을 사람들은 '피의 길'이라고 불렀습니다."

우리 일행은 거대한 점호 광장 앞에 서 있었다. 죄수들은 매일 아침 그 점호 광장에 모여 자신들의 수인번호를 외치며 숫자를 점검당하는 예식을 치러야 했다는 것이었다. 그곳은 점호 장소인 동시에 거대한 교수대가 우뚝 서 있었던 처형장이기도 했다. 그렇다. 우리 일행은 무려 25만 명의 감금자 중 5만 명이 학살된 거대한 학살장에 서 있었다. 종전 후 그 감옥에서 살아나간 포로들 중 4백 명은 감금 후유증으로 죽어 결국 그곳에 묻혔다고 했다. 학살장 남쪽엔 히틀러 친위대 간부들의 아름다운 사택과 매 사냥터, 그리고 간부 자녀들을 위한 개인 동물원이 있던 구역이 바라다보였다.

우리는 시체실, 시신 해부실, 살균장, 경부사격 총살장, 화장장, 무기고, 그리고 악기 보관소를 방문했다. 시립 화장장으로는 그 많은 학살자 시신을 더이상 처리할 수 없자 전용 화장장을 지어야만 했다고 관장은 말했다. 우리는 시체를 지겹게도 먹어치웠던, 그때까지도 사악한 아가리를 벌리고 있는 화장터의 아궁이들을 바라다보았다. 제2의 총살장이었던 채석장도 보았고 무려 1,286개나 되는 유골함도 보았으며 산더미 같은 죄수복을 쌓아놓았던 피복 창고도 보았다. 히틀러 암살 작전에 실패해 교수형을 당한 한 저명한 목사가 처형되기 전 감금되었던 지하 감방도 보았다. 우리는 안락사당한 포로들의 기록도 보았다. 포로들에게 죽음을 배급했던 한 의사의 펼쳐놓은 업무일지 속엔 이렇게 쓰여 있었다.

1941년 ○월 ○일, 오늘 아침 30분 늦게 근무 시작하다. 그럼에도 불구하고 신기록을 세우다. 230장의 서류에 서명하다. 결국 난 지금까지 1,192명의 죽음에 서명했다.

부헨발트 최후의 날인 1945년 4월 14일의 기록사진도 걸려 있었다. 학살된 포로들의 시신이 거대한 화물차 컨테이너에 산처럼 쌓여 있었고 미처 실리지 못하고 누락된 시신 한 구가 바닥에 그대로 내동댕이쳐져 있었다. 나치는 미군이 진군하자 그 많은 시체를 미처 화장장으로 운반하지 못한 채 내던지고 도주했다는 것이다. 시체를 담았던 컨테이너는 그렇게 인간 시신의 피를 실컷 마셨다. 그 광경은 너무 참혹해서 차라리 외설스럽기까지 했다.

그 장소 뒤로 이 수용소의 이름이 된 울창한 너도밤나무숲이 펼쳐져 있었다. 숲 근처로 가자 거미가 쳐놓은 거미줄이 내 얼굴에 닿아 끊겼다. 5월의 빛은 날카로워서 마치 빛으로 만든 순금 창을 휘두르는 것 같았다. 우리는 또 석조 건물인 46동 바라크의 위생학 연구소도 지났다. 지척엔 홍역균 연구소였던 50동 바라크가 서 있었다. 그곳에서 나치 의학자들은 인간 생체 실험을 했고 생산된 발진티푸스 혈청과 홍역 혈청 들은 더 많은 적들을 살해하기 위해 전장으로 운반됐다는 것이었다.

맨 마지막으로 관장은 우리를 데리고 북향에 놓인 기록관으로 갔다. 그곳에서 우리는 부헨발트 강제수용소 소장이었던 한 나치 사령관의 부인이었던 일제라는 여자가 아름다운 문신이 있는 포로들을 살해해 그 살갗을 도려내 만들었다는 끔찍한 기념물인 램프 갓을 관람했다. 증언에 의하면 사령관 아내는 사람 가죽으로 만든 석 점의 애장품을 소유하고 있었다고 했다. 귀부인용 장갑과 가족앨범 표지 그리고 램프 갓이 그것이었다. 그러나 장갑과 가족앨범은 전범재판 중 증거물로 채택된 후 사라져버렸고 램프 갓만 남았다는 것이었다.

램프 갓 위엔 한 건장한 남자 포로의 가슴에서 도려냈다는 청람빛으로 된 넉 장의 돛대를 단 범선의 문신이 그려져 있었다. 사령관 아내는 이후 기소돼 전범법정에 섰는데, 검사 측 증인은 그 여자가 사람 피부를 도려내 만든 램프 갓, 가족앨범 표지, 장갑을 소유하고 있었다고 또렷이 증언했다는 것이었다. 그러나 그 여자가 문신이 있는 피부를 얻기 위해 포로들을 의도적으로 살해했다는 증거는 확보되지 못했다고 했다. 분명한 것은 부헨발트에서 죽은 포로들의 신체로부터 문신된 피부들이 도려내어져 무두질된 후 램프 갓이 제작되었다는 것과 사람 뼈로 만든 서양 장기판의 말이 존재했었다는 것이었다. 사령관의 아내는 종신형에 처해졌고 여죄수 감옥에 수감중 침대 시트로 목을 매어 자살했다고 했다.

우리는 다시 부헨발트 수용소의 거대한 점호 광장 앞까지 뻗어 있는 '피의 길' 위에 섰다. 우리가 서 있던 부헨발트의 그 지점에선 저만치 동쪽에 있는 악마적인 생체 실험실과 화장장을 배경으로 전쟁 말기 연합군의 집중 폭격에 타버려 거대한 둥치만 남았다는 그 유명한 괴테나무가 바라다보였다. 구전에 의하면 괴테는 그 너도밤나무 아래서 파우스트 중 '발푸르기스의 밤'을 썼다는 것이었다. 강제수용소 시절 나치들은 하필 그 나무에 밧줄을 걸고 포로들을 매달아 죽였다. 그래서 포로들은 그 나무를 '악마의 나무'라고 불렀다고 했다.

그렇다. 우리는 피의 길 위에 서 있었다. 주지사가 묵념을 제의했고 우리는 묵념했다. 묵념이 막 끝났을 때였다. 한 사내가 우리를 향해 황급히 달려왔다. 수용소 기록실 남자였다. 그가 말했다.

"지금 막 서베를린의 라디오블루로부터 한 장의 텔렉스가 황급히 도착했습니다. 발신자는 마르셀 하콘 박사이고 수신자는 한국인 우난세씨로 돼 있습니다."

그가 다시 말했다.

"남한의 수도 서울에서 쿠데타가 일어났답니다. 군인들이 무력으로 쿠데타를 일으켰답니다."

기록실 사내가 다시 말했다.

"총리는 실각했고 구금되었답니다."

그때였다. 수용소 입구에 거대한 독수리처럼 솟아 있는 옛 감시탑 공각 스피커로부터 부헨발트 포로들의 장엄한 노래가 쏟아져나왔다.

부헨발트, 너는 나의 운명. 그럼에도 불구하고 나는 삶에 대고 주저 없이 '예스'라고 말하리라.

우리는 여전히 피의 길 위에 서 있었다. 무려 5만여 명이 학살된 그 수용소에서, 포로들은 매일 아침 자신들을 매달아 죽일 교수대와 악마의 나무가 우뚝 서 있는 그 점호 광장에서 어김없이 그토록 찬란한 노래를 불렀다는 것이었다.

현학은 하얗게 질려갔다. 눈부시게 흰 양복 때문에 현학은 마치 하얀 돛대 같았다.

베를린 봉쇄

1961년 가을, 현학은 팬암을 타고 뉴욕으로 갔다. 매일 14시 30분, 프랑크푸르트에선 논스톱으로 뉴욕으로 가는 보잉707기가 출격했다. 팬암 광고판엔 "우리는 신형 제트기에 관한 한 세계에서 가장 경험이 많은 노련한 비행사로 당신을 모십니다"라고 쓰여 있었다. 부친은 애초 TWA를 타고 뉴욕으로 갈 생각이었다. TWA는 하루 한 번 13시 30분에 런던을 경유해 뉴욕에 도착했다. 그러나 루카스 신부는 런던 경유라는 중간 착륙이 현학의 신원에 안전하지 않다는 의견을 냈다.

루카스 신부는 교구의 정치 망명자 담당신부였다. 그는 정치 망명자들 주변에서 유령처럼 서성대는 암살, 정적 살해, 청부살인 같은 것에 대해 잘 알고 있었다. 서울의 쿠데타 세력이 현학이 귀국하지 않으면 자객을 보낼지도 모른다는 첩보원 같은 생각을 루카스는 하고 있었다. 냉전 시절인데다 동서독 분단으로 이념 상황을 치르고 있는 서독은 타국의 정치 망명자들에게 적극적 도움을 주고 있었다. 그해 4월, 알제리에서도 드골 세력을 전복시키려는 군부 쿠데타가 있었다. 프랑스 정부는 알제리 장성들의 쿠데타 음모에 미국 CIA첩보원들이 개입했다고 주장했다. 알제리 쿠데타는 실패했고 쿠데타 주역들은 자수했다.

그날 현학은 차라리 프랑크푸르트에서 일본 항공 맥도넬 더글러스 DC-8C비행기에 오르고 싶었으리라. 그 비행기는 런던과

파리를 경유해 코펜하겐과 앵커리지를 거쳐 동경으로 가게 되어 있었다. 30시간만 비행하면 조국 곁에 착륙할 수 있었다. 동경에 도착하면 현학은 당장이라도 서울로 귀국하고 싶었으리라. 공항에서 체포되는 한이 있더라도 말이다.

현학은 그때 그를 아끼는 서울의 한 혁명군으로부터 날아온, 귀국을 강력히 만류하는 전통 한 장을 갖고 있었다. 전통에 의하면 쿠데타 세력은 현학에 대한 체포령을 내렸으며 귀국 즉시 혁명 재판에 부쳐지도록 예정되어 있다는 것이었다. 특히 현학이 정부 동의 없이 동베를린 대학에서 행한 공개 강연은 치명적 범죄라는 것이었다. 그때 일본 신문들은 일본 황녀 나가코가 남편 히로히토의 60세 생일 파티를 준비중이라고 쓰고 있었다. 아들 아키히토는 그 파티에서 첼로를 연주하게 될 것이라고 했다.

어떻든 그 가을날 나는 현학과 루카스 신부와 함께 공항에 갔다. 난 공항 벽에 붙어 있는, 그때 막 출시된 폴라로이드 사진기 모델395의 광고를 보았다.

카메라 앞에서 딱 두 번만 웃으십시오. 그러면 10초 후 당신은 당신 손에 사진을 가질 수 있습니다. 당신 미소가 아직 당신 입가에 남아 있을 때 당신은 이미 사진을 손에 넣을 수 있습니다. 암실도 인화 작업 같은 수고도 없이 당신은 탁월한 사진을 당장 손에 넣을 수 있단 말입니다. 당장!

항공사 여자가 부친에게 보딩 카드를 주면서 "당신은 17시면 이미 뉴욕에 있게 될 것입니다"라고 말하는 소리를 난 들었다.

뉴욕으로 떠나기 이틀 전 부친과 나는 함부르크에 있었다. 그의 불안한 상황을 생각한다면 우리는 그날 그 아름다운 호텔에 있을 수 없었다. 그날 밤도 아틀란틱 호텔 로비에선 살롱 오케스트라가 쇼스타코비치의 〈찬란한 왈츠〉를 연주하고 있었다. 그 밤 현학과 나는 대서양을 향해 놓여 있는 큰 침대에 나란히 앉아 있었다. 그는 독일어로 된 작은 책을 들고 침대로 왔다. 그는 그 책의 47페이지를 펼쳤고 독일어로 읽어내려가기 시작했다. 그러고는 내게 한국어로 번역해주는 것이었다.

"어느 주인과 하인, 그리고 한 마리 말에 대한 얘기란다. 카프카라는 영원히 젊은 한 남자가 쓴 글이란다."

부친이 말했다. 카프카의 글은 이랬다.

나는 내 말을 마구간에서 데려오도록 명령했다. 내 하인은 나를 이해하지 못했다. 나는 직접 마구간으로 가서 말에게 안장을 얹은 후 올라탔다. 그때 멀리서 트럼펫 울리는 소리가 들려왔다. 난 하인에게 그것이 무슨 소리인지를 물었다. 하인은 아무것도 듣지 못했고 그것에 대해 알지도 못했다. 성문 앞에서 하인은 나를 멈추게 하더니 물었다.

"주인이여, 당신은 말을 타고 대체 어디로 가려는 겁니까."

"나도 모르겠네."

내가 말했다.

"그저 여기로부터 떠나자, 단지 이곳에서 출발하자, 그것만이 내가 내 목적지에 도달하는 길이야."

그러자 하인이 내게 물었다.

"주인님, 당신은 물론 당신 여행의 목적지는 알고 있겠지요."

내가 대답했다.

"물론이지. 이곳으로부터 출발하는 것, 그곳이 곧 내 목적지야."

그러자 하인이 말했다.

"주인님, 물론 비상식량은 갖고 있겠지요."

"난 비상식량 같은 것은 필요 없어."

내가 다시 말했다.

"이 여행은 내가 길에서 아무것도 얻지 못한다면 굶어 죽을 수밖에 없을 정도로 길고 멀다. 내게 아무 비상식량도 없다는 바로 그 사실만이 나를 구할 수 있다. 그것은 진실로 끔찍하고도 황홀한 여행이 아닌가."

"주인 남자가 말을 타고 가려고 하는 목적지는 어디인가요."

내가 현학에게 물었다.

"출발하는 것, 그 자체가 그 남자의 목적지란다. 난세야, 내가 네게만 살짝 알려준다면 그 남자는 출발은 하지만 정작 어디로 가야 하는지, 어디에 도달할 것인지 전혀 알지 못하고 있단다.

그 출발이 자신을 어디로 실어나를지 몰랐지만 그는 이미 목적지에 있는 것이란다. 출발하는 순간 어디엔가 그의 목적지는 이미 존재하는 것이란다. 너는 못 알아듣겠지만 인간은 출발하고, 출발함으로써 자신이 되어야 할 것의 최전방에 서게 되는 것이란다. 출발이 없으면 목적지도 없고 목적지가 없으면 인간은 자신이 되어야 할 바로 '그것'이 될 수 없는 것이란다. 그 출발을 엑소더스 혹은 출애굽이라고 하지."

나는 그날 밤 현학의 말을 알아듣지 못했다. 그것은 암호로 된 신비한 문서처럼 내 앞에서 펄럭였다. 현학이 확신에 차서 말하고 있었다는 것만 기억난다. 그날 밤 현학은 자신의 목에 걸린 열쇠 하나를 내 목에 걸어주었다.

"난세야, 서울에 네 할아버지 우승린의 유품 상자가 있다. 그 상자 속엔 할아버지가 남긴 소중한 서신인 금등비서가 있다. 그 상자는 서울 어느 금고에 보관돼 있다. 이것이 바로 그 금고 열쇠다. 금고는 반드시 두 개의 열쇠로만 열리도록 되어 있는데 다른 열쇠 한 벌은 내가 독일에 오면서 안번 중령에게 맡겼다. 명심하거라. 열쇠 한 벌은 안번 중령이 보관하고 있다."

"할아버지가 유언처럼 남긴 말씀 속에서 50년 후에 열어보라고 했던 그 비밀 상자 말인가요."

"맞아, 할아버지의 서신을 내가 한글로 풀어 번역해놓은 것이 여기 있다. 내가 뉴욕에 있는 동안 이 서신을 열쇠와 함께 잘 보관하거라. 만약 내게 무슨 일이 있으면 이 열쇠를 이후 안번 중령에게 주거라. 금등비서가 보관된 서울 금고는 그가 알고 있다."

그 마지막 밤, 현학이 잠들었을 때 그의 관자놀이 위로 닫지 않은 창으로부터 쏟아져들어온 거대한 대서양이 흐르고 있었다.

현학의 뉴욕행이 군사 쿠데타로 전복된 정부와 그의 상관인 국무총리의 실각과 관계있는 것은 분명했다. 뉴욕에 도착하면 그는 유엔에 자신의 안전 귀국을 호소할 생각이었을까. 아니, 그때 현학으로 하여금 황황히 뉴욕으로 가게 했던 더 충격적인 이유가 있었다. 그해 여름 어느 깊은 밤 동독이 돌연 한 방의 총성과 함께 베를린 장벽을 쌓기 시작했던 것이다.

1961년 8월 13일 0시, 한 발의 총성과 함께 동독 인민 경찰과 인민군은 베를린 동쪽 점령 지역에 철조망과 바리케이드 설치를 시작했다. 무려 166킬로미터짜리 베를린 장벽은 그렇게 시작됐다. 우선 포츠담 광장 앞 도로 포장이 미친 듯 파헤쳐졌고 그곳에 기관총이 배치됐다. 광장엔 콘크리트 기둥들이 세워지고 가시 철조망이 쳐졌다. 동독 인민군을 태운 장갑차와 수송차가 거리에 밀어닥쳤고 도시 구획의 모든 동서 경계선을 따라 삽시간에 통행금지 팻말이 들어섰으며 지하철 정거장엔 "오늘 열차 왕래 없음"이란 섬뜩한 고지판이 서 있었다.

광장 대로들 앞엔 기관총으로 무장한 동독 인민군들이 서 있었다. 그들은 철모에 총검으로 무장하고 있었다. 이제 장벽 저편 서독은 증오해야 할 계급의 적임이 분명해졌고 서독으로의 월경은 국경 인민 경찰과 인민군의 총탄을 맞지 않고는 절대 불가능한 것이 돼버렸다. 아니, 장벽 뒤에 설치된 국경 구조물과 초소들은 그저 1차 저지선에 불과했다. 가시 철조망들 뒤엔 다시 격자 철망이라는 이중 장치가 버티고 있었다. 그 저지선 뒤엔 다시 수백 개의 망루, 지하 벙커, 초소 들이 들어찼고 특수 훈련된 맹견들로 구성된 경비견들이 최종 마지노선을 사수하고 있었다. 나중에 안 일이지만 베를린 장벽이란 재앙은 하루 전날 황급히 동독 인민회의에서 인준됐고 당 기관지에 발표됐던 것이다. 날이 새자 동서독 경계에 선 채 베를린을 상징했던 장엄한 성문인 브란덴부르크 문이 완전 폐쇄됐다. 아름다운 두 날개를 단 채 네 마리 말이 이끄는 이륜마차를 몰고 있는 승리의 여신 니케를 화관처럼 머리에 이고 있던 그 탐미적인 성문이 폐쇄돼버린 것이다.

동독이 총성과 함께 돌연 베를린 장벽을 쌓고 철조망을 치기 시작했을 때 현학과 아담스키가 받은 충격과 공황은 엄청난 것이었다. 아담스키는 그것을 베를린 장벽이라고 부르는 대신 '베를린 봉쇄'라고 불렀고 희망의 철학자답게 '회수된 희망'이라고 경악했다. 공산주의를 보다 나은 이념, 지상에 존재하는 차선의 정의라고 확신해 동독을 선택했던 아담스키에겐 그야말로 존재적 지진이었다. 현학도 아담스키도 동독의 치명적 변절에 넋을 잃었다. 그들은 그렇게 공산주의의 섬뜩한 얼굴을 보고 있었다. 패전 이후 그래도 뜨겁게 함께 뛰던 동서독 심장은 그렇게 가차 없이 정지돼버렸음을 그들은 알았다. 현학이 황황히 뉴욕으로 날아간 데엔 베를린 장벽이 준 그 충격도 한몫했음이 분명했다.

1961년 겨울, 샌프란시스코

현학은 동쪽 대륙으로부터 달려와 샌프란시스코에 이르기 위해 산 마테오 다리를 건넜다. 그러고는 곧장 태평양 쪽으로 접어들었다. 다시 서북쪽으로 기어올라갔다. 어떻든 그의 차는 반달곶을 지나 모스 해변을 지났고 왼편에 펼쳐진 태평양을 보았다. 그리고 28번가를 지났고 선셋 대로를 지났다. 44번가만 지나면 피터 아텐보로 박사의 연구소가 있었다. 그와 충돌한 해양 열차는 바로 44번가로부터 왔다. 그 지점에서부터 태평양이 가장 황홀한 곳이었다. 어떻든 현학의 차는 선셋 대로를 지나 44번로로 진입중 바다에서 출고된 보석들, 활어를 나르는 해양 열차와 충돌했다. 해양 열차는 그때 파라다이스라는 종착역을 향해 달리고 있었다.

진입로에서 사람들은 돌연 불타는 오펠 한 대를 발견했다. 현학이 해양 열차를 들이받은 것은 자명한 일이었다. 그의 차의 폭발은 그 후에 일어났다. 점화 장치에서 일어난 불꽃이 파열된 연료관에 닿자마자 불길이 일었고, 불길이 연료통을 덮치면서 폭파했던 것이다.

현학의 신원은 아이러니하게도 시효가 끝난 낡은 〈런던의 황혼〉 기자증으로 확인되었다. 그의 유해는 약간 타버린 몸체와 그곳에 바싹 달라붙어 있는 척추와 두개골, 너덜거리는 상박근들로 구성되어 있었다. 그의 기도에선 숯가루들이 발견됐고 혈액 속엔 다량의 이산화탄소들이 엉켜 있었다. 폐 속에선 더 많은 숯가루들이 날고 있었다. 현학은 거대한 해양 열차를 들이받은 충격으로 사망한 것으로 추정됐다. 차가 폭발해 불길에 싸였던 아주 짧은 순간만 그는 살아 있었다고 했다. 그는 차가 불타기 시작했을 때도 숨을 쉬고 있었던 것으로 확인되었다.

건강한 어깨를 가진 남자였다. 홍콩 부두에서 쿠리 일을 하며 흘렸던 가혹한 땀이 만든 제법 장대한 어깨를 그는 갖고 있었다. 어떻든 인간은 불 속에서도 악착같이 자신의 존재를 남기는 강한 존재였다. 화장장의 1천5백 도 불 속에서도 적어도 세 시간은 타야만 재가 되는 것이 인간이라고 했다. 사람들은 그 불길이 사금빛과 백금빛이었으며 연기의 빛깔은 검정이었다고 증언했다. 그것은 아마도 벤진이 연소된 것으로 추측되었다.

증거 자료인 사진 속에서 황금빛 불길은 번스타인 보석으로 만든 꽃 같았다. 그 불꽃 가운데 창문은 터져나가고 문짝이 반쯤 열려 있었다. 그리고 현학이 대륙을 횡단하며 붙잡고 있었던 운전대가 바람개비처럼 가느다란 선을 이룬 채 놓여 있었다. 그래도 왼쪽 백미러는 붙어 있었고 차의 천장쯤에서 피어오른 검은 연기들이 버섯처럼 얹혀 있었다. 그 불을 가장 먼저 발견한 것은 선셋 대로의 한 옥상에서 색소폰을 불고 있던 목관악기 주자였다. 색소폰 주자는 연주를 멈췄다.

현학은 그날 태평양에 취해 길을 잘못 든 것이 분명했다. 그 교통사고가 났을 때 아텐보로 박사는 도시 북쪽 텔레그래프 언덕이 바라다보이는 39번 부두 부근 연구소에 있었다. 왜 현학은 그레이하운드를 타고 샌프란시스코로 오지 않았을까. 북해변 시립도서관 앞에 그레이하운드 버스 터미널이 있지 않았던가.

현학의 사망 기사가 처음 난 것은 샌프란시스코 지역신문인 석간 〈선셋〉이었다. 그날 북해변 45번 부두에선 가을 최고 축제인 콜럼버스 데이 축제 행렬이 준비중이었다. 한낱 교통사고에 불과했다. 그러나 샌프란시스코 자연사박물관장인 진화론자 피터 아텐보로 교수가 현학을 면접하기 위해 그날 39번 부두 연구소에서 그를 기다렸다는 진술이 터져나오자 현학의 참사는 갑자기 불운의 깊이를 더했다. 아텐보로가 샌프란시스코 일간지 〈당신의 텔레그래프〉에 낸 광고는 이러했다.

우리는 적도에 갑니다. 모든 갈등, 모든 다름이 '0'이 되는 곳, 세상의 중앙인 위도 0도의 적도에 갑니다. 붉은 적도 히비스커스가 흐드러지게 피는 그곳에 갑니다. 그리고 그곳으로부터 다시 창조론과 진화론이 격렬하게 부딪치고 포옹하는 곳, 창세기와 에덴의 밀의가 저장돼 있는 시원의 땅, 갈라파고스에 갑니다. 창세기의 보관 창고인 시원의 땅, 이 우주에 존재하는 유일한 노아의 방주인 그곳에 갑니다. 지구에 있지만 지구에 있지 않은 아주 다른 행성인 갈라파고스라는 행성에. 우리는 우리의 탐험선 '비글 5호'에 동승할 유능한 리포터, 즉 필경사(筆耕士)가 필요합니다. 화산섬 종단과 횡단에 사용할 다섯 켤레의 등산화와 펜을 들고 동행할 기록의 전사가 필요합니다. 거대한 갈라파고스 거북과 거대한 이구아나의 강의를 들을 수 있는 청력과 원시의 시간을 글로 적어 기록할 수 있는 능력을 가진 자가 필요합니다. 말할 수 없는 것이 말해지고 적을 수 없는 것이 기록되어지는 기적을 위해 유능한 당신이 필요합니다.

"비글5호, 그것은 현대의 아르고선이야."

그 광고를 보자 부친은 그렇게 말했다는 것이다. 현학이 하필 뉴욕에서 흔치 않은 샌프란시스코 일간지 〈당신의 텔레그래프〉의 그 광고를 읽은 것은 운명이었다. 현학의 차가 불탔을 때 트렁크에 있던 다섯 켤레의 등산화는 타지 않고 남았다. 불 속에서 등산화 뒤꿈치에 붙은 생고무들만이 녹아내렸다는 것이다. 그래서 등산화들은 발꿈치에 구멍이 뚫린 채 전리품처럼 남아 있었다. 등산화 사이즈가 8과 4분의 3이었다는 것을 안 것은 그의 사고 소식을 알리는 석간신문 〈선셋〉을 통해서였다.

루카스 신부와 하콘 박사가 샌프란시스코로 갔다. 현학의 참사가 사고사로 위장된 암살인지도 모른다며 부검 신청을 한 것은 정치 망명 전문가 루카스 신부였다. 현학은 사고사로 판정됐다. 부검 후 현학의 타고 남은 시신을 접수한 것도 루카스와 하콘이었다. 루카스는 사망진단서와 시체검안서를 꼼꼼히 챙겼다.

현학의 시신은 영구차에 실려 예약 시간 30분 전 정확히 화장장에 도착했다. 임시 안치실에서 장례 예배를 집전한 것도 루카스 신부였다. 화장로로 갈 때 현학의 관을 함께 운구한 것도 루카스와 하콘이었다. 현학의 관은 3번 화장로로 들어갔다. 23번 관망실에서 그 관과 현학의 시신이 함께 타들어가는 것을 지켜보아준 것도 그들이었다.

사고 당시 현학은 이미 녹색 오펠과 함께 불타버렸으므로 현학의 화장 시간은 채 한 시간도 넘질 못했다. 유골의 분량도 슬프도록 적었다. 화장이 끝나자 유골은 분골됐다. 오펠 안에서 이미 불에 먹혀버린 현학은 겨우 유리컵 세 컵 분량의 분골로 남았다. 신장 179센티미터의 훤칠한 남자가 겨우 작은 유리컵 석 잔으로 남은 것이다.

한 컵 분골은 갈라파고스를 향해 열린 샌프란시스코 태평양 연안에 뿌려졌다. 또 한 컵 분골은 독일로 돌아와 배를 타고 나가 함부르크 대서양 입구에 뿌려졌다. 함부르크에서 현학의 분골이 뿌려질 때 루카스, 하콘, 아담스키가 참가했다. 아담스키 교수는 여행 허가를 받아 동독에서 서독으로 올 때 사람의 재를 담는 초록 유리병을 갖고 왔다. 그것은 베니스 무라노 섬의 아름다운 수제품인, 사비아란 이름의 모래에 산(酸)을 넣어 만든 찬란한 유리병으로서 높이 12센티미터, 무게 5백 그램짜리 초록병에 수정 뚜껑으로 마감돼 있었다. 그것은 아담스키가 현학에게 바친 마지막 선물이 됐다. 그 후 난 다시는 아담스키 교수를 보지 못했다. 그날 이후 '아버지의 재'는 마지막 한 컵 분골로 남아 서울로 가기 위해 황홀한 사금처럼 초록병 속에 누운 채

아들인 내 곁에 남아 있었다.

남은 것이 또 있었다. 현학이 뉴욕에 있는 동안 나는 그가 풀어 적어놓은 조부의 금등비서 사본을 몇 번이고 읽었다. 현학이 유골이 되어 돌아왔을 때 나는 조부의 금등비서를 모조리 다 외우고 있을 지경이었다. 그렇게 해서 부친의 목에 걸려 있던 열쇠도 내게 남았다.

루카스 신부

나는 루카스 신부의 초상을 고정시켜 추억할 수 없다. 그는 애초 평균적이고 잘 소독된 금욕적인 성자의 모습을 한 그런 남자가 아니었다. 그는 권투로 다져진 전사적 육체에 불같은 성격을 갖고 있었다. 그가 성직자라는 사실은 파격이었다. 그러나 그 파격 때문에 그는 더 성직자다웠다. 그는 자신의 직위가 익숙해지면 곧 그 임무를 떠났다. 그리하여 그의 임지는 로마의 바티칸에서부터 시작해 중범죄자 감옥 담당신부에 이르기까지 끝없이 다양한 목록들로 이루어져 있었다. 그는 필요하면 거침없이 복역중인 살인자들의 멱살을 잡았다. 그것이 그의 사랑의 방식이었다. 그는 도미니크 수도회 출신의 공격적이고 양보 없는 전사적 성직자였다.

루카스 신부는 로마에 있는 라디오 바티칸 수석편집자로 일했던 엘리트 성직자였다. 그는 한때 대만에 파견된 적도 있었다. 내가 그를 처음 만났을 때 그는 서독 흑림에 있는 한 교구의 정치 망명자 담당신부였고 교구에 있는 가톨릭계 명문 기숙사 인문 고등학교와 초급대학의 학장이었다. 망명이 결정됐을 때 나를 데리고 루카스 신부에게 간 것은 언론인 마르셀 하콘 박사였다. 그들은 루카스 신부의 라디오 바티칸 시절부터 아주 절친한 사이였다. 현학이 아직 살아 있을 때였다. 예약 없는 방문일 만큼 서울의 군사 쿠데타와 현학의 상관인 국무총리의 실각과 가

택연금이 주는 엄청난 충격 속에서도 나의 망명은 황급했고 내가 다녀야 할 학교를 결정하는 일도 시급한 것이었다.

서부 독일 유명한 흑림에 있는 학교는 아름다웠다. 고속도로가 끝나자 차는 자꾸만 고도를 높이며 언덕을 달려올라가야 했다. 학교 입구 특수 차고엔 학생들이 스스로 소방자위대로 활동할 때 사용하는 붉은 소방차가 주차돼 있었다. 학교는 이미 방과 후였다. 학장인 루카스 신부는 관사에 있다고 했다. "학장 관사는 늘 열려 있습니다"라고 여비서가 말했다. 관사에 들어섰을 때 우리는 보았다, 한 남자가 복도 끝 방에서 복싱 연습을 하고 있는 것을. 연습장 벽엔 신부의 흰 사제복이 걸려 있었다.

그 남자가 루카스 신부였다. 그래서 나는 결국 복싱 팬츠에서 흰 사제복으로 급히 갈아입은 루카스 신부와 샌드백 앞에서 악수하는 것으로 첫 상견례를 치렀다. 복싱 연습실 너머로 알프스 저지대의 평원과 외로운 헬리콥터 착륙장이 보였다.

"마르셀."

루카스 신부가 하콘 박사를 끌어안았을 때 갑자기 현기증이 몰려왔다. 베를린에서 흑림까지 내려오는 길 내내 난 심한 멀미를 했다. 마르셀이라 부르는 루카스 신부의 목소리는 아주 멀리서 들려왔다. 나는 복도에 놓인 의자에 앉았다. 그때 루카스 신부가 다가왔다. 하콘 박사가 말했다.

"저 아이는 쿠데타 소식 이후 충격으로 청력의 3할을 잃었어."

신부가 내게 다가왔다. 그리고 잊지 못할 그 첫마디로 나를 불렀다.

"일어나라, 그리고 살아라!(steh auf und leben!)"

그것이 루카스 신부가 내 이름을 알기도 전 내게 했던 운명적 첫마디였다. 그 말은 나의 상한 청력 저편에서 나를 향해 진군해 들어와 내 존재에 또렷한 지문을 남겼다. 독일어를 배우기 시작한 후에야 루카스 신부가 내게 했던 말의 의미를 알았다. 청력 손상은 서울의 군사 쿠데타가 부친의 몰락을 가져온 것과 동시에 어쩌면 다시는 서울로 돌아갈 수 없으며 다시는 능라도 만날 수 없음을 의미한다는 것을 알게 된 순간 내게 닥쳐왔었다.

나는 그 기숙사 학교에 입학했다. 부유한 학부모들이 자원해 기부금을 내고 있었고 난 그 기부금으로 입학 혜택을 받은 동아시아에서 온 가난하고 불행한 망명 소년이었다. 한 여교사가 평지의 도시에서 그 흑림 학교까지 올라와 내게 따로 독일어를 가르치도록 한 것도 루카스였다. 중세어 시험을 치러야 했을 때 나를 튀빙겐 대학으로 데려가 한국어 시험을 치르게 해 그 학점으로 낙제에서 구한 것도 루카스였다.

사택에 복싱 연습실이 있는 루카스 신부는 어차피 성직자로서의 신부의 초상을 뛰어넘는 자였다. 그는 성직자라기보다는 차라리 전사 같았다. 부친 현학의 죽음 이후 난 현학의 목소리가 전화기, 수업 종소리, 변소의 수세 장치로부터 터져나오는 환청을 경험했다. 수도의 물소리에서도 그의 목소리가 들려왔다. 식당 가스대 불꽃 속에서 현학의 얼굴이 드러나던 날, 나를 병원에 입원시킨 사람은 루카스였다. 나는 기대어 울 수 있는 현학의 어깨가 필요했었다. 그렇게 1년쯤 망명 생활을 치러냈을 때 루카스는 내게 말했다.

"불행도 인생의 일부다. 이 지상에서 신이 네 존재의 확장을 위해 예정한 그 모든 것을 입 닥치고 경험해라."

슬픔이 내 생업이란 말인가. 내가 그를 방문하면 그는 언제나 내게 영성체를 베풀었다. 그것은 자정이어도 어김없이 수행됐다. 그를 방문했을 때 그런 성찬식을 갖지 않은 적이 없었다. 내가 성인이 된 후에도 그 일은 계속됐다. 어떻든 그는 자신이 상대하고 있는 인간의 심연을 들여다보는 자였다.

루카스는 은자형 성직자가 아니었다. 그는 수도원 대신 도시 복판에 서 있는 거대한 성당들에서 그의 임무를 수행했다. 그것이 도미니크 수도회의 원칙이기도 했다. 치명적이도록 매혹적이고 요염하도록 세속적인 세상의 메트로폴리스, 그 대도시들이 그의 일터였다. 루카스 신부는 언제나 자신의 임지인 거대한 성당의 제단 앞에서 새벽 기도를 올렸다. 그는 성당 부속 건물에 있는 성인들의 이름이 세례된 보석 같은 개인 기도실들을 사용하지 않았다. 그는 새벽 4시면 언제나 자기 임지이며 현장인 거대한 성당 제단 앞 차가운 바닥에 홀로 있었고 그곳을 자신의 전투지라고 생각했다. 신은 그에게 새벽 4시의 흑단 같은 어둠 위에 떠 있는 찬란한 별이었다. 그럴 때 그는 신의 영지를 지키는 근육 좋은 대천사 같았다. 나는 그토록 철저하게 기도드리는 전사를 본 적이 없다. 그는 신 앞에서 신부라기보다 마치 신의 기사 같았다.

"이 기도의 자리는 도시 한가운데 있지만 내게는 언제나 모세가 있었던 그 시나이 산이다. 이곳은 저 세속 도시와 똑같은 고도와 평면 위에 놓여 있지만 자신을 이기고 기어오르지 않고는 도달할 수 없는 보이지 않는 무서운 고도를 지니고 있어. 내 숙소에서 이 대성당의 기도 자리는 아마 3백 걸음쯤 되겠지. 그러나 내겐 8천 미터 고도보다 더 높을 때가 있지. 일상이라는 무서운 용을 죽이지 않고는 도달할 수 없는 고도이므로. 기도드린다는 것, 그것은 곧 갑옷을 입는 것이다. 기도라는 초월적인 질료로 만들어진 갑옷을 입으면서 우리는 전사가 되지. 기도를 시작하면 거대한 성당 전체가 온통 장미로 휩싸이는 것을 나는 봐. 이곳에 서면 난 천국의 장미 향기에 숨이 막혀. 그 향기에 압도되어 혼수상태가 된 적도 있지. 신의 현존에 그렇게 숨이 막힐 때 나는 신의 시간인 영원과 신의 공간인 천국의 자락을 만지지."

새벽의 기도가 끝나면 그는 곧장 카누 계류장으로 갔다. 아니, 괴로운 날이면 그는 카누 계류장으로 내려가 카누에 오른 채 도시의 심장을 흐르고 있는 새벽 강을 역류해 올라갔다. 그는 카누를 저어 도시를 관통하는 강을 역류해 올라갔다. 너무 배가 부른 도시, 돈과 욕망을 실컷 포식한 도시, 이성이라는 독을 너무 많이 마셔버린 도시, 정액을 실컷 쏟아낸 방탕한 도시에선 유황 냄새가 났다. 그러나 그 도시도 새벽 안개로 만든 면사포를 쓴 채 순결한 척하고 있었다.

내게 카누를 가르친 것은 루카스 신부였다. 자살을 위해 준비했던 수면제 '렌돌민'을 들켰던 날도 그는 계류장에서 나를 카누에 싣고 새벽 강을 역류해 올라갔다. 새벽 강에선 진줏빛 연무가 피어오르고 있었다. 새벽 강의 절대 고요 속에서 들리는 것은 오직 루카스의 음성이었다.

"노를 저어라, 힘차게 저어라."

우리는 카누에 올라 앞뒤로 나란히 앉은 채 노를 저으며 그렇게 새벽 강을 관통했다.

강은 언제나 깨어 있었다. 강변을 따라 서 있는 수백 년 된 늙고 장대한 은보리수들 속에서 까마귀와 박새 들은 이미 환희에 차 울고 있었다. 암수 원앙들은 그들의 커튼인 갈대숲에서 걸어 나와 대담하게 새벽 강을 가슴으로 밀어내며 북상하고 있었고 진줏빛 날개를 단 학들은 강 위에 거대한 바닷가재처럼 솟아 있는 부교의 이중 반달문을 향해 우아하게 날았다. 겨우 넉 달짜리 다람쥐가 4백 년 된 보리수를 기어오르는 것도 새벽 강변의 예식이었다.

검은 사복 차림으로 새벽 강에서 솟아오르는 연무 속을 역류해 저어가는 그의 모습은 마치 세속 도시 속의 시간을 탈곡해 정제된 시간을 공급하는 대천사 같았다. 성직자답지 않아 더욱 성직자였던 그 남자, 루카스 신부를 이해하려면 난 지금도 식은 땀이 난다.

강가에 늘어선 은보리수들은 장엄했다. 막 떠오른 태양이 늘어선 보리수 사이로 얼굴을 드러낼 때 강의 수면은 잠시 황금이 됐다. 가을이면 보리수들은 자신을 비추던 거울인 바로 그 호수에 잎을 던지며 장엄하게 추락했다. 아무리 한 도시의 작은 카누 계류장에서 이루어지는 것이라 하더라도 카누의 노를 잡고 최초의 노를 젓는 순간 그것은 매번 위대한 출항임을 난 알았다. 루카스 신부는 매번 그렇게 출항 연습을 하고 있었던 것이다. 정착의 줄을 끊고 떠나는. 저만치 놓여 있는 도시에서 커피 냄새와 계란 튀기는 버터 냄새가 풍기기 시작하면 성스러운 새벽은 종말을 고했다.

"난세. 진부하고 앙큼한 일상 속에서도 어김없이 들려오는 삶의 거창한 만가를 경청해라. 저 세속 도시 속에서도 세상의 모든 어머니들은 불멸하는 아이들을 출산하지. 그것이 인생 최고의 밀의다."

루카스가 말했었다. 돌아와 그는 내 혀 위에 어김없이 영성체를 얹어주었다. 그는 영성체가 인간 안에 들어가 신이 주는 날개를 돋게 한다고 믿고 있었다. 그는 내가 영성체를 받고 내 안에서 신만이 줄 수 있는 날개가 돋기를 고대하고 있었던 것이다.

'난세, 날아라! 눈물을 넘어서라!'

그것이 신부 루카스가 내게 영성체를 통해 배급해준 희망의

식량이었다.

내가 대학에 입학해 흑림을 떠날 때 루카스와 나는 마지막 카누를 탔다. 그의 카누 위엔 수령 2년짜리 은보리수 묘목이 누워 있었다. 우리는 그날 함께 강가에 어린 은보리수 한 그루를 식수했다.

"현학의 나무다."

루카스가 말했다. 그의 눈 속에 강이 있었다. 작별 때 그가 말했다.

"오늘부터 나를 신부님이라고 부르지 마라. 날 루카스 형제라고 불러라."

그가 다시 말했다.

"과거라는 이름의 칙서를 불살라라."

그 루카스 신부가 날 복싱 연습실에 처넣고 주먹을 날린 적이 있었다. 그날 루카스는 한 대학 도시에 있는 지방법원 구치소에서 나를 인계받았던 것이다.

북한 노동당에 보내는 편지

망명 후 십여 년이 지난 어느 가을과 겨울의 접경이었다. 정치학도인 나는 대학 극단에 가입해 있었다. 그해 극단은 셰익스피어의 〈맥베스〉 공연을 준비하고 있었다. 나는 그때 조연출이었다. 조연출임에도 불구하고 내가 그때 왜 주인공 맥베스의 스물다섯 개의 독백 모두를 완전히 외워버렸는지는 모를 일이다. 특히 2막 1장에 등장하는 저 '단검의 노래'를.

"아, 저건 단검이냐. 칼자루를 내 손 쪽으로 향하고 내 눈앞에 나타난 것은. 자, 잡아보자. 아, 잡히지 않는구나. 그래도 눈에 보이는구나. 불길한 환상 같으니. 이놈, 실체가 없느냐. 눈에 보이면서도 잡히질 않으니. 아니, 마음의 단검, 공상의 산물이냐. 열에 들뜬 머리가 날조한. 그래, 네가 길을 안내하겠단 말이지. 그래, 난 널 연장으로 쓸 작정이다. 아직도 보이네. 단검이. 날과 자루에 피가 엉겨 있네. 아, 사라졌네. 지금 세계의 절반 속에서 만물은 죽은 듯하고, 장막이 내린 잠은 악몽으로 욕을 보고 있다. 마녀들은 여신에게 제사를 드리고 있고, 자객은 늑대 울음에 잠을 깨고. 아아, 요지부동의 대지여, 내 발이 어디를 향하든 결코 기척을 듣지 말라. 학살에 안성맞춤인 이 절대 정적을 깨지 말라."

연극 연습이 끝나면 나는 돌아와 밤새 졸업논문에 매달렸다. 졸업논문 제목은 「독재자의 언어—크렘린의 언어」였다. 나는 그때 1949년 이후 1975년까지 유럽 독재자들이 사용했던 수많은 연설문 원고와 격문 들 속에서 독재자들이 사용하는 단어들을 채집해 분석하고 있었다. 가령 깨어라, 싸우라, 수행하라, 달성하라, 청산하라, 해방시키라, 복종, 충성, 숙청, 계급의 적, 반혁명, 사보타주, 혁명의 적에게 죽음을 배급하라, 같은 언어들 말이다.

내 노트 속엔, 최종 목표는 결국 권력과 지배라는 피비린내 나는 것이면서도 그것을 숨긴 채 허위와 적의가 잠복돼 있는 수천 개 더듬이를 가진 교활한 언어들, 추파를 던지는 독재자라는 이름의 미친 광대들의 언어들이 채집돼 있었다. 사나운 발톱을 숨긴 채 잠복하며 기어다니는 천 개의 발을 가진 교활한 언어들 속에 숨어 있는 독재자들의 사악한 철학을 난 채집하고 있었다. 저주받은 단조로움과 허위와 적의로 가득 찬 유령적 언어들. 질이 떨어질수록 호언장담은 커진다. 난 그것을 '크렘린의 언어'라고 명명했다.

그것은 크렘린으로부터 동유럽 공산 위성국가들에 상속되고 수출된 언어들이었다. 서울의 군사 쿠데타 주역들도 결국 '민간정부에 이양' 같은 추파를 던지며 혁명위원회, 계엄령, 혁명재판소, 화폐 개혁 같은 언어를 쏟아내면서 뜨거운 수프를 국민들에게 억지로 떠먹이는 공포스런 곡예를 하고 있었다. 아니, 난 결국 현학이 봉사했던 한 정권을 몰락시키고 독재자가 된 서울의 쿠데타 주역의 언어를 간접 분석하고 있는 셈이었다. 말하자면 나는 현학을 죽음으로 내몬 '아버지의 적'으로부터 단 한 발짝도 물러나지 않고 있었다.

〈맥베스〉 공연은 대성공이었다. 국가는 맥베스다, 국가는 레비아탕이다, 라는 대학 극단의 대담한 해석이 그 시절 대학생 관객들의 '국가'라는 수상한 권력에 대한 철학적 의심과 맞아떨어졌다. 그 시절, 젊은 대학생들 사이엔 '국가란 과연 무엇인가' 하는 의문과 '관리되는 사회의 부품으로서의 인간'에 대한 분노가 있었다. 그때는 누구나 홉스의 『레비아탕』, 혹은 아도르노의 『계몽의 변증법』을 읽고 있었으니까. 그것이 그 시절 우리에게 닥친 황홀한 전염병이었다.

〈맥베스〉 공연이 끝나기 하루 전의 일이었다. 그러니까 내가 맥베스의 '단검의 노래'를 명료하게 암기하고 있었으며 동시에 『독재자의 언어』라는 논문을 쓰고 있었던 그 시절의 금요일이었다. 무대 뒤로 한 여자가 날 찾아왔다. 여자는 무대 뒤 분장실 문을 열고 들어와 자신은 그날 맥베스 공연을 관람한 관객이며 조연출을 찾아왔다고 명료하게 말했다. 그 여자 방문자와 나는 분장실 삼각 거울 앞에 마주 앉았다. 여자가 내게 말했다.

"난 엘자라고 해요. 당신이 남한 출신의 정치학 전공자라는 사실 때문에 당신을 찾아왔습니다."

여자는 다시 거침없이 말했다.

"우리는 한국어로 편지 한 장을 써줄 사람을 구하고 있어요.

탐미적인 연애편지 한 장을 써줄 사람을."

그날 그 운명의 방문자가 아무렇지도 않게 한국어로 편지 한 통을 써줄 사람이 필요하다고 말했을 때 대학 중앙도서관 대극장의 주랑 너머로 성 마틴의 밤이 저물고 있었다. 그녀가 운명의 여자 엘자였다. 그녀가 날 찾아온 데엔 이유가 있었다. 그녀는 내가 〈맥베스〉의 조연출자이며, 「독재자의 언어」라는 논문을 쓰고 있는 망명한 남한 출신의 동양인이라는 것을 이미 알고 있었던 것이다. 한 달 후, 나는 모국어인 한국어로 편지 한 장을 썼다. 놀랍지만 그것은 북한 인민공화국 노동당에 보내는 편지였다. 엘자의 말대로 그 편지는 구애의 편지였다. 그때 내가 독일어로 받아쓰고 모국어인 한국어로 번역해 작성한 운명의 편지 전문은 이러했다.

An die Partei der Arbeit der Volksrepublik Korea

Wir sind eine noch zahlenmäßig kleine Gruppe kommunistischer Arbeiter und Intellektueller, die begonnen hat, den antiimperialistischen Kampf in Westdeutschland und Westberlin bewaffnet zu führen. Wir meinen, dass die Organisation von bewaffneten Aktionen in der Metropole Bundesrepublik der richtige Weg ist, die Befreiungsbewegungen in Afrika, Asien und Lateinamerika zu unterstüzen, der richtige Beitrag westdeutscher und westberliner Kommunisten zur Strategie der sozialistischen Weltbewegung, die Kräfte des Imperialismus durch Angriffe von allen Seiten zu zersplittern und zersplittert zu schlagen.

Wir möchten die Partei der Arbeit um Unterstüzungen bitten. Was wir am nötigsten brauchen, ist eine militärische Ausbildung. Wir brauchen auch Waffen. Aber während wir uns Waffen, Wohnungen, Geld und Fahrzeuge noch am ehesten selbst beschaffen können, ist es für uns extrem schwer, uns selbst militärisch- vor allem im Pistolen- und Maschinenpistolenschießen-auszubilden. Es gibt in der Bundesrepublik keine größeren unbewohnten Gebiete, wo man schießen könnte, ohne von der Polizei bemerkt zu werden. Einige Mitglieder sind im Jahre 1970 bei den Palästinensischen Fedayin ausgebildet, viele davon aber zwischen verhaftet worden. Wir glauben, dass wir unsere Arbeit, wenn wir militärisch besser ausgebildet würden, besser machen könnten.

조선 인민공화국 노동당 귀하

우리는 서독과 서베를린에서 반제국주의의 투쟁을 무장투쟁으로 이끌기 시작한, 아직은 소규모인 공산주의적 노동자와 지식인 들의 집단입니다. 우리는 독일 연방 내의 대도시에서 무장운동을 결성하는 것이 아프리카, 아시아, 라틴아메리카의 해방운동을 지원하는 적절한 길이라고 확신합니다. 그리고 그것은 서독과 서베를린의 공산주의자들이 진실로 전방위적인 공격을 통해 제국주의의 힘을 분산시키고 절멸시키는 사회주의적 세계운동 전략에 기여할 수 있는 길이라고 생각됩니다.

우리는 조선 노동당에 지원을 요청하고자 합니다. 우리에게 절실하게 필요한 것은 군사적 훈련입니다. 당연히 무기도 필요합니다. 그러나 무기, 비밀 가옥, 돈, 차량 들은 이미 우리 스스로 해결할 수 있었던 반면 군사 훈련, 특히 권총과 기관총의 사격 훈련은 극단적으로 난감한 일이었습니다. 이곳 독일연방공화국 내에는 경찰의 눈에 띄지 않고 사격 연습을 할 수 있는, 사람이 거주하지 않는 넓은 무인 지역이 존재하지 않습니다. 1970년 RAF조직원 중 몇 명은 팔레스타인의 페다인에 의해 게릴라 훈련을 받았지만 그 동지들 중 대부분이 체포된 상태입니다. 우리가 군사적으로 더 질 좋은 훈련을 받을 수 있다면 우리의 이 투쟁을 더 성공적으로 수행해낼 수 있을 것이라고 확신합니다.

어찌된 일인지 이미 평양으로 보낸 것이 분명한 그 편지 사본이 서베를린 한 광장의 폐기된 비닐봉지 속에서 발견됐다. 날짜는 1975년 겨울로 되어 있었다. 편지의 내용과 수신자는 저명한 좌파 시사 잡지에서 오려낸 알파벳과 숫자로 모자이크된 비밀 코드들로 은폐되어 있었다. 그 늦가을 나를 방문한 그 운명의 여자 엘자는 독일 적군파(RAF)였던 것이다.

그때 독일 적군파는 그들의 도시 게릴라 무장 훈련을 다시금 팔레스타인에서 치러야 할지, 아니면 새로운 땅 평양에서 받아야 할지를 결정해야 하는 중요한 게릴라 전략을 눈앞에 두고 있었다. 그들은 당시 평양 노동당이 세계 용병과 사병 들의 게릴라 위탁 교육을 탁월하게 수행하고 있다는 것에 매력을 느끼고 있었다. 어떻든 나는 그렇게 〈맥베스〉의 '단검의 노래'와 미완성 논문 「독재자의 언어」라는 다리를 건너 독일 도시 게릴라인 적군파로 걸어들어가고 있었던 것이다. 난 적군파에 가입해 단원이 될 생각이었다.

아니, 내가 모국어로 쓴, 평양으로 보내는 그 편지, 그것은 삼대째 망명과 객사라는 운명에 절망하고 있던 이십대 사내인 내가 쓴 단검의 노래였는지도 모르겠다. 아버지의 파멸을 목격한 나의 분노는 독일 적군파라는 그 극단적 터널을 통과하도록 예정돼 있었는지도 모르겠다. 그때 나는 망명과 증오라는 악성 궤양을 앓고 있었고 존재 전체가 상처투성이였다.

내가 〈맥베스〉 공연 때 조연출을 했던 것이 문제였다. 맥베스도 결국 그 도살이 문제였다. 나는 아버지가 결국 쿠데타 세력에 의해 간접 도살당한 것이라고 간주하고 있었다. 적군파와 접촉할 무렵 나는 세계를 도살장으로 이해했다.

"철학적 수작은 그만두고 투쟁하라. 너를 망가뜨린 바로 그것을 망가뜨려라."

그것이 적군파의 혁명 강령이었다. 난 그때 숭린과 현학에게 닥친 망명과 객사를 개죽음이라고 간주했고 그래서 적군파 혁명 강령이 지독하게 내 맘에 들었다.

반년 후, 결국 서독 연방경찰 특수 요원이 그 편지 사본 속의 암호 코드를 해독해냈다. 적군파의 비밀 가옥에선 저명한 좌파 시사 잡지 두 권이 발견됐고 그곳에서 알파벳과 숫자 들을 오려내 암호문을 작성했음도 밝혀졌다. 수신자는 '조선 인민공화국 노동당'으로 해독됐다. 당연히 그 전문을 한국어로 작성한 인물에 대한 수색도 시작됐다.

결국 나는 그 편지 작성 혐의자로 체포됐고 구치소에 내던져졌다. 루카스 신부의 투쟁이 아니었다면 난 적군파에 입단해 도시 게릴라가 되어 기관총과 수제 폭탄을 들고 요인 암살에 파견돼 개죽음을 당했거나 도시 게릴라 그룹의 저격수가 되어 평생을 감옥에서 살았으리라. 어떻든 삶에 대한 끔찍한 분노 때문에 무기로 무장한 도시 게릴라 적군파와 기꺼이 결탁하려고 했을 만큼 생에 대한 내 분노는 악성이었다. 그런 내 멱살을 잡아 구치소에서 건져내 지방법원 부장판사로 만든 것은 루카스 신부였다.

엘자

남항구도시의 감옥, 면회실에서 엘자와 마주 앉았을 때 그녀와 나 사이엔 거대한 강줄기를 턱 잘라 만든 듯한 수정빛 유리벽 한 장이 가로놓여 있었다. 그 유리벽이 그녀와 나를 이쪽 진영과 저쪽 진영으로, 죄수와 시민으로 갈라놓고 있었다. 그 유리벽 아래 두 진영을 이어줄 두 대의 요염한 앵둣빛 전화기가 걸려 있었다. 엘자는 창백했다. 저 여자는 실혈을 했군. 난 생각했다. 그래도 눈은 명왕성처럼 참 깊었다. 그녀의 온 존재가 액화돼 눈이라는 깊고 푸른 호수로 투신해버린 것 같았다. 어떻든 그녀의 깊은 눈은 그녀 존재의 왕관으로서 거기 놓여 있었다.

엘자가 전화기를 들었다. 나도 전화기를 들었다. 그녀는 아무 말도 하지 않았다. 전화선을 통해 유리벽을 넘어 엘자라는 파도가 밀려들어왔다. 난 그녀 존재의 메트로놈인 맥박 소리를 들었다. 그녀의 창자를 넘나드는 따스한 체액들의 유동음도 들었다. 아니, 난 듣지 않고 그 소리들을 마셨다. 그녀가 살아 있다는 증명인 그녀 내장 속에서 찰랑대는 따스하고 다정한, 그녀 존재의 신성한 운하의 물들이 내는 고요한 소리를 그대로 마셨다.

"엘자, 당신이 살아 있어 좋아."

앵둣빛 전화기에 대고 내가 말했다.

"당신들의 혁명 강령도 이해할 수 있어."

내가 다시 빠르게 말했다. 그녀를 면회한 사람은 내가 거의 유일했다. 그녀의 적군파 동지들은 대개 도피중이었고 가족들은 그녀를 버렸다.

저 여자를 사랑할 때 저 여자를 위해 죽을 수도 있다는 고양된 심정까지 갔었지, 라고 난 생각했다. 엘자는 내가 망명 후 처음 사랑에 빠진 여자였다. 그 순간 난 잠시 속물을 벗고 은(銀)이 됐지. 엘자가 말할 때 난 그녀의 음성을 듣지 않고 먹었지. 오관이 열리고 그녀의 존재가 들이닥쳐왔지. 홍수였지. 난 내 삶을 다 지불하고라도 그녀를 사고 싶었지. 내 다리엔 다시 근육이 섰고 겨드랑이에선 날개가 돋았고 사타구니에선 건강한 생명력을 느꼈지. 비로소 내 존재가 우주를 느꼈고 달은 힘차게 떴고 별은 명랑하게 돋았지. 마로니에는 향기를 토했고 대지는 내 존재를 두 손으로 받쳤지. 난 비로소 우주와 연결됐지. 엘자를 사랑할 수만 있다면 나는 전문 저격수라도 되고 싶었지.

엘자는 독일 적군파의 저격수가 되는 것이 꿈이었다. 그녀는 살인범 운반과 동행 공범으로 구속됐다. 그녀는 그해 한 사내를 스즈키 오토바이에 실어 살해 현장인 고속도로로 실어날랐던 것이다. 그녀가 실어나른 사내는 그녀의 오토바이 뒷좌석에 앉은 채 태연하게 검찰총장이 탄 검은 벤츠 관용차의 뒤쪽 창을 향해 자동소총을 쏘아댔다. 검찰총장과 그의 기사는 현장에서 즉사했다. 총장의 관용차는 고속도로에서 국도로 진입하기 위해 막 우회전중이었다. 저격범은 차들이 회전 때 운명적으로 속도를 줄여야만 한다는 데 주목했던 것이다. 문제의 오토바이는 임대한 것이었다. 올리브색 임대 증명서는 검사 기소문 속에 리본처럼 붙어 흔들렸다.

엘자와 그녀가 실어나른 저격수는 대담하게도 출근길에 검찰총장을 노상에서 저격해 처형시켜버렸던 것이다. 검찰총장을 대중의 적으로 간주하며. 범행 후 그녀와 저격수는 곧장 바그다드로 도피하기로 예정돼 있었다. 거기서 암호명 '늙은 어부'가 그들에게 도피처를 제공해주기로 되어 있었다. 그들의 도피처는 창문만 열면 손을 뻗어 오렌지를 따먹을 수 있는 낙원이라고 했다. 도피는 좌초됐고 그들은 미처 국경에도 도착하지 못한 채 체포됐다.

죄수로서 엘자는 감옥 도서실에서 일했다. 나는 루카스 신부와, 그녀의 작은 도서실을 방문한 적이 있었다. 그 작은 방에 섰을 때 서가의 책들 속에선 아련한 아교 냄새가 났다. 북쪽 창으로 죄수 정신감호병동이 보였다. 싸구려 망사 커튼, 선인장 화분, 선반 위에 놓인 고독한 검은 재떨이. 도서실에서 그녀와 대면했을 때 난 그녀가 늙고 있음을 알았다. 감옥 도서실의 수많은 책들 속에서 풍겨오는 제본용 아교 냄새가 그녀의 젊음 위에 매달려 그녀를 늙게 하고 있었다. 엘자는 나보다 훨씬 연상이었다. 그녀는 그때 북쪽으로 난 죄수 정신감호병동을 배경으로 서 있었다. 동쪽 벽에 걸린 벽시계 한 점이 그녀 어깨 위에 떠 있었다. 감옥에서나 감옥 밖에서나 똑같은 용량으로 세월의 경과를 고지하던 벽시계. 그러자 난 알았다. 시계의 초침은 그렇게 똑딱이며 매 순간 지상에 존재하는 모든 생명에게서, 엘자에게서, 존재했다는 사실 때문에 몇 그램의 청춘을 앗아간다는 것을.

"감옥 안에선 시간이 멈춰버려. 희망이 없으면 시간은 가지 않아. 시계 태엽의 이름은 그래서 '희망'이야."

늙는다는 것, 그것은 존재하는 자가 지불해야 하는 세금이다. 우리는 존재에 대한 세금을 젊음이란 화폐로 갚는다. 그 세금을 치를 다른 화폐는 죽어도 없다. 그것은 이 세상에 존재하기 위해 우리가 시간과 맺은 계약이다. 존재한다는 것, 그것은 젊음이란 화폐를 치르고라도 경험해야 할 찬란한 재앙이다. 도서실엔 감시 카메라 같은 것은 없었다.

엘자는 감방에서 몇 번이고 자살을 시도했고 결국 자살자의 벙커에 가두어졌다. 그녀가 머리로 감방 벽을 박아댔고, 동맥을 그어댔으므로 변호사는 그녀가 자살 위험이 있다고 교도소 측에 보고했던 것이다. 교도소는 당장 그녀를 감옥에 있는 자살자의 벙커에 수용했다. 감옥 3층에 있던 그 적막한 벙커.

그녀는 알몸에 달랑 팬티와 가운 한 장만을 걸친 채 자살자 벙커에 감금됐다. 팬티와 가운은 삼켜도 절대 죽지 않는, 목구멍 속에서 저절로 녹아버리는 특수 섬유로 된 것이었다. 벙커의 스테인리스 변기도 목을 처넣지 못하도록 밑바닥에 찰싹 달라붙어 있었고 투명한 감시창은 두드려도 절대 파손되지 않는 특수 강화유리로 마감돼 있었다. 자살자 벙커에 존재하는 것이라곤 벙커 바닥에 깔린 미끈한 가죽 매트리스 한 장뿐이었다. 바닥은 온통 난방이 되어 있어 더웠다. 형광등 한 점만이 천장에 찰싹 달라붙은 채 엘자를 비추고 있었다. 옷을 입히면 옷자락으로 목을 맬까봐 삼켜도 결코 죽지 않는 특수 가운만을 걸친 채 그녀는 자해할 것이라곤 단 한 점도 없는, 두드려도 두드려도 깨지지 않는 강화유리와 실내온도가 높아 사막 같은 그 벙커에서 그렇게 열흘 밤을 지냈다. 그 후 그녀는 다시는 자해하지 않았다.

엘자의 석방 전날 밤, 나는 엘자를 마중하기 위해 감옥에 갔다. 루카스 신부가 동행했다. 그 밤, 난 루카스 신부와 함께 죄수 소지품 보관소로 갔다. 죄수라는 말 대신 어김없이 재소자라는 말을 쓰는 감옥 관리들과는 달리 루카스 신부는 단호하게 죄수라는 말을 썼다. 그는 그녀가 두 사내의 처형을 도왔다는 데 대해 내면으로는 치를 떨고 있었다.

우리가 죄수 소지품 보관소에 도착했을 땐 이미 자정이 임박해 있었다. 보관소는 감옥 행정 구역 2층에 있었다. 그 보관소에서 난 보았다. 그녀가 감옥에 수감되던 날 벗어 반납했던 시민으로서의 옷과 소지품을 담은 옷자루가 그녀보다 먼저 출고돼 그녀의 석방을 기다리고 있는 것을. 감옥에 수감되는 자는 바로 그 방에서 세상에서 입던 시민의 의상을 벗어놓아야만 했다. 그것이 세상과 감옥 사이에 난 플랫폼이었다.

그 밤, 그 운명의 플랫폼에 그녀의 긴 초록 옷자루가 이미 출고돼 이튿날 새벽에 석방될 그녀를 마중하려고 기다리고 있었다. 벽 고리에 길게 걸려 있는 초록 옷자루의 지퍼들 위엔 그녀가 치러야 했던 4년 4개월짜리 늙은 먼지가 성에처럼 고요히 내려앉아 있었다. 이 지독하게 청결한 감옥에서 저 초록 옷자루 위에 얹힌 저 먼지는 과연 무엇을 의미하는 것일까. 죄수 소지품 제11창고에서 출납되어 석방자 플랫폼에 걸려 있는 그 초록 옷자루. 옷자루의 중간 지퍼는 4년 4개월의 세월에 질려 약간 처져 있었다. 제11창고 벽엔 세월의 경과를 고지하는 벽시계 하나가 걸려 있었다. 인간은 매 순간 늙으며 그렇게 고통받는 중고품이 되어간다. 초록 옷자루로 다가섰을 때 난 타자기 비단 리본이 찍어놓은 4년 4개월 묵은 그녀의 이름을 보았다.

Vorname : Elsa
Nachname : Hain
Gefangener Nr. : M2427

재소자 번호의 M이라는 대문자는 혹 살인 공범자의 약자인 동시에 주홍글씨는 아닐까. 복도에서 나는 밤 근무 교대를 위해 출근하는 교도관들을 보았다. 가방을 메고 출근한 그들이 무전기와 은빛 열쇠 더미를 책상에 내려놓을 때 나는 그 청명한 마찰음을 들었다. 엘자는 아마도 매일 밤 감방에 누운 채 길쭉한 은빛 감방 열쇠들이 내는 저 마찰음을 들었겠지. 감방 복도에 겹겹이 놓인, 삼중문들을 단번에 열 수 있는 저 마법의 연장, 자유와 해방을 담지하고 있는 저 예언적 연장이 내는 찬란한 소리를. 도처에 나팔꽃처럼 확성기가 돋아 있는 긴 복도엔 삼중문이 버티고 있었다. 복도 입구 벽보판엔 이렇게 쓰여 있었다.

'목요일엔 세탁물 교환이 없습니다.'

그녀의 석방일은 금요일이었다. 그 밤, 결코 녹슬지 않는 감옥의 순은빛 특수 강철 철조망들은 허공에서 번쩍였다. 감옥 행정 구역과 감방 구역 사이로 난 후원의 벤치 아래선 어둠 속에서도 끝없이 키가 크는 세 잎 클로버들이 자라고 있었다. 잔디들은 감옥 철조망을 넘어 불어오는 바람에 일제히 허리를 굽혔다. 가로등은 불사조처럼 주홍빛으로 작열하듯 피어 있었다.

이튿날 새벽, 엘자는 수의를 벗고 석방자의 대례복인 초록 옷자루 속의 사복으로 갈아입고 출소했다. 석방될 때 교도관들은 그녀에게 "Widersehen(다시 만납시다)"이라고 인사하지 않았다. 석방자에게 그렇게 인사하는 것은 절대 금기였다. 감옥에서 다시 만난다는 것만한 재앙은 없었으므로.

출소 후, 엘자는 함부르크로 가는 열차에 몸을 실었다. 사면과 석방의 모든 과정에 루카스 신부의 노고가 있었다. 그녀의 담당 검사와 변호사가 긍정적 합의를 했던 것도 루카스 신부의 공로였다.

함부르크 엘베 강 항구에서 그녀와 나는 나란히 선 채 빵 조각에 끼워넣은 비스마르크 청어에 광천수 한 잔을 마셨다. 그것이 나와 그녀의 최후의 만찬이었다. 난 그녀를 미친 듯 사랑했지만 그녀는 단 한순간도 날 사랑하지 않았다. 엘자는 망명자인 내게 도착할 수 없는 능라의 대체물이었을까.

헤어질 때 그녀는 내게 "배신자!" 하고 짧게 말했다. 그녀는 그렇게 쥘트 섬의 유일한 자동차 수리소에서 일한다는, 단 한 번도 그녀를 면회 온 적 없는 자동차 정비공 애인에게로 갔다. 루카스 신부는 그렇게 망명지에서 페스트처럼 닥쳐온 첫사랑과, 끔찍한 실연에 묵묵히 동행해주었다. 그 실연 후, 난 대학으로 돌아와 전공을 바꾼 뒤 법관이 됐다. 그녀를 함부르크의 황홀한 항구인 란둥스브뤼케에서 엘베 강을 거쳐 북해의 쥘트 섬으로 실어나른 배의 이름은 '카산드라'였다.

북한이 독일 적군파의 그 구애의 편지에 답신을 보냈는지는 알 길 없다.

6장

Die Kaisers Caldera

장안에서

숭린은 왜 그토록 장안에 가고 싶어했고 현학은 왜 그토록 갈라파고스에 눈이 멀었단 말인가. 분명 그들을 눈멀게 한 그 무엇이 있었다. 나는 내가 안번 장군과 황실박물관 김종서 학예관의 편지에 답변하기 위해선, 아니, 능라의 그리움에 답변하기 위해선 숭린의 장안에, 현학의 갈라파고스에 가야 한다는 것을 알고 있었다. 밤이면 나는 내 안에서 외치는 소리를 들었다.

가라, 난세여. 네 조선의 황제와 네 조부 숭린이 그토록 닿고 싶어했던 그 장안으로 가라. 그곳에서 황제 고종과 숭린이 확인하려고 했던 그 비의를 만져라. 경복궁 대화재의 통절한 밤, 그 두 사람이 한 왕국의 국왕과 시종으로서 모의했던 그 위대한 협잡, 그 위대한 초월을 확인해라.

능라가 한 계절밖에는 더 살 수 없다는 그 절박한 시한 때문에 내가 무작정 서울로 달려가서는 결코 안 되는 것이었다. 능라에게 내려진 그 시한부 선고가 절박하면 절박할수록 그녀와 나 사이에 존재하는 그 운명의 정체를 분명하게 확인해야 할 필요가 있었다. 무작정 황급히 달려가는 것만으로는 부족했다. 그것이 왜 우리에게 운명이어야만 하는지를 계시하는 어떤 명료한 번개와 확신이 내겐 필요했던 것이다. 35년 만에 우연을 가장하며 편지 한 통으로 닥쳐온 이 절절한 기적을 다시 재앙과 카오스로 만들어버릴 수는 없는 일이었다. 아니, 더 중요한 것이 있었다. 조국이 능라와 학예관의 이름으로 날 부르고 있는지도 모른다는 운명적인 느낌이 그것이었다.

우선 장안이다! 라고 난 생각했다. 장안이 내게 무엇을 계시할 것인지에 따라 내가 과연 갈라파고스에도 가야 하는지를 결정하리라 생각했다. 그렇다. 지금은 시안이라고 불리고 있는 장안이 내게 갈라파고스에도 가야만 하는지를 결정해줄 것이다. 능라의 초침 같은 생명이 나를 더 지체할 수 없게 하고 있었다.

부법원장을 만나 나는 우선 한 주간 휴가를 요청했다. "시안에 다녀올 일이 있어서요." 내 존재를 그저 통칭해 동아시아인으로 간주하고 있는 부법원장은 내가 아마도 급히 고향에 다녀와야 한다고 생각했는지도 모르겠다. 프랑크푸르트에서 시안으로 가는 마지막 밤 비행기를 타야 할 정도로 그 여행은 황급하게 진행됐다. 시안에서의 여행이 내가 갈라파고스에도 가야 할지를 결정할 것이었다. 어떻든 시안에서 일단 지방법원이 있는 라비린토스로 돌아온다는 것이 내 계획이었다. 갈라파고스에 가야 한다면 더 긴 휴가를 신청해야만 했으니까. 아니, 더 중요한 것이 있었다. 갈라파고스에 가야 한다면 그 여행엔 '아버지의 재'를 들고 가리라 난 생각했다.

시안으로 떠날 때 난 서울의 안번 장군에게 짤막한 편지를 보냈다.

안번 장군, 장군께서 뉴욕 슬론 케터링 암센터에서 보내주신 서신 잘 받았습니다. 장안과 갈라파고스를 거쳐 서울로 갑니다. 조부가 가려고 했던 장안, 부친이 그토록 가려고 했던 갈라파고스를 통과하지 않고는 서울에 갈 수 없다고 생각했기 때문입니다. 여행이 이 편지의 뒷부분을 완성시켜줄 것입니다. 아직은 능라의 이름을 불러줄 수도, 능라의 안부를 물을 수도 없는 것을 용서하십시오. 난세.

공항에 내렸을 때 시안은 찬란한 뙤약볕과 대기를 점령해버린 황토 먼지로 날 맞았다.

"시안은 중국 제국의 보검이지요."

등뒤에서 두 서양인 여행자가 나누는 말을 나는 들었다. 천공엔 대기를 압도하는 시안의 황토 자락이 면사포처럼 걸려 있었다. 시안은 제4빙하기와 간빙기의 습격을 받은 땅이라고 했다.

빙하기가 몰고 와 토해낸 엄청난 양의 사암과 자갈이 시안을 운명적으로 황토의 땅으로 만들었는지도 모르겠다. 대빙하기 이후 아직도 고집스럽게 고체화되지 않은 연약한 지층들이 상습적으로 황사의 반란을 일으키고 있는 것 말이다. 서양인의 말처럼 시안은 녹슬지 않은 청동검처럼 빙하기와 간빙기를 견디며 황사 속에 고요히 묻혀 있었다. 가로로 위수가 흐르고 세로로 경수가 흐르는 곳, 그 두 줄기 강 뒤로 여신 같은 여산(驪山)이 떠 있는 곳, 그곳이 시안이었다.

택시가 시내로 들어섰을 때 살수차 한 대가 2천 년 동안 상습적으로 날고 있는 황토 먼지들을 살해하고 있는 것을 보았다. 택시는 신화사통신 섬서 지국 앞을 지났다. 나는 철도역사 옆 호텔 해방반점에 여장을 풀었다.

이튿날 아침, 난 카메라도 내던지고 곧장 진시황의 지하 궁전으로 갔다. 여행의 목적지인 진시황의 지하 무덤인 용갱에 가기 전, 지하 궁전을 먼저 통과하고 싶었다. 지하 궁전에서 나는 천장에 그려진 두 명의 창조신, 복희와 희화가 뱀 모양의 꼬리를 서로 힘차게 엮은 채 우주를 잉태하는 위대한 교미에 빠져 있는 것을 보았다. 바로 그 창조의 신 아래 진시황의 관이 놓여 있었다. 열어젖힌 그의 관은 텅 비어 있었다. 관을 빽빽이 채우고 있는 것은 시안의 혈액 같은 황톳빛 먼지였다. 진시황은 왜 자신의 텅 빈 관을 위대하고 힘찬 교미를 하고 있는 창조신 아래 놓아두게 한 것일까. 다시 새로운 생명을 낳기 위해 위대한 교미중인 중국의 창조신 말이다.

난 지하 궁전을 작별하고 용갱으로 향했다. 그 두 구역 사이엔 수천 그루 오동나무가 들어찬 거대한 마을이 놓여 있었다. 천공에 닿을 듯 자란 오동나무들은 만개한 채 황홀하고 찬란한 화관들을 머리에 이고 있었다. 오동나무는 2천 년간 시안 사람들이 키워온 나무였다. 그들은 그 나무를 잘라 집을 지어 그 안에서 살았고 나무로 지은 관 속에 누워 매장됐다. 아니, 오동나무는 그들에게 집과 목관 이상이었다. 그들은 오동나무로 비파를 만들었으니까. 이제는 박물관이 된 진시황의 지하 용갱에 도착했을 때, 오동나무의 도열은 끝이 났고 광장엔 낮은 석류수들이 붉은 꽃을 토하고 있었다. 꽃은 절절하게 붉어 마치 작열하는 봉화 같았다.

이윽고 진시황의 지하 무덤 제1호 갱 입구, 경사진 문도(門道) 앞에 섰을 때 난 숨을 멈췄다. "바다다!"라고 신음하듯 소리쳤다. 눈앞에 펼쳐진 것, 그것은 한 황제의 무덤이 아니라 지하 황토 위에 띄운 거대한 '시간의 배', 지하 황토 위에 적은 거대한 '시간의 경전' 바로 그것이었다.

지금으로부터 2천2백 년 전 어느 날, 중국 장안에서 8,001명의 시민이 실종됐다. 실종된 8,001명은 '불멸로 가는 탐험대'라고 했다. 다시 말하지만 그들은 죽은 것이 아니라 실종됐다. 동시대인들은 다시는 그들을 보지 못했으니까.

그런데 실종된 그 8천 명 전사들이 거기 서 있었다. 황토 진흙으로 된 처연한 용갱 바닥을 딛고 거기 서 있었다. 세 개의 용갱에서 나온 토용들은 모두 8천 명이었다. 도마는 수백 필이었다. 전차는 1백 승이었다. 8천 명의 전사는 당시 최신 무기였던 청동 병기로 무장하고 있었다.

1호 용갱의 전위부대는 모두 68기였다. 그 전위부대 뒤로 무려 6천 좌의 군사들과 40승의 전차가 장관을 이룬 채 전투 대형을 편성하며 도열해 있었다. 1호 갱은 우군, 2호 갱은 좌군, 3호 갱은 사령부였다. 병력들은 각각 토담으로 구분돼 있었다.

병력 배치는 눈부셨다. 갱 속의 무사용은 오른쪽으로 여민 우임 전포를 입고 허리엔 늑대를 차고 있었다. 다리엔 발목부터 무릎까지 동여매는 사폭을 차고 코가 단정한 신발을 신고 있었다. 다른 도용은 허리에 구부러진 칼 만도를 차고 두건인 무책을 쓰고 있었다. 갑옷 차림에 손에는 보호대를 차고 있었으며 목에는 보호대인 경갑을 차고 있었다. 다른 도용은 손에 활을 들고 있었다. 등에 착용한 화살통엔 청동 화살이 가득 들어차 있었다.

2호 용갱엔 활과 쇠뇌를 쏘는 병사인 궁노병, 보병, 기병으로 이루어진 대형 군진이 도열해 있었다. 기립해서 쇠뇌를 쏘는 임사수들은 거대한 장신이었다. 그들은 모두 수려한 청년의 모습을 하고 있었다. 오른손엔 궁노를 거머쥐고 있었고 화살통엔 청동 화살 수백 개가 들어차 있었다. 전차 위에 서 있는 갑사들은 허벅지 보호대인 경의를 입고 머리엔 사다리꼴 장관을 쓰고 있었다. 보병인 예사들은 궁노를 들고 허리엔 청동 보검을 찬 채 군진 속에 도열해 있었다. 최전방엔 거대한 전차가 놓여 있었다. 4인이 승차하는 지휘용 전차였다.

3호 용갱 전사들은 예외 없이 갑옷 차림이었다. 1호와 2호의 무기는 검과 도끼 그리고 활이었고 3호는 의장용 무기인 청도수였다. 그렇다. 그들은 그렇게 사격 자세를 하고 있었다. 그곳엔 고대 전쟁의 장엄한 출정 의식이 있었다. 활에 부착된 격발 장치들은 청동 촉을 받아 순간을, 필멸을 쏘아 확인 사살하고 가차 없이 불멸로 입장할 준비를 하고 있었다.

그들이 8천 명의 전사였다면 진시황은 8,001번째 전사였다. 진시황과 그의 전사들. 그들은 주저 없이 불멸을 향해 함께 떠나기로 한 8,001명의 비밀결사들이었다. 진시황과 함께 순간을 걷어차고 영원으로 입장한, 필멸을 걷어차고 불멸로 입장한 혁명적인 군대가 거기 있었다. 필멸을 걷어차고 황제와 신하가 하나가 되어 불멸로 입장한 혁명적 군대가 남긴 장엄한 스톱모션이 거기 있었다. 그것이 기원전 221년 위대한 도시 장안에서 진시황과 그의 8천 명 전사들이 협작했던 작전명 '불멸'의 현장이었다. 한 비범한 황제와 8천 명의 비범한 전사들이 함께 치러낸 위대한 도박, 위대한 로맨스였다.

나는 군사용 말들의 사료인, 냉수답에서 자라는 한해살이 풀인 피를 뜯어먹으며 불멸을 꿈꾸었던 그 무서운 종족을 보고 있었다. 한 손으로 목젖까지 꾸역꾸역 기어드는 황사를 훑어내며 다른 한 손으로 불멸을 꿈꾸었던 무서운 종족을 난 보고 있었다. 황토와 불멸은 결코 함께 꿀 수 있는 꿈이 아니었다. 나는 순간과 필멸, 지상과 현세 저 너머에 존재하는 다른 차원의 시간을 이해한 천재들을 보고 있었다. 필멸 속에서 감행했던 불멸에 대한 그 장엄한 몸부림을 나는 보고 있었다. 그는 더이상 신하의 황제도 아니었고 그들은 더이상 황제의 신하도 아니었다. 그들 8,001명의 비밀결사들은 천하 통일된 왕국도, 제국도, 가문도, 자기 존재도 포기했다. 그들은 그렇게 지상에서의 삶을 완료했고 불멸로 진입하는 통로 앞에 대열해 있었다. 그렇다. 그들은 자기 존재를 입장권으로 지불하고 불멸로 입장한다. 영원으로의 동경이라는 시퍼런 지폐를 지불하고 순간을 걷어찼다.

그들은 모두 황토로 빚어 구운 옷들을 입고 있었다. 그것이 그들이 지어 입은 불멸의 제복이었다. 그러나 난 그들이 지금 저 제복 안에 있지 않음을 장담할 수 있다. 8,001벌의 제복은 남고 제복의 주인들인 8,001명은 순간과 필멸을 걷어차고 불멸로 입장해버렸으니까. 8,001명의 비밀결사들은 지금 결코 여기 있지 않다. 나는 지금 그들이 불멸로 입장할 때 벗어던진 황토로 지은 외투만을 목격하고 있을 뿐이다.

다시 말하지만 진시황의 지하 용갱은 순간이라는 항구에서 불멸이라는 항구를 향해 돛을 올렸던 8,001명의 선원이 탄 거대한 배였다. 불멸로 출항하는 그 배는 장방형이었다. 바닥은 푸른 벽돌인 청전으로 마감돼 있었고 벽들은 봉토로 다져져 있었으며 원형의 봉목들이 천장 역할을 한 채 무려 2천 년을 견뎌오고 있었다. 그 배엔 필멸이란 항구에서 불멸이라는 항구를 향해 돛을 올린 위대한 탐험대가 승선해 있었다. 그 탐험엔 충성스럽고 성스러운 말들도 동행했다. 아니, 지하 무덤은 마치 거대한 잠수함 같았다. 깊이를 알 수 없는 영원이라는 심해로 잠수하는 불멸이라는 잠수함 같았다. 아니, 그것은 차라리 불멸로의 삼투(滲透)였다.

그렇다. 그들은 불멸을 향해 떠나기로 결심했다. 불멸을 향한 출발, 그것은 필멸이라는 삶의 조건에 대한 최고의 저항, 최고의 궐기, 최고의 도박, 최고의 상승이었다. 그들 8,001명 전사들은 전 존재를 불멸을 향해 던졌다. 그들은 적어도 불멸이 존재의 테마일 만큼 상승해 있었다. 삶의 치명적인 순간성과 필멸성에 대한 신성한 반란, 그것이 그들의 테마였다.

그것은 황토 먼지 가득한 그 왕국에서 일어날 수 있는 최고의 혁명, 최고의 저항이었다. 갈가리 찢긴 왕국을 통일할 힘을 가졌던 탁월한 황제와 그 황제의 백성만이 꿈꿀 자격이 있었던 무서운 궐기였다. 그렇다. 살아 있는 자는 반드시 죽는다는 것 때문에 삶은 사실상 종신형이 아닌가. 그 종신형, 그 악착같은 필멸에 도전한 자들이 거기 있었다. 그들은 불멸을 위한 비밀결사였다. 그렇다. 난 지금 순간을 반납하고 영원으로 입장하는, 필멸을 걷어차고 불멸로 진군하는 성스러운 게릴라들을 보고 있는 것이다. 날마다 눈앞을 가로막고 목구멍 속으로 기어드는 그 무서운 황토 먼지 때문에 그들은 더 불멸을 열망했던 것이 아닐까.

저 8천 명의 신성한 게릴라들이 사실상 모두 권력자 진시황의 광기의 희생자였다고 간주해버리는 것은 너무 정치적이고 통속적인 해석이 아닐까. 저 8천 개 도용이 순사자 대신 매장된 흙 인형들이라고 간주해버리는 것은 너무 경박하고 태만한 해석이 아닐까. 나는 그 8천 명의 전사들이 진시황의 죽음과 함께 매장된 애절한 부장품이라는, 통속적이고 뻔한 주장을 믿을 마음이 없었다. 이 지하 무덤 전체가 진시황의 강요에 의해 전사들이 산 채로 매장된 학살 현장이라는 해석을 난 승낙할 생각이 없었다.

그것은 순장의 운명에 절규하는 수동적인 자들의 처절한 표정이 결코 아니었다. 강요당하고 체념한 희생자들의 공포로 일그러진 모습이 결코 아니었다. 아니, 도리어 대담하게 미지의 세계로 떠나는 장엄한 출발의 포즈가 거기 있었다. 순간을 걷어차고 영원으로 출발하는, 필멸을 걷어차고 불멸로 출발하는 확신범들의 시퍼런 비장함이 거기 있었다. 저기 맨 뒤에 서 있는 마부를 보라. 그 마지막 마부까지도 위대한 출발을 위해 사두마차의 키를 잡은 채 새 차원의 시간인 불멸을 또렷하게 응시하고 있지 않은가.

저 8천 명 전사들은 자신들의 황제가 꾸는 꿈인 불멸에 함께 미쳐 있었다. 인간의 가장 위대한 지점, 그것은 인간이 감히 필멸을 부정하고 불멸을 꿈꿀 때이다. 순간을 걷어차고 영원을 꿈꿀 때이다. 더구나 말들의 사료인 거친 잡초인 피를 뜯어먹고 살면서 불멸을 꿈꾼 위대한 종족을 난 보고 있었다. 저 영웅들의 혈관 속엔 폭포처럼 불멸이 흐른다.

아아, 2천2백 년 전의 황토를 파헤쳐놓은, 그 지하 용갱으로 싸구려 입장료를 치른 후 끝없이 몰려드는 개미 떼 같은 관광객들을 난 본다. 그들은 가차 없이 카메라를 들이대고 거대한 영원의 옆모습을 찍는다. 그들은 자신이 대체 무엇을 찍는지조차 알지 못한다. 적어도 불멸이 삶의 테마였던 위대한 황제와 그의 전사들은, 겨우 지불한 입장료만큼만 시간을 이해하는 저 관광객들과는 다르다.

8,001명 도용들은 그렇게 직립해 있거나 부서져 누운 채 2천2백 년 후 자신들을 발굴해 발굴 번호들을 붙이고 전시용으로 만들고 입장료를 내고 그 입장료만큼만 그들을 이해하는, 순간을 사는 하루살이인 관광객들을 묵묵히 수락하고 있었다. 어차피 시력이 없는 나 같은 자들은 평생 아무것도 보지 못한 채 삶이라는 기적을 통과해버린다. 우리는 현상의 껍질에서 펄럭대는 휘장만을 보도록 저주받았다. 저기 서 있는 저 도용들이, 불멸로 입장해버린 8,001명의 신성한 게릴라들이 벗어던진 외투에 불과하다는 것을 죽어도 알지 못한다. 수없이 터지는 카메라 불빛들. 동전만한 카메라 대물렌즈 속에 감히 위대하고 거대한 불멸을 담으려는 그들의 지긋지긋한 치매에 난 토하고 싶어졌다. 본질이란 물리적인 렌즈로 사냥할 수 있는 것이 아니다. 본질이란

죽어도 촬영되고 인화될 수 없는 압도적인 그 무엇이라는 생각을 난 하고 있었다.

아아, 그제야 나는 왜 황제 고종이, 그의 옥새 장인 승린이 그토록 장안에 오고 싶어했는지 알 것 같았다. 그들은 2천2백 년 전 날마다 눈꺼풀과 목구멍을 향해 쳐들어오는 황토 먼지 속에서도 지치지 않고 불멸을 동경했던 진시황과, 그 황제와 함께 불멸로 출발했다는 수천 명 전사들의 펄펄 끓는 동경과 소문이 살아 있는 그 도시를 확인하고 싶었던 것이다. 황제와 전사가 함께 앓았던 그 절절한 동경, 각혈 같은 절창을 눈으로 확인하고 싶었던 것이다. 필멸인 순간을 걷어차고 불멸로 승화했다는 그 기적의 소문을 확인해보고 싶었던 것이다. 그렇다. 황제 고종도 승린도 경복궁 대화재라는 대재앙이 사정없이 밀어붙이는 왕조 멸망의 예감 속에서 도리어 불멸을 보았다. 왕과 시종으로 만났지만 그들은 초인이었고 그래서 함께 작전명 '불멸'에 참가했다. 그것이 그들이 함께 손잡고 치러낸 위대한 도박이고 동맹이었다.

진시황과 그의 전사들은 과연 불멸이란 역에 도착했을까. 불멸이란 역은 과연 존재하기는 하는 것일까. 필멸을 걷어차고 불멸로 가는 저 위대한 출발, 그것이 곧 도착은 아닐까. 전 존재를 내던진, 불멸을 향한 그들의 신성한 여행은 출발의 그 순간 이미 완성된 것은 아닐까.

혁명적인 황제와 신하들이 손을 잡고 감행했던 그 찬란한 도박, 그 위대한 실종, 그것이 곧 장안의 영광이고 장안이 앓았던 위대한 병이었다. 혁명적인 황제와 혁명적인 전사들은 그렇게 현세라는 시간의 무서운 세포막을 함께 찢었다.—불멸이다. 삶은 갑자기 황홀해진다.

나는 격앙된 심정으로 옷깃을 여몄다.

그날도 시안의 여산은 황토 안개에 휩싸인 채 20세기라는 이름의 간빙기를 통과하고 있었고, 시안의 혈액인 위수와 경수는 호탕하게 흘렀으며, 성곽에 바짝 붙은 채 시안의 심장을 관통하는 호수 연지도 요염하게 흘렀다.

그날 밤 해방반점에서 짐을 싸는 동안 시안엔 돌연 장마가 닥쳤다. 사나운 천둥이 칠 때 나는 8,001명의 신성한 게릴라들을 생각했다. 중국 최고의 고도인 시안의 장마는 그렇게 천둥, 번개, 폭우라는 수천 년 된 우주적 음표들로 여름을 연주하고 있었다. 이튿날 라비린토스로 돌아가기 위해 시안을 떠날 때 목구멍에 달라붙는 2천 년 된 황사가 다시 불었고 살수차 한 대가 상습적 먼지들을 다시 묵묵히 살해하고 있었다. 황사 속에서도 순간에서 영원으로, 필멸에서 불멸로 그렇게 도약한 8,001명의 신성한 게릴라들이 있었다는 생각이 들자 삶은 정말이지 눈이 부셔 바라볼 수가 없었다.

나는 내가 라비린토스로 돌아가자마자 짐을 싸 갈라파고스에 가야 한다는 것을 알았다.

갈라파고스로

공항으로 가는 밤 기차는 프라하로부터 달려왔다. 비행기 출발 시각은 일렀다. 프랑크푸르트로 가는 국내선 비행기는 예약이 모두 끝나 또 밤 기차를 탔다. 그래도 에콰도르의 수도 키토로 가는 미국 항공기 좌석을 구할 수 있었던 것은 행운이었다. 키토행 네덜란드 항공도 스페인 항공도 모두 매진이었다. 비행기는 미국 애틀랜타 피닉스 공항에서 중간 착륙하게 되어 있었다. 그곳에서 다시 비행기를 갈아타고 키토로 가게 될 것이다.

밤 기차의 출발 시각은 11시 58분이었다. 기차는 자정에 출발했다. 플랫폼엔 자정의 고요가 눈처럼 낙하해 있었다. 좌석을 찾아가면서 차창 너머로 자정 위에 떠 있는 만월을 보았다. 객실의 문을 열자 어둠 속에서 사람 냄새가 끼쳐왔다. 배낭여행중인 한 청년이 열차 바닥에 누워 숙면에 빠져 있었다. 늙은 차장이 나를 다른 객실로 안내했다. 객실엔 이민자로 보이는 두 남녀가 차창에 기습한 진줏빛 어둠 속에서 킥킥대며 사랑을 키우고 있었다.

출국 수속 창구의 여자가 물었다.

"당신 비행의 최종 목적지는 어디인가요."

"키토입니다."

"여행의 목적을 물어도 될까요."

"갈라파고스 섬을 방문하려고 합니다."

그러자 창구의 여자는 갑자기 사무적인 얼굴을 걷어치우고 호기심에 찬 낭만적 얼굴이 됐다.

"세상에, 갈라파고스라고요. 당신 직업은 뭐죠."

"판사죠."

"그곳에서 이구아나를 재판하실 건가요."

탑승 대기실에 켜둔 텔레비전에선 하루 전 남불에서 있었던 영화제 시상식 장면이 등장하고 있었다. 아침 일찍 착륙하는 여객기들이 보였다. 지상에 가까워오자 비행기들은 점점 거대해졌다. 탑승을 알리는 승무원의 목소리가 들려왔다.

기내 접대는 지독하게 평균적이어서 지루했다. 기내식으로 구운 닭 가슴살에 마리나타 소스가 배급됐다. 식후엔 얼 그레이 홍차가 나왔다. 기체는 두세 번 중요 통과 지점에서 부르르 떨었고 그래서 수십 번 안전벨트 비상등이 켜졌다. 옆 좌석엔 대학 자격고사를 치르고 키토에 있는 '독일의 소리' 방송 실습생으로 간다는 한 여학생이 앉아 있었다. 그녀는 세 개 대학에 입학원서를 냈고 합격 통지를 기다리고 있으며 기자가 될 생각이라고 했다. 그녀는 우체국 아르바이트를 해서 번 돈으로 비행기표와 숙식비를 마련했다고 했다. 난 루카스 신부를 생각했고 그녀가 그 라디오 바티칸의 전임 수석 편집자와 이야기할 수 있었다면 행운이었을 거라는 생각을 했다.

"독일의 소리 방송에선 실습 기간 동안 원고 1행에 42페니히를 받기로 돼 있어요."

승무원들은 내가 기억하는 비행기 여행 중 가장 지루한 팀이었다. 모포에선 정전기가 쩍쩍 일었다. 애틀랜타 피닉스 공항의 착륙은 의외로 불안했다. 조종사는 각혈하듯 조심성 없이 울컥 고도를 낮췄다. 통과 여객 구역 대기실에서 그날분의 일간지 한 장을 샀다. 키토로 가는 비행기는 50분간 연착했다. 맞은편 대기실의 더블린행 비행기가 탑승을 시작한 후에야 비행기 연착을 알리는 방송이 흘러나왔다.

비행기가 키토를 향해 남행을 시작했을 때 창으로 쏟아져들어오는 햇빛은 범상치 않은 것이었다. 비행기는 자신이 적도를 향해 가고 있다는 사실을 도저히 부인할 수 없는 것 같았다. 이 지대에서 태양은 더이상 비추는 것이 아니라 작열한다. 이 지대에 들어서면 태양은 더이상 자신의 본질이 불이라는 것을 감출 수 없다. 빛의 바다, 빛의 잔치였다. 이곳에선 태양은 문장(紋章)처럼 비행기 기체에 자신을 새긴다. 두꺼운 점퍼를 걸쳐 입은 승객들 속에서 난 짐 속에 두꺼운 트렌치코트 한 벌을 넣지 않은 것을 후회했다. 그러나 불의 땅인 적도로 가는 자가 두꺼운 옷가지를 짐 속에 처넣는다는 것이 불경하게 생각되었다. 여객기가 키토 공항에 착륙하자 승객들은 박수를 쳤다. 나는 밤 10시의 어둠 속에서 그 도시에 깃들어 있는 아름다움을 눈치챘다. '비범한 도시다'라고 내 가슴은 짧게 외쳤다. 이런 느낌은 드물다.

키토에서

호텔 방에 도착해 발코니에 서자 이미 새날이 시작되고 있었다. 밤안개는 키토를 완전 정복했다. 안개 속에선 컹컹 개 짖는 소리가 났다. 그것은 마치 그 도시의 신탁처럼 발코니에 서 있는 내 귀의 달팽이관을 울렸다. 개들의 짖음 속에서 난 중유럽과는 다른 속도와 평화의 질을 느꼈다. 이곳 개들은 다른 속도로 짖는다. 이 도시 속엔 다른 시간이 살고 있다는 생각이 들었다. 개의 짖음 속에 종종 깃들어 있는 공격성이란 것이 없었다. 이곳 개들은 공격적이지 않군, 난 생각했다. 밤 속에 정지해 있는 농구대, 수영장, 종려나무 무더기들 저편 안개 속에서 가스등이 자신의 존재를 증명하고 있었다. 발코니 위 진줏빛 하늘엔 낮은 명도로 별 두 점이 떠 있었다.

호텔 방은 맘에 들었다. 욕실 변기는 물 빠짐이 좋지 않았다. 아니, 변기의 물 빠짐도 공격적이지 않았다. 난 그것은 어쩌면 이 도시가 해발 2천8백 미터 위에 놓여 있다는 고도(高度)의 숙명과 관계있는지도 모른다는 엉터리 물리학자 같은 생각을 했다. 밖에선 작열하듯 천둥이 쳤다. 그것은 중유럽 대도시에서 듣던 것과는 데시벨이 다른, 원시적 장엄함이 깃든 것이었다. 그러나 새벽 3시에 잠이 깨어 발코니에 나가 본 도시는 다시 압도적 안개에 싸여 있었다. 가시거리라곤 호텔 정원에 서 있는 세번째 레몬나무와 농구장에 그어진 석회 선의 흰 윤곽까지가 전부였다.

새벽 5시경에도 안개는 여전히 최면처럼 도시를 정복하고 있었다. 안개의 숙명적 습기는 침대 시트에도 깃들어 있었다. 너무도 압도적이어서 안개가 아니라 차라리 수정빛 빙하처럼 보이는 새벽안개 속에서 그 새벽 첫 새가 우는 것을 들었다. 이 도시는 어쩌면 안개라는 액화된 질료로 건축된 도시인지도 모른다는 생각을 했다. 그렇다. 그 완고한 안개 속에서 그 새벽 첫 새가 울었다. 탬버린처럼 첫 떨림이 있는 이 고요, 이 마법적 비공격성은 무려 20시간의 비행 시간을 지불한 후에야 비로소 획득할 수 있는 것일까. 그 새벽에 일어나 난 펜을 들었다. 그 비범한 안개에 대해 보고할 것이 있었으므로.

얀 검사, 키토에 도착했어. 이유도 모르면서 난 적도를 훌쩍 넘었어. 무엇을 찾아가는 여행인지도 모른 채 출발해버렸지. 출발했으니 어딘가 도착하게 되겠지. 시간이 날 운반하는 곳으로. 그래도 슬퍼. 도착지를 모르는 나 같은 자는 정작 도착한다 해도 '표류'지. 정말이지 이 길고 긴 표류는 지긋지긋해. 적도의 신성한 안개를 보내고 싶어. 이 도시에서 안개도 생물인 줄 처음 알았어. 난세.

조용히 치통이 치밀어올랐다. 이 돌연한 치통은 이 도시의 고도와 관계있다는 생각이 들었다. 내 몸이 이 도시의 고도에 반응하고 있는 것이다. 아침 식사를 위해 호텔 7층 레스토랑에 들어서자 저만치 전망대 같은 창으로 도시 저편에 솟아오른 안데스 산맥의 장자인 웅대한 코토팍시 산이 바라다보였다. 창 앞에 선 채 산 위에 왕관처럼 얹혀 있는 신성한 만년설을 바라보았다. 라운지에서 내려다본 수영장에선 한 여자가 접영을 하고 있었다. 재즈 클럽 광고판을 싣고 달리는 거리의 노란 택시도 목격되었다.

나는 키토의 차를 마셨다. 고원에서 자란 식물들의 정령을 마셨다. 사람들은 옥수수 가루를 어머니 같은 옥수수 껍질에 싸서 고요하게 찐 사금빛 후미타스에 골든 소스를 발라 먹고 있었다. 나는 적도의 태양이 익힌 적도의 과일들을 먹었다. 아침 식사를 하는 동안에도 비행기 한 대가 호텔 위를 직진으로 날아 공항을 향해 가는 것이 보였다. 비행기는 마지막 산 앞에서 마치 경배하듯 저공비행하며 겸손한 착륙의 자세를 취하는 것이었다.

적도

식사 후, 난 호텔 앞 택시 정류장으로 갔다. 택시 운전사는 천사라는 이름을 가진 남자였다. 그는 내가 묵고 있는 호텔에서 수년간 벨보이로 일했다고 했다. 휴일엔 호텔 앞 택시를 운전한다는 것이었다. 그는 자신이 기술대학에 다니는 아들과 정신질환을 앓고 있는 딸의 아버지라고 했다. 적도로 가는 택시 속에서 치통은 잔잔한 통증을 고집했다. 택시는 재봉틀을 거리에 내놓고 즉석에서 옷을 수리하는 사내들과 정육점 앞에 내다 건 핑크빛 정육들 앞을 지났다. 나는 길가에 서 있는 라마들을 보았고 인디오 행상 여자들의 긴 행렬을 보았다.

적도 기념탑은 성 안토니오 마을에 있었다. 입구엔 "이곳은 적도, 세계의 중앙입니다"라고 쓰여 있었다. 이곳에서 태양은 직각으로 쏟아진다. 그러니 그림자란 없다. 이곳은 35년 전 부친 현학이 방문하려고 했던 곳이었다. 자꾸만 엄숙한 느낌이 들었다. 적도 탑은 신 아틀라스처럼 그 몸 위에 세계의 네 방향을 새긴 거대한 청동 지구의를 메고 있었다. 정원엔 작열하듯 붉은 적도 히비스커스가 피어 있었다.

나는 문득 적도의 긴 붉은 줄 위에 벌렁 누워버렸다. 위도 0도라고 적힌 그 붉은 줄 위에. 그러고는 하늘을 바라다보았다. 적도의 태양으로 덥혀진 대지는 따스했다. 잔디의 수액 냄새가 끼쳐왔다. 귓가에서 적도 클로버가 피는 소리가 들릴 것만 같았다.

활화산을 뿜어냈던 산도 지금은 침착했다. 병풍을 친 듯 피어 있는 붉은 히비스커스가 보였다. 하늘에선 이름 모를 새가 접영으로 날았다. 대지의 유방 같은 산정에선 모유 같은 안개가 피어올랐다. 나는 한참 동안 그렇게 누워 있었다. 어떻든 적도의 그 붉은 선 위에 나를 얹는 그 의식을 통해 현학이 그곳에 도착해 느끼려고 했던 것이 무엇인지 알고 싶었다. 저만치 적도 전망대 꼭대기를 오가는 사람들이 보였다. 현학은 적도에 오려고 했었다. 적도의 꽃 히비스커스가 피는 그곳에. 히비스커스는 무궁화가 아닌가. 화동 집 정원을 가득 채웠던 그 찬란한 무궁화들. 물론 그때 이곳에 적도 탑 같은 것은 없었다. 어떻든 그래도 현학은 적도를 통과해 갈라파고스에 가려고 했던 것이다. 35년 전 아텐보로 교수가 샌프란시스코 석간신문 〈당신의 텔레그래프〉에 낸 광고문은 이렇게 시작됐었다.

우리는 적도에 갑니다. 모든 갈등, 모든 다름이 '0'이 되는 곳, 세상의 중앙인 위도 0도의 적도에 갑니다. 붉은 적도 히비스커스가 흐드러지게 피는 그곳에 갑니다. 그리고 그곳으로부터 다시 창조론과 진화론이 격렬하게 부딪치고 포옹하는 곳, 창세기와 에덴의 밀의가 저장돼 있는 시원의 땅, 갈라파고스에 갑니다. 창세기의 보관 창고인 시원의 땅, 이 우주에 존재하는 유일한 노아의 방주인 그곳에 갑니다.

어떻든 나는 35년 전 현학이 가려고 했던 그곳에 도착해 있었다. 적도의 태양이 가슴 위로 불처럼 쏟아져내렸다. 그 위로 수십 마리 산비둘기들도 쏟아져내렸다. 적도의 정령처럼. 바로 이 느낌, 아버지와 내가 적도의 붉은 선에 누운 채 이곳이 세계의 중앙이라는 것, 모든 것이 이 적도에 닿으면 0이 된다는 것, 위도 0도로 표기된 무의 지점 위에 잠시 우리의 존재를 얹고 있을 수 있다는 것, 이곳은 출발이면서 동시에 도착의 지점이라는 것, 모든 갈등과 전쟁이 화해라는 0의 지점으로 변하는 마법을 적도가 설교하고 있다는 그 느낌을 부여잡고 있었다.

나는 적도 탑 전망대로 올라갔다. 하늘로 솟아 있는 청동 지구의 속에서 동아시아인 한국, 중국, 일본을 찾으려 했지만 찾지 못했다. 적도 박물관 직원 여자가 말했다.

"아아, 적도엔 인도네시아가 걸쳐 있어요. 그러니 당신 나라인 한국은 중국 일본과 함께 저 하늘을 향해 있지요. 저 지구의 맨 꼭대기에 위치해 있단 말입니다."

나는 한반도가 지구의 정상에서 곧장 하늘을 향하고 있다는 여자의 설명 때문에 행복해졌다. 태양은 적도 탑 위의 청동 지구의를 직각으로 비추기 시작했다. 지표의 더운 증기들이 하늘로 날아올랐다. 에콰도르 채송화가 피고 있었다. 적도 클로버들은 지고 있었다. 적도 탑을 떠날 때 난 방명록에 현학의 이름과 내 이름을 함께 적어넣었다.

"여권 좀 주시겠어요."

박물관 여자가 말했다. 여권을 내밀자 여자는 여권 뒤페이지에 새파란 적도 탑 기념 도장을 찍어주었다.

“여기 여권 한 부가 더 있습니다.”

나는 안주머니에 간직했던 내 여행의 동반자를 꺼냈다. 페이지가 치즈빛으로 바래버린 현학의 옛 여권이었다. 나는 조심해서 여권의 치즈빛 페이지들을 넘긴 후 여자 앞에 내밀었다.

“바로 이 페이지에 그 도장이 한 번 더 필요합니다.”

여자는 날 올려다보았다. 그녀는 그 낡은 여권이 시효 만료라는 사실을 짐작했음이 틀림없었다. 그래도 여자는 흔쾌히 그녀의 푸른 도장을 눌렀다. 적도 탑의 모양이 싱싱한 푸른 잉크와 함께 현학의 여권 위에 적도 클로버처럼 돋아올랐다. 현학은 지금 35년 전 중단한 여행을 아들인 나와 함께 다시 시작하고 있다는 생각이 들었다. 서편 태평양으로부터 몰려온 구름이 오후를 다습하게 하고 있었다.

그날 나는 키토 시내로 돌아가지 않고, 적도 기념비 남쪽 언덕 송신소 부근에 있는 적도 호텔에 숙박했다. 그 밤만이라도 적도 탑 옆에서 숙박하고 싶었다. 송신소 언덕 동네에서 끝없이 닭 우는 소리가 들려왔다. 호텔은 사람이 적어 적요했다.

언덕으로부터 끝없이 들려오는 닭들의 절창을 들으며 난 1961년 5월 어느 새벽 한강변에서 울렸다는 군사 쿠데타의 첫 총성을 생각했다. 그 한 발 총성과 함께 안번 장군은 주저 없이 혁명군 완장을 찼고 현학은 독일에서 조국으로 돌아갈 길이 막힌 채 쿠데타 세력의 적, 즉 혁명의 적이 되었다. 현학은 결국 외아들인 나를 잠시 서독에 남긴 채 뉴욕으로 갔었다. 그는 그곳 외교 조직을 통해 자신의 운명, 즉 망명인가, 귀국인가를 질문할 생각이었으리라. 망명 문제 전문가인 루카스 신부는 현학이 뉴욕 체류중 쿠데타 세력이 보낸 자객에 의해 백주에 피살당할지도 모른다는 생각을 하고 있었다. 그때 미국이 부친에게 망명이냐, 귀국이냐를 대답할 수 있었는지는 모르겠다. 어떻든 현학은 외아들인 나를 '시시포스 클럽' 동지들에게 맡김으로써 살려내고 있었다. 그것은 세상의 모든 아버지들이 갖는 탁월한 본능이었을까.

구국 혁명이었다는 그 5월의 군사 쿠데타는 결국 메시아 콤플렉스라는 과대망상과 피해망상을 들락거리며 수상을 연금, 구금, 투옥, 사면시킴으로써 권력을 쟁취했고 모든 혁명이 그렇듯 다섯 번의 계엄령을 선포하며 결국 18년 독재라는 통속적인 정치적 포르노가 되어갔다.

그날 밤, 난 적도 호텔 발코니에 나가 앉았다. 그때 호텔 정원의 어둠 속에서 용암빛 불꽃을 일으키며 타들어가는 담배 한 개비에 골몰해 있는 한 은발의 여자를 보았다.

탐험선 비글5호

이튿날 적도 탑 분지엔 비가 쏟아졌다. 폭우를 토해낸 도시 동편은 순결해 보였다. 산정은 더 명랑했고 닭 울음소리가 그 명랑함을 관통했다. 히비스커스는 빗속에서 어제보다 확실히 꽃잎 여러 장을 더 피웠다. 세계의 동서남북을 새긴 청동 기념 글자 위엔 그날 내린 아침 비가 찰랑 담겨 있었다. 호텔의 작은 조찬실로 갔을 때 그 은발의 여자는 창가에 앉아 혼자 식사중이었다. 난 그녀 곁으로 갔다.

"당신 식탁에 동석해도 될까요."

"물론이죠, 난 릴리라고 해요."

"우난세라고 합니다. 독일에서 왔습니다."

그녀는 손에 들고 있던 책을 탁자 위에 내려놓았다. 『아버지의 섬(Father's island)』이란 책이었다. 책 위엔 '릴리 아텐보로'라고 쓰여 있었다.

"제 아버지는 25년 전 사망했습니다. 아무도 그의 시신을 찾지 못했어요. 어머니는 활화산이 그의 시신을 태웠을 것이라고 했습니다. 이 책은 저와 어머니가 어떻게 아버지를 잃었는지 그 추억과 상처를 채집해 쓴 겁니다. 이 페이지를 보세요. 아버지는 최초로 적도에 도착했을 때 이런 편지를 어머니에게 보냈죠.

이곳은 세상의 중앙, 위도 0도 00분. 모든 것을 더하기만 하는 이익 세상에서 0이 세 번이나 겹친 이 마법적인 숫자는 참 순결하도록 멍하오. 이곳에 오니 수없이 더하고 빼고 저울질하며 사는 세상의 수학이 참 멍해지는군. 이 0이라는 숫자는 순결해서 현기증이 나. 이곳은 세상의 중앙, 더도 덜도 아닌 위도 0도야. 모든 것의 완전수이며 동시에 그 무엇도 아닌 위도 0도. 이곳엔 아직도 몇 달 전까지 각혈을 했던 젊은 활화산이 있고, 마그마가 지구의 저 심층 지각에서 미친 듯 솟아오르고, 태양은 천공 중앙에서 죽창처럼 내리꽂히는군. 이 원시의 역동성에 숨이 막혀.

아텐보로란 이름이 내 머리를 내리쳤다. 아텐보로. 그것은 우연히도 1961년 샌프란시스코 일간지 〈당신의 텔레그래프〉에 저 운명의 광고를 냈던 진화론자 피터 아텐보로와 같은 이름이었다. 그러나 세상엔 같은 성을 가진 사람이 얼마나 많은가. 여자가 물었다.

"고산 증세 때문에 괴롭진 않으셨나요."

"약간의 두통과 새로운 치통이 있었죠."

"그 치통을 잘 간직하세요. 이 고산지대에선 그것도 여행의 일부가 아니겠어요."

그녀가 다시 말했다.

"난 3년에 한 번, 반드시 이곳 적도 탑에 옵니다. 모르겠어요. 내 온 존재가 단지 이곳에 와야 한다고 발언한단 말입니다. 35년 전 겨울, 탐험선 비글5호에 닻을 올리고 적도를 거쳐 갈라파고스 섬으로 떠난 아버지는 돌아오지 않았죠. 그때부터 내게 갈라파고스는 곧 아버지의 섬이었죠. 나도 아버지처럼 그 섬에 가면 나오지 못할까봐 겁이 나요. 아세요. 아버지는 의지가 강한 분이었죠. 그런 분을 이 지구라는 행성으로 다시 나오지 못하게 한 강력하고 운명적인 그 무엇이 그 섬엔 있단 말입니다. 한때 아버지가 '마법'이라고 불렀던. 그래서 난 이렇게 키토에 머물고 있는 겁니다. 갈라파고스로 가는 태평양을 향해 항구를 열고 있는 이곳에."

그리고 그녀는 문득 이렇게 말하는 것이었다.

"갈라파고스라는 행성은 정말 존재하기는 하는 걸까요."

현학이 간직하고 있던 일간지 〈당신의 텔레그래프〉의 광고문에서 아텐보로 교수의 탐험팀은 그 섬을 '갈라파고스 행성'이라고 불렀다. 그녀가 다시 말했다.

"아버지는 그 갈라파고스 섬에서 귀국하지 않았고 어머니는 그를 기다리다 사망했죠. 그리움과 배신의 정이 커질수록 혈압이 하강해 결국 저혈압으로 사망했죠. 그녀는 아무에게도 설명할 수 없는 그 절망을, 다른 행성인 갈라파고스에서 돌아오지 않는 남편에 대한 절망을 혈압으로 지불하며 막아낸 겁니다. 어머니는 사망 몇 해 전 아버지가 그의 섬인 갈라파고스의 어느 칼데라 호수에서 추락사했다는 전갈을 받았죠. 발신자는 찰스 다윈 연구소였어요. 어느 해까지인가, 아버지는 그래도 그곳에 들른 해군 부제독과 장군들과 어울려 찍은 사진들을 보내주었지요. 어느 날 그가 근무했던 샌프란시스코 자연사박물관에서 전화가 왔어요. 그가 귀국을 미루고 있다는 겁니다. 3년 후 캘리포니아 해군사관학교에서 갈라파고스로 가는 탐험선이 떴어요. 그 탐험선의 협력장이 연락장교를 보냈습니다. 어머니에게 아버지를 만나러 갈라파고스에 가지 않겠느냐고요. 아버지는 그때 찰스 다윈 연구소 설립에 참여하고 있었지요. 그것은 아버지다운 작업이었어요. 어머니는 거절했습니다. 그때 어머니는 아주 순진한 생각을 하고 있었던 겁니다. 어머니는 아버지에게 젊은 여자가 생겼다고 생각했어요. 그 연적을 만나고 싶지 않았던 겁니다. '우리는 배로 섬에 도착해 바로 헬리콥터로 화산구들로 이동합니다.' 방문한 연락장교가 말했죠. 난 그 대화를 응접실 곁 복도에서 들었어요. 어머니가 거절하는 소리도 들었죠. 그러나 어머니의 연적은 그녀가 생각한 것보다 훨씬 더 어려운 상대였던 겁니다. 몇 달 후, 그 연락장교는 돌아와 말했습니다. '우리는 부군인 아텐보로 박사와 함께, 폭발한 울프 화산 산정 위를 최초로 헬리콥터로 조사했습니다. 박사는 그때 한 화산구에서 무려 일흔아홉 마리나 되는 거대한 거북이 한꺼번에 무리 지어 있는 것을 발견하고 넋을 잃었습니다.' 그때 어린 내가 달려가 물었죠. '무슨 화산구죠? 장교님.' '이사벨라 섬의 한 화산구입니다.' 두 해 후, 우리는 바로 그 이사벨라라는 섬에 있는 가장 높은 화산인 울프에서 강력한 화산 폭발이 있었다는 기사를 읽었습니다. 그제야 어머니는 알았죠. 연적의 이름은 갈라파고스였습니다. 어머니는 안도했죠. 그러나 세월이 지나면서 갈라파고스란 연적은 무적이라는 것이 점점 더 확실해졌습니다. 연락 장교였던 그 수병은 편지 한 장 들고 오지 않았단 말입니다. 아버지는 그렇게 함으로써 우리를 길들이고 있었죠. 그를 잊도록. 아버지는 그때 이미 갈라파고스라는 이름의 그 섬과 눈먼 사랑에 빠져 있었죠. 그해 이태리 지리학협회에서 발간되는 비정기 간행물 제9호에 「갈라파고스 제도의 가장 중요한 탐험」이란 글을 쓴 것으로 어머니는 아버지가 살아 있음을 확인했을 뿐이죠. 그 이후 단말마 같은 편지조차 오지 않았습니다. 그러니까 아버지가 보낸 마지막 편지는, 어느 해인가 전염병인 물개 천연두가 번지고 있다는 전갈이 끝이었습니다. 10년 후 에콰도르 국립항공이 최초로 갈라파고스에 정기운항을 시작한다는 소식을 들었습니다. 다음해엔 갈라파고스로 가는 첫 여객선이 항해를 시작했습니다. 첫 여객선의 이름은 '이구아나'였죠. 어떻든 아버지는 탐험선 비글5호를 타고 이사벨라 섬 정상에 있는 한 칼데라 호수에 갔고 연구 활동중 그 호수로 추락해 사망한 것으로 확인 종결됐습니다. 그런데 이상한 일이죠. 그 칼데라 호수는 신성한 곳이어서 호수를 뒤져야 하는 수색 작업 같은 것은 절대 금기였고 단지 아버지의 한 켤레 등산화만이 죽음의 또렷한 증거로 수사기관으로부터 다윈 연구소에 반납됐다고 들었습니다. 그것이 아버지 생애의 종장(終章)입니다."

확인할 필요도 없었다. 릴리는 피터 아텐보로 박사의 딸이었다. 35년 후 아텐보로의 딸과 현학의 아들이 적도라는 이름의 한 호텔에서 다시금 교차하고 있다는 우연의 집요함에 난 소름이 끼쳤다.

적도 호텔을 이별했을 때 천사라는 이름의 택시 기사는 적도 기념탑 경내 밖에서 약속된 시간에 나를 기다리고 있었다. 적도를 떠나 달려간 귀로의 도시에서 나는 신작로 한복판까지 달려 나와 고함치며 석간신문을 파는 소년을 보았다. 키토로 돌아왔을 때 비도 오지 않으면서 엄청난 천둥이 쳤고, 안개라곤 없었다. 그래서 나는 모처럼 안개 걷힌 도시의 빼어난 미모를 볼 수 있었다. 그리고 다시 한번 유정한 엘 파네시요 언덕에 있는 도시의 상징인 '용을 밟고 있는 거대한 성모'의 조각상을 보았다. 키토의 성모가 밟고 있는 그 거대한 용, 이 도시에서도 창세기 때 신이 굴복시켜 우주의 가장 깊은 바닷속에 감금시켰다는 용, 그 레비아탕이란 이름의 용이 문제였다.

나는 산프란시스코 대성당에 들렀다. 택시 기사는 그 대성당 제단 위 십자가를 진 예수 고상의 아름다움을 내게 보여주고 싶어했으니까. 그 아름다움은 정말이지 충격적인 것이었다. 더구나 그 제단 위로 솟아오른 대성당 궁륭 천장에 그려진 푸른 하늘보다 더 찬란하게 채색된 하늘을 난 본 적이 없을 정도였다. 우리는 다시 대성당을 나와 광장에 섰고 그곳에 만당한 비둘기들과 그 사이에서 아이를 업고 복권을 파는 인디오 여자들을 보았다. 비둘기 떼는 다시 지척에 있는 대통령 궁을 향해 날아갔다.

귀로에 나는 광장 골목에서 백열등을 켜놓고 이발하는 이발소를 보았다. 흰 이발 가운을 입은 이발사들도 보였다. 그러자 서울 화동을 떠나올 때 마지막으로 능라와 함께 들렀던 동방삭 이발소가 생각났다.

"긴 머리를 가진 소년들 머리카락 속엔 석영이 사무쳐 있습죠. 이발 가위가 순결한 소년의 머리 속에 사무쳐 있는 석영에 닿으면 두 줄짜리 앵금처럼 노래합지요."

동방삭 아저씨는 그렇게 말했었다. 화동에서 내 머리를 깎아주던 동방삭 아저씨와 그의 길든 이발 가위가 생각났다. 동행했던 능라의 모습도 떠올랐다. 나는 울컥하는 심정이 되어 택시를 세워둔 채 이발소 문고리를 잡았다. 그날 나는 밤이 내리는 그 낯선 도시의 골목, 대성당의 종이 깊은 저녁을 알리는 그 이발소에 앉아 그렇게 머리를 깎고 있었다.

갈라파고스행 191여객기

키토 공항엔 비가 내리고 있었다. 가방들은 철저히 검사되었다. 갈라파고스행 191여객기엔 그 어떤 동식물도 음식물도 휴대가 철저히 금지되었다.

"갈라파고스에선 인간인 당신이 손님이라는 사실을 한순간도 잊지 마세요."

난 릴리의 말을 생각했다. 거대한 갈라파고스 거북이 인쇄된 포스터 아래 "지구를 구하자"라는 문구가 쓰여 있었다. 공항은 온통 스페인어가 지배하고 있었다.

탑승 수속은 무질서와 혼란 속에서 진행됐다. 인디오들과 시민들은 애초 줄 서기 같은 것은 신경 쓰지 않고 있었다. 그러나 그 카오스가 여행자들을 방해한다는 느낌은 전혀 들지 않았다. 도리어 반듯하게 줄을 서고 있는 외국인 여행자들과 내가 어딘가 신경질적인 사회에서 달려온 이방인임을 폭로하고 있을 뿐이었다. 수속을 끝내고 대기실로 가는 입구에서 만난 검색원들이 긴 겨울 코트를 입고 있는 것이 눈에 띄었다. 그러자 난 내가 아직도 적도를 사는 법을 이해하지 못하고 있음을 알았다.

탑승 대기실로 들어서자 그곳엔 거대한 국제공항의 요란함 같은 것은 아예 없었다. 공항은 단층이었고 탑승 출구라고 해야 서너 개의 문이 코앞에 전개돼 있을 뿐이었다. 그러고 보니 보딩 카드엔 아예 게이트 번호 같은 것은 적혀 있지조차 않았다.

이곳에선 숫자 같은 것, 줄 서기 같은 것은 천천히 필요가 없어진다고 난 생각했다. 이 적도의 땅은 무엇인가 다르다는 느낌이 들었다. 숫자나 줄 서기 같은 신경증은 이 적도의 도시에선 병적인 것이 되어간다. 승객들은 시간이 되면 열리는 아무 문을 통해 걸어서 비행기 트랩으로 간다. 이곳엔 거대한 회색 인조 터널인 소위 그 에어웨이 같은 것은 아예 없다. 보딩 카드는 일일이 손으로 뜯는다. 짐차들도 비가 오니 수레 위에 푸른 천막을 척 걸쳤다.

공항 대기실 창가에서 수레에 부려지는 수많은 여행 가방들을 난 보았다. 바로 저 가방, 저 네모난 소유 상자 때문에 우리는 영원히 에덴에 당도하지 못하도록 저주받았는지도 모른다는 생각을 했다. 우리는 저 소유 상자가 이끄는 대로 간다. 저 소유 상자가 있는 곳에 우리도 있다. 저 가방의 중량이 우리 저주의 중량이다. 저 중량 때문에 우리는 에덴이란 기적의 장소가 요구하는 그 경량감엔 죽어도 합격할 수 없는 것이다.

그러자 난 웬일인지 내가 살기 위해 소지했던 모든 시민적, 문명적 공식들로부터 서서히 무장해제되는 기분이 들었다. 이 모든 것이 어우러져 내는 그 신비한 느림과 침착함을 난 공항이란 액자 속에 넣어 천천히 감상했다. 공항 저편 언덕에선 천천히 깨어나고 있는 도시의 얼굴이 보였다.

비행기는 몇 번이고 탑승 시간을 늦췄다. 한번은 아예 갈라파고스행 191여객기의 정체가 전광판에서 사라지기까지 했다. 그러자 갈라파고스는 정말이지 도착하기 어려운 섬이라는 신비한 생각마저 드는 것이었다. 탑승 대기실에 켜놓은 텔레비전에선 잘 먹고 잘 입고 즐기기 위해 크레디트카드는 필수라는 교활한 광고가 반복되고 있었다. 열어놓은 출구로 습격해오는 빗발 섞인 오전 7시 20분의 찬바람이 뺨을 갈겼다. 10분 후 탑승이 시작된다는 방송을 들었던 것 같다. 탑승이 시작됐다. 항공사 직원들은 승객들에게 우산을 배급해주었다. 우리는 우산을 쓴 채 긴 행렬을 이루며 저만치 서 있는 갈라파고스행 비행기 트랩을 향해 행진했다. 비행기 트랩에 이르는 그 행렬은 검은 우산 때문에 무슨 아름다운 장례 행렬 같았다. 그 비행기 위엔 거대한 황금빛 이구아나 한 마리가 척 그려져 있었다. 트랩에 오르면서 난 저편 언덕의 도시를 보았다. 그 언덕 마을의 가로등 불이 꺼지면서 아침이 완료되었다.

비행기 기내 입구에 섰을 때 나는 경쾌한 스페인어로 아침 인사를 하는 잘생긴 남자 승무원들을 보았다. 나는 좌석 11A로 갔다. 인디오들이 좌석을 찾지 못해 방황하고 있었으므로 탑승은 지연됐다. 기내 방송은 계속해서 "당신 좌석 번호는 보딩 카드 위에 적혀 있습니다"를 반복했다. 승무원들이 달려와 인디오들의 좌석을 안내했다. 문득 그들이 문맹자일지도 모른다는 생각이 들었다. 어떻든 탑승은 의외로 오랜 시간이 걸렸다. 행장이 많은 인디오들은 천천히 걸었다. 문득 모든 것이 초조해졌다. 다시 한번 어쩌면 갈라파고스에 도착하지 못할지도 모른다는 운명적 느낌이 몰려왔다. 적도 호텔에서 만났던 릴리의 말이 생각났다.

"난 이미 이십여 년간 갈라파고스 섬으로 출발하고 있지만 아직도 도착하지 못하고 있단 말입니다."

릴리도, 현학도 갈라파고스에 도착하지 못했다. 나는 과연 갈라파고스에 도착할 수 있을 것인가. 35년 전 갈라파고스로 가는 비행기 같은 것은 아예 없었고, 있는 것이라곤 간신히 한 달에 한 번 갈라파고스로 가는 배 한 척이 있었을 뿐이었다. 그 한 척 배조차도 결항이 잦았다고 했다.

출발을 알리는 기장의 목소리는 자신감에 차 명쾌했다. 비행기는 활주로로 들어서기 위해 후진했다. 곁 날개들이 선단부 날개로부터 분리돼 나오면서 이륙의 첫 스텝이 시작되는 것을 창으로 지켜보았다. 그 작은 공항에 그토록 광활한 활주로가 있다고는 믿어지지 않았다. 비행기는 활주로에서 직각으로 좌회전하더니 속도를 내기 시작했고 곧 이륙했다. 상쾌하고 주저 없는 이륙이었다. 지상에 오른 후에야 난 그 도시를 덮고 있던 그 지독한 안개의 정체를 보았다. 이륙 완료를 알리는 첫 신호음이 터져나왔다.

비행기가 문득 저공비행하면서 경비행기와 헬리콥터를 지나 중간 착륙을 했을 때야 난 알았다. 지금에서야 말이지만 나는 그 비행기가 다른 도시에서 중간 착륙 하는지도 까맣게 모르고 있었다.

"갈라파고스에 가십니까."

옆의 사내가 내리면서 영어로 물었다.

"초행입니다."

묻지도 않았는데 내가 그렇게 말했다.

"갈라파고스에서 당신은 분명히……"

사내가 말했다.

"황홀할 겁니다."

사내는 나를 돌아다보지도 않았다. 사내의 얼굴을 볼 수 없었으므로 그의 말은 예언처럼 내 귀를 울렸다. 비행기가 다시 갈라파고스를 향해 이륙했을 때 문득 기체가 따스해져오기 시작했다. 비행기의 몸판은 적도의 태양에 의해 파충류처럼 더워졌다. 터키빛 동태평양이 양탄자처럼 깔려 있었다. 얼마 후 태평양의 섬들이 보이기 시작했다. 섬들은 공중에서 보니 무슨 물음표나 느낌표처럼 누워 있었다. 비행기는 그 태평양으로 추락하듯 급하게 하강했다. 비행기 날개가 태평양에 닿을 것만 같았다. 우윳빛 나무 숲들이 보였다. 그리고 한줄기 길고 고독한 활주로가 몸을 드러냈다.

기장이 말했다.

"우리는 곧 갈라파고스 발트라 공항에 도착합니다. 이 섬은 육지로부터 1천 킬로미터 떨어져 있습니다."

아아, 갈라파고스

비행기는 발트라 공항에 착륙했다. 공항은 식민지 시절 목재로 지은 임시 막사 같았다. 아니, 공항은 태평양 위에 떠 있는 돌연한 표류지 같았다. 임시 막사와 작은 가설무대 같은 전망대가 전부인 공항. 난 단번에 태평양 한가운데 한 덩이 황무지처럼 내던져져 있는 그 공항이 맘에 들었다. 비로소 갈라파고스에 도착했다는 사실이 믿어지지 않았다. 공항 복판엔 몇 개의 비행기 트랩만이 추상적으로 놓여 있었다. 공항 앞엔 거대한 선인장들이 늘어선 황무지가, 공항 뒤엔 눈부신 동태평양이 펼쳐져 있었다. 그 위로 적도의 태양이 그의 명랑한 불을 대지 위에 토하고 있었다. 공항세를 내고 난 후 알았다. 이곳엔 가방을 운반해주는 장치 같은 것은 아예 없다는 것을. 인부들이 부려놓은 가방을 여행자들은 제 손으로 찾아 운반해와야만 했다.

여행 가방들은 마치 입성하듯 수레에 실려 들어왔다. 나는 그 가방들 속에 섞여 있는 한 개의 노룻빛 가죽 가방을 보았다. 35년 전 현학은 저 가방과 나를 함부르크에 남겨두고 뉴욕으로 갔었다. 그리고 35년 후, 저 가방은 기어코 이 섬에 입성하고 있었다. 이곳에서 자동화된 가방 운반용 컨베이어벨트 같은 것을 기대한다는 것이 문득 사치스럽게 생각됐다. 나도 다른 여행자들 속에 섞여 내 가방을 스스로 수납했다. 공항은 막 도착한 승객들이 풍기는 호기심과 외경감으로 출렁였다. 커다란 왕벌 한 마리가 그 간이식 공항의 대기를 누볐다.

나는 여행자들과 함께 항공사 셔틀버스에 실려 항구로 갔다. 운하 입구에서 한 마리 물개가 우리를 맞았다. 그것이 내가 만난 갈라파고스 첫 주민이었다. 우리는 똑딱선을 타고 운하를 건넜다. 그 운하는 레테 강처럼 밀의에 찬 채 세상 입구인 공항과 갈라파고스 섬 사이를 그렇게 흐르고 있었다. 그렇다. 지상의 도시와 갈라파고스 사이엔 이 비밀스러운 운하 한줄기가 돌연 가로놓여 있었다. 육지로부터 비행기를 타고 달려온 자는 문득 헐떡대는 속도를 늦추고 이 운하 앞에 멈춰 서야만 한다. 저 세상과 이 섬 사이에 놓인 운하, 이 신성한 간격이 주는 상징에 난 식은땀이 났다. 이 간격이 무서운 것이다. 운하의 지독하게 푸른 절벽들은 세상과는 전혀 다른 풍경을 보여주고 있어 여행자를 긴장하게 했다.

가방들은 번쩍 들려 갑판에 실렸다. 똑딱선 천장은 수많은 구명조끼들로 채워져 있었다. 나무들의 몸은 모두 눈처럼 하얬다. 지층이 훤히 들여다보이는 절벽들. 그 지층들은 이 섬의 나이인 5백만 년을 계시하고 있었다.

운하를 건너 다시 포구로 갔다. 그 포구야말로 갈라파고스의 첫 육지인 산타크루즈 섬의 시작이었다. 포구에 내리자 시내버스 한 대가 기다리고 있었다. 버스의 이름은 산타로사였다. 짐들은 이번엔 갑판이 아니라 버스 천장에 올려졌다. 나는 내 노룻빛 가방이 버스 위에 실리는 것을 보았다.

버스에 올라 운전석 뒷자리에 앉았다. 창가엔 이미 초로의 한 사내가 앉아 있었다. 그는 고전적인 둥근 순은 안경을 끼고 있었는데 말끔하게 빗어 넘긴 머리와 마른 몸매 때문에 아주 까다로운 성품임을 폭로하고 있었다. 그는 손에 포켓북을 들고 있었다. 사내에게 먼저 말을 건 것은 나였다. 그는 30년간 갈라파고스의 시작인 산타크루즈 섬에서 살고 있다고 했다. "아버지는 에콰도르인이었고 어머니는 미국인이었죠. 난 어머니의 나라 미국을 좋아해요"라고 그는 말했다. 나는 그가 이미 30년간이나 이 섬에 살고 있다는 말에 숙연해졌다. 포켓북은 자신이 쓴 책이라고 했다.

"이건 과학적 용어가 아주 많이 출몰하는 재미없는 책이지요."

그가 말했다.

"중요한 것은 저자인 내가 이 책의 열렬한 독자라는 사실이지요."

"내용에 대해 물어도 되겠습니까."

"한마디로 설명하기 어렵죠. 천지창조에 관한 단상이에요. 파편적인 글들이죠. 아시겠어요. 사람이 창조에 관해 쓰려면 우리는 운명적으로 파편적인 글을 쓸 수밖에 없어요. 인간 역사는 숙명적으로 긴 기억상실증을 앓고 있거든요. 기억들은 여기저기서 필름이 끊기듯 끊깁니다. 그것이 우리의 영광이고 저주죠."

"혹시 과학원의 연구원이신가요."

"아아, 당신은 이 섬이 처음이시군요."

"초행입니다."

"당신은 날 이 섬에 있는 저 명성 높은 '찰스 다윈 연구소' 연구원으로 알고 있죠. 초행인 사람들은 다윈 연구소에 대한 명성만을 듣고 이곳에 옵니다. 여행자들은 이 섬엔 원주민과 연구원, 두 종류의 사람만 있는 줄 알죠. 나는 다윈 연구소가 설립된 다음해 이 섬에 왔습니다."

나는 그 사내가 사용하는 용어들에 약간 현기증을 느꼈다. 사내는 비범한 말들을 쓰고 있었다. 창조, 운명, 기억상실증, 영광, 저주 같은 말이 그랬다.

"난 사실 30년 전 여호와의 증인 선교사로서 이곳에 파견됐어요. 그러나 곧 그 선교사직을 걷어치웠죠. 이곳은 신이 계신 곳으로, 신이 현존하는 곳에선 신을 설명할 필요가 없다는 것을 알았죠. 그 후 난 아내와 만나 작은 여인숙을 차리고 살고 있죠. 산타크루즈 섬 아욜라 항구에 머무신다면, 당신은 운명적으로 내 집 앞을 통과하시게 될 겁니다."

그는 아주 작은 글씨로 자신이 운영한다는 여인숙 이름을 적어주었다. 여인숙 이름은 '화산 부엉이'였다. 주소는 적지 않았다.

"이 섬에선 주소 같은 것은 필요 없어요. 모두가 모두를 압니다. 어느 거리 몇 번지냐는 소란 같은 것은 아예 필요 없어요."

버스는 그 섬 최초의 분화구 앞을 지났다. 길 양쪽에 끝없이 도열해 있는 숲은 다른 차원의 광경을 보여주고 있었다. 숲은 온몸이 백설처럼 흰 나무들로 가득 차 있었다.

"이곳 갈라파고스에선 동물도 식물도 세상과는 다른 시간을 삽니다. 저 숲에 사는 동물과 식물의 심장 속엔 원시라는 시간의 정글이 들어 있어요. 배를 타고 하루만 이 섬을 항해하고 나면 당신은 내 얘기를 당장 이해하고 말 겁니다. 저 분화구는 쌍둥이죠."

차창 오른쪽엔 화전민들이 경작을 위해 들판을 불태우는 풍경들이 보였다.

"분화구 저쪽 산타로사에 거대한 거북들의 서식처가 있지요. 우리는 곧 아욜라 항구에 도착하게 됩니다."

여호와의 증인 사내가 말했다. 버스가 종착역에 도착했다.

"저 하얀 밴 트럭들이 이 항구 도시의 시내 택시입니다. 백상어 같죠."

사내가 말했다. 그러고 보니 백상어 같은 반 트럭 택시가 신작로를 오가고 있었다.

산타크루즈 섬 아욜라 항구엔 만조를 이룬 동태평양이 황홀한 터키빛으로 출렁이고 있었다. 나는 눈앞에 펼쳐진 태평양에 반해 미처 가방도 챙기지 못했다. 눈을 돌리자 버스 꼭대기로부터 태평양을 배경으로 밧줄에 매달려 하강하고 있는 내 노릇빛 가방이 보였다. 그러자 그 가방이 문득 두레박 같다는 생각이 들었다. 순간 차창 밖으로 막 신작로를 횡단하고 있는 여호와의 증인 사내가 보였다. 사내가 날 향해 소리쳤다.

“내일 오전 8시, 찰스 다윈 연구소 앞에서 만납시다.”

내가 태평양에 눈이 멀어 있는 동안 사내는 채 작별 인사도 없이 하차했던 것이다. 나는 손을 들어 사내가 백상어 같다고 말한 택시를 세웠다.

“호텔 워터 프론트로 갑시다.”

백상어 택시는 출발했다.

호텔에 도착해 창문을 열자 단번에 태평양이 들이닥쳤다. 난 여행 가방 속에서 초록 유리병을 꺼내 태평양이 철썩대는 창가에 안치했다. ‘아버지의 재’였다. 그러고는 밖으로 나갔다. 호텔은 곧장 태평양에 가슴을 대고 있었다. 호텔 동쪽으로 난 상륙용 나무 다리 위엔 물개 다섯 마리가 나란히 누운 채 지독한 시에스타에 빠져 있었다.

이튿날 새벽, 나는 청청한 목청의 수탉 울음소리에 잠이 깼다. 이곳 수탉은 저토록 절창을 한다고 생각했다. 새벽 항구로 나가 동태평양의 자락을 보고 싶었다. 인적 없는 새벽 항구는 어제 오후 버스에서 바라본 항구보다 훨씬 빼어난 미모였다. 일출 때문에 붉어진 불 같은 구름들을 보았다. 항구 화산암 위엔 불의 갑옷을 입은, 화염 같은 붉은 게들이 새벽잠에 빠져 있었다.

일출은 정확히 6시 3분에 시작됐다. 태양은 천천히 윤곽을 드러내더니 만월 같은 거대한 모습이 되자 갑자기 속도를 내어 빠르게 수평선을 박차고 상승했다. 태양을 보고 난 내 눈은 그 불

같은 광채에 마비돼 잠시 다른 사물을 볼 수 없었다. 나는 여호와의 증인 사내의 말을 생각했다.

"이 섬은 사람을 취하게 합니다. 독주나 마약 같죠. 사람들 중엔 이 섬이 주는 마법에 취해 결국 이 섬을 떠나지 못한 부류들이 있습니다. 이 섬에 닿으면 납치가 일어납니다. 이 섬이 당신을 납치하지 못하도록 조심하세요."

밤새 이 섬의 안개가 만들어놓은, 항구 난간의 순결한 습기를 나는 만졌다. 액화된 보석인 그 성스러운 이슬을 만졌다. 해변까지 날아와 물을 마시고 있는 갈색 펠리컨, 직각으로 내리꽂듯 날아 내리며 첫 아침 식사를 사냥하는 화산 갈매기를 보았다. 절벽 위에 솟아 있는 선인장들, 종려나무들, 일찍 깬 가마우지를 보았다. 나는 동안에서 서안에 이르는 긴 물의 향연을 따라 산책했다. 그러고는 호텔로 돌아와 궁륭처럼 거대한 호텔 부엌 앞에 차려진 식탁에서 아침 식사를 했다.

찰스 다윈 연구소

다윈 연구소 앞에서 난 여호와의 증인 사내를 기다렸다. 그의 말이 생각났다.

"갈라파고스는 여행 안내자들이 알고 있는 몇 개의 따분한 단어들로 설명될 수 있는 섬이 아닙니다. 갈라파고스는 설명할 수 없다는 것 때문에 갈라파고스입니다. 거대한 거북부터 가장 작은 새 다윈 핀치까지, 찬 물의 펭귄부터 열해의 푸른 바다거북까지 모든 생명을 거대한 복부에 담고 있는 노아의 방주, 그것이 갈라파고스입니다."

사내는 슈바이처 박사풍의 열대림용 흰 모자를 쓰고 나타났다. 그는 몰려드는 관광객을 피해 연구소의 다른 입구로 날 데리고 갔다. 우리는 거대한 선인장 거목들이 빽빽이 들어찬 숲을 지나 다윈 연구소로 입장했다.

"이 갈라파고스에서 여행 안내자들이란 그저 순간을 중개하는 자들입니다. 그들은 자신이 떠들고 있는 것이 무엇인지 모른 채, 자신이 사람들을 이끌고 입장하고 있는 이 갈라파고스라는 섬이 대체 무엇을 의미하는지 상상도 하지 못한 채 이 섬을 들락거리는 자들입니다. 그들은 영원 속에서 악착같이 순간만을 살겠다고 고집하는 자들이고 영원이란 것이 바로 그들 앞에 존재한다는 것을 상상도 하지 못하고 있는, 그런 순간의 노예들입니다."

그가 다시 말했다.

"난 여호와의 증인 선교사로 세상의 끝인, 당시엔 최고의 오지인, 그래서 가장 무능한 자들이 파견되는 곳인, 이 섬에 파견된 후에야 알았습니다. 이곳은 신이 계시고, 신의 현존이 있는 에덴이므로 내가 여기에서 신을 설명하는 가소로운 짓거리 같은 것은 할 수 없다는 것을 알았습니다. 그래서 나는 어느 날부터인가 스스로 신을 설명하고자 하는 내 의욕과 사명의 입을 닫았습니다. 아시겠어요. 제 사명의 입을 닥쳤습니다. 어느 날부터인 신을 설명하고자 하는 그 입을 닥치자마자 나는 비로소 이 섬을 살기 시작했단 말입니다."

사내는 이 섬에서 살기 시작했다고 말하지 않고 이 섬을 살기 시작했다고 말하고 있었다. 어디선가 안내자의 농담에 깔깔대는 한 그룹의 관광객들 소리가 건너왔다. 연구소 입구 전시장에서 계속해서 이 섬의 역사를 설명하는 안내원의 말 속에서, 출몰하는 끝없는 숫자들의 후렴을 난 들었다.

우리는 연구소 구릉에 놓인 어린 거북들의 인공부화장 앞을 지났다. 인공부화한 어린 거북들의 등엔 종에 따라 각각 다른 색깔로 번호가 매겨져 있었다.

"저놈들이 이 에덴의 새 세대들입니다."

등판에 33번이라는 번호를 새긴 채 걸음마를 배우고 있는 어린 거북을 난 보았다. 그들은 모두 인큐베이터에서 부화한다고 했다.

"꼭 두번째 생일이 되면 저놈들은 차에 실려 자신의 고향 섬으로 옮겨져 방생됩니다."

33번이란 푸른 등판 숫자를 달고 있는 아기 거북은 에스파뇰라 섬에서 왔다. 33번은 앞발로 27번의 머리를 지그시 내리누르고 저만치 작은 연못만을 바라보며 진군했다.

"연못을 향해 가면서 저 어린 거북은 사실상 자신도 모르는 새 자신이 태어난 화산으로 가는 연습을 하는 겁니다."

여호와의 증인 사내가 말했다. 아기 거북은 연못으로 들어가더니 그곳에서 헤엄을 쳤다. 연못의 물은 바닥에 침강해 있는 사금 같은 모래 때문에 번스타인빛이었다.

"이놈들은 이 조그만 번스타인빛 연못을 통해 화산을 배웁니다. 이것 보세요. 이놈은 이사벨라 섬에서 왔습니다. 그 섬의 다섯 개 분화구 중 한 개의 분화구엔 엄청나게 많은, 이 지상에서 가장 거대한 거북의 제국이 있지요. 그 거북의 제국 한가운데 엄청나게 큰 분화구인 눈부신 터키빛 칼데라 호수가 있단 말입니다. 갈라파고스 주민들은 외경감을 지닌 채 그 분화구 호수를 '장엄한 칼데라'라고 부릅니다."

장엄한 칼데라. 그 호수의 이름에 가슴이 철렁 내려앉았다. 그 칼데라 호수가 혹 릴리가 말한 호수는 아닐까. 사내가 말했다.

"갈라파고스 거북들의 황제인 늙은 거인 조지를 보러 갑시다."

론섬 조지

고독한 늙은 황제 '조지'의 성채 한가운데엔 선인장 거목 한 그루가 서 있었다. 그 고목 아래 론섬 조지라는 이름의 그 거대한 거북은 이사벨라 섬에서 왔다는 두 명의 어린 신부를 거느리고 있었다. 그들은 어리고 아름다워 마치 자금성에 사는 두 명의 후궁 같았다. 갈라파고스 북쪽 섬 핀터에서 온 이 종의 마지막 남자인 조지는 두 신부와의 동침을 통해 자신의 종을 유지시켜야 할 절박한 의무가 있었다. 놈이 하늘을 향해 고개를 들어 올렸다. 자기 우주의 나무인 거대한 선인장 아래서. 그것은 아주 장엄한 모습이었다. 고독한 조지. 그가 정말 고독한지는 알 수 없었다. 사내가 말했다.

"갈라파고스란 이름의 이 에덴에서 고독이란 신성한 겁니다. 고독은 사람들이 생각하는 것과는 다른 겁니다. 신이 고독해야 한다고 하면 고독해야 하는 겁니다. 고독하지 않은 자들, 떼로 몰려다니면서 그 떼로 된 개념을 갖고 사는 사람들이 도리어 재앙인 겁니다."

고독한 조지가 머리를 들어올렸을 때의 장엄함과 꼬리를 들어올렸을 때의 역동감에 압도돼 우리는 말을 잊었다. 우리는 그곳에 앉아 오랫동안 고독한 조지를 바라보았다. 한동안 관광객 떼가 습격해오지 않은 것에 우리는 감사했다. 거북에겐 지상의 양식이며 동시에 그늘인 거대한 선인장이 놈의 등뒤에 우주의 나무처럼 버티고 있었고, 그 거대한 선인장을 배경으로 고개와 꼬리를 하늘로 치켜들고 서 있는 놈의 현존은 장렬한 인상을 남겼다. 그 숲 가득 들어찬 저 거대한 선인장들이 저 기적의 동물을 먹여살리고 있다고 난 생각했다. 놈의 성채에도 둥글고 넓적한 선인장의 거대한 잎들이 낙화한 채 마치 타악기처럼 누워 있었다. 그 광경은 참으로 극적이었다. 그 너머로 찬란한 적도의 태양과 태평양 위에 떠 있는 거대한 배 한 척이 바라다보였다.

다시 관광객이 몰려들자 고독한 조지는 귀찮다는 듯 얼굴을 자신의 갑옷 속으로 처박았고 저공비행하듯 꼬리를 낮춰버렸다.

"론섬 조지는 부끄러움을 많이 타서요."

안내인 남자가 여행자들에게 말했다. "거북은 대체 어떻게 교미합니까." 여행자들은 그렇게 낄낄거리며 사라져갔다. 한 여자가 제 남편에게 "빨리 와, 잭"이라고 재촉하는 소리를 난 들었다.

"고독한 조지는 130살 정도 됐어요. 그는 더이상 부끄럼 같은 게 없지요."

여호와의 증인 사내가 말했다.

"사실 저놈은 소란 떠는 관광객의 경박성을 지긋지긋해하는 겁니다. 130살 정도면 현자의 나이 아닙니까. 관광객이란 벼룩 같은 존재죠. 경박하게 뛰며 이 섬을 아주 귀찮게 한 뒤 섬의 신비를 잠시 빨아 마신 후 자국을 남기고 떠나갑니다. 이상도 하지요. 우리는 갈라파고스라는 대자연에 취해 솔직히 여자를 사랑할 정신조차도 없었어요. 이 섬에 있으면 가족이란 것이 갑자기 덜 중요해진단 말입니다. 저 대륙에선 그토록 절절했던 사랑도 이곳에 오면 갑자기 무의미해지는 것 말입니다. 이 섬엔 확실히 그 어떤 다른 법칙이 존재합니다. 우리를 저 고양된 다른 의미로 이끄는 그 어떤 장엄한 법칙이."

여행자들이 통과하고 나자 멧새인 다윈 핀치들이 고독한 조지의 성채로 몰려들었다. 그러자 조지는 다시 하늘을 향해 머리를 높이 뽑아들었다. 긴 목의 장대한 근육이 꿈틀거리는 것을 난 보았다. 저놈은 1971년 자신이 살고 있던 핀타 섬에서 이주했으니, 현학이 갈라파고스에 당도했다 하더라도 저놈과 상견례를 할 수는 없었을 것이라고 난 생각했다.

"어느 날 한 연구원이 저놈이 자기 종의 마지막 생존자라는 걸 발견했습니다. 그날부터 저놈은 그 고독 때문에 갈라파고스 거북들의 황제가 됐죠. 저 고독한 황제 거북의 정액을 받기 위해 두 명의 신부가 이사벨라 섬으로부터 온 겁니다. 그 이전 핀타 섬에서 온 신부 하나와의 정성 들인 교미는 실패했죠. 핀타 섬의 신부는 폐위됐고, 두 명의 신부가 이사벨라 섬에서 다시 간택되어 온 겁니다. 온 갈라파고스가 저놈의 2세를 기다립니다. 그런데 저놈은 성욕이 없어요. 신이 멸종하라면 멸종하는 겁니다. 그것이 에덴의 법칙이죠."

나는 이 섬을 그렇게 해석하고 있는 저 여호와의 증인 사내의 말을 그대로 수락하고 있었다. 내가 공항에 도착해 운하를 건너 잡아 탄 첫 버스에서 저 사내를 만난 것이 행운인지 불행인지는 알 수 없는 일이었다. 그러나 확실한 것은 내가 그를 만난 것은 운명이라는 점이었다. 어떻든 저 사내는 이 섬을 살아냈고, 주목했고, 관찰했고, 그리고 번역해내는 자였다.

이 지점에서 난 천천히 예언할 수 있을 것 같았다. 저 사내도 결코 이 갈라파고스를 떠날 수 없으리라는 것을. 저 사내도 이 섬이 스스로 자신의 운명이 되도록 놓아두고 있는 것이다. 어떻든 그도 이곳에서 이미 신과 에덴을 만진 자였다. 그가 이제 와 세상으로 귀환할 확률은 희박해 보였다. 그러나 그는 모르고 있었다. 그가 이미 자신이 말한 그 '찬란한 재앙'의 옷을 걸치고 있다는 것을.

그렇다. 관광객들이 통과하자 조지는 다시 얼굴을 들었고 입을 열어 그 동산의 창세기적 고요를 다시 한번 마셨다. 그의 두 신부만이 태양 아래 그림처럼 정지해 있었다. 이곳에서 무슨 일이 일어날지 아무도 모른다. 나는 그곳에서 자기 종의 마지막 주자인 그 고독한 조지를 명상했다. 고독한 조지가 저토록 소중하고 아름다운 것은 그가 멸망중이라는 사실 때문이라고 난 생각했다. 다윈 핀치가 날아와 거북의 그늘인 거대한 선인장 위에 앉았다. 사내가 말했다.

"저 늙은 거북이 그의 몸 가득 담고 있는 저 상징을 생각해보세요. 그의 몸 안에 얼마나 정결한 물이 흐르고 있는지 아십니까. 그의 몸 안엔 창세기의 물이 출렁입니다."

고독한 조지를 떠날 때 우리는 성채 입구에 걸어놓은, 1971년 고향인 핀타 섬에서 이주하던 날 섬을 배경으로 찍은 젊은 그놈의 마지막 송별 기념사진을 보았다. 놈은 아주 젊고 도전적인 모습이었다. 종의 마지막 황제다운 우수와 패기를 놈은 지니고 있었다. 고독한 조지의 기념사진 앞에서 문득 내가 물었다.

"피터 아텐보로 박사를 아십니까."

내 입에서 터져나온 아텐보로의 이름이 여호와의 증인 사내를 놀라게 했다.

사내는 말없이 날 데리고 연구소 서쪽 구역 공동묘지로 갔다.

"이 묘지는 이 섬에서 에덴을 보았다는 사실 때문에 일생 동안 이 섬을 떠나지 못한 채 기꺼이 이곳에 묻힌 자들의 묘지죠. 이 섬에서 가장 아름다운 꽃들이 절절하게 피는 이곳에 사람들은 공동묘지를 마련한 겁니다. 비석의 글들은 모두 손으로 썼습니다. 새긴 것이 아니라 곧 지워질 물감으로 썼단 말입니다. 비석의 비문이 아니라 마치 지워질 서류 한 장처럼 쓴 것입니다. 서류에 적듯 그들은 이곳에 죽은 자의 이름과 생년월일을, 죽음의 날짜를 새기지 않고 붓으로 갈겨씁니다. 이곳에 서면 죽음이란 그저 갈겨쓴 서류 한 장에 불과한 겁니다. 비가 오면 아마도 곧 지워질 겁니다. 그들은 신의 에덴과 영원을 보았습니다. 이 공동묘지를 이해할 수 있다면 이 섬도 이해할 수 있습니다."

석회로 된 하얀 무덤들. 그 공동묘지의 담장은 추상적인 선으로 뚫려 있었다.

"이 뚫림 속으로 삶과 죽음이, 순간과 영원이 넘나듭니다. 여기서 죽음이란 단절이 아닙니다. 이곳 연구소 연구원들은 어느 날 이곳의 거대한 거북들이 연구되는 것이 아니라는 것, 거북, 이구아나, 군함새 등 이 모든 에덴의 장치들은 만질수록 더 난해하고 더 장엄하고 더 밀의에 차 있다는 것을 알게 됩니다. 이 모든 기적의 동물들은 그저 존재하는 겁니다. 에덴은, 영원은,

분석되고 관찰되고 기록되고 관리될 수 있는 것들이 아님을 알고 그들은 위대한 항복을 하게 됩니다. 저기 보이는 저 집이……"

사내가 다시 말했다.

"바로 아텐보로 박사의 집입니다. 그는 영광스럽게도 다윈 연구소 설립에 참여했지요."

"그가 생존해 있단 말입니까."

"그는 실족사했어요."

"실족사했다고요?"

아텐보로의 집은 첫눈에 흉가 같았다. 입구엔 수미터가 넘는 장대한 선인장들이 기념비처럼 서 있었다. 입구의 나무 문은 반쯤 열려 있었다. 영원을 향해 열린 것처럼. 그 위에 "샌프란시스코 자연사박물관장 피터 아텐보로 박사, 1961-1971 이곳에 머물다"라고 덧칠한 또렷한 페인트 글씨가 쓰여 있었다. 집의 어깨 너머 터키빛 태평양의 만조가 바라다보였다.

우리는 문을 밀고 들어갔다. 다윈 핀치가 우리 앞을 날았다. 그날 아침 막 핀 것이 분명한 붓꽃들이 만개해 있었다. 잡초들은 우거져 있었고 지붕 위로 굴뚝 하나가 하현달처럼 걸려 있었다.

아텐보로가 실족사한 후 그 집은 다른 연구원들의 시한부 관사로 이따금 사용되고 있다고 했다. 세월의 도료가 창들을 덮쳐 우수를 풍겼다. 사진을 찍어야 한다고 생각했지만 무엇엔가 압도되어 찍을 수 없었다. 적도 호텔의 릴리가 생각났다. 지금쯤 그녀는 이미 샌프란시스코로 떠났으리라. 난 사진을 찍어 릴리에게 보낼 의무가 있다고 생각했지만 찍지 못했다. 나는 내가 아텐보로 교수의 집에 발을 들여놓고 있다는 그 시간의 기적을 그렇게 다치게 하지 않고 놓아두고 싶었다.

"어느 날 아텐보로 박사는 등산화를 벗어놓은 채 '장엄한 칼데라'로 걸어들어갔습니다. 마지막 장비인 등산화 한 켤레를 벗어놓은 후 우주의 품인 그 물속에 자신을 수장시켰던 겁니다. 1971년의 일이죠. 공식 발표는 실족사였지만 말입니다. 그 장엄한 칼데라 호 속엔 수많은 거북의 사체, 갑골들이 있었고 그 고지까지 날아와 살다 죽은 새들의 주검이 있었습니다. 귀부엉이들도 그곳에서 죽었죠. 그는 그렇게 그들의 시신과 하나가 됐던 겁니다. 갈라파고스의 우주인 그 장엄한 칼데라가 그를 받아안았단 말입니다. 소문에 의하면 저 '장엄한 칼데라'의 가장 깊은 수심은 무려 1천 미터에 이른다는 겁니다. 당신은 그런 행복한 죽음에 대해 들은 적이 있습니까."

사내는 말하고 있었다. 아텐보로 박사는 결국 갈라파고스 섬에 미쳤고 아내와 릴리를 버렸다는 사실을. 아텐보로가 앓았던 병은 전염성이 강한 것이었다. 그가 최초의 탐험 때 신었던 절단 난 두 켤레의 등산화는 지금도 다윈 연구소 기록보관소에 남아 있다고 했다. 그러나 어찌된 영문인지 그가 마지막으로 신었던 등산화는 분실되었다는 것이다. 난 아텐보로가 걸린 그 병에 전염되어서는 안 된다고 안간힘을 쓰고 있었다. 난 갈라파고스가 연적보다 더 무서운 무적의 적이라고 말한 릴리의 말을 악착같이 붙잡고 있었다. 갈라파고스에 대한 중독성 강한 열애가 언제 내 뺨을 갈길지 모르는 일이었다.

아텐보로의 집은 창문이 모두 열려 있었고 바람이 덜컹거리며 집의 심장을 통과하고 있었다. 열어젖힌 창 때문에 그 집의 절반엔 태평양이 들어앉아 있었다. 그러자 난 알았다. 이 섬의 담장은 태평양이다. 태평양은 이 섬의 갑옷이고 외피이다.

동산은 다시 더워지기 시작했다. 난 문득 서울에서 군사 쿠데타 소식이 들이닥쳤던 그 좌초의 밤, 부친 현학이 호텔 아틀란틱 로비에서 청해 들었던 저 쇼스타코비치의 〈찬란한 왈츠〉를 듣고 싶었다.

다음날 나와 여호와의 증인 사내는 배 한 척에 좌석을 예약한 후 북항구로 갔다.

"난 선장 제이콥입니다. 난 성경 속의 위대한 이름을 메고 삽니다."

제이콥 선장은 북항구 입구에 등대처럼 선 채 그렇게 자기 배의 승객들을 맞았다.

"난 작은 통통배의 선원으로부터 일을 배웠죠. 내 생애 최초의 그 통통배의 이름은 '에스메랄다'였죠. 그 배가 파선해 세 사람이 익사하는 것을 보면서 난 비로소 뱃사람이 됐어요."

제이콥 선장의 배의 이름은 '라 마르'였다. 선장은 승선자 명단에 자기 배의 이름을 적으며 두 번이나 이렇게 반복해 말했다.

"내 배의 이름은 '엘 마르'가 아니라 '라 마르'입니다."

엘 마르가 아니라 라 마르라는 것, 남성적 엘 마르가 아니라 여성적 라 마르라는 것. 엘 마르는 보통명사지만 라 마르는 아니라고 그는 말했다. 라 마르라고 말하는 순간 바다는 어머니가 된다는 것이다. 라 마르는 지금, 이곳의 이 바다가 아니라는 것이었다. 라 마르는 아직도 도착하지 않은, 그 어딘가에 있는 미지의 바다를 계시한다고 했다. 현실의 바다가 아닌, 시원의 바다, 우주의 바다, 언제나 처녀인 동정녀의 바다를. 제이콥 선장이 말했다.

“사람들은 모두 각각 다른 바다를 선택해 소유하고 있지요. 엘 마르이거나 혹은 라 마르를.”

북항구에 도착했을 때 안개는 이미 걷히고 대양 저편에선 장렬한 일출이 시작되고 있었다. 이곳에선 일출도 화산 폭발처럼 장렬하게 진행된다. 버스는 북항구에서 제이콥 선장의 배에서 일할 요리사와 요리사 보조를 실었었다. 그들은 파파야와 날계란을 신생아처럼 가슴에 품고 탔었다. 출항 직전 젊은 안내자 말롱이 도착했다. 그는 다윈 연구소 훈련 자격증을 가진 국립공원 안내원들만이 착용하는 크림빛 제복을 입고 나타났다. 그는 오래전 다윈 연구소에서 출간한 갈라파고스에 대한 고전적 안내서 세 권을 손에 들고 있는 미소년 같은 남자였다.

배가 출항을 알렸다. 제이콥 선장의 배 ‘라 마르’의 열린 선창으로 일출을 끝낸 태양이 터질 듯 밀려들어왔다. 여호와의 증인 사내와 나는 갑판 위에 벌렁 누워버렸다. 선글라스도 벗어버렸다. 적도의 태양에 우리 눈의 홍채가 상해버린다고 해도 저 원시의 태양, 시원의 바다를 눈 속 깊이 담고 싶었다. 우리는 이 에덴을 선글라스를 낀 채 통과하는 것은 불경하다는 생각을 하고 있었다. 배는 새들이 가득 사는 섬을 통과했다. 가까이에서 보니 그 섬은 온통 새들과 선인장으로 차 있었다. 섬은 새들의 둥지와 알들, 그리고 부화중인 어린것들로 자자했다.

안내자 말롱은 우리에게, 인간은 단지 이 무인도에 손님 자격으로 잠시 입장이 허락될 뿐이라는 사실을 잊지 말라고 웅변했다. 갈라파고스 주민인 육지 이구아나, 바다 이구아나, 물개 들에게 선착장 같은 것은 아예 필요치 않았으므로 모든 무인도엔 선착장이 없다고 말롱이 말했다. 그래서 우리는 매번 배를 바다 한가운데 세워놓고 보트로 섬에 접근한 채 흔들대는 보트 위에서 섬으로 곧장 뛰어내려야만 한다는 것이었다. 배 위엔 멕시코, 스페인, 하와이에서 온 여행자들도 타고 있었다.

몇 시간을 달려 우리는 이구아나의 섬에 도착했다. 우리가 보트를 갈아타고 내린 해안은 물개들로 덮여 있었다. 잠에 빠진 물개들을 깨워야만 우리 일행이 그 섬에 입장할 수 있음이 분명해졌다. 우리 보트는 섬의 입구에 잠시 멈춰 서 있었다. 말롱이 손뼉을 치며 숙면에 빠진 물개들을 깨웠다. 말롱의 손뼉 소리가 길어졌다. 물개들이 일어나지 않았으므로. 그러자 일행은 우리가 지금 물개의 침실을 침입하고 있음을 알고 부끄러웠다. 물개들은 뒤늦게야 부스스 몸을 일으키며 간신히 길을 비워주는 것이었다. 우리가 통과하자 물개들은 다시 누워 숙면 속으로 추락했다. 갈라파고스 물개들은 잠의 천재들이었다.

물개는 그 화산섬의 전위대였다. 물개의 띠를 지나자 후방의 해변 화산 바위 위에 수백 마리 바다 이구아나가 포진해 있었다. 도처에 누워 있는 바다 이구아나는 정말이지 거대한 띠를 이루고 있었다. 맞은편 관목 덤불과 선인장 아래엔 이마와 등에 황금관을 쓰고 있는 육지 이구아나들이 있었다. 놈들은 척추에 황금 볏을 달았고 그 위에 황금빛 대례복을 걸쳤다. 육지 이구아나는 정말이지 믿을 수 없는 형상을 하고 있었다. 그 신비가 가슴을 철렁하게 만들었다. 이구아나의 황금관과 척추를 따라 돋은 황금 볏은 인간이 도저히 제조할 수 없는 그 무엇이었다. 육지 이구아나들과 화산 바위 위에 누워 불 같은 적도의 태양을 받고 있는 바다 이구아나의 모습에 숨이 막혔다. 갈라파고스라는 이 장소가 나를 환각에 빠지게 한다고 난 생각했다. 아니, 난 갈라파고스라는 강한 환각 앞에서 현기증을 느꼈다. 이곳엔 그 어떤 초월이 존재한다. 놀라운 것은 내가 이 믿을 수 없는 광경을, 그럼에도 불구하고 그것을 보는 순간 가차 없이 이해하고 있다는 사실이었다. 해변에서 물개들은 끊임없이 울었다.

"이곳 에덴의 문은 육지 이구아나와 바다 이구아나가 지키고 있군요. 오늘 이 섬의 수문장은 이구아나들입니다."

말롱이 말했다.

바다 이구아나들은 해바라기를 한다. 그러면서 놈들은 적도의 태양을 그들 몸에 저장한다. 그들은 몸 안에서 열을 만들어낼 필요가 없다. 40억 년을 중단 없이 비춰온 태양이 있지 않은가. 그들은 이따금 태양을 향해 옆구리를 돌린다. 용암빛 살갗은 열판이 된다. 적도의 태양에 의해 피가 더워지면 그들은 다시 심해로 잠수해 양식인 녹조류를 뜯어먹는다. 그들은 2억 년 전부터 이 세상에 존재했다는 것이다. 그러니 저 이구아나들은 그들 존재 속에 2억 년의 시간을 저장하고 있는 것이다. 그들 오관 속엔 2억 년의 시간이 입력되어 있다. 이구아나도 거대한 거북도 초식성이라는 것이 참 놀랍다. 그들은 초식인데다 공격적이지 않다는 이유 때문에 2억 년이란 긴 시간을 선물로 받았는지도 모르겠다. 심해로 들어가 녹조류로 식사를 끝내고 나면 그들은 다시 화산 바위에 엎드려 심해에서 식은 피를 적도의 태양으로 덥히고 있는 것이다. 어떤 바다 이구아나들은 녹조류와 함께 삼켰던 과도한 소금을 허공으로 뱉어내고 있었다.

말롱은 육지 이구아나가 있는 곳을 귀신같이 알아냈다. 말롱의 몸 안에 갈라파고스의 지도가 있음이 분명했다. 우리는 이따금 황금빛 대지와 그 위에 엎드려 있는 황금빛 이구아나를 구별해내지 못했다. 당연한 것이 그 위에 다시 적도의 황금빛 태양이 쏟아져내렸고 그래서 대지와 이구아나와 태양은 하나의 황금덩어리가 되어 있었으니까. 그 이구아나, 그 대지, 그 태양을 한꺼번에 읽어내는 힘을 말롱은 갖고 있었다.

저만치 산책 나온 두 마리 육지 이구아나가 그들 대지인 화산석 위에 앞발을 올려놓고 태평양을 바라보고 있었다. 그 곁에 죽은 이구아나의 시체가 놓여 있었다. 두개골과 척추들, 백묵처럼 하얘진 뼈들이 해진 가죽 속에서 바람에 흔들거렸다. 이곳에서 죽은 모든 이구아나들은 죽은 그 자리에서 가차 없이 풍장되었다.

이곳에선 삶은 심각하게 진행되지 않는다. 적어도 5백만 년간 이 섬을 살아온 동물들은, 이 섬에서 태어나 이 섬에서 죽어 저렇게 풍장되어간다. 풍장되어가는 이구아나 옆에서 어린 이구아나가 알을 까고 나온다. 풍장되어가는 시신은 그들 곁에 누워 그들을 가르친다. 풍장되는 시신이야말로 죽은 이구아나가 산 이구아나에게 보내는, 바람에 펄럭이는 유서 한 장 같다.

저 대양의 소금 냄새와 풍장되는 동물의 시신 냄새가 장엄한 바람에 실려 우리의 얼굴을 때린다. 그렇다. 이 냄새다. 이 삶의 냄새를 맡기 위해 이곳에 왔다고 내 안의 내가 외친다. 채송화처럼 붉은 난쟁이 식물, 이것이 이곳에 사는 동물들의 산홋빛 식탁이다. 마치 대양 속의 산호가 해저로부터 걸어나와 붉은 꽃이 되어 있는 것 같은 그 식물들을 먹으며 그들은 종족에서 종족으로 이동한다.

"이곳 이구아나들은 산호를 먹는군."

내가 꿈꾸듯 말했다. 나는 이구아나의 황금관과 황금 깃을 넋을 잃고 쳐다본다. 그들은 선인장 아래 앉아 있다. 그들의 양산이며 식탁인 선인장 아래, 풍장 사체와 살아 있는 동물들의 움직임이 엇갈리면서 이루어내는 이 섬의 삶과 죽음의 역동성은 대단한 것이었다. 여기선 삶과 죽음이 동시에, 갑자기, 습격하듯, 건강하게 일어난다. 죽음과 삶이 한 장소에서 일어난다. 탄생과 임종이 동시에 폭발하듯 뒤엉키며 존재하는 화산섬의 탄력에 난 숨이 막혔다.

절벽의 틈은 수많은 새들의 보금자리다. 절벽 아래서 급류는 겹치며 몸을 섞는다. 한류와 난류가 겹치면서 그 해류를 따라온 수천의 새들이 그곳에서 합류한다. 이곳은 터질 듯 생명의 정열로 가득 차 있다. 발정기의 춤, 결혼의 춤을 추는 새들 곁을 우리는 지난다. 새들은 그 절벽 위에서 교미를 했고, 날아오르며 결혼의 찬가를 불렀고, 그곳에서 알을 낳고, 늙고, 죽고, 가차 없이 풍장됐다. 죽어 풍장되는 새들 곁의 알 속에서 다시 아기 새들이 태어난다. 죽음과 탄생의 이 장엄한 악수.

하얀 말뚝들로 이루어진 좁은 길만이 여행자들에게 허락된 유일한 길이다. 그 말뚝 앞에서 말롱은 우리가 여행자란 이름으로 이 섬을 침입하고 있음을 거듭 확인시킨다. 우리는 "스톱"이라는 표지판을 본다. "더 나아가지 마시오"라는 표지판도 본다. 갈라파고스의 모든 무인도는 우리 여행자에겐 저녁 6시면 출입금지다. 우리는 6시 전에 이 신성한 무인도에서 우리의 존재를 치워버려야만 한다. 우리의 그림자를 여기 드리워선 절대 안 된다. 이곳은 저 기적적인 동물들의 제국이다. 자연의 경이란 말도 이곳에선 무력하다. 이곳엔 경이 그 이상의 무엇이 있다. 나는 다시 "더 나아가지 마시오"라는 표지판을 본다. 우리는 자연의 경이를 여기까지만 예감하도록 저주받았다. 경이의 정체, 창세기의 진실까지는 입장할 수 없다. 이 섬에서 보니, 인간만큼 저주받은 존재는 없다. 일생 동안 계산기와 주식 시세와 수천 킬로미터나 되는 영수증에 얼굴을 처박고 사는 재앙적 존재는 다시 없다. 말롱이 말했다.

"저 대양 속엔 수많은 푸른 바다거북들이 삽니다. 이 장대한 파충류들, 거대한 거북, 푸른 바다거북, 육지 이구아나, 바다 이구아나…… 학자들은 이 모든 것들을 종종 '갈라파고스의 용'이라는 벅찬 이름으로 부릅니다. 거북과 이구아나 조상 모두가 바로 공룡이라는 겁니다. 그들은 2억 년 전 지구에 등장해 무려 1억 년 이상 지구라는 왕국을 지배했습니다. 보십시오. 저 깊은 심해저로부터 뜨거운 마그마가 해면으로 솟아오르면서 불의 폭포가 내립니다. 마그마의 가스가 증기처럼 솟아오릅니다. 쏟아져내린 유황은 열이 식으면서 급하게 굳어갑니다. 그 무서운 화상(火傷) 속에서 용암과 화산재로 이루어진 섬들이 탄생합니다. 용암의 바위들은 닳아서 점토와 진흙이 됩니다. 5백만 년 동안 이 화산섬은 우주 속에서 그렇게 자신을 완성해갔습니다. 화산과 녹음이 뒤섞입니다. 나무송진과 화분들이 대기에 날립니다. 저 눈부신 상앗빛 모래사장들, 금분 같은 저 모래들은 죽은 산호초와 수중 동물들의 뼈가 부서져 만들어낸 찬란한 마법입니다. 바닷속의 산호초가 밤이면 기어올라와 이렇게 붉은 식물이 됐죠. 결국 갈라파고스는 '노아의 방주'라는 이름의 황홀한 심포니죠. 숨 막히는 오케스트라의 총보(總譜) 말입니다."

화산 지대를 따라 오르며 서식하는 낮은 키의 붉은 식물들을 우리는 보고 있었다. 난 말롱과 여호와의 증인 사내가 이 섬의 기적들을 서슴없이 노아의 방주라고 해석하는 데 저항할 길이 없었다. 그들은 전적으로 옳다. 그렇지 않다면 이 섬 도처에 벌어져 있는 저 수많은 기적들을 해석할 길이 없다. 말롱이 다시 말했다.

"우리는 지금 젊지도 늙지도 않은 중년의 지층, 중년의 땅을 걷고 있는 겁니다. 우리는 지금 지층의 내장을 지나는 겁니다. 이 지층들이 미친 듯 용암이 되어 폭발했던 5백만 년 전을 생각해봅시다. 저 눈처럼 흰 모래사장, 그것은 먼 대양의 산호의 죽음과 죽은 동물들의 뼈들로 직조한 양탄자입니다."

그때 상어가 들이닥쳤다.

"3미터는 족히 되겠죠."

말롱이 말했다.

"밀물 때면 이 섬 뒤쪽엔 수십 마리 상어들이 해변에 도착하니 만나러 갑시다."

아무도 말롱의 말에 환호하지 못했다. 수십 마리의 상어 떼라니. 우리는 그것이 농담인지 구별할 길조차 없었다. 이런 기적들은 저 먼 육지에서 온, 닳을 대로 닳아빠진 앙큼한 속물들인 우리 머릿속엔 입력되어 있지 않다. 나는 잠시 말롱이 동화 읽어주는 남자처럼 생각되었다.

말롱의 말대로 그 화산섬 너머 북해안엔 상어가 가득 살고 있었다. 수십 마리 상어가 유영중인 해변 앞에선 젊은 펠리컨이 보금자리를 짓고 그 위에 부화한 새끼들을 키우고 있었다. 용암의 정령 같은 지독하게 붉은 게와 핑크빛 난쟁이인 갈라파고스 펭귄도 살고 있었다. 게들은 자신들이 만든 모래성 구멍을 분주하게 오갔다. 그들의 등판은 투명한 크리스털빛이어서 찬란한 빨간 내장이 그대로 들여다보였다. 핑크빛 난쟁이 펭귄의 빰은 태평양처럼 푸른 터키빛을 반사하고 있었다. 화산 도마뱀들은 수없이 선인장 아래를 달려 지나갔다. 그런 후 낙화된 선인장 잎 곁에 멈춰 선 채 문득 부르르 몸을 떨었다. 그러고는 적도의 태양을 향해 경배하듯 머리를 끄덕였다. 마치 태양교 신자처럼.

그렇다. 이곳 갈라파고스엔 물, 불, 흙 들이 우리에게 익숙한 질서대로 있지 않다. 이곳 풍경은 우리의 모든 보편성을 부인한다. 네 계절이 한 섬의 몸속에 한꺼번에 들이닥쳐 있다. 육지 이구아나의 황금빛 왕관, 바다 이구아나의 화산암 몸빛, 불타는 화염빛 외투를 입은 절벽 게,. 푸른 장화를 신고 있는 푸른 발의 견조, 화염 같은 풍선을 목에 매달고 나는 군함새, 화산 갈매기, 노란 넓적다리 새. 신은 이구아나에겐 황금빛 관을, 견조에겐 푸른 장화 한 켤레를 주셨다. 그 곁에서 가마우지가 자맥질을 한다. 갈라파고스라는 이름의 이 노아의 방주는 우주가 꾸는 황홀한 꿈이다.

보트는 이미 우리 일행을 실어나르기 위해 섬 입구에 도착해 있었다. 우리는 엎드려 두 개의 손바닥을 부채처럼 펼친 채 오후 잠을 청하고 있는 황금 이구아나 앞을 통과했다. 그들은 자다 일어나 하품을 하고는 다시 쓰러져 잠 속으로 빠져들었다. 말롱은 이번에도 다시 물개들의 깊은 잠을 깨우기 위해 손뼉을 쳐야만 했다. 보트에 이르는 화산 바위 길은 다시 물개들의 침실로 변해 있었고 우리는 그들에게 다시 길을 구걸해야만 했다.

"무례한 손님인 우리를 용서하게."

여호와의 증인 사내가 잠든 물개의 귀에 대고 속삭였다.

"무례하게도 자네 침실을 가로지르는 경박한 우리를."

배에 타면 여행자들은 갑자기 수다를 멈췄다. 대자연이 우리를 단번에 압도했으므로. 이 섬의 모든 것은 우리가 사는 세계에선 단 한 번도 본 적이 없는 그 무엇이라는 인식이 우리를 잠시 침묵케 한다. 젖은 발로 무인도에 입장할 때마다 우리는 안다. 우리도 모르게, 이 세상 끝에 남겨둔 신의 에덴에 발을 들여놓고 있다는 것을. 보트는 계속 어미 배를 따라온다. 사람들은 갑판에서 다시 상어가 나타났다고 소리친다. 이번엔 푸른 바다거북이라고 소리친다.

갑판에 선 채 나는 온 존재가 태평양 습기에 젖어 천천히 액화되어가는 것을 본다. 안개는 존재를 파고들며 나를 액화시킨다. 나는 그렇게 태평양 안개로 지어진 옷을 입는다. 파도는 하얗게 부서지다 못해 아주 새파랗게 발광(發光)한다. 나는 갑판 위에서 장엄한 태평양을 마셨다. 그 대양을 몇 번이고 들이마셨다. 나는 이 섬이 토하는 압도적인 설교에 넋을 잃고 있다. 아니, 이 섬은 설교하지 않는다. 그저 존재한다. 갈라파고스에서 넋을 잃지 않는 자, 그들이 저주받은 자이다. 돛 석 장짜리 범선 한 척이 스마락드빛 보석 같은 바다 위를 지나간다.

맨발로 갑판을 오가며 나는 주방에서 올라오는 음식 냄새를 맡았고 제이콥 선장이 곧 우리를 부를 것이라는 것을 알았다. 나는 다시 갑판에 벌렁 누워버렸다. 하늘이 쏟아져내렸다. 고공

비행중인 군함새가 보였다. 갈라파고스의 바람이, 훔볼트한류와 크롬웰한류 속에서 태어난 시원의 바람이 내 존재를 향해 불어닥쳤다. 이것이 우주를 느낀다는 것이다. 배의 바에선 요리사가 요리를 하고 있었다. 갑판 아래선 제이콥 선장이 틀어놓은 살사 음악이 쏟아졌다. 나는 이구아나와 거대한 거북 사이에서 인간이 마치 버려진 사생아 같다는 생각을 했다. 자연은, 원시는, 신과의 건강한 계약을 지키고 있다는 생각이 들었다. 이곳에 와보니, 인간은 확실히 길을 잃었다. 이성에 납치당한 인간. 이 섬에 당도해보니 난 비로소 인간이 버려진 존재임을 알겠다.

대양 복판에서 나는 내 카메라가 돌연 기능하지 않는다는 것을 알았다. 결정적인 것은 중간 망원렌즈로 도무지 피사체가 들어오지 않는다는 것이었다. 초점 거리가 긴 망원렌즈도, 줌렌즈도 소용없었다. 갈라파고스를 최대 화면에 담기 위해 번번이 확대 줌을 미친 듯 당기곤 했으므로 확대 기능은 마침내 녹초가 돼버린 것일까.

"카메라의 확대 장치가 고장났나요?"

여호와의 증인 사내가 말했다.

"어떻게 아셨죠?"

"이 섬에 온 사람들은 이 지상 마지막 에덴인 갈라파고스의 장엄함을 카메라 렌즈로 포획하려고 확대 장치를 계속해서 작동시키는 통에 대개는 확대 기능이 거덜난 채 돌아갑니다. 그러나 아시겠어요. 정말로 이 갈라파고스를 카메라 속에 담고 싶다면,

이 섬을 떠나기 전 공항 휴지통에 당신의 필름들을 모두 던져 버리세요."

"불경하다는 말씀인가요?"

사내는 대답하지 않았다. 카메라의 확대 장치는 결국 거덜이 나서 더이상 기능하지 않았다. 갈라파고스라는 장대한 피사체를 최대로 확대해 에덴을 담으려던 내 과욕은 보기 좋게 좌초됐다. 카메라의 확대 장치가 고장난 것은 난생처음이었다.

"이 갈라파고스는 애초 그 카메라 줌렌즈에 들어가지 않습니다. 낙원은 당신들이 휴대하고 온 세속적 장비인 그 카메라에 들어갈 수 없는 그 무엇입니다. 에덴, 그리고 창세기 같은 것은 죽어도 카메라 렌즈에 담을 수 없는 그 무엇입니다. 이 섬을 조금이라도 이해하고 나면 사람들은 우선 카메라를 내던집니다. 나도 그랬죠. 이제 이 여행을 끝내고 귀국하기 위해 다시 발트라 공항에 설 때 당신은 지금의 내 얘기를 이해하게 될 것입니다."

그렇다. 사내의 말은 옳다. 갈라파고스에 서면 신은 내 안에서 점점 더 커진다. 그것이 망원렌즈와 줌렌즈가 보기 좋게 거덜 난 이유였다. 카메라를 열면 화면엔 외마디처럼 "건전지를 바꾸시오"라는 표시만 반복해 명멸했다. 새 건전지로 갈아끼워도 비명은 마찬가지였다. 카메라가 갈라파고스에 항복한 것이다.

"갈라파고스에서 보면 가장 저주받은 존재는……"

여호와의 증인 사내가 말했다.

"인간이란 말씀이시죠."

내가 말했다. 사내가 다시 말했다.

"갈라파고스가 에덴일 수 있는 것은 인간의 부재 때문입니다. 아세요. 에덴의 첫째 조건은 인간의 부재입니다."

배는 북항구에서 우리와 이별했다. 말롱은 작별 후 안개 속으로 사라졌다. 남항구로 가는 산타로사라는 이름의 낡은 버스는 제이콥 선장과 나, 여호와의 증인 사내를 실은 채 다시 지독한 안개로 지어진 터널 속을 달렸다. 사람이 살지 않는 북항구로부터 사람 사는 남항구로 난 긴 육로는 안개로 가득해 마치 안개로 지은 터널 같았다. 버스가 달려 접근할 때마다 안개들은 조금씩 휘장을 거뒀고 안개 속에서 거대한 우윳빛 가로수들은 버스의 차창을 만졌다. 안개는 너무도 짙어 마치 혼수 같았다. 혼수 같은 안개는 어차피 꿈인 이 섬을 더 지독한 꿈으로 만들었다.

'그렇다. 이 섬은 완고한 꿈이거나 아니면 지독한 최면이다' 라고 난 생각했다. 황금관에 황금 목도리를 두른 육지 이구아나와 강한 발톱으로 파도가 내리치는 절벽에 붙어 그 습격을 견뎌내던 바다 이구아나들의 모습이 내 안에서 수없이 철썩였다. 그제야 난 내가 이미 며칠간 이상한 멀미에 시달리고 있음을 알았다. 이 미세한 현기증의 정체는 곧 밝혀졌다. 이곳에 왔을 때 난 마치 급정거하듯 내가 살던 과속의 속도를 줄여야만 했고 이 섬이 지니는 그 신성한 느림의 새 속도가 내게 멀미를 불러일으키고 있는 것이었다. 어차피 내 존재가 이 에덴에 냅다 부딪히면서 좌초될 때 내가 멀미를 일으키는 것은 조금도 이상한 일이 아니었다. 어차피 진실된 에덴 앞에 서면 인간은 좌초하도록 운명 지어져 있었다. 난 그날 산타로사라는 버스 안에서 제이콥 선장에게 할 말이 있었다.

"갈라파고스엔 거대한 거북의 제국이 있다고 들었습니다. 거대한 갈라파고스 거북 6천 마리가 모여살고 있다는 거북의 제국이."

내 말에 제이콥 선장은 잠시 숨을 멈췄다. 내가 말했다.

"어딥니까."

"어느 섬 정상에 있는 거대한 화산구죠."

"화산구라구요?"

"아주 거대한 화산구입니다. 내 말을 이해하시겠어요. 수백만 년 전 그곳은 불구덩이였단 말입니다. 화산 폭발이 있었지요. 저 태양의 해저로부터. 저 대양이 아직 태평양이라고 불리기 훨씬 전 화산 폭발로 인해 유황으로 된 비가 쏟아져내렸다는 겁니다. 그 후에도 화산은 다시 폭발했고 용암을 토해냈어요. 거대한 화산구가 생기고 그곳에 물이 고이기 시작했죠. 화산구 위로 거대한 호수가 생겨난 겁니다. 우리는 그 거대한 호수를……"

"장엄한 칼데라라고 부른다고 들었습니다."

"그 칼데라 호수를 우리는 외경감에 차 '장엄한 마돈나'라고 부르지요."

"장엄한 마돈나…… 어디 있습니까."

"해발 1,200미터 위에."

"어느 섬이죠?"

"이사벨라. 그 섬은 한몸에 무려 다섯 개의 활화산을 담고 있는 정열의 섬이지요. 그 이사벨라 섬 알세도 화산구죠."

그리고 제이콥 선장은 오른손을 저었다.

"그곳은 금지된 성지, 금지된 성역입니다. 그래요, 그 거대한 칼데라 호수 동산엔 수천 마리 거북이 사는 거대한 거북의 제국이 있습니다."

"절대 금지된 곳입니까."

내가 물었다. 하루 전 여호와의 증인 사내로부터 '장엄한 마돈나'라는 말을 듣는 순간 나는 당장 알았다. 그곳이 내 여행의 목적지임을. 미처 알지 못했던 바로 그곳에 가기 위해 나는 이 갈라파고스로 온 것이라는 운명적 느낌이 있었다.

"장엄한 칼데라 호 주변 섬은 수년 전에도 용암을 토해냈었지요. 그때 헬리콥터가 동원돼 많은 거북들을 불의 폭풍 속에서 구해냈습니다. 그 화산지대 숲속엔 꿈처럼 끝없이 안개가 드나들고 거대한 거북들은 화산구 늪지대를 영원의 속도로 산보한다는 겁니다. 그 맹렬한 안개는 장엄한 칼데라 호의 숨결이라는 겁니다. 그것이 그 거대한 거북들의 우주입니다. 장엄한 칼데라 전 지역엔 적어도 6천 마리의 거북들이 삽니다."

선장이 다시 말했다.

"그 섬에 가려면 특별 허가를 받아야만 합니다. 국립공원 허가청에 당신이 반드시 그 섬을 방문해야만 하는 이유서를 제출하세요. 국립공원 허가청은 찰스 다윈 센터와 함께 일하죠. 두 감독 기관이 당신 이유를 이해할 수 있어야만 합니다. 연구나 재정 지원 목적이 아닌 경우엔 대개 거절당하죠."

난 선장을 바라보았다.

"난 장엄한 칼데라에 반드시 갑니다. 기부금이라도 내겠어요."

"알세도 화산구에 가겠단 말입니까."

"당신 배를 빌리고 싶어요. 제이콥 선장, 당신의 배 '라 마르'를."

"그곳은 금지된 호수예요. 더구나 유능한 안내자가 아니면 갈 수 없는 난코스예요."

"이번에도 말롱과 함께 갑시다."

"말롱이 사는 지역은 자주 정전(停電)됩니다. 말롱에겐 전화가 없어요. 전령처럼 인편이 오가죠. 내일 아침 동트기 전 그를 호텔 워터 프론트 로비로 보내죠."

선장은 다시 말했다.

"당신 말대로 말롱은 유능해요. 말롱과 함께라면 나도 해낼 수 있죠. 일행은 대체 몇 명이 되는 거죠?"

선장은 여호와의 증인 사내를 보았다.

"허락된다면 나도 동행하고 싶어요. 어쩌면 내 생애 마지막이 될 등정이죠."

여호와의 증인 사내가 말했다.

"네 명."

내가 말했다. 제이콥 선장과 안내자 말롱, 그리고 나와 여호와의 증인 사내였다. 문득 선장이 말했다.

"가슴이 뛰고 진땀이 나요. '장엄한 마돈나'에 간다니."

"나도 진땀이 나."

여호와의 증인 사내가 속삭였다.

"이곳 사람들은 옷깃을 여민 채 산정에 있는 그 칼데라 호수를 '장엄한 마돈나'라고 불러요. 그 앞에선 입을 닥치는 게 좋죠."

그러자 문득 미지의 '장엄한 칼데라'가 내 앞에서 자꾸 더 장엄해지는 것이었다. 사내의 말대로 우리는 그 '장엄한 마돈나'라는 이름 앞에서 입을 닥쳤다.

"말롱은 허가서를 받아낼 거예요. 이유서에 기록할 절박한 이유를 생각해두세요."

절박한 이유. 나는 초록병에 담긴 '아버지의 재'를 생각했다. 기습하듯 밤이 침몰했다.

이튿날 황혼 녘, 워터 프론트 호텔 열쇠함엔 말롱에게서 온, 감독청으로부터 특별 허가를 받아냈다는 쪽지가 출렁 도착해 있었다.

장엄한 칼데라

결행의 그날, 난 항구에서 제이콥 선장을 기다렸다. 그는 우리 여행의 안내자인 말롱과 함께 왔다. 그의 어머니이며 애인인 라 마르는 아욜라 항구에 정박해 있었다. 제이콥 선장은 그렇게 이사벨라 섬으로의 항해를 승낙했다. 우리는 배낭 속에 물과 비상식량을 준비했다. 여호와의 증인 사내는 발효시키지 않은 밀가루 반죽을 직접 화덕에 구워 만든 딱딱한 무교병을 갖고 왔다. 나는 배낭 속에 '아버지의 재'를 간직하고 있었다. 나는 그 항해가 내 갈라파고스 여행의 종착역이 될 것임을 예감하고 있었다.

출항 전 갈색 펠리컨 한 마리가 척, 배의 선두에 섰다. 배에 오르자 우리는 신발과 양말을 벗었다. 가문비나무 속살을 베어 내 지은 라 마르의 바닥이 너무도 순결했으므로. 섬들은 자신의 마법을 안개로 가렸다. 보이는 것이라곤 절벽에 부딪혀 장렬하게 좌초하는 대양의 파도 자락들이었다. 그것은 마치 동태평양의 맥박을 재는 메트로놈 같았다. 말롱은 장엄한 칼데라 등정엔 적어도 사흘이 필요하다고 말했다. 그러나 말롱이 목에 착용한 허가서에 적힌 시간은 48시간이었다. 그 숫자 속엔 중요한 전언이 들어 있었다. 가능한 한 짧은 시간 동안 알세도 분화구에 체류할 것, 그것이 장엄한 칼데라를 사랑하는 방법이라는 것이었다.

항해 몇 시간 후 제이콥 선장은 배를 정박시켰다. 우리는 성인 토마스의 이름이 세례된 마을에 상륙했다. 상륙로 입구엔 마부들이 기다리고 있었다. 그러나 우리는 말을 빌리지 않았다. 우리는 온 존재로 이 절절한 에덴의 흙을 느끼며 걸어서 저 장엄한 칼데라까지 진군하고 싶었다.

등정이 시작되자 이번엔 섬의 유일한 육식조인 갈라파고스 말똥가리가 앞장섰다. 목적지인 장엄한 마돈나는 해발 1,200미터에 놓여 있다고 했다. 그 고도 위에 둘레 5킬로미터, 수심 5백 미터짜리 장엄한 화산 호수가 떠 있다는 것이었다. 그러나 말롱은 그 숫자들은 연구가들이 학술지에 가둬놓은 숫자일 뿐 갈라파고스인들은 아무도 믿지 않는다고 했다. 창세기의 그날 천지창조를 완성한 신은 자신의 창조의 작업장만큼은 완성시키지 않고 그대로 놓아두었는데, 그곳이 바로 장엄한 칼데라라는 것이었다. 그리하여 그 화산 호수는 단 한 번도 둘레 5킬로미터, 수심 5백 미터라는 숫자에 감금된 적이 없다고 했다. 장엄한 칼데라는 이따금 그 용적이 갈라파고스 제도의 전 면적인 8천 제곱미터까지 늘어나며 수심은 이 지상에서 가장 깊은 심해로 측정된 1천 킬로미터에 이른다는 것이었다. 어떤 사람은 또 그 장엄한 칼데라가 문득 8천 제곱미터까지 확장되면서 그 눈부신 푸른 수면으로 갈라파고스 제도 114개의 섬을 동시에 포옹하는 것을 똑똑히 보았다는 것이었다. 말롱의 말에 의하면 또 적도는 그 장엄한 칼데라의 심장을 칼처럼 긋고 지나간다고 했다. 지구의 위대한 동맥인 적도가. 그 적도를 경계로 남태평양과 북태평양이 마주 보고 있다는 것이었다.

그 칼데라 호수를 6천 마리가 넘는 거대한 갈라파고스 거북들이 수호하고 있다고 했다. 성스러운 난생동물인 거북들은 그곳에서 태어나고 성장하고 교미하고 알을 낳고 3백 년쯤 산 뒤 그 호수로 기어들어가 장엄하게 죽어간다는 것이었다. 그들의 마돈나인 그 호수로.

말롱의 말을 듣는 순간 난 문득 내 안에서 그 장엄한 칼데라가 오성의 담장을 밀치고 존재가 찢어지도록 확장하는 느낌을 받았고, 저 우주의 뿌리까지 그 수심을 확장시키는 듯한 착각에 빠졌다. 그래서 등정 때 나는 장엄한 칼데라가 계시하는 외경에 숨이 막혔고 식은땀이 났다. 그때마다 배낭 속에 안치된 현학의 유골로부터 풍겨오는 현학의 미친 꿈의 냄새를 실컷 맡았고 울고 싶어졌다. 난 또 숭린의 고독과 자결에 어금니를 갈았고 그가 목숨을 끊은 육혈포의 화약 냄새 때문에 심장이 더 사나워졌다. 말롱이 말했다.

"갈라파고스의 모든 섬들은 불 속에서 태어났습니다. 화산이, 그 끔찍한 화상이 갈라파고스의 존재 조건이었습니다. 이 섬들은 애초 대륙과 단 한 번도 연결된 적이 없는, 불에서 태어난 신세계입니다. 5백만 년 전, 태평양 해저 지하에서 생성된 마그마가 벌어진 지각의 틈을 통해 대폭발했습니다. 화산 대폭발 때 쏟아져내린 엄청난 양의 불의 비, 즉 용암들은 화산암이 됩니다. 그 화산암들은 세월이 흐르면서 114개의 섬이 됩니다. 이후 탐험가들은 그 섬들을 갈라파고스 제도라고 명명했습니다. 그래서 대륙으로부터 무려 1천 킬로미터나 떨어진 이곳엔 아무도 모르게 그 용암으로부터 114개의 거대한 섬들이 생겨난 것입니다. 갈라파고스 제도에선 세 줄기 물결이 교차합니다. 훔볼트한류와 크롬웰한류, 그리고 파나마난류가 이곳에서 몸을 섞죠. 저 훔볼트한류는 서해안 갈라파고스 분지에 부딪혀 상류로 치밀어오르면서 그 정결한 한류 속에서 칼고래와 수염고래를 기릅니다. 우기가 끝날 무렵 저 거대한 거북의 암컷들은 산란기를 맞아 높은 화산구로부터 기어나와 알을 낳기 위해 서쪽 해안에 있는 곳으로 하강을 시작합니다. 해안으로의 장렬한 대이동이 시작되는 것이죠. 산란기 암컷들의 엄숙한 장정이죠. 때마침 푸른 바다거북도 그때가 산란기죠. 같은 시기에 푸른 바다거북은 태평양 높은 파도에 휩쓸리며 산란을 위해 그곳의 모래사장을 찾아 이동합니다. 5백만 년 동안 계속돼온 엄숙한 의식이죠. 갈라파고스 거북의 왕국은 그렇게 유지됩니다."

등정이 시작됐다. 적도의 태양이 우리의 척추를 녹일 듯 달라붙었다. 동정심이라곤 없는 적도의 태양이었다. 서쪽 해안으로부터 불어오는 차고 웅혼한 크롬웰한류가 우리를 향해 몰아쳐주지 않았더라면 우리는 그 적도의 태양을 견딜 수 없었으리라. 용암들이 급하게 식으면서 만들어낸 치열한 밧줄 형상의 화산암 표면들을 우리는 보았다. 용암들은 낮은 경사에서도 급히 흘러내렸고 급히 식어가면서 꿈틀대는 불의 정열을 그대로 현무암

표면에 새겨놓고 있었다. 길들은 대개 낫으로 치며 통과해야 할 정도로 사람의 접근이 없었던 곳이었다. 분화구의 거대한 경사로엔 거북의 끊임없는 통행으로 난 수많은 길들이 목격되었다. 우리는 거북들이 만들어놓은 통행로를 따라 걸었다. 여호와의 증인 사내가 말했다.

"갈라파고스의 비밀, 즉 신의 창조의 비밀을 본 자는 이 갈라파고스에 미칩니다. 그런 자들은 죽어도 이 섬을 떠날 수 없습니다. 이 섬은 그들을 매일 감탄하게 하고, 눈멀게 하고 사랑과 외경에 빠지게 합니다. 결국 그들은 이 섬에 눈멀어 가족도 버리고 이 섬에 취해 삽니다. 그런 황홀한 저주를 받은 사람들이 꽤 있었습니다. 아텐보로 박사가 그랬지요. 아세요. 나 같은 속물은 이 섬에 미치지도, 세상에 속하지도 못한 채 그 아슬아슬한 경계 속에서 저주를 살지요. 이 섬에서 신의 창조의 비밀을 본 자는 그렇게 그 위대함에 기꺼이 눈이 멀지요."

"장엄한 칼데라에 도착하면 우리는 보게 될 것입니다. 노아의 홍수 이전에 존재했던 에덴동산의 원형을."

말롱이 내 어깨를 치며 말했다. 장엄한 칼데라가 가까워올수록 숲은 점점 더 조밀해졌고 날카로운 풀들이 눈앞을 가렸다.

"마치 에덴을 지키는 화염검 같군."

여호와의 증인 사내가 독백했다.

"외출중이군요."

섬 중턱에서 우리는 외출 나온 어린 거북들을 만났다. 그들은 너무도 아름다웠다. 등판에선 유년기의 녹색 광채가 흘렀다. 여기저기 흩어져 있는 다정한 늪들, 바람들, 안개들, 번식한 녹조류들, 웅덩이를 뒤덮은 초록 융단 같은 고요한 이끼들. 그 웅덩이 복판에 거대한 거북 한 마리가 홀로 고요하게 엎드려 있었다. 등까지 올라온 이끼의 선이 정지해 있는 것으로 보아 그는 적어도 며칠간 부동자세로 그렇게 적막 속에 빠져 있었음이 분명했다. 그 뒤엔 남성적인 거대한 거북 한 마리가 요새처럼 버티고 있었다. 우리는 섬 경사면에 난 수없이 많은 신비한 거북의 오솔길을 보았다. 그들은 자신들 고유의 길을 갖고 있고 그 길만을 사용한다는 것이었다. 이곳저곳에서 거북이 내는 바람소리들이 들려왔다.

"150살 정도 돼 보이는군요."

말롱이 그 남성적인 거북을 보고 말했다. 거북의 눈은 날카롭고 깊었다. 놈은 얼굴에 그의 삶을 담았다. 거북들은 건기가 되면 바다로 이주한다고 했다.

"그들은 고독하게 독존하거나 혹은 모여 살지요. 확실한 것은 그들 자신이 스스로 제국이고 우주라는 사실입니다. 스스로 왕국이고 요새죠. 저 거북의 등, 갑골의 무늬들을 보세요. 마치 지구의 같지 않습니까. 등판 무늬들은 마치 지구의에 그어진 대륙의 경계들 같지 않습니까. 더구나 죽은 거북의 거대한 갑골들은 어린 거북의 동굴이 되고 집이 되죠. 갈라파고스는 어쩌면 지구라는 행성에 속해 있지 않은지도 모르죠. 그래서 과학자들은 이곳을 갈라파고스 행성이라고 부르죠. 이곳엔 지구와 다른 법칙이 존재하니까요."

그 동산의 작은 연못에서 우리는 교미중인 거대한 젊은 거북한 쌍을 보았다. 교미를 끝낸 암컷은 연못에 엎드려 잠 속으로 빠져들었다.

"숨을 죽이고 들어보세요. 발정한 수컷 거북이 내는 저 아름다운 포효를. 이곳에서 발정기란 축제의 시간이죠. 발정기가 되면 이구아나의 황금 목도리는 더 찬란한 빛을 내고 군함새는 팽창한 커다란 붉은 풍선을 목에 단 발정기의 옷으로 갈아입습니다."

숲은 다시 고요해졌다. 그 엄청난 정적 속에서 거북들은 더이상 현존하는 동물이 아닌, 우주 속에서 무엇인가 계시하는 상징들로서 거기 누워 있었다. 연못 속엔 하늘이 비치고 있었고 그들이 숨 쉴 때마다 수면은 잘게 경련했다. 거북들은 적막 속에서 자기 우주인 그 동산에 얼굴을 묻은 채 그 정지, 그 신성한 고요라는 실로 영원이란 직물을 짜고 있다는 생각이 들었다. 나는 내가 목격하고 있는 이 모든 것들을 대체 어떻게 해석해야 할지 몰라 절절맸다. 그토록 내 감성과 이성을 한꺼번에 뒤집어 놓은 장소란 없었다. 그러자 난 그제야 내가 1961년 아텐보로 교수의 신문광고를 이해하고 있음을 알았다.

우리는 갈라파고스에 갑니다. 지구에 있지만, 지구에 있지 않은 아주 다른 행성인 갈라파고스라는 행성에.

그렇다. 이곳은 다른 행성이다. 선인장들은 오후 속에 거대한 기념비처럼 서 있었다. 승전 기념비 오벨리스크 같았다. 나는 다시 한번 내 등에 침낭과 비상식량의 무게를 느꼈다. 말롱이 거북들을 보며 말했다.

"우리는 지금 어쩌면 이 우주를, 이 지구를, 태초의 시간부터 살아낸 위대한 존재를 보고 있는지도 모릅니다. 등정을 계속합시다."

얼마쯤 걸었을까.

귀부엉이가 울면서 돌연 비수 같은 바람이 덮쳤다. 그때였다. 우리는 문득 숨을 멈췄다. 갈라파고스를 누비고 다니던 선장 제이콥은 가슴에 황급히 십자를 그었다. 우리는 돌연 옷깃을 여몄다. 온 일행이 그랬다. '장엄한 칼데라'가 거기 펼쳐져 있었다. 우리는 그 앞에 무릎을 꿇고 싶었다. 아아, 그것은 화산이 만든 칼데라 호수가 아니라 액체로 된 거대한 청보석, 둘레 5킬로미터짜리 거대한 블루 다이아몬드였다. 그 찬란함이 비수처럼 우리 가슴에 박혔다. 그 탐미적인 타원형 때문에 그것은 거대한 푸른 양귀비 같았다. 난 갈라파고스 사람들이 왜 그 호수를 '장엄한 마돈나'라고 부르는지 단번에 알 것 같았다. 그 호수 위를 압도하는 것, 그것은 설명할 수 없는 압도적 신성이었다.

아니, 설명할 수 없는, 설명의 문을 가차 없이 닫아버린 거대한 푸른 성좌가 거기 떠 있었다. 금강석으로 세공해낸 거대한 푸른 성좌가. 유황의 비가 내린 그곳에 저토록 장대하고 탐미적인 푸른 성좌가 존재하고 있다는 것은 숨 막히는 기적이었다. 그 거대한 성좌 주변에 수백의 거대한 거북들이 호수의 수호자처럼 서식하고 있었다. 그래서 그들은 그 푸른 성좌가 출산한 유성들 같았다. 아니, 장엄한 칼데라라는 기적의 꽃에서 흩날린 찬란한 화분(花粉) 같았다. 아니, 불멸하는 그 청보석을 세공해낸 순간이라는 입자들 같았다.

우리는 숨을 죽인 채 장엄한 칼데라를 둘러싸고 있는 수백의 거대한 거북들을 보았다. 그들은 칼데라의 눈부신 번스타인빛 흙 위에 얼굴을 묻은 채 시에스타에 빠져 있었다. 잠을 자지 않는 놈들은 분화구 완경사 언덕 위에 돋은 풀을 천천히 뜯고 있었다. 엎드린 채 하늘을 향하고 있는 그들의 거대한 갑골의 등들은 1천만 년의 시간을 담고 있는 영원의 상자 같았다. 거대한 거북의 등에 칼데라 호의 푸른빛이 쏟아져내리면서 찬란한 후광을 남겼다. 믿을 수 없는 광경이었다.

"거북은 시력이 없어요." 말롱이 말했다.

"순간을 보는 시력을 기꺼이 잃어버린 겁니다. 저놈들은 영원만을 보죠. 들어보세요. 거북의 목소리에선 바람 소리가 납니다. 원시의 바람 소리가. 다시 말하지만 저놈들은 거의 맹인이죠. 시력이 없어요. 그들 존재 속에 들어 있는 다른 차원의 오관으로 그들은 움직입니다. 시력보다 더 정확한. 그들 존재 속엔 시력 대신 그들 조상이 1천만 년 동안 남긴 모든 문서가 저장돼 있다고 보는 것이 옳겠죠. 그래서 저놈들의 몸이 저토록 거대한지도 모르죠."

"문서 창고로서 말인가요."

"살아 있는 화석이니까요. 창세기의 역사를 한몸에 보관해 지고 다닙니다. 거북들은 장성해 혹 바다로 나간 후에도 늙으면 자신이 태어난 고향 '장엄한 칼데라'로 귀향하죠. 장엄한 칼데라 호라는 나침반이 그들 오관 속에 들어 있어요."

그때 여호와의 증인 사내가 말했다.

"아텐보로 박사는 말했어요. 저 거대한 거북은 살아 있는 화석이라고 말입니다. 저 거대한 등 위에 거북은 1천만 년의 시간의 창고를 메고 있다는 겁니다. 공룡은 멸종했지만 저 거대한 거북들은 한류를 타고 이 화산섬으로 건너와 그의 영원을 지탱하고 있다는 겁니다. 그 한류를 20세기 사람들은 훔볼트한류라고 부르죠. 물과 양식 없이 혼자 1년을 버틸 수 있는 저 생명계의 거인 갈라파고스 거북은 5백만 년 전 화산 폭발로 탄생한 이 섬을 신세계로 알고 찾아 이동한 겁니다. 그 가혹한 훔볼트한류를 타고 육지로부터 1천 킬로미터를 헤엄쳐 온 겁니다. 이 거대한 거북들은 이곳에 불에서 태어난 새로운 섬이 있다는 것을 알았던 겁니다. 결국 그 무서운 이주를 견뎌낼 수 있었던 지상의 용들인 저 거대한 거북과 이구아나가 이곳에 모여 갈라파고스라는 이름의 '노아의 방주'를 이루어낸 겁니다. 신이 이곳을 노아의 방주로 사용한 것이죠. 생각해보세요. 1천만 년 전에도 거북의 조상들은 이 지구 어딘가에서 저 거대한 등을 하늘로 향한 채 지구의 젊은 흙속에 얼굴을 파묻고 영원을 꿈꾸었던 겁니다. 보세요, 저 거북들의 침착함과 장중한 느린 속도를. 저것이 바로 영원을 등에 지고 있는 자들의 속도입니다. 그러니 갈라파고스의 114개의 섬들은, 말하자면 생명의 기적으로 적은 114만 페이지짜리 현대의 '창세기'입니다. 살아 있는 경전이란 말입니다. 그것이 선교사로 이 섬에 파견된 내가 입을 닥친 이유입니다. 신의 현존이 여기 있는데 내가 어떻게 신을 설명한단 말입니까."

저것은 신이 남긴 표의 문자다!

장엄한 칼데라 주변 거북의 제국에 들어찬 그 수백 마리의 거북을 보며 난 생각했다. 아니, 등정 내내 내 머리를 맴도는 외마디는 그저 하나였다. 내 안의 오성은 이렇게 외치고 있었다.

"이곳엔 순혈의 그 무엇이 있다. 창세기 때 부어진 그 순혈이."

우리는 동산에 들어찬 생명력의 찬란함에 숨이 막혔다. 우리는 마치 신의 화살에 맞은 듯 신음했다. 그 숨 막힘, 그 신음이 장엄한 칼데라에 대한 우리의 예배이고 경배였다. 다시 한번 눈의 홍채가 시리도록, 장엄한 칼데라의 푸른 수면이 쏟아져들어왔다.

내 안의 게슈타포

그때였다.

젖은 비단 같은 습기가 삽시간에 청보석과 그 동산의 주민인 거대한 거북들을 휘장으로 가렸다. 압도적이라고 소문난, 그 장엄한 칼데라 호수가 뿜어내는 맹렬한 농무(濃霧)가 들이닥친 것이다. 그 안개는 우리의 시각과 청각을, 살을 파고들었고 우리는 기꺼이 오관을 닫았다. 그러자 난 여호와의 증인 사내가 말한, 에덴을 지키는 화염검은 농무로 만들어진 검일지도 모른다는 생각을 했다.

우리는 오관을 감싸 안은 채 땅 위에 얼굴을 처박았고 그렇게 농무에 항복한 채로 농무가 지나가길 기다렸다. 내가 얼굴을 처박고 있는 흙은 화산의 불과 동태평양의 물속에서 발효된 태고의 냄새를 실컷 풍겼다. 농무는 어찌나 맹렬했는지 우리는 그 농무 속에서 기꺼이 실종되어갔다. 곁에 있던 말롱과 나 사이에도 지독한 농무의 벽이 들어차 있었다. 다만 저만치 장엄한 칼데라의 청보석이 뿜어대는 기적의 빛만이 허공에서 거대한 성좌처럼 푸른 광배를 남기고 있을 뿐이었다. 그 맹렬한 농무 속에서 문득 한줄기 휘파람 소리가 들려왔다. 아니, 그 소리는 곧 수백의 휘파람 소리로 변했다.

"거북의 노래다!"

누군가 신음하듯 소리쳤다. 그렇다. 그것은 농무 속에서 울려오는 거북들의 노래, 거북들의 합창이었다. 나는 농무 속에서 오관을 다해 거북들이 내는 그 찬가를 들었다. 순간 장엄한 칼데라가 뿜어내는 그 농무와 거북들의 장엄한 찬가 속에서 내 존재와 오성의 단단한 갑골들이 천천히 파열돼버리는 절멸의 소리를 나는 들었다.

그 갑골 아래 현학이 죽은 후 내가 35년간 악착같이 보관하고 숨겨왔던 소맥분 같은 증오의 입자들이 흩날리는 것을 보았다. 그 증오들은 맹렬한 농무의 습기와 천천히 뒤섞이면서 더이상 추상적인 것이 아닌 구체적인 그 어떤 형상을 건축해가고 있었는데, 농무 때문에 그것이 구체적으로 무엇인지는 알 길이 없었다. 그러나 그 형상은 내 질끈 감은 눈으로 집요하게 다가왔고 그것이 아주 가까워졌을 때 난 놀라 번쩍 눈을 떴다. 그러자 그 지독한 농무를 배경으로 한 물체가 허공에 떠 있었다. 아주 또렷한 모습으로. 놀랍지만 그것은 한 자루 도끼였다. 석기 시대의 둔탁한 돌도끼 석부(石斧)가 아닌 시퍼런 날을 가진 쇠도끼 한 자루였다.

나는 다시 고꾸라지듯 땅속에 얼굴을 처박았다. 흙은 여전히 화산의 불과 동태평양의 물속에서 발효된 태고의 냄새를 실컷 풍겼다. 그제야 난 알았다. 현학이 죽은 이후 난 곧 망명 신청을 했고 조국으로 돌아가지 못한 채 35년간 망명중이었다. 망명 최초의 날부터 서양 학교의 세면대는 너무도 높았고 음식은 참을 수 없이 건조했으며 독일어 악센트는 단검처럼 시퍼렇게 날이

서 있었다. 그날부터 난 삶에 대한 분노와 증오를 '망명'이란 이름의 괄호 속에 담아 보관해왔었다. 목젖까지 악몽과 분노가 선적된 물컹하고 슬픈 컨테이너, 그것이 나였다. 그렇다. 나는 수십 년간 망명이란 질긴 음식을 씹으며 분노라는 수프를 마시며 살아왔다. 밤이 되면 천천히 삶에 대한 원한이 덧니처럼 솟아올랐었다. 죽어도 치료되기를 거절했던 그 상처들. 그런 이유로 나는 여자와의 첫 성교부터 의도적으로 콘돔을 사용했을 정도로 삶에 대한 증오로 가득 차 있었다. 나는 내 정낭에 고여 있는 정액 한 방울도 망명의 땅인 유럽에 쏟고 싶지 않았다. 철저하게 좌절한 두 남자, 조부 승린과 부친 현학의 좌초를 반복하고 싶지 않았다. 난 승린, 현학, 나로 이어지는 그 망명과 객사의 저주를 어떻게 해석해야 할지 몰라 절절매고 있었다. 그리고 그 저주의 고리를 끊는 것, 그것은 내가 결코 여자를 사랑하지 않고 아이를 낳지 않는 것이라고 생각했었다. 난 적어도 나와 같은 아이를 만들지 않음으로써 내 삶에 복수하겠다고 발버둥쳤었다.

그런데 난 35년 후, 그 농무 속에서 내가 집요하게 저장해온 증오의 분말들이 농무의 습기와 엉키며 빚어낸 그 시퍼런 도끼 한 자루를 보고 있었다. 내가 삶에 복수하려고 했던 것은 사실이었다. 그러나 35년 묵은 삶에 대한 증오가 내 안에서 그토록 또렷하게 시퍼런 날이 선 도끼 한 자루를 만들어내고 있는지는 몰랐었다. 루카스의 말이 생각났다.

"난세, 삶을 대하는 너의 히스테리에선 언뜻언뜻 시체 냄새가 난다. 그것은 네가 네 존재의 지하실에 숨겨놓은 시체가 있다는 증거지. 난세, 네 안의 게슈타포를 죽여라. 그 게슈타포가 너를 살해하기 전에."

내 안의 게슈타포. 내가 지방법원 부장판사가 되었는데도 루카스는 한 치 양보도 없이 그렇게 나를 고발했었다. 그래서 루카스는 내가 그를 방문할 때마다 그것이 설사 자정이어도 예외 없이 내게 영성체를 베풀었던 것일까.

저 시퍼런 도끼날이 루카스가 말한 내 안의 게슈타포였다.

그제야 난 처음으로 도끼는 청동이나 철이 아니라 증오라는 쇠비린내 나는 재료로도 만들어진다는 것을 알았다. 나는 저 도끼로 대체 무엇을 살해할 생각이었을까. 더욱 놀라운 것은 그 살인적인 새파란 도끼날이 바로 나를 겨냥한 채 허공에 떠 있었다는 사실이다. 그러자 삶에 대한 증오 때문에 내가 35년 세월을 망치고 있었다는 사실을 알았다. 난 내 심장 안에 빽빽이 자라고 있는 증오의 독초들을 보았다. 루카스도, 첼란도, 능라도 내 안에 들어올 수 없도록 차단했던, 내 안의 게슈타포를 보았다. 나는 섬뜩한 살인 무기인 시퍼런 날의 도끼 한 자루를 들고 불모의 사막 한가운데 서 있는 나를 보았다. 그러자 모든 것이 분명해졌다. 그 살인 무기인 도끼가 살해할 대상은 바로 나였다. 그것이 내가 35년간 간직했던 저주의 정체였다. 그것이 루카스가 내게서 맡았던 시체 냄새이고 게슈타포의 정체였다.

"네 안의 게슈타포를 죽여라. 그 게슈타포가 너를 살해하기 전에."

나는 감전된 듯, 허공에 떠 있는 도끼의 그 푸른 날을 바라보았다. 35년간 내가 증오와 공모해 만든 그 한 자루 시퍼런 도끼를 바라보았다. 그러자 내 눈앞에서 그 맹렬한 농무가 걷히면서, 도끼의 푸른 날은 다시 장엄한 칼데라의 탐미적인 청보석으로 바뀌는 것이었다. 도끼날과 청보석이 뒤엉키는 그 변용에 숨이 막혀 난 눈을 감았다. 그제야 신이 내린 신성한 선물인 삶을 증오로 만들어버린 불순한 나를 보았다. 삶을 살해할 시퍼런 날의 도끼 한 자루를 가슴에 품고 있는 저주받은 나의 불순이, 저 장엄한 칼데라가 계시하는 신의 순도를 견뎌내지 못하고 있음을 알았다.

그 돌연한 발각 아래서 내 온 존재는 지진을 일으키듯 경련했다. 신의 순도 높은 탄알이 칼데라 앞에서 그렇게 날 저격하고 있었다. 그 돌연한 발각, 그 저격의 치명상 앞에서 난 주저 없이 흐느꼈다. 내 울음은 거북들의 휘파람 같은 찬가와 뒤섞였다.

그때였다. 한 마리 거북이 다가와 내 등판을 짓누르며 침착하게 기어 맞은편으로 건너갔다. 어린 거북 같았다. 다른 한 마리가 그 뒤를 이었다. 어린 거북들은 인간 존재 같은 것은 아예 의식조차 하지 않고 있었다. 거북들은 적이라는 저주받은 이름을 아예 몰랐다. 그것은 그들이 아직, DNA에 불안이라는 최고의 저주가 침입하지 않은 에덴을 살고 있다는 증명이었다. 거북의 다정한 발아래 짓눌린 채 온몸에 끼얹혀오는 심벌즈 같은 그들의 휘파람 같은 숨소리를 마시면서, 나는 결국 그 푸른 도끼날에 살해되었을 나를 추모했다.

눈을 뜨자 농무는 사라지고 없었고 장엄한 칼데라를 배경으로 월출이 시작되고 있었다. 달은 마치 우주에 떠 있는 은으로 빚은 연(鳶) 같았다. 그리고 그 월출 한가운데를 황홀한 빛을 토하며 통과하고 있는 야광충 한 마리를 난 보았다. 장엄한 칼데라, 월출, 거북들이 한데 어울려 이루어내는 그 에덴 속에서 나는 내가 비로소 삶을 사랑할 힘을 얻는 것을 보았다.

아버지의 재

여호와의 증인 사내가 말했다.

"아텐보로 교수는 화산구가 만든 이 장엄한 칼데라 호수에 도착했습니다. 그곳은 갈라파고스 거북의 최대 서식지이니, 진화론자인 그가 이곳에 온 것은 이상한 일이 아니었지요. 사람들은 그가 그 거북들을 만나러 갔다고 생각했습니다. 그는 젊은 연구조교와 동행이었습니다. 아시다시피 '장엄한 칼데라'로 가는 길은 난코스죠. 동쪽 해안에서 배를 내려 비상식량과 물이 든 배낭을 메고 무려 1,200킬로미터의 경사를 묵묵히 걸어올라가야 했던 겁니다. 이상한 것은 그날 아텐보로 교수가 연구조교와 동행하지 않았다는 겁니다. 그는 조교를 배에 머무르게 했죠. 그 범선은 돛과 기관을 함께 갖추고 있었는데, 그 마스트에 야드를 건너지르고 사각의 돛을 단 횡범선이었습니다. 순풍의 풍력을 기다리는 돛대는 아름다웠습니다. 박사의 연구실 복도 알림판에는 '거북을 만나러 장엄한 칼데라에 갑니다'라고 쓰여 있었죠. 다시 말하지만 그날 아텐보로 교수는 연구조교와 동행하지 않았습니다. 이틀 후 올라오라는 것이 그의 지시였습니다. 그런 일은 드문 일이 아니죠. 조교들은 배에서 기다리는 시간들이 많았습니다. 아텐보로는 거북들이 만든 길을 따라 장엄한 칼데라까지 간 겁니다. 당시 그곳엔 셀 수도 없는 엄청난 숫자의 거북이 살고 있었다고 전해집니다. 지금의 6천 마리와는 비교도 안 되는.

그곳은 오랫동안 인간 금지구역이어서 오직 아텐보로 박사 같은 연구자들만이 출입 가능한 곳이었죠. 연구선인 그 범선의 이름은 '비글5호'였습니다. 그 연구선의 이름 속에선 당시 이 섬의 학자들을 지배했던 찰스 다윈에 대한 노스탤지어가 느껴지지 않습니까. 찰스 다윈 후 제5세대 과학자라는 의미였죠. 그는 우선 동쪽 해안에서 조교를 남겨둔 채 혼자 내린 겁니다. 배낭엔 비상식량과 물, 작업용 비상신발 한 켤레가 들어 있었습니다. 그는 그렇게 혼자 거북의 길을 쫓아 1,200킬로미터를 걸어올라간 겁니다.

이틀 후 조교와 선원들은 그의 말대로 비상식량과 물을 챙겨 들고 그 분화구로 올라갑니다. 그들은 생애 처음으로 그 금지의 땅인 '장엄한 칼데라'를 본 겁니다. 그 찬란함, 거대함, 푸르름에 질식할 것 같았죠. 결국 그들은 장엄한 칼데라 앞에서 그 금지의 땅에 속하지 않은 아주 낯선 소도구 한 점을 발견합니다. '장엄한 칼데라' 입구에 놓인 한 켤레의 푸른 구두를. 어떻든 우리는 그 등산화를 '푸른 구두'라고 부릅니다. 장엄한 칼데라 호의 터키빛 푸른 물 때문에 그 구두는 푸르게 빛났으니까요. 구두 속엔 한 장의 편지가 들어 있었습니다.

나는 갈라파고스 최고의 심해인 장엄한 칼데라 호의 심부로 내려갑니다. 창세기의 시간으로 갑니다. 수색 작업 같은 것은 거절합니다. 당신들은 어차피 나를 찾지 못할 것입니다. 제발 영원을 향한 이 여행을 만류하지 말아주십시오. 불멸로 가는 이 결단을 차단하지 말아주십시오. 피터 아텐보로.

생각해보세요. 아텐보로 박사는 구두를 벗어놓은 채 저 장엄한 칼데라 호로 걸어들어갔습니다. 그 심해에 원시의 시간이, 영원이 있다고 믿었으므로. 그는 이 칼데라 주변에 사는 수천 마리의 거북들이 늙으면 왜 영원한 칼데라 호로 홀로 고독하게 기어들어가는지 눈여겨보았던 겁니다. 거대한 거북들은 자신들이 언제 장엄한 칼데라 호로 들어가야 하는지 정확히 알았습니다. 그것은 단 한순간의 오차도 없는, 가차 없는 단행이었습니다. 늙은 그들은 전 존재로 바로 그 시간이 닥쳤음을 알았던 것입니다. 마치 암컷이 산란기가 되면 서쪽의 가파른 절벽을 식은땀을 흘리며 악착같이 기어내려갔던 것처럼. 그것은 그야말로 장정입니다. 모래 해안에 굴을 파고 알을 낳는 것과 똑같은, 아주 단호한 것입니다. 거북들은 그렇게 함으로써 자신들을 낳은 바로 그 창세기의 시간으로 돌아가는 겁니다. 더 명백하게 말하자면 그것은 이제 이 지상에서의 '순간 연습'을 마치고 비로소 영원으로 입장하는 거대한 '불멸 예식'이었습니다. 그래서 저 섬뜩하도록 푸르고 장엄한 칼데라 호 바닥에 수없이 많은 거북들의 거대한 갑골들이 쌓여 있다는 겁니다. 거대한 거북들이 적어도 3백 년간 이 지상에서 입었던 거대한 갑옷, 즉 순간의 외투 말입니다. 그들은 그 순간의 외투를 벗고 영원으로 입장해 영원의 대례복으로 갈아입는 겁니다. 아텐보로 교수는 그 갈라파고스 거북들을 연구하면서 거북들의 밀의를 알아버렸던 겁니다. 지상에서의 순간 연습을 마치고 영원으로 입장하는 갈라파고스 거북들의 그 위대한 불멸 의식을. 아텐보로에게 이 장엄한 칼데라가 그토록 소중했던 것은 호수의 장엄하고 빼어난 미모 때문이 아니라 이 장엄한 칼데라야말로 수천 마리의 갈라파고스 거북들이 불멸 예식을 치르는 유일하고 비밀스러운 성지였기 때문입니다.

그 밀의를 알아버린 순간, 그 밀의에 눈이 머는 순간, 그는 더 이상 가족이 있는 샌프란시스코로 영원히 돌아갈 수 없는 인간이 되어버렸던 겁니다. 다윈 연구소 사람들은 그것을 '찬란한 재앙'이라고 부르죠. 거대한 분화구, 가장 넓은 거북의 길 끝으로 난 그 '장엄한 칼데라 호' 입구에 그의 생애 마지막 구두 한 켤레가 정결하게 놓여 있었던 겁니다. 그는 그 장엄한 칼데라로 걸어들어갔습니다. 갈라파고스의 자궁으로 걸어들어간 겁니다. 장엄한 칼데라 속으로 걸어들어가 기꺼이 익사해버린 겁니다. 그는 저 장엄한 칼데라 호 속에서 수많은 거북들이 벗어던진 갑골들, 즉 순간의 갑옷들을 보았고 그도 이미 60년간 착용했던 자신의 갑옷을 벗어던졌던 겁니다. 갈라파고스 거북처럼. 그리고 시간의 뿌리, 즉 영원으로 기꺼이 잠수해 내려간 겁니다. 영원으로 입장해버린 겁니다. 삶이라는 순간 연습을 끝내고 영원으로 입장하는 불멸 예식을 그도 그렇게 완료하고 있는 겁니다. 갈라파고스 거북들에게도 아텐보로 박사에게도 저 장엄한 칼데라는 곧 순간을 걷어차고 가야 할, 영원과 불멸을 담지하고 있는 '우주의 바다'였습니다. 그것이 장엄한 칼데라의 위대함입니다."

여호와의 증인 사내가 말을 마쳤다.

우주의 바다. 그러자 난 35년 동안 풀 수 없었던 생애 마지막 퍼즐 하나가 내 존재 속에서 열리는 것을 보았다. 그 '장엄한 칼데라' 앞에서 난 비로소 고종과 숭린을, 그리고 이 섬에 오려고 전속력으로 차를 몰았던 현학을 한꺼번에 이해했다. 그들 모두 거북과 거북이 담지하고 있는 불멸이란 상징에 취해 있었다. 왕조가, 공화국이 위기에 처해 있었으므로 그들은 더욱 그 불멸이란 이미지에 골몰했다. 그들은 그렇게 함으로써 왕조와 공화국의 영원성과 불멸성이란 이미지를 악착같이 붙잡고 있었던 것이다. 그들은 바로 그 거북이 담지하고 있는 불멸이라는 상징에 미쳐 있었다.

거북의 제국인 그 장엄한 칼데라에서 난 알았다. 이곳엔 불이 내리치고 물이 교차한다. 1876년의 조선왕국도 그랬다. 경복궁은 대화재로 불길에 휩싸였고 고종은 아직 불더미의 화염 냄새가 가시지 않은 왕궁 복판인 경회루 누지 앞에서 옥새 장인 숭린에게 운명적인 명령을 내리고 있는 것이다. 그렇다. 고종과 숭린은 이미 그때 거북의 등에 얹혀 있는 1천만 년의 시간, 그 영원, 그 불멸을 이해했던 것이다. 그렇게 함으로써 그들은 그 경회루 누지에 한 마리 거북이 아닌 영원을, 불멸을 심고 있었던 것이다. 그렇다. 그들에게 거북은 불멸의 담지자였다.

난 숭린을 생각했다. 경복궁 경회루 누지를 조선왕조의 '우주의 바다'라고 적었던 숭린을. 그렇다. 그 누지가 바로 고종의 우주이고 칼데라 호수였다. 그 누지가 바로 '황제의 칼데라'였다. 고종과 숭린은 왕조의 영원을 위해, 종족의 불멸을 위해 장엄한 거북의 상이 새겨진 옥새 한 점을 황제의 칼데라 호에 넣어두었던 것이다. 그러나 사실상 조선왕조 우주의 바다인 그 아름다운 경회루 연못 누지에 내려진 것은 황금으로 만든 거북 옥새뿐 아니었다. 고종도, 고종의 명을 받은 숭린도 사실은 거북이 새겨진 국왕의 황금대보와 함께 자기 자신들을 누지에 던져넣었던 것이다. 그들이 우주의 바다인 경회루 누지 가장 깊은 동쪽에 넣었던 것, 그것은 거북 옥새뿐 아니라 사실상 고종과 숭린 자신들이었던 것이다. 그들은 왕조의 영원을, 종족의 불멸을 위해 우주의 바다였던 경회루 누지, 그 황제의 칼데라에 자신들을 스스로 수장시켰던 것이다. 경복궁 대화재라는 대재앙 속에서 끼쳐오는 왕조 멸망의 예감 속에서 고종은 그렇게 자신을 제물로 경회루 누지에 순장시킴으로써 멸망의 예감에 저항했던 것이다. 고종에게도 숭린에게도 왕조의 영원이, 종족의 불멸이 문제였다.

그러자 옥새 실종 사건의 누명을 쓰고 체포돼야만 했을 때 왜 숭린이 한마디 변명도 하지 않은 채 망명의 길을 떠났는지 알 것 같았다. 왜 고종이 숭린을 전혀 보호해주지 않았는지도 알 것 같았다. 고종은 국왕의 대보 실종 사건이 밝혀지면 충신들이 숭린을 죽이기 위해 자객을 보낼 것을 잘 알고 있었다. 그러나 그는 숭린을 그렇게 운명 속에 내던져두었던 것이다. 고종도, 숭린도 자신들이 이미 왕조의 영원과 종족의 불멸을 위해 우주의 바다인 경복궁 누지 속에 스스로 순장돼버린 존재란 것을 알고 있었던 것이다. 왕조의 영원과 종족의 불멸을 위해 그 수장 예식은 반드시 비밀이 되어야만 했다. 민비가 시해되고 왕조의 운명도 풍전등화였기에 더욱 그랬다.

특히 고종이 그랬다. 고종 최고의 악몽은 자신의 통치 기간 동안 5백 년 왕조가 멸망할 수도 있다는 것이었다. 그렇다. 고종은 국왕의 대보와 함께 자신을 스스로 경회루 누지에 수장시킨 후 이 세상의 순간의 갑옷을 단호하게 벗어던진 자였다. 그에겐 오직 왕국과 종족의 불멸이 문제였다. 우주의 바다인 경회루 누지 가장 깊은 곳, 인간이 측량할 수 없는 그 가장 깊은 바다 동쪽 부상나무 아래서 그는 왕이라는 순간의 갑옷을 벗어던졌던 것이다. 그는 그렇게 함으로써 스스로 왕조의 바다에 자신을 순장시켰던 것이다. 그리하여 자기 전 존재로 왕국과 종족을 받치는 거대한 거북이 되었던 것이다.

그러자 월출 아래서 나는 알았다. 이 장엄한 칼데라가 바로 '아버지의 재'를 뿌려야 할 곳이라는 것을. 나는 현학의 재를 보관해왔던 무라노 섬 초록병을 열었고 재를 터키빛 장엄한 칼데라 호수 위에 뿌렸다. 겨우 한 줌 되는 아버지의 재를 그 청보석 호수 위에 부어넣었다. 그러자 난 1961년, 현학이 갈라파고스 섬에 가기 위해 달렸던, 그러나 샌프란시스코 어느 건널목에서 중단됐던 그 미완성의 여행이 35년 후 그렇게 완성되는 것을 보았다. 그러자 조선제국 멸망 직후 초분된 남편 승린의 유해를 완향나무에서 내려 홍콩 초승달만 부근 남지나해에 수장시켰던 누란의 고독이 생각났다. 난 다시금 승린의 주인이었던 황제 고종을 명상했다. 자신의 상징인 국왕의 옥새 황금대보를 왕국의 우주였던 경회루 누지 속에 자신과 함께 수장시켰던 그 황제를.

"네가 이 옥새에서 내 이름을 지우지 않았더라면 네 목을 베려고 했다!"

승린에게 그렇게 말할 수 있었던 황제 고종의 그 경지와, 고종이 국왕의 대보에서 왕의 이름을 지우고 왕국과 종족의 불멸을 대체해 넣기 원한다는 것을 알고 목숨을 건 채, 국왕의 대보에서 감히 국왕의 이름을 지우고 종족의 불멸을 새겨넣었던 옥새장 우승린의 그 초인이 부딪치면서 한 황제와 한 옥새장이 이루어낸 황홀한 절창을 나는 '장엄한 칼데라' 앞에서 듣고 있었다. 단언하건대 왕국 최고의 보인인 국왕의 대보에서 자신의 이름을 지우게 한 바로 그날, 젊은 국왕 고종은 왕국과 종족의 불멸을 위해 이미 그 황금대보와 함께 경회루 누지에 자기 자신을 스스로 순장시켰던 것이다.

그것이 황제 고종의 경지였다.

살사 클럽 '모비딕—백경'

장엄한 칼데라에서 다시 산타크루즈 섬 아욜라 항구로 돌아오던 날, 우리는 그 섬의 유일한 중앙로인 다윈 거리에 있는 살사 클럽 '모비딕—백경'에 갔다. 난 이 섬에서 춤추지 않고는 견딜 수 없다는 생각을 했다. 난 내 안에서 터져나오는 환희를 춤추고 싶었다. 백경은 아욜라 항구에서 가장 오래된 댄스 바였다.

배낭과 등산화 차림으로 춤추고 싶지 않았으므로 우리는 '밤의 어시장' 앞에서 만나기로 했다. 호텔로 돌아왔을 때 난 참으로 오랜만에 내 안의 진정한 남성을 느꼈다. 사춘기 소년처럼 설렜고 매혹적인 남자이고 싶다는 간절한 심정까지 치솟았다. 난 태평양을 끌어들여 만든 물로 샤워를 했고 참으로 오랜만에 턱이 파르스름해질 때까지 공들여 면도했으며 벗은 몸을 거울에 비춰보았고 흰 바지에 흰 와이셔츠를 입고 정성을 다해 광택을 낸 구두를 신었다. 젖은 머리엔 크림을 발라 광택을 냈고 스카프를 목에 두른 후 등뒤로 자락을 휙 넘겨버렸다. 그런 후 정말로 여자를 유혹하고 삶을 희롱하고 싶은 수컷의 심정이 되어 향수를 듬뿍 뿌렸다. 그러고는 바람난 사내처럼 호텔 정원에 지천으로 핀 보랏빛 붓꽃을 따 가슴에 꽂았다. 꽃 이름을 묻자 호텔 여자가 말했다.

"갈라파고스 부채 붓꽃이에요."

너무 일렀지만 난 이미 어시장에 도착했다. 그곳에서 제이콥 선장과 말롱을, 여호와의 증인 사내를 기다렸다. 문득 그들이 이 세상 사람들이 아닐지도 모른다는 맹랑한 생각이 들었다. 처절한 심정으로 시작했던 갈라파고스 여행에서 만난 그 아름다운 세 남자가 내게 준 향기는 엄청난 것이었다.

항구의 밤 어시장엔 사람 키만한 한 떼의 갈색 펠리컨들이 날아와 있었다. 도무지 사람을 무서워할 줄 모르는 놈들은 그곳에서 상인들 그리고 장보러 온 주민들과 주저 없이 어울렸다. 아니, 그 거대한 펠리컨들은 마치 상인들과 함께 밤의 어시장을 운영하는 수다스런 동업자들 같았다. 그들 뒤엔 동태평양이 허리까지 밀려와 철썩이고 있었다. 바로 그 대양에서 잡아올린 고기들은 문신처럼 몸에 태평양의 파도 무늬를 그대로 담고 있었다. 태평양이 뿜어내는 탐미적인 잔광 때문에, 상인들은 좌대에 달린 어선용 램프에 아직 점화도 하지 않고 있었다. 동태평양, 갈색 펠리컨, 상인들과 대양에서 잡아올린 고기들이 어울려 만들어내는 그 꿈 같은 정경을 난 보고 있었다. 인간은 살기 위해 생선들을 도살해야 했지만 생선의 목을 치는 무정한 칼까지도 신성하게 생각되는 마법이 그곳엔 있었다.

세 사내는 거의 같은 시간에 다윈 거리 저편에 모습을 드러냈다. 제이콥 선장도 말롱도 잠시 뒤에 도착한 여호와 증인 사내도 기름을 발라 멋지게 뒤로 넘긴 머리에 라틴풍의 무용화들을 신고 있었다. 선장은 멋진 비단 끈이 달린 검은 에나멜 예장용 구두를 신고 나타났다. 말롱은 사슴 가죽에 아마사로 꿰맸다는 탐미적인 사슴빛 댄스화를 신고 있었다.

"저것은 아마사로 봉제한 귀한 신발입니다. 저 무용화를 신으면 몸이 사슴처럼 날아오른다죠. 이곳 주민들은 누구나 무용화 한 켤레씩은 갖고 있죠. 부모의 상속 품목 속엔 반드시 무용화도 들어 있지요. 갈라파고스에서 춤은 일용할 양식입니다. 갈라파고스는 우리를 춤추게 하거든요."

여호와 증인 사내가 말했다. 난 그 어떤 여행 안내서에도 '갈라파고스에 가려면 댄스화를 준비하라'고 쓰여 있지 않았다는 사실이 슬펐다. 나도 댄스화를 신고 싶었으니까. 아마사로 꿰매 마감한 사슴빛 무용화를. 우리 네 사내는 바람둥이처럼 흔들어 대며 살사 클럽 백경으로 갔다. 클럽 앞엔 성장을 한 많은 사람들이 줄을 선 채 클럽의 개장을 기다리고 있었다. 우리도 휘파람을 부는 제이콥 선장을 따라 그들 속으로 끼어들었다.

클럽으로 입장했을 때 살사 밴드가 연주하는 음악이 터져나왔다. 그것은 제이콥 선장의 배, 라 마르에서 듣던 것보다 훨씬 더 관능적이고 유혹적인 것이었다. 우리는 테이블에 앉아 '스위트 식스틴'이란 이름의 칵테일을 주문했다. 스위트 식스틴, 달콤한 16세. 우리에겐 그것이 갈라파고스가 주는 청춘의 미약처럼 생각되었다.

우리 중 가장 먼저 무도장으로 나간 것은 말롱이었다. 말롱은 금세 짧은 검은 드레스와 앵둣빛 댄스화를 신은 여자들의 현란한 회전 동작 속에 휩싸였다. 콩가와 봉고가 내는 타악기 소리들이 무도장 천장으로 솟아올랐을 때 선장도 나도 여호와의 증인 사내도 무도장으로 나갔다. 춤추기 위해 무도장으로 나갈 때 나는 맥박이 빠르게 뛰는 것을 들었고 내 겨드랑이에서 돌연 두 장의 날개가 솟아나는 것을 느꼈다. 나는 내 안에서 치밀어오르는 뜨겁고 건강한 화산을 억제하고 싶지 않았다. 그 밤만은 내 안의 용암을 각혈하며 내가 휴화산이 아닌 활화산임을 노래하고 춤추고 싶었다. 기숙사 고등학교 시절 필수였던 사교댄스 교습 이후 내가 그렇게 뜨겁게 춤추고 싶었던 기억은 드물었다. 나는 망각된 리듬들을 내 안에서 끌어올렸고 춤추기 시작했다. 백경에서 갈라파고스 사람들은 정해진 상대 없이 만인이 만인을 상대로 춤을 추면서 춤 안에서 하나가 되어갔다. 사람들은 그렇게 춤에 취해갔다.

춤 속에서 난 여자들의 핑크빛 댄스화들을 보았고 트럼펫과 색소폰 들이 흐느끼는 소리를 들었으며 아코디언이 몇 번이고 건반 사이로 애수를 쏟아내는 그 영탄의 소리를 마셨다. 그러자 한류와 난류가 겹치듯 춤 속에서 성스러움과 세속이, 저속과 우아함이, 창녀와 왕녀가, 욕망과 금욕이, 영광과 치욕이 뒤섞이는 그 위대한 혼혈을 나는 느꼈다. 나는 말롱과 선장이 날렵한 살사와 우아한 볼레로를 거침없이 넘나드는 것을 보았고 탱고와 삼바가 닥쳐오자 비애와 슬픔에 젖어 춤추는 것을 보았다. 춤 속에서 우리는 더이상 선장도, 안내인도, 전직 선교사도, 판사도 아니었다. 우리는 모두 생이라는 찬란한 재앙을 사는 순간적 존재들일 뿐이었다. 살사 밴드가 빠르게 토해내는 애수와 매혹에 몸을 맡겼고 비장함과 흐느낌에 몰입했으며 우리가 아직 지하 무덤이 아니라 지상의 땅에서 살아 춤추고 있다는 영광에 몸을 떨었다.

숭린과 현학이 겪어야 했던 망명과 좌초를 집안의 저주로 간주하며 온갖 절망과 증오와 결탁했던 내 삶이 생각났다. 이를 갈면서 난 너무 오랫동안 증오와 복수심과 연애하고 있었지. 그때마다 시력이 상할 때까지 법전들을 읽었었지. 그렇게 내 피를 얼어붙게 하고 삶에 대한 정당한 욕정을 베어버리던 재앙감. 겨우 나이 열 살에 유럽에서 고아가 되고 망명자가 돼야 했던 한 동양 소년. 기숙사 학교 세면대는 끔찍하게도 높았고 음식은 견딜 수 없이 건조했고 독일어 악센트는 단검처럼 시퍼렇게 날이 서 있었지. 고아와 망명자로서의 내 고독은 청산(靑酸)처럼 내 목구멍을 타들어가게 하고 존재를 외벽부터 가차 없이 부식시키는 지독한 악성이었지. 첼란의 말대로 망명한 자들은 실패할 자유조차 없도록 저주받았었지. 그리하여 난 타국에서 나를 증명하기 위해선 반드시 그 무엇이 되었어야만 했지. 그래서 내가 35년간 휴대하고 다녔던 증오와 재앙감에선 화약 냄새가 풍겼지.

춤 속에서 난 알았다. 숭린과 현학의 좌초는 재앙이고 저주라기엔 너무도 찬란한 것이라는 것을. 그러자 현학이 육필로 남긴 '좌초의 잠언'이 생각났다.

좌초.

또다시 좌초.

더 나은 좌초를.

숭린도 현학도 망명중 비참하게 객사함으로 좌초했다. 역사는 식인 같아서 그렇게 자기 자식을 잡아먹으며 진행한다. 난 그들의 좌초가 그들 생애의 절정이고 섬광임을 알았다. 좌초, 그 찬란한 재앙. 그들에게 좌초는 차라리 초월이고 완성이었던 것이다. 그들은 그렇게 거침없이 좌초함으로써 그들을 가로막는 재앙의 빰을 갈기며 재앙을 뛰어넘고 있었던 것이다. 완성이다.

처음으로 그들의 위대한 좌초에 난 눈이 부셨다. 그들의 좌초가 만개한 꽃처럼 날 황홀하게 했다. 난 생애 최초로 내가 그 두 남자의 상속자인 것에 감사했다. 황홀감이 갑옷처럼 내 존재를 감쌌다. 그러자 춤 속에서 난 내 안의 종이 울리는 소리를 들었다. 35년간의 비겁한 잠에서 나를 깨우는 종소리를. 그 종소리는 35년 전 내가 부헨발트 강제수용소 동쪽으로 난 '피의 길'에 선 채 현학과 함께 들었던 종소리와 삽시간에 겹쳤다. 그 종소리 후 확성기로부터 부헨발트 포로들의 찬가가 들려왔었다.

부헨발트, 너는 나의 운명, 그럼에도 불구하고 난 삶에 대고 주저 없이 '예스'라고 말하리라.

현학이 내게 '예스'라고 해석해준 그 위대한 '야(Ja)', 그 위대한 긍정에 난 목이 메었다. 처형장과 생체 실험실로 들어가기 직전에도 어김없이 그들이 불러댔던 그 위대한 찬가, 그 위대한 '예스'에선 면도날 같은 새파란 섬광이 일었다. 내 마음속에서도 불꽃이 일었다. 그러자 손에 닿는 것마다 모두 황금이 되는 듯한 황홀경에 빠져드는 것이었다. 그 황금의 이름은 '희망'이었다.

백경에서 자정을 훌쩍 넘기고 새벽까지 춤을 추면서 난 내가 35년간 망명자 신분으로 악착같이 착용해왔던 그 고독이라는 검은 코르셋을 벗어던지는 것을 보았다. 새벽까지 춤을 추면서 내 안의 도끼, 내 안의 게슈타포와 그렇게 작별하는 것을 보았다. 35년간 질러댔던 내 안의 비명은 그렇게 입을 닥쳤다. 그리고 그 새벽, 난 부헨발트 포로들의 그 찬가를 진정으로 이해하고 있었다. 그리고 내게도 생에 대한 '대긍정'의 시간이 닥쳤음을 알았다. 그리고 나도 바로 그 찬가를 불러야 할 시간임을 알았다. 그렇다. '그럼에도 불구하고 난 삶에 대고 예스라고 말하리라.'

헤어질 때 우리는 미친 듯 서로 뜨겁게 끌어안았다. 그 절절한 포옹 속에서 난 알았다. 여호와의 증인 사내도, 제이콥 선장도, 말롱도 결코 갈라파고스를 떠날 수 없다는 것을. 그들은 신의 비밀을 본 자들이었다. 아니, 그들은 내 생의 이정표였던 루카스 신부처럼 내 갈라파고스 여행 입구에 서 있었던, 사람의 모습을 한 세 명의 '선신(善神)'이었는지도 몰랐다.

아욜라 항구에서 난 하루를 더 체류했다.

서울에 있는 국립황실박물관 학예관에게 그리고 안번 장군에게 답장을 써야 할 곳이 바로 그곳임을 난 알았다. 정오에 아텐보로 박사의 집으로 갔다. 입구의 나무 문은 여전히 영원을 향해 팔을 벌린 듯 반쯤 열려 있었다. 나는 다시 한번 "샌프란시스코 자연사박물관장 피터 아텐보로 박사, 1961-1971 이곳에 머물다"라고 적힌 유정한 페인트 글자들을 가만히 만졌다. 그날 보니 그의 정원엔 내가 가슴에 달고 살사 클럽에 갔던 그 부채붓꽃이 만발해 있었다.

계단을 통해 2층으로 올라가 칠이 벗겨진 낡은 창을 가만히 밀자 동태평양이 밀려들어왔다. 시간의 잿빛 먼지를 소맷자락으로 닦고 책상에 앉자 그 흉가가 다정하게 느껴졌다. 나는 서울의 학예관에게 편지를 써내려가기 시작했다.

불의 설교

김종서 학예연구관께

1876년 11월 4일, 대화재가 경복궁을 덮쳤습니다. 화재는 번개처럼 일어나 왕조의 정궁인 경복궁을 습격했습니다. 신성한 나무 금강송을 베어내 지은 8백여 칸의 궁전들이 불탔습니다. 왕조의 건국 때 궁궐에 식수한 천년을 산다는 회화나무도 모두 불탔습니다. 그러나 그 화재도 옛 시절 일어났던 우연한 화재 중 하나일 수 있었습니다. 경복궁은 선왕들 시대에도 몇 번이고 불탔고 몇 번이고 중건됐던 법궁이었습니다. 중요한 것은 국왕 고종은 그 대화재에서 다른 것을 보고 있었다는 사실입니다. 그 대화재는 왕조의 앞날을 예언하는 신탁으로 왕국의 통치자인 젊은 왕 앞에서 불타고 있었단 말입니다. 그렇습니다. 고종은 그 대화재가 왕조의 멸망을 계시하는 '불길로 만들어진 예언'임을 보았던 것입니다. 왕조 5백 년을 거침없이 덮치고 단숨에 태워버리는 성난 불의 노래를 그는 들었던 것입니다. 대화재의 밤, 그는 자신이 왕조의 마지막 황제가 될 것이라는 불의 예언을, 불의 설교를 분명히 들었습니다.

한 왕국의 통치자가 왕조가 멸망할 것이라는 예언을 듣는 것보다 더 큰 저주, 더 큰 재앙이 또 있겠습니까. 사실상 대화재는 충분히 뛰어넘을 수 있는 재앙이었습니다. 경복궁이 아니더라도 임시 왕궁이 될 찬란한 이궁들은 도처에 있었고 왕명만 내리면

경제적 부담에도 불구하고 대화재가 삼켜버린 왕궁의 중건은 시간문제였습니다. 그러나 궁궐 8백여 칸을 삽시간에 삼켜버린, 저 대화재의 뒤편에서 울려오는 명백한 멸망의 노래는 왕명으로 수습될 수 있는 차원이 도저히 아니었습니다. 왕국의 멸망을 지켜보아야만 하는 마지막 황제, 그것이 자신의 운명적 배역일 수도 있다는 것을 이 영민한 젊은 왕은 알았던 것입니다. 왕조의 멸망도 마지막 황제란 배역도 모두 가혹한 것이었습니다. 재위 13년, 그러나 친정을 시작한 지 겨우 3년밖에 안 되는 젊은 왕에게 그 예감은 정말이지 가혹한 것이었습니다. 왕조 멸망의 징조들은 이미 닥쳐와 있었습니다.

대화재 한 해 전 가을, 강화해협에 등장했던 일본 군함 사건의 충격을 고종은 아직 잊지 않고 있었습니다. 그것은 외국 군함의 정박이 아니라 분명한 습격이고 침입이었습니다. 일본 군함은 쌍돛대 범선을 달고 있었고 두 대의 대포로 무장하고 있었습니다. 일본 해병은 조선 수비병을 죽이고 관청과 민가에 방화한 후 다시 군함에 올라 유유히 해협을 떠났습니다. 일본의 그 계획된 무력 행위는 많은 것을 예언하고 있었습니다. 군함을 통한 무력 행위 앞에서 조선의 무기력이 명백하게 드러났던 것입니다. 그것은 한 해 전 청나라가 조선 왕실에 조언했던 재앙이 현실화된 것이었습니다. '일본은 대만을 침략한 것처럼 조선을 침략할 것'이라는 내용이었습니다. 다시 새해가 되자 일본은 치욕의 조약을 강요했습니다. 숨 쉴 틈도 없이 여섯 척 군함과 전

권대사를 파견해 치욕의 강화도조약을 강요했고, 조약은 체결됐단 말입니다. 조선왕국의 무력함이 적 앞에서 그토록 명백하게 폭로된 적은 없었습니다. 영리한 왕은 이 최초의 굴욕적 조약이 앞으로 몇 번이고 반복되리라는 것을 알았습니다. 여기저기 괴질이 돈다는 소문도 돌았습니다. 그리고 맹동이 되자 찬란한 경복궁마저 맹렬하게 불타고 있는 현장에 왕은 서 있었던 것입니다. 금강송으로 지은 보석 같은 전각들을 대담한 위장 속으로 삼켜버리는 불길 속에서, 젊은 국왕은 왕국과 종족의 멸망을 재촉하는 예감을 비단 용포가 찢어지는 듯한 아픔 속에서 수락하고 있었던 것입니다.

왕국과 종족, 그것이 젊은 국왕 고종의 삶의 단위였습니다. 그것이 그의 삶의 테마이고 존재 이유였습니다. 한 통치자, 그가 왕이건 황제이건 자신의 왕국을 미친 듯 사랑하지 않는 자는 저주를 받을 것입니다.

불의 설교 속에서 울려오는, 왕조의 멸망이라는 가혹한 예언의 무정함은 단검처럼 황제의 가슴에 처박혔습니다. 그 밤 불길은 신성한 금강송의 황금빛 육질로 지어진 찬란한 법궁의 몸만 태우고 있던 것이 아니었습니다. 불은 5백 년 왕조의 시간을 악착같이 태워 소멸시키고 있었던 것입니다. 왕은 자신이 왕국의 멸망이라는 시간의 절벽 위에 서 있음을 알았습니다. 재앙은 그 절벽 아래서 왕국과 종족을 동시에 삼키기 위해서 그 열렬한 아가리를 벌리고 있었습니다. 저 불은 왜 화염 속에서 내게 왕국의 멸망을 설교하고 있는 것일까, 왕은 그 저주 같은 공황감 속에서 생각했습니다. 불길이 신성한 금강송으로 지은 궁궐을 태우는데 황제는 자신의 존재 전체가 바짝 마른 한 덩이 볏짚단처럼 나뒹구는 것을 보았던 것입니다.

불길이 궁궐을 다 먹어치울 즈음 놀라운 일이 일어났습니다. 또 하나의 대화재가 불길 맞은편에서 솟아오른 것입니다. 그 새로운 화재가 일어난 곳은 바로 황제의 내면이었습니다. 13년 전 왕으로 즉위할 때 황제는 자신의 통치 기간을 혼신을 다해 책임지리라 생각했었습니다. 대원군의 섭정이 끝나고 친정을 시작한 지 겨우 3년째였습니다. 후계자에게 왕국을 물려주는 그 시간까지가 황제로서의 유효기간이었습니다. 그 후 왕국은 후계자에 의해 통치되고 계승될 것이었습니다. 황제 내부에서 일어난 대화재는 그의 존재 전체를 단숨에 태울 것처럼 으르렁댔습니다. 그리고 황제는 알았습니다. 이제 자신에겐 재위 기간이 문제가 아니라 왕국의 영원, 종족의 불멸이 문제라는 것을 말입니다. 그의 앞에 입을 벌리고 서 있는 절벽, 왕국과 종족을 동시에 삼키기 위해 그의 앞에 무서운 식욕으로 입을 벌리고 있는 저 심연 앞에서 천천히 황제의 존재가 열리기 시작했습니다. 어차피 이 왕국의 마지막 황제가 되는 것이 자신의 배역이라면 그는 그것을 초월하리라 생각했던 것입니다.

그는 자신의 내부에 매장해두었던 황금, 즉 희망을 모두 꺼냈습니다. 그의 전 존재 속에 간직되어 있던 희망의 모든 매장량을 꺼냈단 말입니다. 그리고 그는 희망을 땔감으로 한 왕국의 황제가 꿈꿀 수 있는 최고로 위대한 꿈, 왕국의 영원과 종족의 불멸을 전력을 다해 열망했던 것입니다. 물론 열망한다는 것이 바로 그 열망하는 것의 도래를 보장하지 않는다 하더라도 왕은 자기 희망의 매장량을 모두 꺼내 그 지독한 꿈을 꾸는 것 외엔 다른 선택이 없었던 것입니다. 그의 전 존재가 대화재의 불덩이와 맞서 그렇게 치열하게 불탔습니다. 불의 설교가 주는 메시지는 단 한 가지였습니다. 왕국은 멸망할 것이고 종족도 멸망하리라는 것이었습니다. 그러나 정말이지 그 명백한 저주에 찬 신탁 앞에서 이 찬란한 왕국을, 이 비범한 종족을 여기서 끝장나게 할 수는 없는 일이었습니다. 왕국의 멸망을 예언하는 저 불길이 궁궐들을 삼키면서 그에게 던지는 설교. 황제의 그 열망은 영원에의 의지였고 불멸에의 의지였습니다. 다시 말하지만 왕에게는 이제 자신의 통치 기간이 아니라 왕국과 종족의 영원이 문제였습니다.

그날 왕은 왕후와 가족들이 대화재를 피해 피신해 있는 이궁인 창덕궁으로 돌아가지 않았습니다. 그날 밤 왕은 신하들의 금지 구역인 대화재 한복판, 불타는 궁전 경회루 누지 앞에서 일산을 펴고 의자에 꼿꼿이 앉은 채 밤을 지새웠습니다. 대화재 진화를 위해 방화수를 퍼내느라고 격렬하게 수면이 낮아진 경회루 누지는 마치 물의 유령 같았습니다.

이튿날 왕은 병중인 최고의 옥새 장인 동파에게 급히 인편을 보내 가장 탁월한 옥새 장인을 보내라고 왕명을 내렸습니다. 젊은 옥새 장인의 이름이 서지에 적혀 왕에게 도착했습니다. 옥새 장인의 이름은 '우승린'이었습니다. 왕은 그날 가차 없이 그 젊은 옥새 장인을 불렀습니다. 조선 최고의 옥새 장인인 스승은 병중이었고 그가 대신 그 자리에 도착한 것입니다. 경회루 누지 앞에 말입니다.

왕은 모르고 있었지만 그 젊은 옥새 장인은 왕과 동갑이었습니다. 왕은 그 장인에게 직접 불길에 훼손당한 옥새의 보수를 명령합니다. 그 옥새는 왕조 최고의 보물인, 온 궁궐이 외경감을 갖고 명칭했던 '국왕의 대보' 바로 그것이었습니다. 왕은 장인에게 명령합니다.

이 옥새에 왕국의 영원을 담아내라.

이 옥새에 종족의 불멸을 담아내라.

당신은 박물관 학예관으로서 이런 혁명적인 내용의 명령에 대해 들어본 적이 있습니까. 왕은, 아니 그 젊은 왕은 이 지점부터 황제라고 불려야 합니다. 일개 옥새 장인에게 왕국의 영원과 종족의 불멸을 주문하고 있습니다. 아십니까. 그것은 1876년 맹동의 깊은 밤, 자시 경회루 누지 앞에서 일어났던 일입니다. 누지는 방화수를 사용하려고 물을 퍼내 그 밤 속에서 유령 같은 아가리를 벌리고 있었습니다. 대화재로 폐허가 된 궁궐의 밤 속에서 불안한 맹금들이 잿더미 위를 돌며 울고 있었습니다. 황제는 누지 가운데 있는 불 속에서도 타지 않고 남아 있는 만세산의 아홉 그루 금강송을 보고 있었습니다. 그때 장인도 보았습니다.

만세산 위의 타지 않고 살아남은 아홉 그루 금강송을. 장인은 황제의 선교 후 훼손된 옥새를 수납합니다. '국왕의 대보' 인판 인장면엔 국왕의 존재를 나타내는 '대조선국주상지보'라는 여덟 개 문자가 새겨져 있었습니다. 불길에 심하게 훼손돼 있었지만 그래도 황제의 존재를 가르키고 있는 '주상'은 또렷이 남아 있었습니다.

그 장인이 했던 일이 무엇인지 당신은 아십니까. 그는 죽음을 무릅쓰고 황제의 존재인 그 주상이란 문자를 지워버리고 그곳에 왕국과 종족의 영원불멸을 나타내는 '만세'를 새겨넣었던 것입니다. 천세도 부족해서 만세입니다. 대조선국주상지보(大朝鮮國主上之宝)는 그렇게 해서 대조선국만세지보(大朝鮮國萬歲之宝)가 됩니다. 그 조선국에서 누가 감히 황제의 존재 자체인 주상을 지워내고 만세를 새겨넣을 수 있단 말입니까. 옥새 장인은 죽음을 무릅쓰고 그렇게 했습니다. 그 장인은 젊은 황제가 자신에게 주문하고 있는 것이 바로 그것이라고 확신했던 것입니다. 결국 이것은 왕조 멸망의 신탁에 저항한 동갑내기 두 사내, 황제와 옥새 장인이 적은 왕국과 종족에 대한 위대한 찬가입니다. 그것이 젊은 황제 고종과 동갑내기 옥새 장인이 손을 맞잡고 치러낸 위대한 초월인 작전명 '불멸'이었습니다.

젊은 국왕 고종이 황제가 된 것은 그 대재앙의 밤으로부터 21년 후 여름의 일입니다. 그러나 내가 옷깃을 여미고 그 젊은 국왕을 황제라고 부르는 것은 그때 이미 그의 존재 안에 좌정해 있던 황제적 영혼 때문입니다.

국왕은 그 황금대보를 긴 노루 가죽 끈에 매달아 경회루 누지 속에 수장시켰습니다. 단언컨대 고종은 국왕의 황금대보와 자기 자신을 그 누지 동쪽에 왕국과 종족의 제물로서 스스로 순장시킨 것입니다. 그는 그렇게 해서 겨우 25세에 왕국과 종족을 떠받치는 제물이 되었던 것입니다. 황실박물관이 경회루 누지 청소 작업 때 발견한 그 황금대보는 바로 왕국의 우주의 바다 밑에서 왕조와 종족을 떠받치고 있던 황제 고종 자신이었던 것입니다.

황제는 옥새 장인 승린과 함께 왕국의 멸망과 불멸 사이로 난, 아가리를 벌리고 있는 그 무서운 심연을 그렇게 건너고 있습니다. 그것이 황제가 그 무서운 심연을 건너는 방법이었습니다. 그것이 황제가 젊은 옥새 장인과 함께 감행한 위대한 도박이었습니다.

"네가 이 옥새에서 내 이름을 지우지 않았더라면 네 목을 베려고 했다!"

황제 고종은 그렇게 함으로써 왕국의 멸망이라는 저주에서 왕국과 종족의 불멸이라는 희망으로 도약하고 있었습니다. 그것이 황제의 유토피아였습니다. 이 지상에 공간을 갖지 않는 분명한 장소, 이 지상의 수학으로 환산되지 않는 분명한 시간. 그것이 황제에겐 영원이고 불멸이었습니다. 그것이 황제 고종의 경지였습니다. 한 황제가 자기 왕국과 종족의 불멸을 지키기 위해 스스로 거북이 되어 왕조의 우주인 경회루 누지에 누워 지켜낸 조국이라는 장렬함과 엄숙함 앞에서 나는 옷깃을 여밉니다.

그것이 국왕의 황금대보 실종 사건의 전모입니다. 그 실종 사건은 결코 누설돼서는 안 되는 일이었습니다. 천기누설을 막기 위해 옥새 장인은 이후 상해로 망명해버립니다. 그의 암호명은 '금강송'이었습니다. 대화재의 그 밤 경회루 누지 앞에서 본, 타지 않고 살아남은 그 아홉 그루 금강송 말입니다.

젊은 황제의 옥새 장인이었던 제 조부 우승린은 이 모든 사실을 적어 먹감나무 함에 넣어 쇠줄로 묶어 혼자 보관했습니다. 국왕 고종의 육성이 담겨 있었으므로 그는 그것을 감히 금등비서라고 불렀습니다. 그는 그 비서를 50년 후 열어보라는 유언을 남겼습니다. 제가 이곳에 적은 단편적 내용은 우승린의 유복자 우현학이 50년 후 열어 한글로 풀어 적은 것에서 공개한 것입니다. 그 비서의 진본은 지금 서울 모처 금고에 보관돼 있으며 제가 귀국해 황실박물관에 정식으로 전달하도록 하겠습니다. 그것은 제 가문의 비서가 아니라 황제의 육성이 담긴 소중한 문서로서 황실박물관에 영구 보관되어야만 한다고 생각하기 때문입니다. 저는 6월 초 한국에 들어갑니다. 35년 만의 귀국이 될 것입니다.

우승린도 그의 유복자 우현학도 망명중 비참하게 객사했습니다. 역사는 식인 같아서 그렇게 자기 자식을 잡아먹으며 진행됩니다.

대한민국은 황제 고종이 자신을 경회루 누지 속에 그렇게 가차 없이 순장시키면서 지켜낸 조선이란 왕조를 계승한 공화국입니다.

안번 장군에게 보내는 편지

나는 장안으로 떠날 때 안번 장군에게 보냈던 편지를 생각했다.

안번 장군, 장군께서 뉴욕 슬론 케터링 암센터에서 보내주신 서신 잘 받았습니다. 장안과 갈라파고스를 거쳐 서울로 갑니다. 조부가 가려고 했던 장안, 부친이 그토록 가려고 했던 갈라파고스를 통과하지 않고는 서울에 갈 수 없다고 생각했기 때문입니다. 이 여행이 이 편지의 뒷부분을 완성시켜줄 것입니다.

안번이 내게 보냈던 편지도 생각났다.

난세. 자네와 약혼하던 35년 전 그 봄에 시간을 정지시켜놓고 자네만을 사랑하는 한 여자가 있다는 것을 잊지 말게. 자네에 대한 그리움이 너무 절박해서 그리움은 능라의 몸 안에서 길을 잃고 투신해 암이 돼버렸는지도 모르지.

그렇다. 시간을 35년 전 그 봄에 정지시켜놓고 날 사랑한 여자가 있다. 그것이 안번 장군이 내게 보내준 전언이다. 나는 이 찬란한 신탁을, 이 현란한 신화를 붙잡아야만 한다. 35년 전 그 봄에 시간을 정지시켜놓고 날 사랑한 여자가 있다는 그 말, 그것은 내 생애 중 내가 경청할 수 있는 최고의 낭보, 최고의 기적이 아닌가. 아니, 확실한 것은 능라 안에서 능라의 이름으로 날 부르고 있는 그 무엇이 있다는 사실이었다. 조국이었다. 그것이 조국이라는 인식에 도달했을 때 난 희열에 부르르 몸을 떨었다.

그러자 나는 문득 능라와 함께 그녀의 손을 잡고 선고된 죽음을 뛰어넘을 수 있을 것 같다는, 나를 밀쳐대는 희망에 몸을 떨었다. 나는 내가 다시 열 살짜리 약혼자가 되는 것을 보았다. 가능하다면 종친당에서 능라와 결혼하고 싶었다. 그리고 놀랍게도 능라와 아이를 낳고 싶다는 생각을 하는 것이었다. 나는 아텐보로의 창가에서 편지의 완성 부분을 적어내려갔다.

안번 장군. 6월 12일 서울로 돌아갑니다. 중간 기착지인 미국 애틀랜타 피닉스 공항에서 정확한 여객기 명과 도착 시간을 팩시밀리로 알려드리겠습니다. 능라가 그때 거동할 수 있다면 그 명랑한 운명의 장소인 경복궁 옆 종친부에서 혼인 예식을 올리고 싶습니다. 그곳에서 능라가 35년 동안 간직해왔다는, 운명의 누에로 짜인 그 혼례의 옷을 기꺼이 입겠습니다.

그리고 나는 마지막에 이렇게 썼다.

안번 장군, 능라에게 이 고백을 전해주십시오. 내 가슴속 성당(聖堂)엔 언제나 능라를 위해 켜둔 촛불 한 자루가 있었다고 말입니다, 난세.

다시 발트라 공항에 서다

이튿날 나는 다시 갈라파고스 발트라 공항에 섰다. '장엄한 칼데라' 앞에 서는 순간 문득 내 생의 마지막 퍼즐을 맞출 수 있었다는 기적에 나는 감사했다. 그 순간부터 내가 비로소 다시 살기 시작했음을 장담할 수 있었다.

난 공항 분실물 센터로 갔다.

"이 분실물을 맡기고 싶습니다."

"어디서 주우셨죠."

"에덴에서."

"발견한 때는 언제죠."

"바로 지금, 여기."

내가 말했다. 분실물을 맡긴 후 난 급히 창구를 떠나버렸으므로 분실물 센터 사내는 내게 더이상 물을 수 없었다. 난 그런 방식으로 1천 장이 넘는, 내가 갈라파고스에서 찍은 모든 사진 필름들을 분실물 센터에 반납해버렸다. 그렇게 함으로써 나는 내가 갈라파고스라는 꿈을 걸었고 꿈속에서 체류했음을 확인했다. 그렇다. 갈라파고스는 거대한 꿈이다.

난 이제 이 기적의 섬을 떠난다. 에덴을 떠난다. 창세기의 신의 선의가 저장된 이 섬을 떠난다. 난 처음으로 이제 죽어도 좋다는 생각을 했다. 그것은 동시에 내가 간절히 살기를 시작하고 있다는 증거였다. 그리고 난 알았다. 저 거대한 갈라파고스 거북들이 1천만 년이란 영원을 담지하고 있는 살아 있는 화석이듯, 고종도 승린도 현학도 내겐 살아 있는 위대한 화석이라는 것을.

비행기 탑승이 시작되자 난 내가 다시는 이 에덴에 오지 못할 것임을 알았다. 아니, 다시 오더라도 나를 향해 열렸던 그 창세기의 낙원이 다시는 열리지 않으리라는 사실을 알았다. 내 앞에서 내 생의 마지막 퍼즐을 맞춰주던, 그 '장엄한 칼데라'를 다시는 경험하지는 못할 것이다.

갈라파고스에서 보니 삶 자체가 신의 육화(肉化)였다. 그 에덴에서 보니 삶은 정말이지 육화된 신이었다.

탑승이 끝났을 때 난 내 등뒤에서 갈라파고스라는 에덴의 문이 닫히는 그 또렷한 빗장 소리를 들었다.

에필로그 1

나는 서울 김포공항에 도착했다. 입국장 도처에 적힌 모국어에선 북촌 화동과 북궐의 향기가 교차하며 풍겨왔다. 난 여권 검색대를 통과했다. 그리고 보았다. 광활한 입국장 한가운데 서 있는 안장군과 휠체어에 앉아 있는 한 여자를. 그들과 나 사이에 35년간의 엄청난 시간의 운하가 흐르고 있음에도 불구하고 내 눈은 그렇게 단번에 능라와 안번을 알아보고 있었다. 그러자 다시 한번 35년 전 5월 어느 정오, 피의 길 앞에서 들었던 부헨발트 포로들의 찬가가 생각났다.

그럼에도 불구하고 난 삶에 대고 주저 없이 '예스'라고 말하리라.

나는 돌아가고 있었다. 선고된 죽음 앞에서 주저 없이 결혼을 결심하고 결혼을 완성할 만큼 나와 능라는 충분히 삶을 이해하고 있었다. 나를 알아본 안번 장군이 천천히 휠체어를 밀며 다가오기 시작했다. 거기 능라가 있었다. 난 독백했다.

"저기 내가 마셔야 할 사랑의 잔(盞)이 오고 있다. 좌초가 이미 예정된."

그렇다. 인간은 좌초한다.

그러므로 존재한다.

에필로그 2

런던 템스 강 북쪽, 테이트 브리튼 미술관 2층 복도 한가운데 〈야곱과 천사〉라는 이름의 거대한 조각 한 점이 우뚝 서 있다. 거목처럼. 오후 3시 3분의 빛 속에서 보면 천사의 대리석 날개는 우주의 절벽 같다. 천사의 흩날리는 머리카락은 날개에 척 붙어 있다. 어깨와 다리는 장엄해 우주의 기둥 같다. 천사의 다리는 사선으로 뻗어 있는데 그것은 의심 없이 우주를 척 받쳤다. 천사의 눈은 크고 대담하다. 천사의 어깨는 산맥 같다. 천사의 거대한 두 손은 인간 야곱을 부둥켜안고 있다.

뒷모습을 보이고 있는 야곱은 흩날리는 머리카락이 없다. 그의 머리카락은 일년초 같은 단발이다. 그의 오른발은 당겨져 올라가 있다. 천사와 싸운다기보다 천사의 두 팔이 뿜어내는 완력에 당겨져 올라가 있다. 오후 3시 3분의 빛 속에서 보면 야곱의 눈도 얼굴도 볼 수 없다. 그의 얼굴은 하늘을 향하고 있다. 야곱의 팔은 천사의 옆구리에 걸쳐져 있다. 이 조각을 보고 있으면 천사는 천사의 모습을 한 신임을 단번에 알 수 있다.

구약성서 창세기 32장엔 인간의 황홀한 보고서 한 장이 등장한다. 보고서의 제목은 '야곱, 얍복 강가에서 천사와 싸우다'이다. 야곱이란 사내가 강가에서 천사를 만나 밤새도록 싸우면서 "당신이 날 축복하지 않는 한 난 결코 당신을 놓지 않겠다"고 선언한 것이다.

약간의 상상력만 있다면 오후 3시 3분의 빛 속에서 저 거대한 조각품 아래를 흐르는 것은 미술관의 대리석 복도가 아니라 생이라는 이름의 철썩이는 얍복 강임을 알 수 있다. 강바람이 아니고서는 신의 장엄한 머리카락이 저토록 흩날릴 수 없다. 신의 머리카락은 지금도 저토록 정열적으로 흩날린다. 신의 부릅뜬 눈은 지금도 저토록 젊다. 신은 지금 경전 속에 안주하고 있지 않다.

신은 지금도 당당한 현역이다.

야곱이 천사의 모습을 한 저 위대한 신과 싸운 이후 인간은 신, 즉 불멸과 싸우는 그 위대한 투쟁의 버릇을 가졌다.

에필로그 3

문화재 관리국은 국왕의 황금대보인 그 거북 옥새를 경회루 연못인 누지 속에 다시 안치할 것인지, 아니면 조선왕조 보물 소장처인 황실박물관에 영구보관할 것인지 아직 결정하지 못하고 있었다.

패자(敗者)는 역사의 땔감인가

진명여고 신문반장 시절 나는 인터뷰를 하거나 원고를 받기 위해 이따금 교장실에 갔다. 교장실은 효자동에 있던 학교 구관 1층에 있었다. 교장실에 들어서면 정면에 커다란 흑백사진 한 장이 순은 액자에 담겨 걸려 있었다. 조선왕조의 실질적 마지막 황제였던 고종의 아내 순헌황귀비(純獻皇貴妃) 엄비(嚴妃)의 사진이었다.

당당한 풍채의 엄비는 발끝까지 내려오는 장엄한 서양식 드레스 차림으로, 중국 청조풍 머리장식에 두 송이 꽃을 꽂고 있었다. 흑백사진 속의 그 꽃은 찬란한 백모란이 틀림없었다. 그녀는 또 예장용 흰 벨벳 장갑에 왼손엔 단정하게 접은 장식용 양산을 짚고 서 있었다. 그녀의 입상 뒤로 우아한 궁궐용 가구들이 배경으로 놓여 있었다. 다시 말하지만 엄비는 붉은 대례복에 대수(大首)머리 차림은 아니었다. 그녀의 입상은 그렇게 멀망해버린 조선 마지막 황제의 아내로서, 진명여학교 설립자로서 거기 서 있었다.

그때 나는 몰랐다. 그녀의 그 대담한 서양풍 드레스가, 청조풍의 대담한 머리장식이, 두 손을 감싸고 있던 예장용 벨벳 장갑이, 전 존재를 받치고 있던 그 장식용 양산이 대체 무엇을 의미하는지를. 엄비는 멸망한 제국 조선의 대리인으로서, 순은으로 된 시간의 액자 속에 그렇게 박제돼 있었다. 당시 건국 20년도 채 안 된 대한민국이라는 젊은 공화국의 어린 시민이었던 나는 그 순은 액자 속 한 황녀의 입상이 대체 무엇을 계시하며 그곳에 서 있는지 해석해낼 능력이 없었다. 단지 그 사진을 압도하고 있던 그 절절한 멜랑콜리와 황혼 속에서도, 황녀의 풍모가 던져오는 번개 같은 찬란한 섬광을 잊을 수 없을 뿐이었다. 다시 말하지만 그녀는 동양과 서양이 난폭하게 통과하던, 개국(開國)이라는 잔인한 시대정신 앞에서 서양풍 드레스에 중국풍 머리 모양을 한 채 마지막 황제의 아내로서 양산으로 멸망해가는 왕국을 받친 채 그렇게 서 있었다. 정복자 일본에 의해 처절하게 살해된 민비의 후임자로서, 엄비는 멸망해가는 왕국의 황비라는 가혹한 배역이 대체 무엇을 의미하는지 똑바로 알고 있었으리라. 당시 내가 학교 신문에 그녀와 고종 사이의 아들인 영친왕이 학교를 세 번 방문한 적이 있다고 썼던 기억만이 분명하다. 조선제국 마지막 황태자였던 영친왕 말이다.

교장실을 나서면 늘 황혼이었다. 학교 강당인 삼일당(三一堂)

중문을 나와 거리에 서면 바로 경복궁이었다. 겨우 가로수 몇 그루 간격으로 경복궁 북쪽엔 청와대가, 서쪽엔 중앙청이 서 있었다. 그즈음이면 청와대 옆 효자동 종점을 막 발차한 전차는 중앙청 옆 적선동 회전로에서 천천히 좌회전한 후 삐걱대며 광화문으로 흘러내려가곤 했다.

여학교 생활 6년 내내 나는 친구들과 함께 청와대, 경복궁, 중앙청을 지나 광화문 네거리에 이르곤 했다. 그렇다. 나는 6년 내내 그 길을 통과하며 살았다. 6년 내내 줄기차게 그 길을 걸으면서도 나는 내가 조선왕조 5백 년의 정궁인 경복궁을, 36년 일본 식민사의 거부할 수 없는 증거인 옛 조선총독부 건물 중앙청을, 그리고 건국 채 20년도 되지 않은 젊은 공화국 대한민국의 정치적 저택인 청와대라는 역사의 내장을 그렇게 통과하고 있는 줄은 까맣게 몰랐었다. 청와대는 그때 이미 6·25와 분단, 4·19혁명과 5·16쿠데타라는 지진들을 휘청대며 치러낸 후였고 제1, 2 공화국을 거쳐 제3공화국에 도착해 있었으며 제3공화국이란 시간 속엔 서슬 퍼런 비상계엄령이 선포돼 있었다. 그런데도 나는 정말이지 경복궁, 중앙청, 청와대를 포함하고 있는 그 길이 그 시대 속에서 상징하고 있던 그 진땀나는 비명과 절창을 들을 청력이 없었다.

황제 고종은 정말 무능하고 통속적인 통치자였을까. 정말이지 자아라곤 갖고 있지 않았던, 일본의 말을 잘 듣는 예스맨이었을까. 조선왕조 멸망을 둘러싼 그 수많은 추문에도 불구하고 나는 황제 고종이 어쩌면 조선왕조 멸망이라는 그 엄청난 비극을 온 존재로 지불해낸 고독한 난파자였는지도 모른다는 생각을 할 때가 있다. 내가 고종을 마지막 황제라고 부르는 것은 고종 이후 계속된 왕조의 시간은 그저 길게 늘여진 멸망의 첨부 파일에 불과하기 때문이다. 그러므로 황제 고종은 애초, 왕조의 멸망을 대표하도록 선택된 자였는지도 모르겠다. 한 왕조의 건국도 어려운 일이지만 왕조의 멸망은 더욱더 진땀 나는 재앙이다. 한 왕조의 건국왕이 되는 것도 어려운 일이지만 한 왕조의 마지막 황제라는 운명적 배역을 치러내는 것은 더욱 진땀 나는 일이다. 그런 이유로 곤룡포란 아무나 입을 수 있는 옷이 아니다. 곤룡포라는 옷이 요구하는 그 크기가 되지 않는 인간에게 곤룡포란 도리어 재앙일 수 있다. 그가 왕이든 대통령이든 전 존재를 다해 자기 국가와 종족을 사랑하지 않는 통치자는 저주를 받을 것이다. 국가와 종족을 자기 전 존재를 바쳐 사랑하는 것, 그것이 곤룡포를 입은 자의 황홀한 숙명이기 때문이다.

정복이 목표였던 시대엔, 한 국가는 다른 국가를 삼키고 소유해야 할 대상으로 간주함으로써 가차 없이 상대를 물화(物化)시킨다. 말이 정복이지 당시 정복자들은 대개 봉건적 공갈단 같았다. 그 시절 일본이 그랬다. 일본은 우리를 물화시켰고 왕조 멸망이라는 재앙 앞에서 우리는 정신(精神)이 되었다. 그렇다. 지배와 정복이 목표가 된 일본이라는 거대한 폭력 공장 앞에서 우리는 문득 정신이 되었다는 것이 내 생각이다.

이 소설은 황제 고종이 어떻게 그의 전사들과 함께 5백 년 왕조의 멸망이라는 그 가혹한 운명의 독배를 마셨는가에 관한 것이다. 역사의 난파자로서 고종과 그의 전사들은 그들의 전 존재를 지불하며 기꺼이 좌초했던 것은 아닐까. 왕조의 멸망 앞에서 '왕조의 영원'과 '종족의 불멸'을 꿈꾸는 것은 곤룡포를 입은 자로서 황제 고종의 마지막 자부심이고 마지막 로맨스는 아니었을까. 조선왕조 멸망 백 년, 나는 역사의 조난자인 황제 고종과 그의 전사들의 '좌초의 방식'과 '희망의 방식'에 대해 적고 싶었다. 황제의 전사였던 한 가문의 3대에 걸친 망명과 객사, 그 처절하고 찬란한 좌초에 대해 보고하고 싶었다. 아니, 이 소설은 내가 십대에 아무 예감도 없이 걸었던 그 장엄한 길—청와대, 경복궁, 중앙청에 던졌던 내 무정한 시선에 대한 수정 작업인지도 모르겠다.

언제부터인가 귀국하면 난 예외 없이 서울 경복궁 부근에 거처를 정한다. 그리고 매일 이른 새벽 경복궁 홍례문 앞과 고궁박물관 앞 권역을 산책한다. 경복궁 고궁박물관 후문을 나서면 바로 그 효자동 길이다. 길 정점엔 여전히 청와대가 서 있다. 북경 체류 때도 마찬가지다. 북경에 가면 자금성 근처에 거처를 정한다. 그러고는 새벽이면 지금은 사라진 옛 대청문 자리를 지나고 천안문과 서문을 지나 오문에 이르는 긴 길을 산책한다. 크레타 섬에 가면 언제나 헤라클리온 지역 크노소스 궁전터 부근에 거처를 정한다. 그리고 새벽이면 크노소스 궁전터로 나가 새벽의 서쪽 후원을 통과해 궁전 북쪽에 놓인 철학적인 '미노스 왕의 길'을 걷는다. 지금은 멸망한, 장대한 왕국의 궁전들이 내게 주는 새벽 강의는 장엄하다. 그렇게 나는 좌초한 왕국들—독일인들은 멸망한 왕국이라는 표현 대신 '가라앉은 제국'이라는 말을 쓴다—이 침묵 속에서 들려주는 '좌초의 설교'를 듣는다. 그런 탓일까. 애초 이 소설의 초고는 이렇게 시작됐었다.

"내가 사는 이 도시가 왜 라비린토스라는 신화적 세례명을 갖게 되었는지 알 수 없다. 중부 유럽 독일에 위치한 1천 년 된 이 늙은 도시엔 그보다 더 늙은 강이 복판을 흐른다. 사람들은 이 도시를 영웅들의 도시, 혹은 위대한 도시라고 부른다.

지상의 모든 도시들이 그렇듯 이 위대한 도시는 승자와 패자의 배역을 바꿔가며, 영웅과 창녀의 얼굴을 갈아끼우며 1천 년을 버텨왔다. 각각 다른 권력자와 정복자가 도시 언덕 중앙성에 깃발을 갈아끼웠고, 정복자에 따라 광장과 거리, 공원과 로터리는 민첩하게 이름을 바꿨으며, 대학과 음악당 들은 더 부지런히 이름을 갈아끼우며 시대정신이란 광풍 아래 1천 년을 버텨왔다. 궁전과 교회들은 파괴되고 다시 복원되며, 정복자와 통치자에 따라 운하들은 복개되고 다시 열렸다. 전자가 실각하고 후자가 승리하면 광장과 중앙로는 다시 창녀처럼 시대가 주는 가명을 하사받기 위해 몸을 낮춘다. 그러니 1백 년 후 저 남성적인 영웅 광장과 장대한 중앙로가 다시 누구의 이름으로 바뀌게 될는지는 아무도 모른다."

게오르크 뷔히너의 희곡 『당통의 죽음』 1막 5장에서 당통은 이렇게 절규한다. "혁명은 새턴과 같아서 자기 자식을 잡아먹는다." 당통의 화법대로 난 이렇게 말하고 싶다. "역사는 새턴과 같아서 자기 자식을 잡아먹으며 진행한다." 이것이 내겐 역사의 가차 없는 역동성이다.

패자는 진실로 역사의 땔감인가. 역사라는 그 거대한 난파선 밑에서 좌초한 조난자, 즉 패자들이 저어준 그 '추상(抽象)의 노(櫓)'가 없었더라면 우리는 과연 이 지점까지 항해해 나올 수 있었을까. 그 무명의 난파자들이 희망이라는 지독한 거름을 대주지 않았더라면 우리 종족이 지금 바로 이 지점에 서 있을 수 있었을까. 그렇다. 이 소설은 멸망 앞에서도 가차 없이 불멸을 꿈꾸었던 사람들의 '찬란한 좌초'에 관한 보고서이다. 그렇게 함으로써 역사는 현실을 걷어차고 신화가 된다.

그렇다. 인간은 좌초한다. 그러므로 존재한다.

이 소설 작업을 위해 소중한 전문가들의 견고한 도움이 있었다.

독일 라이프치히 고등법원 한스 야겐라우프 부장판사, 라이프치히 대학 법의학연구소장 뤼디거 래시히 교수, 아우슈비츠 연구가인 영국 런던 대학(UCL) 역사학자 메리 홀부르크 교수, 독일 저널리스트 귄터 스탐프 씨, 독일 도미니크 수도회 베르나르트 콜 신부, 갈라파고스 섬에서 만난 제이콥 선장에게 깊은 감사를 드린다.

중요한 텍스트로 최문형 교수의 『명성황후 시해의 진실을 밝힌다』, 에른스트 블로흐의 『희망의 원리(Das Prinzip Hoffnung)』, 한스 마이어의 『바벨탑(Der Turm von Babel)』, 스테판 아우스트의 『바더 마인호프 콤플렉스(Der Baader-Meinhof Komplex)』, 호세 엔리크 마츄카의 『갈라파고스의 역사적 연대기(Historical Chronology of Galapagos 1535-2000)』를 참조했음을 밝힌다.

이 소설을 쓰기 위해 런던, 뉴욕, 샌프란시스코, 상해, 시안, 홍콩, 키토 그리고 장엄한 섬 갈라파고스에서 체류하던 시간이 그립다.

독일 체류 두번째 소설인 이 책을 주님께 드린다.

2010년 12월
독일 라이프치히 대학 독일문학연구소에서
강유일

문학동네 장편소설

황제의 칼데라

초판 인쇄 | 2010년 12월 15일
초판 발행 | 2010년 12월 22일

지은이 강유일
펴낸이 강병선
책임편집 정세랑 | 편집 김민정 성혜현 김고은 | 독자 모니터 이수영
디자인 이경란 유현아 | 마케팅 신정민 서유경 정소영 강병주
온라인 마케팅 이상혁 한민아 정진아
제작 안정숙 서동관 정구현 김애진 | 제작처 한영문화사

펴낸곳 (주)문학동네
출판등록 1993년 10월 22일 제406-2003-000045호
주소 413-756 경기도 파주시 교하읍 문발리 파주출판도시 513-8
전자우편 editor@munhak.com | 대표전화 031)955-8888 | 팩스 031)955-8855
문의전화 031) 955-8890(마케팅) 031) 955-2679(편집)
문학동네카페 http://cafe.naver.com/mhdn

ISBN 978-89-546-1333-0 03810

* 이 도서의 국립중앙도서관 출판시도서목록(CIP)은 e-CIP 홈페이지(http://www.nl.go.kr/ecip)에서
이용하실 수 있습니다.(CIP제어번호: CIP2010004549)

www.munhak.com